Philippe Sollers

Portrait du Joueur

Gallimard

Le héros de Femmes *était américain et se déplaçait à travers le monde et des partenaires féminins multiples. Celui de* Portrait du Joueur *est né à Bordeaux où il revient visiter les lieux de son enfance. Maisons et jardins détruits, remplacés par un supermarché agressif, égalisation et transformation partout, il ne reconnaît plus rien, sauf ses souvenirs brûlants d'autrefois, ceux des vignes et de la lumineuse douceur de vivre, « sudiste », dans une famille étrange où deux frères avaient épousé deux sœurs, vivaient dans deux maisons symétriques, et étaient dominés par un grand-père mobile et fantasque, escrimeur, amateur de chevaux et joueur de cartes.*

Ce roman, donc, est d'abord celui de la mémoire. C'est aussi, grâce au personnage de Joan, une journaliste de vingt-deux ans, la confrontation cruelle et comique entre deux générations, celle « de 68 » et celle « d'après 68 ». Là encore, comme après la guerre, tout a changé : références, mœurs, langage. Triomphe du cynisme et de la confusion médiatique imposée par le « Nord », drôlerie grinçante du temps.

Mais le personnage central, discret, subversif, est une jeune femme de vingt-huit ans, Sophie, médecin à Genève. Sa rencontre avec le narrateur fait basculer le récit dans une expérience érotique très singulière qui nous est minutieusement racontée. Il s'agit d'une communication exclusivement physique à travers des scènes construites à l'avance, et décrites, par Sophie elle-même, dans des lettres qu'on lira sans doute avec stupeur. Érotisme verbal poussé, comme au dix-huitième siècle français, à l'extrême. L'amour devient un jeu, comme, désormais, pour le meilleur et pour le pire, la vie et la mort.

Le roman s'achève à Venise, où le narrateur a finalement choisi d'habiter. De l'érotisme, qui est la vérité de la mémoire, on passe peu à peu à la méditation métaphysique toujours orientée vers le Jeu et ce que Nietzsche, dans une formule fulgurante à propos de Mozart, appelle, de façon si énigmatique, « la foi dans le Sud ».

Philippe Sollers est né à Bordeaux. Son premier roman, *Une curieuse solitude*, publié en 1959, a été salué à la fois par Mauriac et par Aragon. Il reçoit en 1961 le prix Médicis pour *Le Parc*. Il fonde la revue et la collection *Tel quel* en 1960. Puis la revue et la collection *L'Infini*, en 1983. C'est aussi en 1983 qu'il publie son grand roman *Femmes*.

Attaquez à découvert, mais soyez vainqueur en secret... Le grand jour et les ténèbres, l'apparent et le caché : voilà tout l'art.

Sun Tse

I

Eh bien, croyez-moi, je cours encore... Un vrai cauchemar éveillé... Avec, à mes trousses, la horde de la secte des bonnets rouges... Ou verts... Ou marron... Ou caca d'oie... Ou violets... Ou gris... Comme vous voudrez... Le Tibet de base... Singes, hyènes, lamas, perroquets, cobras... Muets à mimique, tordus, érectiles... Hypermagnétiques... Venimeux... Poulpeux... Un paquet de sorciers et sorcières ; un train d'ondes et de vibrations... Moi, pauvre limaille... J'ai cru que je n'en sortirais jamais, j'ai pensé mille fois devenir fou comme un rat dans les recoins du parcours... Ils ont tout, ils sont partout, ils contrôlent tout, ils avalent tout...

Mais qui ça, *ils* ?

Ah, voilà !

Tout simplement, *eux*. Ils. Ils et elles, bien sûr... Globules, globulles... Elles, nous venons d'en parler il me semble ? Ouvrons l'angle... Les hommes ? Les zôms ? Même pas : la jungle, la roulette, le chaos du temple... Vous pouvez leur donner le nom qui vous plaira... Impérialistes, socialistes, capitalistes, communistes, conservateurs, radicaux, Juifs, libéraux, fascistes, francs-maçons, banquiers, terroristes, Wall Street, Kremlin, Vatican, Vaudou, Mafia, presbytériens, méthodistes, baptistes, hétérosexuels, homosexuels, pédophiles, dissidents, contre-dissidents, psy-

13

chomanes, druzes, turcs, orthodoxes, lesbiennes, minettes, dadames en tous genres, quêteurs du graal, kabbalistes, chiites, arméniens, sunnites, néo-nazis, percepteurs des droits de l'homme, shintoïstes, bouddhistes, philosophes, astrologues, soufis, anarchistes, écrivains, professeurs, journalistes, éditeurs, acteurs, chanteurs, producteurs, téléviseurs, flics, syndiqués, savants, directeurs — blancs, noirs, jaunes !...

Je n'ai oublié personne ?

L'anti-littérature au complet ! La vie qui croit à elle-même ! Tous ceux qui ont intérêt à ce que le scénario ait un sens !

Je vous entends déjà : c'est inadmissible de mettre tout le monde dans le même sac ! Il y a quand même un bien et un mal, non ?

— Non.

— Une évolution, une vérité, une histoire ?

— Non.

— Vous n'êtes pas un homme, peut-être ?

— Non.

— Un extraterrestre ?

— Qui sait ?

— Vous mettez en cause toute la représentation ?

— Oui.

— Le théâtre en soi ? Le festival ? La grille ? Les programmes ? Les câbles ? Les satellites ? Les chaînes ? La salle de projection ?

— Sans hésitation.

— Au nom de quoi ?

— Vous verrez.

Je lève les yeux. Mon refuge est parfait. Chambre et jardin. Les hauts acacias remuent doucement devant moi. Je sens les vignes tout autour, à cent mètres, comme un océan sanguin. C'est la fin de l'après-midi, le moment où le raisin chauffe une dernière fois sous le soleil fluide. J'ai donc fini par revenir ici. Après tout ce temps. Chez moi, en somme. Ou presque. L'une de mes sœurs m'a prêté la maison... Ni ferme, ni manoir, ni château ; « chartreuse », ils appellent ça, repos, chasse, vendanges... Avec son drôle de nom musical anglais : Dowland... Je suis arrivé en voiture il y a deux heures... J'ai pris un bain, j'ai mis mon smoking pour moi seul, je me suis installé sous la glycine, pieds nus... Premier whisky, cigarettes... J'ai sorti ma machine à écrire, mon revolver, mes papiers : dossiers, lettres, cahiers et carnets... Vérifié si les malles étaient là, celles que j'ai demandé à Laure de me garder... Oui, deux grosses caisses remplies à craquer. Notre enfance aussi est tassée dedans, je suis sûr qu'elle n'a jamais jeté un coup d'œil..

— Je peux venir chez toi ? A la campagne ?

— A Dowland ? Bien sûr ! Longtemps ?

— Je ne sais pas. Deux jours ou un mois. Peut-être plus.

— Dis donc ! Les grandes manœuvres ! Ça va ?

— Pas si mal.

— Je t'attends.

Elle est comme ça, Laure, pas de questions inutiles... Et tout est prêt quand j'arrive, bois dans la cheminée du salon, fruits dans le compotier, frigidaire plein, lit frais... Elle est venue faire un tour le matin, elle est repartie pour Bordeaux... Sur la table chinoise de l'entrée, un simple bout de papier souligné trois fois au feutre rouge : bonjour !...

Me tuer ici ? Pourquoi pas ? Je n'aurais qu'à brûler tous les documents, traverser les vignes, entrer dans la forêt, avancer entre les pins, m'enfoncer, aller jusqu'au petit ruisseau noir, en bas, celui des écrevisses, m'allonger, avaler mes somnifères et, au moment de m'endormir à fond, appuyer sur la gâchette... Basta! Cervelle dans les sous-bois! Retour aux sources! Pigeon vole! Nécrologie par télex! Entrefilets confus! Mitigés! Aigres! Agitation quelques jours, et puis le blanc, l'oubli... Un concurrent de moins... Bon débarras... Il faut avouer que cela me tente... En habit sur la mousse! Réception! Cocktail! Mariage avec le néant! Un peu chromo, peut-être, mais l'époque aime ça... Convenez que ça ne manquerait pas d'allure... Une lettre? Un message? Une phrase bien frappée?... Allons, allons, rien du tout... Le mot de la fin, quel ridicule! Sortie de notaire... Ou, pire encore, de poète... Quand même, une ligne d'excuse à Laure? « Pardon du dérangement, je t'embrasse?... » On n'a jamais été très sentimentaux dans la famille... On se devine, on ne brode pas...

Je ne suis pourtant pas venu pour passer par-dessus bord, mais pour écrire. A moins que ce soit du même ordre. Science des évanouissements... Côté magique des livres... Il est aussi difficile de surmonter son cadavre que son physique verbal... Avoir le coup de main, tout est là... On est toujours trop lourd, empêtré, intoxiqué par les autres, parades, malveillances, résidus biliaires, couleuvres, mauvaises digestions... Tenir son image, son rôle... Le mien? Bouffon, histrion, provocateur, plagiaire, faussaire, gamin attardé, clown, irresponsable, obstiné (je cite) à fabriquer des volumes gluants, pavés mous, flasques fatras, méduses amorphes... Trop intelligent pour être sensible... Pas assez sensible pour être vraiment intelligent... Vapeur! Virevolte! Ersatz! Plaisantin! Farceur! Ludion!... Sous-ceci! Infra-cela!... Chien savant! Retourneur de vestes! Sauteur! Jongleur! Cascadeur!... Moi si appliqué, si sérieux!... Moi, au fond, si patient, calme, véridique, fidèle !... Ce que c'est que d'être systématiquement méconnu !... Quand les bonnets ont décidé !...

Tout doux... Détente et respiration... Au stylo d'abord... Il faut que la main survole, enveloppe, coure, devance le cerveau, les yeux, le souffle et jusqu'à l'influx nerveux du crâne aux talons... Il faut que le poignet soit l'ombre d'une aile planante... Au-dessus de l'encre bleue... Royale et lavable... La *Mon-Blanc*, pour moi, venant de Hambourg... Achetée à Venise, par superstition... Comme si elle gardait en elle un peu de l'air et de l'eau de la lagune... Le sel de l'Adriatique... Le jour et la nuit des peintres... Giorgione, Piazzetta, Guardi...

— Monsieur veut dîner à quelle heure ?

Je me retourne : accent espagnol, seize, dix-sept ans, petite, ronde, brune, les yeux amusés, tablier noir et tablier blanc... Une blague de Laure en souvenir de mon premier bouquin ? Mais non, j'oublie que nous sommes en province... Ils peuvent encore se payer ça, les salauds...

— Bueno, a las ocho y media, si Ud. quiere.

— ¿Ud. habla español ?

— Un poco.

— ¡Pero muy bien !

Elle rit... On parle un peu... Elle est basque, elle s'appelle Asunción... Elle est arrivée il y a six mois de Saint-Sébastien, avec sa sœur... Oui, la région lui plaît... Bien que la campagne soit monotone... La ville est plutôt loin... Une demi-heure d'autobus... Mais enfin, c'est le travail... A propos, pour ce soir : escalopes grillées ? Haricots verts ? Salade ? Un peu de foie gras pour commencer ? Avec des toasts ? Je choisirai le vin ? Ce sera suffisant ? Je n'ai besoin de rien pour l'instant ? Muy bien... A tout à l'heure...

Sacrés bourgeois du Sud-Ouest... Ils maintiennent la tradition... Que j'ai eu le tort de contester, par conformisme inversé... Quelle erreur... Quelle platitude... Que de temps perdu à me déclasser... Quel acharnement à renier mes origines, mon identité, à la grande surprise et approbation perverse de ceux qui n'avaient qu'une envie : avoir ce que j'avais, devenir ce que j'étais... La lutte des classes ? Mais bien sûr ! Il est même plus que temps d'en décrire l'envers ! Du point de vue des anciens maîtres voyant s'effondrer leurs derniers privilèges ! Des sudistes en voie de disparition !... Quelle existence comique et absurde que la mienne !... J'espère respirer encore assez pour en mourir de rire... Quel malentendu ! Quelle farce ! Quelle pitié ! Toute une vie foutue en l'air pour une niaiserie se croyant subversive !... Et pourquoi, au fond ? Disons la vérité vraie : par intérêt... Je les ai crus perdus, liquidés, rayés de l'avenir ; j'ai instinctivement essayé de me mettre du côté des vainqueurs... Avec tous les bons prétextes possibles : philosophiques, pseudo-politiques... Comme si je pouvais être accepté dans le camp d'en face ! Quel aveuglement ! Quelle débilité !... J'ai accumulé les gaffes, je me suis vite fait repérer...

Bon, j'exagère. Je suis simplement furieux contre moi. Il est évident que je n'aurais pas pu rester parmi les miens, m'organiser comme eux, avec eux... Dix scènes sanglantes s'allument devant moi : crises, hurlements... Nervosité, ruses, cachettes... Des affaires de clés... J'en rougis encore... Il fallait bien aller de l'autre côté... Leur faire la guerre... Me débarrasser d'eux...

Tout doux, tout doux... Tu viens de faire un long chemin, tu as une longue route à parcourir...

Asunción a l'air à peine étonnée de voir dîner seul un type en smoking... On a dû la prévenir... Le frère de Madame est un original... Maniaque... Un peu ridicule... Écrivain... J'ai choisi dans la cave un Haut-Brion 71, « harmonieux et boisé », dirait *L'Encyclopédie des crus classés du Bordelais*... Elle me l'apporte en carafe...

— Je vous ai vu à la télévision, dit-elle.

18

— Oui ?

— Avec toutes des femmes, un après-midi !

— Plutôt laides, non ?

Elle s'esclaffe... ¡Si, si, muy feas ! ¡El señor parecia aburrido !... *Aburrido* est le mot... Plus fort qu'ennui... Abruti de morosité... Une « rencontre avec les lectrices »... Toutes plus épaisses et connes les unes que les autres... Un vrai tribunal de concierges... Mais ma concierge portugaise, à Paris, est plus distinguée... « Majorité silencieuse »... Et qui devrait le rester... Incultes, brutales, renfrognées, sûres d'elles... Assises sur leur bon droit de consommatrices standard... Mon dernier roman leur paraissait trop osé, voyez-moi ça les chochottes... Trop précis dans les descriptions... Et l'amour, monsieur ! Et l'idéal, monsieur !... Elles étaient toutes allées chez le coiffeur, misenpli, laqué, petit tailleur... ¡Pero el señor estaba muy bien ! ¡Parece Ud. Muy jóven !... *Jóven ?* Allons, tout va bien...

— ¿Le traigo queso ?

Mais oui, un peu de fromage... Pour finir ce vin... Rubis sur l'ongle... Une pêche, un café, cigare... Et au lit, non ? Six cents kilomètres...

— ¿A que hora el desayuno ?

— Las ocho. Gracias. ¿No le molesta ?

— ¿Claro que no !

— ¡Buenas noches !

— ¡Buenas noches !

Elle s'en va... La nuit est tombée, maintenant, pas un bruit, replis de velours. J'avais oublié comme le ciel se retourne discret en douceur, ici, comme un pétale, comme un parfum... Poussée légère, respirable, oblique...

Je téléphone à Laure, je comprends que je la dérange en plein dans l'un de ses dîners...

— Ça va ? Tu es bien installé ?

J'entends les éclats de voix derrière elle...

— Merci. Je me couche.

— Déjà ? Bonne nuit !

— Bonne soirée !

Je vais dans ma chambre, je laisse la porte-fenêtre ouverte... Je n'allume pas. La lune brille sur les vignes noires. Je finis mon verre de vin avant de me jeter sur le lit...

Directement dans le rêve... Bon Dieu, elles auraient pu me prévenir qu'elles donnaient une fête... Comme autrefois... J'entends les portes de voitures claquer, les pas précipités sur le gravier de la cour, les rires, la musique... *Margie*... Par les *Chicago Rhythm Kings*... Je vais dans le couloir... Les deux salons sont illuminés, le bureau, la bibliothèque, la salle à manger... On a enlevé les meubles et les tapis pour pouvoir danser... Le parquet brille, les buffets à nappes blanches sont prêts contre les murs... Je reviens dans ma chambre, je regarde dans le jardin : lanternes, feux de bengale, ombres sur les pelouses... Robes roses et blanches des filles, épaules nues, chuchotements, courses... Et maintenant, la voix traînante en sinus de Billie Holiday... *I love my man*... Méchanceté tendre, cocaïne, fraîcheur des végétations, sinuosité ramassée... J'essaye de repérer Hélène et Laure... Où sont-elles ? Autour du bassin, là-bas ? Près du bois de bambous ? Sous le magnolia ? Dans la clairière aux sapins ? Sur les bancs contre les fusains ? Derrière les serres ?

Ma porte s'ouvre, Hélène s'avance vers moi dans sa longue robe verte, avec son air digne et un peu gêné de sœur aînée :

— Tiens, je t'ai apporté des éclairs et un peu de champagne.

— C'est gentil.

— Tu sais bien que tu ne peux pas venir ce soir. L'année prochaine...

— Je sais.

— Tu devrais essayer de dormir.

— Avec ce bruit ?

— Oh, écoute, tu nous embêtes. Tu n'avais qu'à partir à Dowland avec papa et maman. C'est toi qui as voulu rester... Si tu viens, tu vas ennuyer tout le monde. Personne n'a rien à dire à un garçon de treize ans.

— Allez, merci, et fous-moi la paix.

— Charmant ! Et en plus Monsieur se fâche !

— Fous-moi la paix.

Elle lève la main... Laisse tomber... S'approche... M'embrasse...

— Allez, mon chéri, au lit.

— Non, j'ai des choses à lire.

— Je t'envoie Laure.

On m'envoie toujours Laure dans les moments délicats... Et pourtant, cette fois, elle ne vient pas... Son flirt du moment doit être poussé plus loin... Horizon mariage... Le grand blond, là, Henri, celui des sucres... Ou plutôt des biscuits... A moins que ce soient les bois... Ils dansent, ils se poursuivent dans les couloirs, ils se battent dans la salle de bains...

La porte s'ouvre de nouveau, une petite rousse ébouriffée referme à clé derrière elle, va s'allonger sur le lit... Me voit...

— Oh, pardon !

— Je vous en prie.

— Mais qui êtes-vous ? Le frère d'Hélène et de Laure ?

— Oui.

— Qu'est-ce que vous faites là ?

— Je lis.

— Quoi ?

— Ça.

Elle regarde à peine mon *Lucien Leuwen*...

— C'est bien ?

Elle est essoufflée, transpirante, robe jaune...

Je prends le livre, je lis à voix haute :

« Ce n'était pas un Don Juan, bien loin de là, nous ne savons pas ce qu'il sera un jour, mais, pour le moment, il n'avait pas la moindre habitude d'agir avec une femme, en tête à tête, contrairement à ce qu'il sentait. Il avait honoré jusqu'ici du plus profond mépris ce genre de mérite dont il commençait à regretter l'absence. Du moins, il ne se faisait pas la moindre illusion à cet égard. »

— C'est plutôt alambiqué, non ? Vous avez quel âge ?

— Quinze ans.

— Tiens, vous faites plus jeune. On m'a d'ailleurs dit que vous étiez plus jeune. Vous mentez.

— Et vous ?

— Dix-sept. Je m'appelle Patty.

— O'Neil ?

— C'est ça ! Les huiles !

Elle éclate de rire... Se rallonge...

— Oh, je suis crevée ! Ces crétins sont ivres, ce soir. Et grossiers. Vous permettez que je me repose un peu chez vous ?

— Détendez-vous. Vous êtes sous ma protection.

— Vous, au moins, vous êtes drôle. Dommage que vous n'ayez pas cinq ans de plus.

— Mais je les ai intellectuellement.

— Intellectuellement ? Ah, vous êtes vraiment drôle ! Vous ne pouvez pas me donner un verre d'eau ?

— Du robinet ?

— Mais oui, du robinet, gros malin !

Je lui donne son verre... Elle le boit d'un trait, se lève, va mouiller ses joues rouges dans le cabinet de toilette, revient, ouvre son petit sac noir de soirée, allume une *Players*...

22

— Alors, dit-elle, il paraît que vos affaires ne vont pas bien ?

— Quelles affaires ?

— Eh bien, l'usine de votre père, tiens.

— Ah bon ? Première nouvelle.

— Hypocrite ! Tout le monde le sait ! Mais enfin, la fête est réussie, rien à dire. Vos sœurs arriveront peut-être à se caser à temps. Vous savez que ce genre de soirée coûte cher ?

— Aucune idée. Nous ne parlons jamais d'argent à la maison.

— Voyez-moi ça ! Et vous êtes où ? Chez les Jésuites ? Au lycée ?

— Au lycée.

— Tiens donc ! Vous voulez faire quoi plus tard ?

— Écrivain.

— Pardon ?

— Écrivain. Vous ne savez pas ce que c'est ?

— Ah, vous êtes drôle ! Écrivain de quoi ? De romans ?

— Par exemple.

— Et vous comptez gagner votre vie de cette façon ?

— Ça doit bien valoir les huiles. A propos, vous faites aussi l'huile d'olive ?

— Oh, vous êtes méchant. Vous me dites ça parce que nous ne sommes pas dans les vins. De toute façon, vous et vos poubelles !

— Poubelles, casseroles, poêles, marmites, seaux, lessiveuses ! Nous tenons les cuisines, l'office ! Le fond des choses ! Ce qui cuit, ce qui bout, ce qui lave, ce qui s'évacue !

— Papa m'a dit que vous seriez tués par le plastique et l'électroménager.

— C'est probable. Mais nous mourrons authentiques. En fonte. En tôle. En acier. En aluminium. En galvanisé. En émail. Métalliques et métallurgistes.

Elle rit. Elle est plutôt sympathique. Cependant, la

musique a repris, on l'appelle... *Sweet Georgia Brown*...
Patty! crie un type... Patty!

— Au revoir l'écrivain, dit-elle. Faites de beaux
rêves!

— Au revoir. Ne vous énervez pas trop.

— Dites donc, sale gosse!

Elle claque la porte, les cris et les piétinements
redoublent... Je m'endors sans m'en rendre compte
dans le brouhaha...

— ¿Ha dormido bien?

Asunción est devant moi, le plateau du petit déjeuner dans les bras... Elle n'a pas l'air trop surprise du
désordre... Ni que je sois nu sous mon drap... Le jour
entre à flots par la porte-fenêtre... J'arrive à lui
grimacer un sourire, elle pose le plateau, sort... Mon
tourbillon de rêve me revient au moment où j'avale
une première gorgée de café : la scène m'enveloppe,
tourne, s'éteint...

Bon, j'ai un programme, ne l'oublions pas. Visite
active des spectres... Je ne suis pas là pour me faire
valser malgré moi... Descente en ville, premier repé-
rage topographique. Plongée, contre-plongée. Je vais
aller voir ce supermarché... Celui qui a pris la place de
nos maisons et du parc... Je nous revois, maman et
moi, juste avant le dernier déménagement... Pièces
vides, on dormait sur des chaises longues... Ultime
regard sur les arbres, ultimes odeurs montant des
massifs... C'est toi, oui, l'instant qu'on ne saura jamais
dire, et qui passe avec la rapidité de la flèche tout en
restant à jamais immobile, fiché dans la gorge du
temps. Sombre signe, éclatante cible inaccessible.
C'est toi qui me cherches, c'est toi qui me vis...

Je prends la voiture, je descends vers la Garonne, je

traverse le pont de pierre, j'avance dans la ville comme un aveugle conduit... J'ai assez marché par ici, des heures et des heures... M'y voici. SUMA! On trouve tout chez SUMA! Tout, et le reste! Caverne d'Ali Baba! Entrepôt global! Existence en raccourci! Point focal des désirs! SUMA DOMESTICA! Nouvelle ère théologique! Nourriture, vêtements, toilette, entretien, jouets, meubles... Le grand immeuble en béton occupe tout l'espace, coup de poing obtus sous le soleil. J'entre. Je me fais client. Il y a déjà foule. Étagères et chariots, comptoirs et caisses, néon, air climatisé, musique sirupeuse d'ambiance... Personne n'a encore vraiment décrit l'anonyme défilé final, celui de la misère satisfaite, inconsciente, autorégulée, consommée. Celui de l'espace affichant complet. Terminus! Tout le monde descend! Tout le monde digère! Tout le monde il est pareil! Achevé! Nul et non avenu! Tube! Appendice passant à la marchandise! Et tant mieux! Et bonsoir! Chemisettes, jupettes, pantalons, ventres... Queue patiente, résignée... Dévote, presque... Cellophane... Comme autrefois à la communion... Chœur des paquets...

Voyons, à l'entrée, là, en dessous des machines à calculer et des téléviseurs de contrôle, ce devait être le perron et, un peu plus loin, la porte intérieure vitrée... Plus loin encore, l'escalier de marbre, le couloir, la porte marron menant à la cave, et la véranda, juste ici, au rayon de charcuterie... Les boissons, vins, alcools, jus de fruits, bières, doivent se trouver à la verticale de la bibliothèque... La parfumerie, elle, surplombe les cuisines... Je monte par l'escalier roulant au premier étage... Voici sans doute ma chambre, la chambre verte, dans le fouillis des blousons, des vestons... Et celle d'Hélène et de Laure dans les dessous, soutiens-gorge, culottes, chemises de nuit, polyester en tous genres... Celle des parents, en revanche, est dans le secteur pour enfants : bateaux, chemins de fer, avions,

cabines de cosmonautes, camions, jeux électroniques...
Deuxième étage : voilà dans l'ex-mystère touffu du
grenier le maudit électroménager, et puis les tables,
fauteuils, chaises... Je m'approche d'une lucarne : il y a
des hangars, maintenant, là où brillait l'orgueilleux
gazon. La masse grise de l'usine est géométriquement
fermée par les HLM... Tours compactes habitées à la
place des toits obliques... Fumée lente des générations,
corps-cendres... Je revois vite en surimpression la
foudre tomber un soir sur le paratonnerre de la grande
cheminée en briques. Boule blanc-roux éblouissante,
visage dans les rideaux bleus du salon...

— Vous cherchez quelque chose ?

— Non... Oui... Non...

Un grand type barbu en blouse grise me dévisage
d'un air soupçonneux. Je pourrais piquer un objet ?
Mais quoi ? Un coussin ? Un matelas pneumatique ? Un
parasol ? Un râteau ? Une brouette ?

— Vous ne savez pas ce qu'il y avait ici avant ? dis-
je.

— Où ça ? Ici ? Peut-être la literie, dit-il, surpris.
Remarquez, je n'en sais rien, j'étais à la papeterie. On
m'a mis à l'étage il y a une semaine.

— Non, je veux dire... Avant... Avant le supermarché...

— Comment ça avant le supermarché ? Avant
SUMA ?

— Oui.

— Sans doute un autre propriétaire... Je ne connais
pas toutes les marques.

— Donc, à votre avis, ça a toujours été un supermarché, ici ?

— Mais je suppose... Qu'est-ce que vous voulez
savoir exactement ? Vous devriez demander à la direction... Vous voulez acheter quoi ?

Son œil s'allume, il commence à m'examiner comme
si j'étais un peu dérangé...

26

— Finalement rien, dis-je.

— Vous ne voulez pas voir la direction ?

— Une autre fois, merci.

— Vous êtes dans la profession ?

— Pas du tout. Je suis archéologue. Vous ne savez pas que nous sommes sur un emplacement extrêmement important ?

— Ah bon ? Quoi ? Les Romains ? Les Gaulois ?

— Peut-être avant.

— La préhistoire ? Lascaux ? Les bisons et tout ça ?

— Il faudrait vérifier.

— Vous ne voulez quand même pas dire qu'on va faire des fouilles ! Ici !

— Pourquoi pas ? Ce ne serait pas la première fois.

Le type ricane.

— Et on raserait le SUMA, peut-être ?

— Ça s'est déjà vu, dis-je froidement. La recherche scientifique passe avant le profit. Mais n'exagérons rien, on peut creuser en sous-sol.

— Vous blaguez, non ?

Son attitude, soudain, est respectueuse.

— Pas du tout. D'ailleurs une équipe va revenir pour faire les estimations géologiques par ondes radio. Et si les hypothèses se confirment, nous obtiendrons une autorisation d'excavation. Il n'est pas impossible qu'il y ait là, à vingt ou trente mètres, une tombe Biturige de premier plan. Sans parler du trésor du Prince Noir, mais ça c'est probablement la légende.

— Le trésor du Prince Noir ?

— Vous n'en avez jamais entendu parler ? Vous n'êtes pas de Bordeaux ?

— Pourtant si.

— Son château était juste à côté, non ? La tour ?

— Ah oui, je crois qu'il y a encore un chemin qui s'appelle comme ça : chemin du Prince-Noir. Pourquoi « noir » ? Il était africain ?

— Et pourquoi pas roi mage ? Mais non, voyons, un

Anglais, vous savez bien, Edouard VII, du temps de la vieille Guyenne... Bon, il faut que j'y aille.

Je jette encore un regard par la lucarne. Non, plus un arbre... Ô marronniers, platanes, palmiers ! Ô acacias, pins, lauriers ! Après-midi, fins d'après-midi, couleurs à l'horizontale... A l'entrée, près du garage restoroute et des stations à essence, une vague pelouse, trois bancs de ciment...

— Au revoir, dis-je ; excusez-moi de vous avoir dérangé.

— Au revoir, monsieur...

— Lévi-Strauss. Du CNRS.

— Au revoir, monsieur Lévi-Strauss. Peut-être à bientôt ?

— Sûrement. Mais, s'il vous plaît, ne parlez de rien avant que les documents officiels n'arrivent. Je faisais juste un tour de reconnaissance, vous comprenez.

— Je comprends, je comprends... Remarquez, ce serait drôle. Excellent pour nous, non ? Je suppose qu'il y aura la presse ? La radio ? La télévision ?

— Vous pouvez y compter. En plus, le gouvernement, le Ministère de la Culture et le Président lui-même suivent l'affaire avec beaucoup d'intérêt. Comme l'opposition et le Maire, d'ailleurs. On ne se réconcilie pas tous les jours sur les origines de l'humanité.

— La science...

— Voilà. Mais discrétion, hein ? Je ne vous ai rien dit !

— D'accord, monsieur Lévi-Strauss, d'accord.

— Vous vous appelez comment ?

— Brunel. Jean-Pierre.

— Au revoir, monsieur Brunel.

— Au revoir !

Ou bien il m'a cru complètement cinglé, M. Brunel, ou bien ça va être l'émoi chez SUMA!... Allô, allô, le Syndicat d'Initiative ? La Mairie ?... Non, rien... Allô, le Ministère ? Qui ça ? Lévi-Strauss ? Vous m'étonnez... Quoique... Vous êtes sûr du nom ?... Allô, le CNRS ?... Personne ? Allô le Collège de France ? L'Académie Française ?... M. Lévi-Strauss est au Japon ? L'idée est absurde ? C'est une plaisanterie ? M. Lévi-Strauss ne s'occupe jamais d'archéologie ? Ni de préhistoire ? Vous confondez avec M. Leroi-Gourhan ?... Vous voyez bien que vous vous êtes gouré, Brunel !... C'est bien de vous, d'ailleurs ! Et pourquoi pas les Templiers ! Les Martiens ? Toutankhamon ? Il avait l'air de quoi, ce client ? Il n'a rien acheté ? Il ne descendait pas d'une soucoupe volante, par hasard ? Une tombe quoi ? Biturige ? Qu'est-ce que c'est que ça les Bituriges ? Les momies de l'église Saint-Michel ne suffisent pas ? Vous êtes sûr qu'il n'essayait pas de dissimuler un vol ? Ou alors un fou ? Un geste malveillant de la concurrence ? De la municipalité ? Pour faire croire que nos fondations sont instables ?... Mais quelle idée ?... Bon, vous oubliez l'incident... Vous n'en parlez pas...

Je regarde l'immeuble depuis le trottoir, les grandes lettres rouges qui doivent flamboyer la nuit... Le S énorme... SSSuma !...

— Vous n'êtes pas M. Diamant ? M. Philippe Diamant ?

Qui est cette femme âgée, cheveux blancs, robe noire ? Avec ces yeux fiévreux d'autrefois ?

— Vous ne me reconnaissez pas ?

— Mais si... Voyons...

— Je suis la femme de René...

— Oui ?...

— Votre ancien jardinier... Je servais aussi chez vous... Vous vous rappelez bien ?

— Ah mais oui, bien sûr. Comment va votre mari ?

— Il est mort il y a quinze ans. Deux ans avant votre père.

— Oh, désolé.

— Alors, vous êtes venu voir le SUMA ? Ça change, hein ?

Elle a un petit rire ambigu... Navré... Content... Notre punition a eu lieu, soit ; mais le temps a usé tout le monde...

— C'est mieux depuis que c'est reconstruit, vous savez. Pendant longtemps, il n'y a eu qu'un grand trou noir... Rien...

Comment s'appelle-t-elle déjà ? Madeleine... Oui, Madeleine... La belle Madeleine... Madelon... Sous la tonnelle... Étendant son linge au soleil... Pendant que René sarclait, ratissait, bêchait, brouettait, tondait, plantait, coupait, taillait, ouvrait les jets d'eau, le soir... Chez les Diamant... Quoi ? Vous n'y croyez pas ? Ce nom vos paraît faux ? Trop beau pour être vrai ? Invraisemblable ? Ridicule ? Comique ? Importable ? Et pourtant, c'est comme ça... Diamant je m'appelle ; Diamant je suis... Malédiction et bénédiction spéciales...

— Mme Diamant va bien ?

— Ma mère ?

— Eh oui.

— Vous savez, l'âge...

— Et vos sœurs ?

— Pas mal. Pas mal du tout.

— J'ai aperçu Laure il n'y a pas longtemps... Au cimetière...

— Justement, j'y allais.

— Ah, pauvre Monsieur ! Quel homme gentil, généreux ! Les événements l'ont tué, vous ne pensez pas ?

— Merci, Madeleine. Je suis content de vous avoir vue.

— Et vous ? On parle beaucoup de vous, il paraît ? Comme écrivain ? Mais sous un autre nom ? Comment déjà ? J'ai oublié... J'ai vu votre photo, une fois, en vitrine, et je me suis dit : mais c'est lui ! Vous n'avez pas tellement changé, vous savez ? Je vous ai reconnu tout de suite. A cause de votre sourire. Vous êtes revenu habiter par ici ?

— Non... Je ne fais que passer...

— Ça ne vous fait pas trop de peine ?

Elle espère bien que si. Elle me montre le super-marché. Elle me regarde droit dans les yeux.

— C'était bien joli, chez vous !

— Il y a de bons souvenirs, dis-je. Ce qui m'attriste le plus, c'est la disparition du parc.

— Les arbres, les fleurs... Ah, si René voyait ça !... Mais le passé est le passé, non ?

— Bien sûr. Au revoir, Madeleine.

— Au revoir. Mon bon souvenir à votre maman. Et à vos sœurs !

Elle s'éloigne... Se retourne... Agite le bras dans ma direction parmi les passants du boulevard... Est-ce qu'elle se souvient des scènes dans la lingerie ? Évidemment... Elle se retourne encore... Corbeau maigre... Adieu.

J'avance lentement en voiture... Oui, le château du Prince Noir est bien là, derrière les entrepôts, pavillon gothique à vitraux... C'est vers lui que je revenais, à vélo, en sortant du lycée à six heures ; vers lui, à travers les vignes qui commencent juste à côté... « *Je suis le ténébreux, le veuf, l'inconsolé* »... Les ombres bougent sur les vieux murs enregistreurs et discrets bourrés de voix mortes mêlées au lierre énergique issu des enfers... Cliquetis des épées et poignards, froissement des étoffes, hennissements des chevaux... « *Le Prince d'Aquitaine à la tour abolie* »... Dans la tour ! Dans la tour ! Ballon perdu dans les ruines, cris dans la prairie sous le ciel d'orage, hirondelles folles en zigzags... « *Ma seule étoile est morte* »... La lumière vient de plus loin que la lumière visible, les yeux ne reçoivent son message que des milliers d'années plus tard, dans la nuit... « *Et mon luth constellé* »... L'instrument caché, radar des sphères... « *Porte le soleil noir de la mélancolie* »... On le pénétrera un jour, l'envers universel ; on l'écoutera ; on l'explorera...

Ils sont donc là, dans le cimetière, au bout de l'allée de platanes, à droite, tout contre le petit mur d'enceinte... Les uns sur les autres... Dessous... Famille Diamant... Case vide aspirante déjà marquée... Je l'ai vu combien de fois, ce bout de mur isolé, blanc, calme, pendant mes voyages ?... Près de Xian, en Chine, devant les stèles debout dans les champs... Léger vent, feuillages... Un grand pot de géraniums souligne le dernier nom de la liste :

OCTAVE DIAMANT (1896-1970)

Dans la pierre... Et là, brusquement, sa signature m'apparaît... Cette façon de faire tourner l'O sur lui-même, comme une vrille, un lasso, une toupie... Au stylo... Diamant de la plus belle eau... A-t-il dû se faire moquer de lui, sans cesse, non seulement à cause de son nom, comme moi, mais en plus pour ce bizarre prénom !... Octave !... On n'a pas idée !... Octave Diamant !... Et puis quoi encore !... On n'y croirait même pas dans un roman !... Et comme si ça ne suffisait pas, il en a rajouté avec l'une de ses filles... Laure Diamant !... Pourquoi pas Rivière de Rubis ? Topaze Émeraude ? Agathe Joyaux ? Platine d'Argent ?... Ils seraient bijoutiers ou banquiers, remarquez, ça inspirerait peut-être confiance... Mais fabricants de poubelles !... Avouez que c'est un comble !... Oui, c'est drôle, l'ironie des choses... A moins qu'on ne trouve ça poétique... Diamant ? Au tableau !... Résolvez-moi vite cette équation... Décidément, messieurs, ce Diamant n'est pas une perle !... Alors quoi, vous séchez ? Vous êtes dans le noir ? Diamant noir ? Comment dites-vous ? Dément ? Damant ? Dormant ?... Diamant ?

Comme des diamants ? Avec un s ? De la couronne, sans doute ?... Messieurs, ce Diamant est-il authentique ? Je n'en jurerais pas... Quelle facette est la vraie ? De la verroterie, tout au plus... Dites-moi, Diamant, vous n'êtes pas particulièrement brillant aujourd'hui !... Ce n'est pas le Koh-i-Noor !... L'affaire du collier de la Reine ? Eh bien, demandez à Diamant !... Il ne sait rien ? Les plus beaux spécimens ont parfois un crapaud, n'est-ce pas ? Alors, Diamant, toujours solitaire ? Ce Diamant, messieurs, ne se prend pas pour de la crotte !... C'est qu'il est têtu ! Quel *Caillou* !... A propos, vous êtes d'origine hollandaise ? Israélite ? Russe ?... Diamant avec un y ?... Hé, Diamant, dites-nous ce que vous savez de l'Afrique du Sud... Et donnez tous vos feux, n'est-ce pas ?... Alors, Diamant, vous êtes dans les poubelles ? Quel *raccourci* !... Il fait quoi exactement, votre père ?... Industriel ?... Industriel de quoi ?... Et Lena, votre mère, elle vient d'où ? De Paris ?...

Réponse dans l'allée du cimetière, à vingt mètres :

LOUIS REY (1864-1954)

Mais ça, c'est l'autre versant... N'allons pas trop vite...

Je les rêve souvent, les maisons... Symétriques... Deux frères ayant épousé deux sœurs, et s'installant côte à côte, en miroir... Est-ce qu'on a déjà vu ce phénomène ? J'ai toujours pensé mettre une petite annonce dans les journaux pour savoir si je n'avais pas, par hasard, ici ou là, un jumeau psychique... Octave et Lena à gauche. Lucien et Odette à droite. Grande façade de pierre divisée, même nombre de pièces de part et d'autre, une grille, deux portails, deux perrons, deux entrées... Même mobilier, ou presque, à l'inté-

33

rieur... Les canapés, les tapis, les tables, les lits, les tapisseries, les lampes... les bergères!... Louis XV au salon!... Les secrétaires Empire! « Retour d'Égypte »! Pyramides!... Sphinx!... Les gravures anglaises... Départ pour la chasse... *Stag hunting*... Et puis le retour... Cavaliers mettant pied à terre, posant leurs mains sur les boucles blondes... Chambres à coucher en écho de chaque côté du mur... Mon père et ma mère, donc; le frère de mon père et la sœur de ma mère... Leurs regards, parfois, le matin?... Leurs silences après dîner, le soir, sous les pins?... Deux pères, deux mères... Discordance : Paul, le fils unique d'Odette et de Lucien... Trois d'un côtés, un de l'autre... Plus-que-cousin... Le plus âgé des quatre... Signant bientôt P. Diamant... Et moi, plus tard, Ph... Lutte pour faire reconnaître cette minuscule en plus, ce h... Paul? Non, Philippe... *Ph*... Vous voyez bien que ce ne sont pas les mêmes initiales... Ah bon, Philippe? Le cadet? Le petit dernier? C'est ça, le dernier...

Dans ces rêves, je suis presque toujours dans le jardin, la nuit. Tout est fermé chez nous... Je tâtonne dans les allées, mon visage est pris dans les branches... Je suis rentré trop tard de la ville, ils ont tout barricadé une fois de plus, ils m'excluent sans un mot... Ou bien, c'est un jour de fête, ils sont partis, je marche dans les couloirs et les chambres... J'inspecte les plis de leur vie comme un étranger, avec répulsion et curiosité... On dirait que nos temps n'ont jamais coïncidé, que le sommeil doit en répéter la preuve... Que j'ai été parmi eux un lambeau rapporté, un passager non prévu, un compteur à part...

Une scène revient parfois me réveiller en sursaut... Météore... Je suis dans mon berceau, sans doute, près de leur lit... Je sens mon visage arraché par un bruit de meurtre... Décollation, explosion... Ce moment semble enfoncé dans les bombardements aériens de

34

l'époque, chasseurs, DCA, fusées éclairantes... Enfance de guerre... Naissance dans le feu ambiant...

Bon, je vais terminer ma visite par l'église... Sur la route d'Espagne... Notre-Dame-de-Grâce, ou quelque chose comme ça... Vierge miraculeuse... Cernée, maintenant, par une cité ouvrière... Square Jean-Jaurès... Avenue Lénine... Rue Paul-Éluard... Salvador-Allende... Cachin... Thorez... Joliot-Curie... Baptême, là... Fin 1936... Date religieuse... Légende... Comme 1789... 1871... 1917... 1968... Pauvre église, style fin dix-neuvième, bien laide, bien n'importe quoi... Je regarde les vitraux sales, les murs gris... Bénitier sec, pas une goutte... J'essaye de me souvenir des messes, des sermons, confessions, communions, chemins de croix, processions. Théâtre intime... Cierges... Chorale... Orgue... On dirait que tout a été englouti sans laisser de traces... Ça doit pourtant fonctionner encore... Services réguliers, mariages, enterrements... Journaux avec le Pape en Pologne... Lourdes... Annonces de conférences bibliques... L'Évangile est ouvert sur un lutrin... Matthieu 17... Transfiguration... Et il se métamorphosa devant eux, sa face resplendit comme le soleil, ses vêtements devinrent blancs comme la lumière... Et Pierre, Jacques et Jean lui proposèrent de rester là sous des tentes, avec Moïse et Élie... Et la nuée les couvrit, et la voix parla, et ils se prosternèrent le visage contre terre... je feuillette le gros livre rouge, je cherche l'Apocalypse... Voilà... Chapitre 20...

« Telle est la seconde mort : le lac de feu.

« Si quelqu'un ne se trouve pas inscrit dans le volume de vie, il est jeté dans le lac de feu... »

— L'Évangile vous intéresse ?

Le ton est visiblement hostile, à peine retenu. Trente ans. Plutôt paysan. Costume gris. Croix à la boutonnière.

— Mais oui.

— Vous habitez le quartier ?

— Pas du tout.

— Bordeaux ?

— Non, Paris.

— Vous êtes de passage ?

— Oui.

— Vous avez de la famille dans la région ?

— Exactement.

Il m'analyse. Il aimerait comprendre ce que je fais dans son église périphérique, jamais visitée par les touristes, en train de tripoter son Livre. Il évalue ma couleur sociale. Je vois se former une vapeur de méfiance dans son cerveau, à travers ses yeux fixés un peu trop longtemps sur mon pantalon blanc. Juste derrière lui, une bande dessinée : le bon Jésus entouré d'enfants de tous les pays... « Qui mange ma chair et boit mon sang aura la vie éternelle »...

— Vous êtes ici depuis longtemps ? dis-je poliment.

— Deux ans.

— Vous croyez en Dieu ?

— Quelle question !... Je ne vois pas ce que je ferais là ?

Son ton manque tellement de conviction qu'il s'en aperçoit lui-même.

— Dieu vous préoccupe ? dit-il, presque en frissonnant.

— Mais oui... De temps en temps...

— Écoutez, dit-il, venez à la sacristie si vous voulez. Nous serons mieux pour parler.

A ce moment, un gamin d'une douzaine d'années entre en courant dans l'église. « Pierre ! », il crie. « Pierre ! »... « Qu'est-ce qu'on fait pour la piscine ? On y va ou on n'y va pas ? »

— Excusez-moi, dit le curé.

Il se dirige vers le gamin. Entame avec lui une discussion animée dans l'ombre. J'en profite pour m'éclipser presque en courant par la porte latérale...

— Diamant?

Long vieillard courbé devant ma voiture...

— Fressole! hurle-t-il comme si j'étais sourd.

Ah oui, le latin... Le grec... Les cours d'été dans le parc... Homère sous les arbres...

— Je vous suis dans les journaux! (Il continue de hurler.) A la télévision! Ça marche pour vous, hein!

— Pas mal, pas mal... Vous allez bien?

— Je dis toujours que vous étiez mon meilleur élève! Le plus doué! Vous me devez un peu tout ça quand même, pas vrai?

Le con, il ne manque pas d'air, il va bientôt me demander dix pour cent sur mes droits d'auteur! Il a complètement oublié qu'il n'arrêtait pas de me coller pour indiscipline... A part ça, bon prof... Il est à la retraite, maintenant... Socialiste, si je me souviens bien... Après avoir été collaborateur... Franc-maçon, évidemment... Il me considère tout malsain... Béat...

— Le latin est perdu! dis-je. Le grec coule à pic! C'est la fin!

— Quoi? Quoi? hurle-t-il. Quoi? Qu'est-ce que vous dites?

Je ne sais pas ce qui me prend, là, sur le trottoir... Je me mets à déclamer:

Noctes atque dies patet atri janua ditis
Sed revocare gradum, superasque evadere ad auras,
Hoc opus; hic labor est!

— Sacré Diamant! hurle le vieux. Virgile, hé? Livre Six! Bonne mémoire! Vous étiez bon aussi en récitation, nom de Dieu! Toujours premier!

Je continue... Quelques passants commencent à s'arrêter, croyant qu'on s'engueule... Je gonfle la voix:

Inter se mortales mutua vivunt,
Et quasi cursores vitai lampada tradunt!

37

— Oui ! Oui ! crie-t-il. Lucrèce ! Eh, dites donc, vous devriez leur sortir ça pendant une émission de télé, ça les épaterait !

Il rit. Il est tout content. Je l'embrasse. Il en pleurerait.

— Vale ! Il me fait. Vale !

— Vous êtes de la radio ? dit une grosse bonne femme. C'est un jeu ?

Je monte dans la voiture. Je démarre...

— Vale ! crie encore le vieillard en agitant sa canne. Salut ! Bon Vent ! Fortuna audaces juvat !...

C'est ça. *Juvat !*

Bon, d'accord, ce voyage est une erreur, inutile d'insister, il n'y a rien, je ne tiendrai pas le coup, mieux vaut repartir tout de suite... Je rentre, je commence à faire ma valise, j'embarque les caisses, Asunción me regarde, l'air effaré...

— ¿ El señor se va ?

— Oui. On m'appelle d'urgence à Paris.

— Mais le déjeuner est prêt !

— Je le prends, je le prends...

Je téléphone à Laure...

— On me demande à Paris. Il faut que je rentre. Excuse-moi.

— Mais j'avais invité maman et Hélène à dîner ! Les filles voulaient te voir !

— Ah, c'est idiot. Excuse...

Les filles, c'est vrai... Lise, Maud... Blandine...

— On ne te verra pas ? dit Laure.

— A Paris !

— Comme tu veux...

Plutôt raté, le pèlerinage aux origines... Le héros bloqué... Inhibé sur place... N'allant même pas embrasser sa mère... Je n'étais pas venu ici depuis dix ans, je ne peux toujours pas y venir... Envoûtement... Interdit...

Laure téléphone :

— Tu vas partir quand ?

— Ce soir.

— Tu vas rouler la nuit ?

— Oui, je préfère.

— Tu dois quand même aller voir Lena, elle t'attend.

— Bien sûr.

— Je viendrai faire un tour en fin d'après-midi. D'accord.

Je mange rapidement, je retourne en ville... Maison de retraite, là... Protestante...

— Mme Diamant ?... Deuxième étage. Studio 25.

Je monte. Linoléum. Semi-hôpital. Odeur de cire et de phénol. Infirmières. Je pousse la porte du 25. Maman est assise près de la fenêtre... Elle a reconstitué autour d'elle une pièce de la maison... Sa coiffeuse est là, son secrétaire... Photos sur la table... Hélène et Laure en robes longues... Octave assis dans le jardin... Moi, étudiant, devant le château de Versailles...

Elle me sourit :

— Alors, tu ne restes pas ? Tu n'es pas bien à Dowland ?

— Si, très bien... Mais tu sais ce que c'est... Le travail...

— Tu te fatigues trop. Tu devrais faire attention.

— Comment vas-tu, toi ?

— N'en parlons pas...

Grosse petite Lena, peau douce, ridée, bien coiffée... Je suis sorti d'elle... C'est elle qui m'a pondu... Chaque fois la même stupeur... Une fois que le vin est tiré, il faut le boire... Une fois le corps accouché, il faut bien le voyager jusqu'au bout... L'usure physique et l'argent, derniers sujets de conversation... Maladies rampantes,

cœur, rhumatismes, loyers, réparations, impôts...
Canalisations, toitures... Ses locataires lui font des
ennuis... Sa cure dans les Pyrénées l'a fatiguée plus que
de coutume... Et puis, il y a le contexte, ici... Oh, tout
est impeccable, strict, mais tous ces vieillards... En
plus, elle est quand même la seule catholique admise,
par privilège... Il y a des réflexions à table contre le
Pape, ça la choque... Ma réputation n'arrange pas non
plus les choses... L'ex-maoïsme... La pornographie...
C'est bien votre fils, n'est-ce pas ?... On peut dire qu'il
défraye la chronique... Quelle santé dans son dernier
livre !... Toutes ces femmes. Votre belle-fille ne s'en
formalise pas ?... Quelle éducation lui avez-vous donnée ?... Elle me défend comme elle peut, Lena, par
l'humour... Elle me pardonne tout, maintenant... du
moment que j'ai du succès... Notre guerre est finie, elle
a été implacable, elle l'a même oubliée, c'est mieux...
Elle se raconterait même qu'elle m'a aidé ou encou-
ragé si, à ce moment, je ne lui faisais pas un clin d'œil...
On rit... La faire rire, tout est là... Aussitôt, elle est
pleine d'anecdotes drôles, elle laisse tomber ses lamen-
tations, s'élance comme une jeune actrice dans des
rôles de composition comiques... Elle imite les uns, les
autres, ses voisins, ses voisines, d'anciennes connaissances rencontrées par hasard et cassées par le poids
du temps... Elle a un don inné pour les prendre de
l'intérieur, avec leurs précautions et leur prétention,
leur hypocrisie et arrière-pensées, leur malveillance...
Elle semble savoir d'instinct d'où ils viennent : du
Mal ; et où ils vont : au Mal... Elle est sorcière, Lena,
elle sent tout... Pas question de lui raconter des
histoires... Elle a le savoir de la souffrance physique,
cancer du sein surmonté, souffle cardiaque, brûlure
intestinale, longues nuits d'insomnie... Cri rentré en
soi, et gaieté immédiate si elle trouve quelqu'un pour
l'entendre... Elle se bat dans les ténèbres, les prémoni-
tions, l'intuition...

— Tu as l'air en forme, dit-elle. Tu es mieux avec les cheveux courts. Mais tu fumes trop. Tu bois toujours autant ?

— Mais non, mais non.

— Comment va Norma ?

— Très bien.

— Tu sais qu'elle ressemble vraiment à Norma Shearer... J'ai revu *Femmes*, de Cukor, l'autre soir à la télévision. C'est frappant. Même style. Même démarche.

— Je te l'avais dit.

— Et ma petite Julie ?

— Bien. Elle aime sa nouvelle école. Elle fait beaucoup de progrès au piano.

— Est-ce que quelqu'un a fait le rapprochement entre ton livre et le film de Cukor ?

— Personne.

— Il n'y a plus de critiques !... De quand date-t-il, déjà ? Il n'a pas vieilli.

— 1939.

— Tiens, j'avais trente-trois ans. Et toi ?

— Deux.

Elle en a mis du temps, Lena, pour accepter Norma... C'est-à-dire pour lui envoyer un diamant de la famille... Un de ses deux solitaires, le plus beau... Deux ans après notre mariage... Elle aurait préféré que je ne me marie pas, bien entendu... Et, en plus, une Américaine...

— Tu es allé voir ton père ?

— Oui.

Dans « ton père », il y a « faillite »... L'échec des Diamant... Elle ne peut plus supporter ce nom et cette histoire, Lena, elle me le redit... Nom maudit, naufrage... Le martyre d'Odette avec Lucien, ce monstre... Ce gros porc vicieux... Alors qu'Octave est devenu une sorte de saint, trop sensible, hélas, trop faible... Vaincu par les intrigues de l'autre côté du mur, écrasé par les banques... Pas assez d'autorité, rêveur, pas de sens du pouvoir... Qu'ils aillent au diable, eux et leur usine ! Leur bazar ! Leur quincaillerie !

— Tu as vu le SUMA ?

— Ça fait drôle.

— Moi, je ne regrette rien, dit-elle avec force. Ça a été l'enfer. Ils ne m'ont jamais comprise, jamais admise. Tu le sais. Tu sais pourquoi. Ne revenons pas là-dessus.

Je la regarde. Elle campe sur ses positions, au bord de la mort. Une fois de plus, ses deux yeux différents me surprennent : l'un marron clair, l'autre sombre. Comme si elle avait deux dimensions du regard pour éclairer ce qu'elle dit. Son visage est mon visage. Son front, mon front. Ses petites manies, probablement à moitié les miennes. Son orgueil, mon orgueil. Son père, à qui son énergie tout entière est dédiée, minute par minute, circule en moi comme un sang rebelle et violent... Elle dit souvent *papa* et jamais *maman*, ou presque...

— Ça c'est pour toi.

Elle me tend un livre à reliure de cuir... *Les champions d'escrime*... Il y a des photos de Louis, là, énergique, massif... Un long chapitre... Fleuret, sabre, épée, sans oublier les cartes et les pistolets... Et les chevaux, ah, les chevaux !... J'ai entendu le couplet mille fois... Je me lève...

— Tu t'en vas déjà ?

— Il faut, tu sais. Je te téléphone...

Je l'embrasse. Elle a sa bonne odeur de toujours, parfum dans le cou et derrière l'oreille... Son collier de perles est heureux sur elle... Je l'embrasse encore.

— Tu viendras à Paris ?

Elle détourne la tête.

— Tu sais bien que non.

J'arrête la voiture sur les hauteurs, de l'autre côté du fleuve ; je descends, je regarde la ville allongée... Silence. Brume. Port de la lune... Croissant argenté dans l'eau... Garonne miroitante blanche... Air d'ailleurs. D'où, au fait ? Voiliers vers Londres, Amsterdam, Anvers, cales bourrées de *claret*... Arrivées de Montevideo ou Valparaiso... Aliénor d'Aquitaine, mariage avec Louis VII, le 25 juillet 1137, dans la cathédrale Saint-André... Et puis, trahison, à nous l'Angleterre... Nous sommes des traîtres-nés... Nous avons nos bateaux, nos vins, ils n'appartiennent à personne... Palais de l'Ombrière, L'Ormée... Avocats, marchands, étendard blanc à croix rouge... Spectres sortis du gravier... La France ? Méfiance. Taxes, commissions, limitation des libertés... A bas Jeanne d'Arc, Louis XIV, Mazarin, les Jacobins, Napoléon et l'Empire... Vivent les princes Condé ou Conti, Louis XV et l'Angleterre, toujours... L'Espagne, s'il le faut... La Fronde... « Caractère frondeur »... David contre Goliath... Girondins écrasés, mémoire niée, latérale, transmise à mots couverts contre la version scolaire, militaire... Entrepôts gardant l'odeur des Antilles, gingembre, cannelle, girofle, tiédeur du sucre imprégnant les murs... C'est ici qu'ils viennent se réfugier, ces emmerdeurs de Français, quand ils ont des ennuis à l'Est... Allemands ? Russes ? Pareils...

« C'est aux paroles à servir et à suivre, et que le Gascon y arrive, si le Français n'y peut aller ! Je veux que les choses surmontent et qu'elles remplissent l'imagination de celui qui écoute de façon qu'il n'ait aucune souvenance des mots. Le parler que j'aime, c'est un parler simple et naïf, tel sur le papier qu'à la bouche : un parler succulent et nerveux, court et serré, non tant délicat et peigné comme véhément et brusque... Déréglé, décousu, hardi... »

Ou encore :

« Qui a en l'esprit une vive imagination et claire, il la produira, soit en Bergamasques, soit par mines s'il est muet... »

Ou encore :

« Et sais d'avantage que, s'il eût eu à choisir, il eût mieux aimé être né à Venise, et avec raison... »

Parce que c'était lui, parce que c'était moi ; parce que ce sera nous, c'est-à-dire le même de toute façon, allez donc leur expliquer ça aux usurpateurs du Nord ou du Centre... Impossible... Les *Essais*, *La Servitude Volontaire*, *Les Lettres Persanes*, *L'Essai sur le goût*, *L'Esprit des Lois*, sujets de dissertations et concours ? Allons, venez ici, allongez-vous, respirez, goûtez, le reste est bavardage, brume, terreur, emphase, bœuf. A nous, d'Armagnac ! La France a un bœuf bourguignon sur la langue. Mettons à part Retz, Saint-Simon, ou encore Bossuet, pour cet hommage à Condé, qui a eu à Bordeaux sa capitale :

« Dans le feu, dans le choc, dans l'ébranlement, on voit naître tout à coup je ne sais quoi de si net, de si posé, de si vif, de si ardent, de si doux, de si agréable pour les siens, de si hautain et de si menaçant pour les ennemis, qu'on ne sait d'où lui peut venir ce mélange de qualités si contraires. »

Oui, Françaises, Français, nous sommes suspects, nous avons toujours comploté contre vous... Et pas à la manière d'une minorité folklorique ou retardataire, ne confondons pas, n'allez pas nous comparer aux Bretons, aux Corses, aux Auvergnats, aux Lorrains, aux Alsaciens et autres périphériques de la particularité rude, abrupte ou prétendument authentique, non, mais comme la vraie majorité, la lumière de la langue et du droit. La Boétie, Montaigne, Montesquieu ! Triangle véridique ! Gorges baignées du meilleur liquide ! Honte et remords des philosophes ! Civilisés intraitables ! Je vous bénis ici même, au nom de la planète tout entière, pointe de folie emportée dans le néant qui nous tient !

Trois heures... Je rentre au domaine... Dans les prés, de part et d'autre de la grande allée de platanes, les chevaux courent un moment avec moi... Je me déshabille... M'allonge nu sur mon lit... Pour la première fois, je repense avec précision à Sophie, à notre dernière fin d'après-midi. Elle a fini par me sucer rapidement, comme elle fait quand on va rester quelque temps sans se voir... Penchée, la tête plongée, avalant vite... « A bientôt ! »... « A bientôt »... Comme une prise de coke... Ligne tordue, communion spéciale... Ça l'amuse d'y repenser, le soir, pendant une conversation sérieuse avec ses amis...

Je m'endors un peu... Me réveille... Une ombre vient de passer et de repasser rapidement devant la porte-fenêtre... J'entrouvre les yeux, j'entends le gravier crisser... L'ombre bleue revient, tourne la tête, jette un coup d'œil dans la chambre... Asunción... Je ne bouge pas... Elle s'en va... Je continue à faire le mort. La revoilà, maintenant, derrière la glycine. Elle me regarde carrément... Je remue le bras droit, elle disparaît... Revient... Deux fois... Trois fois... De plus en plus imprudente... Ah, bon... L'annonce de mon départ précipité a dû accélérer son scénario rêveur... Elle doit savoir que je l'ai vue, maintenant, elle reste immobile... C'est amusant, pourquoi pas... Rien de sexuel, bien entendu, curiosité enfantine, elle observe une image télévisée, une bande dessinée... La vedette dans l'intimité... L'envers du spot publicitaire... Ça ne peut quand même pas durer éternellement... Je me relève, elle s'enfuit sans bruit... Je m'habille, je n'y pense plus, je vais marcher dans les vignes...

A mon retour, un jeune type est là, jeans et blouson de cuir, l'air mauvais, tendu... Il me demande quelles sont mes intentions... Quelles intentions ?... Il s'embarque dans un discours haché, d'où il ressort que j'ai

essayé de séduire Asunción... C'est l'évidence même...
Il fallait s'y attendre... Inutile de le dissuader, il en
veut, il aime être convaincu, il s'excite tout seul,
d'ailleurs il vient de découvrir une photo de moi dans
le tiroir de la cuisine... Découpée dans un magazine
féminin... Mais non, mais non... Mais si!... Et comment!... De toute façon, une accusation rend toujours
coupable... Il commence à m'énerver, ce petit loubard
tout en muscles, dressé sur ses ergots de propriétaire...
« Je suis son mec », il crie, « vous comprenez ? »...
« Son mec ! »... « Et merde, je fais, j'en ai rien à
foutre »... « Avec les saloperies que vous écrivez ! »... Il
crie toujours... « Ça vous a plu ? », dis-je bêtement...
« Salaud ! Et, en plus, vous seriez bien capable de la
violer ! »... Là, j'ai tort, je le trouve gentil, je me mets à
rire. J'ai à peine le temps de voir son poing partir, le
coup en plein sur l'œil droit me déséquilibre. C'est un
pro. Sec et précis. Il doit avoir sa réputation à la fin des
bals du samedi... Il me regarde un peu effrayé, part à
toute allure, j'entends une mobylette démarrer en
trombe...

En passant ma main sur mon visage, je comprends
ce qu'il a vu. Du sang partout... C'est drôle comme ça
gicle vite et fort, une arcade sourcilière... Ça me
dégouline sur le nez, les joues, là, en plein soleil... Je
monte dans la salle de bains de Laure, je trouve du
coton dans sa pharmacie, je me nettoie comme je
peux...

— Il est fou ! Il est fou ! Loco ! Loco !

C'est elle... Elle a l'air très emmerdée, et en même
temps, bien sûr, ravie... Ce n'est pas grave ? Je ne dirai
rien ?... Elle me prend la main, l'embrasse, pleurniche
un peu... Elle est toute fière... Qu'on l'aime tant...
Qu'on se batte pour elle... Carmen... Corrida... La glace
est rompue... Je ne dirai vraiment rien à Madame ? Je
lui pardonne ?... Bien obligé de la consoler, tout en
regardant, dans la glace, mon œil gonfler le coton

rougi... Punition du satyre... Détournement de mineure... Petites filles à la sortie du lycée... Loup-garou dans les bois... Dracula parisien... Corrompu du château... Bourgeois pervers passible du tribunal populaire... Elle a dû le chauffer à blanc depuis hier... Minauder, frémir à contretemps, soupirer, se refuser, facile d'imaginer le film... Roman-photo avec bulles... Feuilleton « social »... Ascension fulgurante de la jeune débutante... L'écrivain débauché vaincu par l'amour... Bijoux, robes, voiture de course, appartement, Paris !... Elle devient chanteuse rock... Elle est lancée... La gloire !... Je l'épouse, elle divorce une fois sa célébrité confirmée, elle a eu un enfant entre-temps, bien entendu, elle part avec une star du show-business... Plus beau !... Plus jeune !... Dix fois plus connu !... Je suis sa chance, son tremplin, son oncle d'Amérique, pas si désagréable, en plus, il faut l'avouer... Quoi qu'il en soit, on en est maintenant aux petits baisers... Sur fond sanglant... Moi tenant toujours mon coton sur l'œil... Bon, ça y est, voilà sa bouche... Elle est toute pâmée, retournée, elle me donne son souffle et sa vie, elle m'étouffe... Je change acrobatiquement mon coton...

On descend, on va dans ma chambre... On s'allonge sur le lit... Je lui ai plu tout de suite... Je lui plaisais déjà en photo... Elle n'a pas pu le cacher à son ami... Il est d'une jalousie féroce... Brutal... Elle ne veut plus le voir... Elle me l'offre... Me le sacrifie... L'égorge, là, sous mes yeux... Je la calme comme je peux... Je suis marié... Père de famille... J'aime ma femme... En général, ça suffit... Mais les Espagnoles sont coriaces... Elle ne m'écoute pas, se presse contre moi, je suis devenu sa planche de salut, sa bouée, son scaphandre... La chance est là, elle la saisit à bras-le-corps. Elle m'adore... Elle a envie d'expérience... Elle fera tout ce que je voudrai... Oui, mais quoi ?... Je ne vais quand même pas lui apprendre les gestes... J'ai passé l'âge des étreintes fusionnelles, toi c'est moi, encore, toujours, merveille, je t'aime, masque à oxygène, fièvre ambiante, salives, nectar absolu des respirations... Elle n'est pourtant pas mal, Asunción... Rebondie, souple, n'arrêtant pas de remuer dans tous les sens... Me redonnant même un coup d'épaule dans l'œil... Oh, pardon !... Je ne devrais pas partir... On lui a dit que je restais au moins une semaine... *¡Te quedas !*... Elle me tutoie... Quel âge, au fait ?... Seize... Elle me mange le cou, l'oreille... Elle s'assoit sur moi...

Je comprends que son petit ami l'apprécie, mais après tout il pourrait peut-être revenir, jouer de la barre de fer ou du canif ?... Je me lève, je lui montre mon Browning chargé... Elle crie, mais ça la rapproche un peu plus... Elle me ressaute dessus... Non, non, il ne viendra pas, il est trop lâche... Pas tellement, dis-je... Mais, s'il vient, tu le *toues !*... *le matas !*... C'est ça !... Crime passionnel !... Encore le film !... *Dallas !*... *Shôgun !*... *Dynasty !*... Légitime défense !... Je suis arrêté... Prison... Elle m'attend... « Coup de foudre dans les vignes ! »... « Le vin des amants ! »... Tragédie campagnarde !... Série en douze épisodes !... Vingt-quatre heures sur la Une !... Pourquoi n'aurait-elle pas une grande carrière, Asunción ?... Il suffit que quelqu'un la découvre... La propulse... L'impose... Elle n'est pas plus mal qu'une autre... J'en connais même dix qui ne la valent pas, là, en cet instant déchaîné... Aucun sens du ridicule, beauté pure... Mais elle sent que ce n'est pas suffisant... Que le charme s'évapore... Allons, bon, elle se déshabille... Elle s'allonge nue sur le lit... *Maja desnuda*... Quel ennui... Ça m'apprendra à écrire des best-sellers avec des scènes érotiques à la diable... Je vais refaire des poèmes... Avec les poèmes, pas de problèmes... Respectabilité assurée... Ou encore un essai sur la sexualité dans le monde antique, là... Chacun chez soi...

Elle pleure de honte, maintenant, que je ne me sois

pas précipité sur elle comme une bête... Je la recouvre doucement, elle sanglote sous le drap... Bon, c'est mathématique, montée de la haine... Encore heureux si elle ne va pas chercher son copain pour se plaindre que j'ai vraiment essayé de la violer... Ils en ont envie tous les deux... De l'argent ? Non. Désir d'entrer dans le scénario, c'est tout. L'argent est à l'horizon, bien sûr, comme toujours, mais c'est d'abord l'aspiration médias... Pulsion projecteurs... Soif gros plan...

Finalement, je lui dis que j'ai très mal à la tête. D'ailleurs, c'est vrai. Un café ? Café. Elle se rhabille. Il faut qu'elle vienne me voir à Paris, non ? Je lui ferai visiter... Elle se calme... Tout n'est peut-être pas perdu... Je lui dis qu'elle peut prendre sa soirée, que je partirai sans dîner... Je plains son mec : il va être obligé de se dépenser sérieusement, ce soir... Son coup de poing va lui revenir en pleine figure. Elle va lui dire qu'elle l'admire, mais en même temps se montrer distante, boudeuse... Hausse des prix... « Il m'a suppliée de venir le voir à Paris »...

Six heures et demie... Laure arrive...

— Qu'est-ce que tu t'es fait à l'œil ?

— J'ai manqué une marche en descendant à la cave... On vieillit...

Elle me donne un petit coup de langue sur la paupière... On se met au soleil, dans les chaises longues, sous la glycine... Whisky...

— Tu as vu maman ? Comment tu la trouves ?

— Pas mal. Bien installée. Plutôt gaie. Malade et bavarde : bon signe.

— C'est fou ce que la vie passe vite, non ? A peine le temps de se retourner, c'est fini. Je ne sais pas comment tu te débrouilles, toi. Tu as l'air d'avoir un solide trente-cinq ans en pente douce, fixe...

— Le pacte du Docteur Faust, mon enfant... Contrat du Diable... Il y a un moment où il faut choisir, où tu as une proposition soufrée sous les yeux... Relâchement ou concentration ? Magma ou discipline ? A partir de là, navigation à vue... Mais tu es très bien, qu'est-ce que tu racontes ?

C'est vrai qu'elle se tient, Laure, un peu fatiguée, c'est tout... Les enfants... Les hauts et les bas du vin... Les potins de l'été sur le bassin d'Arcachon, au Pyla, au Moulleau... Le tennis des Abatilles... Il existe encore ? Mais oui. Tu joues toujours ? Moins souvent... Cela dit, je me vois, tu sais. Ni plus, ni moins. La plage, les bateaux. Comment, je ne sais pas ce qu'est un catamaran ? Un *Holie-cat* ? Mais je suis débranché ! Préhistorique ! La révolution multicoque, voyons... Polynésienne !... La course d'*Elf-Aquitaine* ! Traversée de l'Atlantique en neuf jours ! Avec des pointes de cinquante kilomètres à l'heure ! Je ne connais rien à la glisse ?

— Si, si, bien sûr, j'avais oublié les noms.

— Ah, tu m'as fait peur.

Elle a raison... Où est-ce que je suis passé pendant tout ce temps ? Qu'est devenu mon vocabulaire ? A quoi ai-je pensé ? Que me suis-je obligé à penser ? J'ai vécu loin d'eux, loin des miens. Je ne sais plus rien de leurs signes de reconnaissance, de leurs mots de passe, de leurs chuchotements au bord de l'eau, entre deux virées de planche à voile, entre deux plongeons. De leurs petites histoires quand ils vont en boîte. De leurs flirts, toujours aussi nuls, mais avec toujours, j'imagine, les mêmes broderies et calculs des mères et des filles autour... Au fond quoi : je suis un demi-mort à demi célèbre. Un fantôme errant. J'ai eu peur de leur incarnation superficielle, implacable. De leur façon ricanante, rageuse, de planer au-dessus de tout. Mince Laure agressive, là sous la glycine bleue. Habituée à recevoir des coups et à en donner. Pour garder sa situation, son mari, ses propriétés. Ensemble de valeurs nettes, frontales. On a ce qu'on a. On garde ce qu'on a. On le développe. Hésiter ou s'arrêter, c'est mourir. Ils savent mourir. Et mentir. Ce n'est pas grave. La tradition continue. Le modèle. Une forme. Une technique fondée sur la forme. Mariages, naissances, enterrements, héritages... Pourquoi ? Comment ça, pourquoi ? C'est l'adversaire qui demande pourquoi. Pas nous. Le pourquoi n'est pas pour nous. Notre question est uniquement de savoir qui, à quel moment, jusqu'où... Le reste : action. En silence.

— On va faire un tour ?

Elle me prend le bras, on marche. Il y a un grand coucher de soleil jaune et rouge répandu partout... Elle me montre les vignes, cite des chiffres, évaluations, inquiétudes, comparaisons avec d'autres années, barriques, personnel, exportations... Pluie ou grêle... Concurrence et remembrements... Infiltration japonaise ou arabe... Vendanges dans dix jours, temps mythique...

— J'espère qu'on ne sera pas obligé de vendre.

— La question se pose ?

— Bien sûr. Tu sais qu'il y a un projet d'autoroute qui devrait passer par ici. On pourrait se concentrer, avec Hélène, sur les autres domaines, au nord.

— Dommage, l'endroit est charmant.

— Il n'y a plus de charme, mon cher.

Voilà... On revient à travers prés, on passe entre les chevaux... Elle monte encore à cheval ? Elle chasse ? Plus le temps. Toi qui tires si bien.

— Comme toi ?

— Comme moi.

— Et ton livre, ça marche on m'a dit ?

— Pas si mal. C'est surprenant.

— En tout cas, quand on m'embête avec les trucs pornographiques, je réponds que ça ne m'a pas appris grand-chose.

— Tu exagères peut-être ?

— Eh, eh...

Elle serre mon coude contre sa poitrine... Côte à côte, autrefois, sur le lit, faisant semblant de lire... Respiration contre respiration... Très loin, miroir-sang...

— Tu dois vraiment partir ce soir ?

— Oui.

— Tu as bien trouvé les malles ?

— Oui, merci.

— Asunción t'a préparé un dîner ?

— Je vais manger légèrement, il y a du jambon et du fromage dans le frigo.

— Tu es sûr ?

— Oui.

— Comme tu veux... Ah, j'ai quelque chose pour toi.

Elle m'entraîne dans la grange... Deux caisses de vin... 72, étiquette à son nom... Château Dowland, Madame Diamant-Hesnard, propriétaire... Je les porte jusqu'à la voiture...

— Bon, dit Laure. Eh bien, bonne route. Tu es chez toi, n'oublie pas, tu viens quand tu veux. Tu embrasses Norma et Julie...

Elle me tend la joue. Effleure à peine la mienne. Monte dans sa Méhari et démarre... Agite le bras au bout de l'allée...

Je n'ai prévenu personne de mon retour... Norma s'en fout à peu près, du moment que je paye et que je passe le temps qu'il faut avec Julie. Sophie et elle ne m'attendent pas avant au moins huit jours... Joan m'appelle très irrégulièrement. Ingrid est dans sa famille en Hollande... Quant aux amis... Je n'ai plus d'amis depuis longtemps... Seul, net, comme au début, quand j'ai débarqué à Paris... Aucune évolution. Aucun lien. Je suis passé entre toutes les mailles du filet, naturellement, en somme. Je n'attache pas. Je ne m'attache pas. Tout ce que je fais est marqué d'un sceau d'annulation invisible. J'apparais, on me reconnaît, j'ai ma place réservée, je parle, je donne mon avis, ce que j'écris est publié, critiqué, j'existe, je gagne ma vie, mais je ne suis pas là, ils le sentent, ils l'admettent, ça s'est arrangé comme ça. Il y a eu des hauts et des bas, quelques-uns m'insultent mécaniquement encore, mais avec une sorte de résignation, désormais, l'habitude est prise, une de plus. Je fais partie de leurs rites. De leurs obsessions floues. De leur pointage quotidien. Ah, il ne faut pas que j'oublie de placer une allusion contre lui. Un bout de phrase. Un sous-entendu. Quelques bons ennemis, donc, fidèles, et la machine tourne, vous êtes au cœur du poison. Pourquoi ils ne vous aiment pas ? Affaire de hasard, ça aussi, de malentendus magnétiques, ou alors, il faudrait chercher qui distribue les cartes, c'est possible, mais à quoi bon. On aurait pu faire autrement, aucune importance, ça finit par fabriquer une logique, la logique voilà l'essentiel. Du négatif, du positif entre négatif, des nuances, un arc d'appréciations, la panoplie des ressentiments, des on-dit, la nervosité générale... Chacun pour soi, le trou noir pour tous... Pas de futur, jour le jour...

C'est ça un « écrivain », aujourd'hui... Un type qui a passé sa nuit en voiture, qui arrive dans son coin désert, en pleine ville, qui glisse d'un silence à un autre silence, dans son couloir parallèle, comme on avale un verre d'eau entre deux sommeils. Une non-personne qui dort quand les autres veillent, s'agitent, et qui reste immobile, les yeux ouverts, assis sur les chiottes ou en train de vomir dans son lavabo, quand tout le monde dort. Il a trop bu, la connerie l'asphyxie, la sienne comprise, dont il a de plus en plus peur de rire, ou bien il est seulement là, stupide, stupéfié, en train d'éprouver jusqu'à l'évanouissement le temps mort. Pas besoin de chimie, l'organisme est le stupéfiant central. Le temps est cassé, oui, comme jamais, il y a seulement des fonctions qui ne veulent pas le savoir. Après quoi, si ça vous chante, vous pouvez brancher le téléphone et commencer le tunnel des « ça va, et vous ? ». Je laisse débranché. Je regarde.

Il est quatre heures du matin. La lune est là, presque pleine. Écœurante d'identité. Respire, petite fourmi, virgule terrestre : respire, range tes affaires, trie tes papiers. Tu es libre à condition de te sentir prisonnier des astres. Astres est un bien grand mot. Disons planètes. Vessie et lanternes. Vieux truc poussiéreusement lumineux d'un théâtre qui ne regarde même pas en dessous de lui les gadgets de l'électronique, ses prodiges de modernité. Une lune, une lune. Un soleil, un soleil. Un corps, un corps. Écran, il n'y a pas à sortir de là. Je la revois la lune, dans le jardin de l'hôpital militaire où j'allais m'isoler, le soir. Jardin est aussi un bien grand mot. Disons square. Les pieds dans la boue. En pyjama bleu marine, râpeux, seul vêtement de jour et de nuit. J'étais donc là, sur mon banc, pendant que les autres se massaient dans la salle de jeux. Hangar à peine chauffé, plutôt, avec baby-foot, ping-pong, jus de fruit et café lavasse. Je préférais rester dehors dans le froid. « Eh, Diamant, qu'est-ce que tu fous là ? Tu causes à la lune ? » « Monsieur médite ? » « Tu oublies qu'il veut être réformé pour schizophrénie ! » « C'est ça, Monsieur prépare son numéro pour les psychiatres. » « Tu crois que ça marchera ? » « Il peut toujours essayer. » « Tu devrais aboyer, Diamant, ça ferait plus crédible !... »

Ils ne voulaient pas tellement être réformés, eux ; je n'aurais pas pu leur confier, sans les choquer, ma décision d'aller jusqu'au bout... Lames de rasoir dans la poche... Bien sûr, je me serais arrangé pour être découvert à temps, mais je l'aurais fait. Jusqu'au renvoi définitif. Qui, d'ailleurs, a fini par avoir lieu. « Terrain schizoïde. Classé n° 2. Sans pension. »

Ils ne voulaient pas me lâcher, ces cons, je devais quand même avoir bonne mine. Et l'air pas fou du tout. Apparences... J'avais fini par me rabattre sur l'état mental en voyant que mes autres certificats ne suffisaient pas... Il y en avait, pourtant... L'asthme... Les otites à répétition, avec perte d'audition à quinze pour cent à l'oreille droite... La mastoïdite... L'hépatite mal réglée... Non, rien n'y faisait, ils prenaient tout le monde... L'armée, c'est la santé... En temps de guerre, on y meurt au maximum de sa forme... L'Algérie, chausse-trape infectée... C'était la fin, on rapatriait les blessés, il en arrivait pour tous les goûts, têtes, bras, jambes, aveugles, borgnes, traumatisés, amnésiques... On les amenait par camions, le matin, depuis la gare... Tout ça clandestin, la honte... Pêle-mêle dans la cour, comme du bétail, pansements, plâtres, brancards...

Ingrid venait me voir tous les deux jours, à l'heure des visites... Doucement, sans avoir l'air de rien, on passait du parloir et de la cour centrale à la chapelle désaffectée... Personne ne pensait à venir là... Seul endroit silencieux, pas chauffé, je lui passais des lettres en cachette... Ingrid Leysen, ma belle Hollandaise... On s'était rencontrés à une réunion d'écrivains, à Amsterdam... Moi vingt-deux ans, elle trente-huit... Elle venait de s'installer à Paris... On ne s'est pas beaucoup quittés depuis cette époque... Elle a ses limites, bien sûr, mais il n'y a que sur elle que je peux vraiment compter dans le secret du secret... Chuchotements dans la chapelle en hiver... Sous le plafond à caissons baroque... On nous voyait sûrement, personne ne disait rien... Manteau de fourrure... Astrakan... Loutre... Bijoux... Ça devait faire « famille », tante ou sœur aînée, étrangeté riche... Elle me parlait de l'autre guerre, la vraie, sa grand-mère maternelle était polonaise... Lodz... J'étais prétentieux, à vingt ans, je le suis encore, mais là, vraiment, sans réserve. J'avais décidé que j'avais fait le tour des choses, je pensais au suicide à chaque instant. Seule position philosophique tenable, etc., etc. C'est elle, en écoutant sans rien dire, qui a desserré pour moi ce carcan. Elle qui, malgré ses angoisses, m'a donné l'image de la volonté de vivre, réglée, obstinée. Si je me tue un jour, ce sera, je crois, sans frivolité métaphysique. Comme une manière de faire le point, d'y voir clair. C'est donc un squelette *sondé* qui s'exprime ici et qui, pour l'instant, a décidé de continuer un peu son ballet.

Le capitaine-psychiatre, lui, n'en revenait pas d'avoir un client aussi appliqué... Avec ce nom, il faut dire... J'avais adopté une attitude humble, cauteleuse, de collaboration totale... Je multipliais les gestes cérémonieux, empressés, les attitudes de soumission, les éclairs d'intelligence... Mais sans parler. La parole devait paraître un acte au-dessus de mes forces. Un court gémissement de temps en temps, tout de même, un balbutiement abstrait... Petite pièce grise sous les toits... On s'installait face à face, là, tous les trois jours, comme deux joueurs d'échecs... Il savait que je simulais, bien entendu, mais la seule façon de le faire douter de sa certitude était précisément de la pousser à bout, d'en rajouter, d'avoir l'air heureux de cette complicité menaçante... Petit à petit, je le voyais hésiter, lâcher prise, commencer à poser lui-même l'équation : pas fou du tout, c'est-à-dire complètement fou. D'une phrase, alors, d'autant plus efficace que j'avais donné l'impression de ne pouvoir en formuler aucune, je marquais la signification sexuelle de telle ou telle figure, de tel ou tel test. Syntaxe irréprochable. Mots choisis : pénis, pubis, testicules, vagin, utérus, urètre, prépuce, gland, phimosis, érection, flaccidité, trompes, lèvres, anus, nymphes, pertes blanches, menstrues... Ton neutre, un peu emphatique. Sermon. Là, je le fatiguais vraiment. Sa lèvre supérieure se retroussait de dégoût. Ma passion anatomique, à ce moment-là, démoralisait l'armée tout entière. Com-

56

ment envisager de faire marcher au pas quelqu'un qui, au lieu d'avancer, raisonnerait tout haut sur la mise en mouvement de ses doigts de pieds, tibias, fémurs, chevilles, rotules? A coups de pied dans le cul? Je voyais la violence envahir ses yeux gris, sa mâchoire épaisse, ses cheveux en brosse... Là, je me prostrais profondément. Plus une syllabe. Insondable mélancolie. Il se reprenait, affichait l'expression désinvolte de quelqu'un qui peut jouer à ça toute sa vie. « Très bien, à la prochaine »... L'usure... Je revenais à mon lit, je me taisais; jamais je n'ai autant étudié les sols, les parquets... Volonté contre volonté, la seule expérience... « Pensée? »... Non... Considérer qu'on est de toute façon en prison, sous surveillance; conserver sa force de résistance brute, opaque, et maintenir en même temps, de manière cachée, la possibilité de parler, c'est tout. Je me racontais Dowland dans le noir. Le matin, l'été. L'odeur des vignes. Les chevaux, les ombres. Le bruit des glaçons dans les verres. Les siestes. Discipline nerveuse. J'en suis toujours là. « Il y aura des jours meilleurs »... Et en effet, il y en a toujours. Combien de phrases, maintenant, là, tout de suite, criées ou murmurées mentalement dans la nuit, par tant de voix et dans toutes les langues. Rages, hontes, prières. Jamais enregistrées, jamais publiées. Rafales, sous-titres du grand film... Dieu, prends-les!

Famille, église, école, université, armée, banque, syndicat, parti, police, médias : mettez ça dans l'ordre que vous voulez, c'est la même affaire... Ces différentes cases, d'ailleurs, tendent à s'unifier constamment... Ce serait beau, non, une seule Communauté gigantesque et fine, ramifiée dans tous les domaines, traversant les individus depuis leur naissance jusqu'à leur évacuation, que dis-je, depuis leur procréation jusqu'à leur place rentable ?... Un rêve... *1984* ? Oui, sauf que ceux qui vous font peur avec 84 sont aux commandes de 84... L'auteur n'avait pas prévu ça... Ficelles trop grosses... Pruderie... Socialiste anglais... Trop scout... En réalité, la Communauté a d'autres atouts, un autre style, et après tout, c'est vrai que l'action humaine a manqué de coordination jusqu'ici... Voilà qui est fait. Le moindre satellite vous photographie en train d'allumer une cigarette. De vous mettre le doigt dans le nez. Lit, s'il veut, la ligne que je viens d'écrire. Vous me direz : autrefois, c'était Dieu, la conscience morale... Peutêtre, mais Dieu, la morale, n'étaient pas, que je sache, des appareils... Ça permettait d'en douter, de jouer avec, de dire qu'ils n'existaient pas... Belle époque ! A présent, les faits sont là, en détails. Impossible de tricher. Matricule 816.284.336, inutile de nous raconter des histoires. Nous savons tout. Vos manies, vos tics, vos petites misères, votre lourde répétition quotidienne, vos minables écarts, vos extras. Nous n'avons même pas besoin de faire monter votre fiche. Vous *savez* que nous savons, ou pouvons savoir. Ça suffit. Vous êtes nu, sans défenses. Nous connaissons vos points de vulnérabilité. Ce qu'il y a de bébé en vous, c'est inévitable. Vos attachements, vos pudeurs, vos mots doux, vos sanglots rentrés, vos salivations gourmandes, cochonnes. Votre mégalomanie. Vos stupeurs. Nous ne vous imposons rien, aucune idéologie, aucune vision du monde... Nous nous contentons de calculer ce qui est. Je sais, je sais, il y a encore des zones énormes de populations où s'agitent des formes de fanatisme, je vous dispense de me les citer, nous laissons les maladies se développer, elles ont leur justification, d'ailleurs, elles mourront d'elles-mêmes, la boucle est bouclée. Quadrillage sanitaire... Où en étions-nous ? Oui... 816.284.336, vous ne l'ignorez pas, la liberté est l'approbation lucide de la nécessité. Vous avez une hérédité chargée, soit, vous venez de l'Ancien Régime, vous êtes déformé sur bien des plans, nous connaissons vos zigzags, nous n'avons aucune envie de vous réformer, croyez-le. Au contraire : vos origines, vos goûts, votre talent relatif sont utilisables, comme toute chose. Comme si nous voulions supprimer la civilisation, les bibliothèques, les traces du passé, les musées !... Au contraire, au contraire... Nous souhaitons seulement les *adapter*... A quoi ? Au fonctionnement harmonieux général. Pourquoi ? Parce qu'il n'y a rigoureusement rien d'autre à faire, et que, de toute façon, ça se fera comme ça. Ne me dites quand même pas qu'une intelligence comme la vôtre aspire à un salut dans l'au-delà ? Tout de même pas, hein ? Alors ? Vous coopérez ? Non ? Vous choisissez l'erreur affligeante, sans but ? Le gaspillage ? Le ratage soucieux ? Quel dommage. Mais ne vous pressez pas. Réfléchissez. Personne n'est irremplaçable, songez-y. L'oubli est si vaste, si vite arrivé ! Profond comme l'abîme ! Irréparable ! Dérisoire ! Vous savez comme chacun a tendance à exagérer sa propre importance. A imaginer que le monde entier pense à lui, alors que bonsoir... Peut-être n'avez-vous pas encore assez souffert ? Raisonnablement senti la broyeuse, la *gomme* ? A bientôt, cher numéro, à bientôt !...

Police, parti, armée, banque, syndicat, université, médias, famille, église, école : appelons ça l'ŒUF. L'Œil Unifié Fraternel. D'est en ouest, et du nord au sud. Développement, sous-développement. Conflit entre les deux blocs, selon l'ordre dans lequel on écrit la formule. Bien entendu, j'ai ma préférence, comme vous, pour l'écriture en expansion de gauche à droite, d'ouest en est. Cela va de soi ? Nous défendons l'Occident ? A ceci près qu'on peut se demander, dans l'infiltration réciproque des deux systèmes qui n'en font plus qu'un, désormais, de quel côté il vaut mieux être un original. Je crois connaître la réponse. Elle m'est donnée par mon ami le Grand Écrivain Hongrois Récemment Assimilé. Appelons-le Gehra. Pavel Gehra. Par rapport à lui, maintenant, en France, le Hongrois, c'est moi. Lui est devenu le Français idéal qui a déjà vécu l'expérience de l'autre côté et qui est donc immunisé contre ce qui nous attend sur la pente, sur une autre longueur d'onde, bien entendu, en spirale. En avance, donc. Très en avance. Bien vu de tous, unanimement reconnu. Tandis que moi, je dois encore faire mes preuves... Et les refaire encore une fois... Et encore... Et puis encore... Il me regarde avec amusement, Gehra. Je suis seulement un Hongrois en formation, en cours de maturation... Mais il m'envie, aussi... J'ai plus de liberté que lui, je peux me permettre des emplois du temps plus souples, une conduite irresponsable, des enthousiasmes, des colères, des indignations. Tandis que lui, désormais, il doit obéir à son image. Personne ne l'attaque plus, c'est le respect, l'embaumement, l'ennui. Il est dans le comité des sages. Son traducteur se charge de son assignation à domicile. Avant, quand il était en Hongrie, il pouvait, tout en étant censuré, partir en voyage deux ou trois jours, se déplacer en province, avoir des aventures, s'amuser un peu. A présent, fini : il est à la disposition de son propre culte officiel, vingt-quatre heures sur vingt-quatre. Il est dix fois plus repérable ici, sans aucune possibilité de se fondre dans la population, de trouver en elle la dose nécessaire d'oxygène anonyme. Ses contacts sont automatiquement limités, il doit jouer le jeu de l'emblème, il y est forcé. Le coup des « dissidents » est génial... On les transvase à l'Ouest, ils y sont beaucoup plus visibles, comme des épouvantails à moineaux dans un champ de blé. Gehra est subtil, il a fini par comprendre la manipulation dont il était l'objet. Il s'est mis à revendiquer le fait d'être écrivain, rien qu'écrivain, seulement voilà : un écrivain n'intéresse personne. Pas plus que quelqu'un qui dirait qu'il est là pour respirer parce qu'il aime seulement respirer. Il n'en sort pas, Gehra. Chaque conférence qu'il donne, chaque article qu'il publie est immédiatement classé dans la rubrique « L'Est éclairé vous parle ». L'Est éclairé, voilà l'avenir... Qui rejoint l'Ouest avancé... L'Ouest avancé, lui, est authentifié par l'Est tout court. Sans quoi, il ne serait pas avancé. Vous me suivez ? Par exemple, moi, comme je ne suis plus une valeur virtuelle pour l'Est éclairé, je n'existe plus comme écrivain de l'Ouest avancé. D'où ma situation de Hongrois objectif. Vous y êtes ? Non ? C'est bien ma chance.

Je lui explique, à Pavel, que la seule manière qu'il aurait de transformer la partie, de mettre de l'animation dans sa vie, de foutre même carrément le bordel, ce serait de changer de femme. Il file avec une jeune bourgeoise française : patatras ! Il redevient illico suspect, contestataire, tout le monde se méfie ou l'attaque, on trouve tout ce qu'il écrit brusquement moins bon, son cas est reconsidéré, il a de nouveau droit à l'hostilité des bonnets, il est sauvé, il raconte tout : chef-d'œuvre. Il en est capable. Il me regarde avec ses yeux noirs rentrés, fiévreux, lève sur moi sa belle gueule bienveillante spécialisée dans le désespoir surmonté, il plaisante un peu, me demande seulement, avec son accent à couper au couteau, de dire qu'on a passé la journée ensemble à se saouler. Il a besoin d'une excuse par rapport à je ne sais quelle réunion officielle. C'est moi, en plus, qui serai mal vu par le Commissariat Central ! Je débauche les cadres ! J'empêche les colloques de tourner en rond !... Mais je le comprends. Soixante ans... Fatigue... On n'est pas là pour être héroïques. C'est ainsi qu'un grand écrivain français, lui, passe un jour à boire et à parler avec un petit écrivain hongrois, moi, Diamanczi... Ce n'est pas grave. C'est même tolérable pour le pouvoir. Tiens, ça me rappelle qu'il avait envoyé, lui si considérable, une carte postale affectueuse à Joan, un jour... Après l'interview qu'elle était allée faire de lui... Alors que j'attendais en vain ses réactions sur mon dernier livre... Allons, c'est humain. Joan est très jolie. Vraiment très. Bonne journée, cher Pavel ! Bon Comité le lendemain ! Je ne dirai rien, c'est promis ! Je confirmerai l'histoire ! Je peux même être intarissable à propos de notre discussion si tu veux ! On pourrait peut-être la publier, pourquoi pas ? Dans le *New York Times* ? Eh, c'est que ça me ferait un peu connaître aux États-Unis, tu sais. Les temps sont durs pour les écrivains hongrois ! J'attends toujours d'être traduit là-bas... Il paraît que ma littérature est trop typique... Trop « française »... J'allais dire trop Europe centrale... Trop critique, trop chronique, trop réaliste... Trop « lumières », quoi !... Inimprimable. Pauvre Diamanczi... Du nerf, mais petite nation... Vieille Autriche-Hongrie... Empire disparu... Dialecte...

Les contre-poisons actifs pour traiter le démon de l'anti-littérature générale ? Pour détourner et renverser à votre profit l'hydre famille-église-école-université-armée-banque-syndicat-parti-police-médias ? Pour percer l'ŒUF ? Vous vous doutez, je suppose, qu'il faut des mesures radicales. Apparemment contradictoires. Mais qui sont l'envers exact de la logique à combattre, laquelle, bien entendu, fait semblant d'être divisée pour mieux se perpétuer.

Voici la liste : érotisme de très mauvais goût-dérision-interruption-mystique-gratuité-compassion-charité-amour-jeu-prière. Mon ordonnance est formelle. Fondée sur l'expérience. Débrouillez-vous. Voilà vos cartes. Inutile d'essayer seulement l'*un* de ces éléments. Le médicament n'est efficace que si vous les mettez tous en œuvre simultanément, dans leur état de plus grande concentration, et sans restriction. Le jeu et la compassion. La charité et l'interruption. L'amour, la gratuité, et la dérision. La prière et l'érotisme de très mauvais goût. Et ainsi de suite. N'oubliez pas la mystique, c'est très important. Laquelle, nous verrons ça plus tard. Voilà les nouvelles vertus cardinales. Passées à l'épreuve de la biologie moléculaire, de la physique des particules, du calcul sur ordinateur. Appliquez le traitement jour et nuit. J'entends d'ici des voix : pourquoi « charité » ? « Prière » ? Pourquoi ces références chrétiennes éculées ? Ou encore : pourquoi « érotisme de très mauvais goût » ? Ne peut-on s'en passer ? Et pourquoi dégoûtant ? L'érotisme ne peut-il pas être mystérieux, sublime ? « Amour » ? Vous avez dit « amour » ? Mais dans quel sens ? Et pourquoi « mystique » ? A quoi bon ? Qu'est-ce que ça veut dire ?

Mais je parle, je parle, j'ai quand même dormi, je néglige mon corps... Qu'est-ce qu'il y a pour lui, mon corps, aujourd'hui ? Ah, oui, Sumiko... Je lui ai téléphoné de Bordeaux... « Demain à midi ? — Oui »... Ne vous y trompez pas, c'est très sérieux... *Shiatseu*... Massage aux pouces... Enfoncés dans l'argile profonde, sur le trajet des méridiens et des points... Acupuncture digitale... Modelage des nerfs en direct... Elle arrive, elle est rayonnante, petite, polie, elle m'allonge sur le tapis, elle commence à me travailler... Désenvoûteuse précise... J'ai l'impression qu'elle va m'enterrer sans laisser de traces dans le parquet, me transpercer les épaules, la nuque, les bras, les poignets... Elle est sur moi de haut en bas, de tout son poids tassé dans ses doigts... Et souple, avec ça, légère... On dialogue bientôt, de système nerveux à système nerveux... De force à force... Voilà... Messe intime... Transsubtantiation cutanée... Elle est dans ma colonne vertébrale, à présent, dedans, toujours plus dedans, elle me prend, me délimite, me fixe, me pointille, me pique, m'éparpille... Me ramasse un peu plus bas, dans le coccyx réveillé... Me suit dans les cuisses, les mollets, les chevilles, sous les pieds, à l'extrémité des doigts de pieds... Au passage, elle « voit » mon foie, mes poumons... « Tiens, vous avez encore trop bu ?... Trop fumé ?... Reproche distant, un peu méprisant... Je suis tellement lourd à côté d'elle, virevoltante, là, papillon percutant... Elle me retourne, continue à me radiographier, j'ai honte, maintenant, d'être sous ses yeux un paquet de viscères visibles, œsophage, colon, rate, vésicule, intestins, ganglions... Elle me sourit quand même... Elle a l'habitude des autopsies préventives... Elle tourne ses pouces sur des nœuds d'énergie cachée, les chauffe, les liquéfie, les écrase... Je gargouille un peu... Misère... Je flatule... Elle continue, gravement, avec de temps en temps un petit clin d'œil encourageant... Miséricordieux... Courage, cadavre... Je ne peux plus rien lui dissimuler, à Sumiko... C'est ma reine... Elle m'a complètement traversé, ça y est, je n'existe plus, même pas comme une planche anatomique, un graphique... Elle joue avec elle-même au-delà de moi... J'aime bien la vision qu'elle doit avoir à ce moment-là au bout de ses mains : ensemble de notes, indices, fouillis de résonances, échos dérobés, boucles mouvantes... Une carte de moi comme je n'en aurai jamais, mon vrai portrait, sans doute. Elle revient à la nuque... « Tiens, vous êtes quand même très détendu... » Ça l'intrigue, cette zone. Pourquoi je suis quand même à l'aise dans toutes ces pollutions, dans tout ce désordre. Je sens qu'on touche la question... Pourquoi pas d'angoisse ?... Ah, voilà... Elle vérifie le relâchement cervical, les omoplates... « La plupart des gens, vous savez, portent le monde entier sur leur dos »... Là, c'est ma vie privée, n'est-ce pas ?... Elle n'insiste pas. Je perçois sa curiosité approbative. C'est le moment où elle me parle d'elle, de son mari, de ses deux enfants... De ses difficultés avec les Français, avec les gros Occidentaux en général... De ses souvenirs des îles du nord du Japon... « Et maintenant je vais vous punir »... Elle est debout derrière moi, je suis assis. Elle commence à me taper sur le sommet du crâne avec le tranchant des deux mains... Elle m'assomme gentiment, sèchement. Elle me casse la tête. Elle m'utilise comme un tambourin. J'aimerais bien voir son visage en train de faire ça, tacatacatacatac... Elle me verticalise, elle me scalpe... Ralentit... S'arrête... *Ite missa est*... Je me relève, j'ai deux corps : un crevé ; un autre bondissant, allègre... Je la paye, elle me salue religieusement, s'en va...

Chaque fois, je me dis : il faudrait quand même essayer... Elle le sent sûrement. Elle n'a rien contre. Elle tient simplement à me démontrer qu'on peut faire mieux, plus intense, plus subtil... Plus flashé à l'envers... J'ai parfois son visage tout contre le mien, à gauche, à droite... Ses yeux bridés noir d'encre glissés dans les miens... Bon, d'accord... Elle appuie un peu plus fort... « Je ne vous fais pas mal ? — Non c'est délicieux... — Tiens, d'habitude, ça fait mal. — Écoutez, non, vraiment, au contraire. — Très bien... Très bien... » Au début, elle a essayé vaguement de me vendre le contexte ésotérique... La complémentarité yin-yang, le taoïsme adjacent... Elle a vite compris que ce n'était pas la peine... Qu'on était finalement du même côté professionnel... Concret... Animal... Pas besoin de mots, de système... Les pouces, d'emblée, là où il faut... Elle est toujours nette, propre, mélancolique... Modeste... Elle n'a pas l'impression de faire quelque chose d'extraordinaire. Elle est venue me cadrer un peu dans le vide. Deux cent cinquante francs l'heure. Mieux qu'une passe détaillée. C'est tout.

« Le diamant est du carbone pur : sa combustion dans l'oxygène ne laisse aucun résidu. »

Les dictionnaires ont de ces aphorismes... Une fermeté de Code Civil... Je regarde aux noms propres... Non, aucun Français célèbre... Un poète espagnol obscur : *Diamante*... Un peintre italien inconnu : *Diamantini*... Pas le moindre *Diamant*... Mot venant du grec *adamas*, d'où *adamantos* : indomptable... « Pierre précieuse, la plus estimée de toutes »... Éclat, pureté, rareté... Définitions : poids, couleur, taille, polissage, fluorescence... Formule chimique : C... Appartenant au système cubique... « Plus dure des substances connues, pouvant couper ou user n'importe quel matériau naturel ou artificiel »... On appelle *clivage*, sa séparation d'avec la gangue... Mesurez-moi ça en carats... Et voici le blanc exceptionnel, pur à la loupe dix fois... Aucune « inclusion »... *Flawless*... Au-dessous duquel vous avez le blanc extra, ou nuancé... Les « piqués », avec nuages, joints, fissures, plumes... Il n'est pas interdit de préférer le marron, le bleu, le rose, mais l'incolore reste le plus prisé, c'est comme ça. Pays producteurs : Inde, Brésil, Afrique du Sud... Le Cap... Il faut des alluvions verticales... Surat, trois cents kilomètres au nord de Bombay... *Jayam Diamond Company*, d'Anvers... De Beers, bien sûr... Présence d'Israël, ça se comprend... Production industrielle, pétrole et forage... Boom dans la période récente, puis baisse, puis reprise... Investissements surveillés à partir de 1939... Poussée de la guerre... On dit aussi : diamant d'une ancre. Et ceci, encore mieux : *Édition diamant*. Édition de très petits volumes, en caractères très fins, dont le nom vient, dit-on, d'une édition anglaise de la Bible intitulée *Bible perle*. Tout se tient...

Et puis, les grands personnages à travers le temps : le Régent, minorité de Louis XV, 136 carats, 27 grammes. Le Grand Mogol, 1650, 200 carats. Le

Koh-i-Noor, ou montagne de lumière, rajahs de Lahore, 1850, reine Victoria. L'Orlov. L'Étoile du Sud, Brésil, 1853. Le Pacha d'Égypte. L'Étoile Polaire. Le Diamant Bleu, Louis XIV, volé en 1792... Combien de facettes croyez-vous que comporte un *brillant ?* Vous ne savez pas ? Vous donnez votre langue au chat ? 57 ou 58. Pourquoi ? Mystère. Sacs emportés dans la nuit incendiée... Au cœur des émeutes, des pillages... Intrigues, cachettes, mallettes... Perruques, décolletés, gorges, coffres, passions... Pour en savoir plus, lisez *Le Diamant, mythe, magie et réalité*, 325 F. Ou encore : *Géologie du Diamant*, travail d'un spécialiste du bureau des recherches géologiques et minières, trois volumes, 650 F. C'est cher ? Allez en bibliothèque. Vous n'avez pas le temps ? Moi non plus. Bon. « Le diamant est éternel. » Mariage avec la durée. Fascinant en période de crise. Qu'est-ce que vous croyez ? Tous mes droits d'auteur ont été depuis longtemps transférés en Suisse et convertis en diamants, compte numéroté, combine spéciale. Chut ! J'ai eu le tuyau par un ami d'Ingrid qui travaille au HRV, le *Hoge Raad Voor Diamant*, d'Anvers... Je n'en dirai pas plus : chimie du corps et du nom, processus logique. Bon usage de la biographie ! Réexpédition à la source ! Des mots aux choses, inversion magique ! Suite dans les idées, rigueur du récit !

J'ai failli en parler au Président, lorsqu'il m'a invité à déjeuner en tête à tête pour, soi-disant, me complimenter de mon dernier roman... Je suppose qu'il avait dû demander une petite note sur mon compte, donc savoir mon vrai nom... Il me semblait que l'histoire devait l'amuser... « Quelle vie ! me dit-il pour commencer, quelle santé ! »... Ah, me dis-je, ça s'annonce bien... Hélas, hélas... Il dérive aussitôt sur Fafner... Sur ses démêlés troubles avec lui... Incroyable ! Inviter un auteur pour l'entretenir d'un autre !... Gaffe impardonnable ! Crime suprême ! Erreur politique de fond !...

Fafner qu'il a comparé autrefois, lui, le Président de la République Française alors dans l'opposition, à... Rimbaud!... Se tromper à ce point sur Rimbaud, c'est se tromper sur tout, aucun doute... Il a l'air de regretter cette appréciation aujourd'hui, mais trop tard!... On ne change pas de goûts selon la conjoncture!... De politique économique, soit... De convictions, tant que vous voudrez!... Mais de jugement littéraire!... Il assimile maintenant Fafner à Maurice Sachs... Dégradation... Abjection... Indignité morale... Mais qu'est-ce que j'en ai à foutre?... Le Président s'est pris un jour pour Verlaine, bon. Il en est à Jean Cocteau, et alors? M'inviter *moi* pour me dire ça!... Je me dis: il va réparer, il va me réciter une de mes pages par cœur... Pensez-vous! C'est de lui, maintenant, qu'il parle, de sa carrière, de son expérience de député dans la France profonde, des élections de 65, 73, 74, 78, 81... En 65, si les femmes avait été celles d'aujourd'hui, à l'en croire, il battait de Gaulle... Il s'imagine décidément devant un magnétophone ou une caméra... Je le considère en train de ne pas me voir: c'est hallucinant... Je regarde la France au fond des yeux... Rien, du verre. Lentilles sans contact. Il ne me voit pas, il caresse publicitairement mes tirages. Pour que ce soit à ce point, il faut que quelqu'un se soit porté garant de mon existence... Mais qui? Problème... Vous pensez en tout cas si je rentre mon affaire de diamants!... Mes élucubrations poétiques... Je n'écoute plus, d'ailleurs, j'ai l'habitude des animaux politiques, je me cale confortablement dans mon fauteuil, je dors un peu... Un somme à l'Élysée... Entre spécialistes du dessous des choses!... Le sommet de ma carrière romanesque!... Au cœur de l'ŒUF!... Je l'entends vaguement reprendre de plus haut, tiens, sur l'Algérie... Oh, oh!... Me revoilà en pyjama, là, devant lui, tout de suite!... Je me dresse!... Je suis le spectre de Banquo dans *Macbeth*!... Je porte dans mes bras les corps défigurés de deux ou trois amis fauchés dans les djebels... Le Président était bien ministre à cette époque, ou je rêve ? Quand Rimbaud-Fafner, avec l'appui de papa, ex-ambassadeur de Vichy, voulait me faire envoyer au front pour voir si une balle perdue ne pourrait pas le débarrasser d'un concurrent gênant... De Shakespeare en personne... Vingt ans après... Voyons, je suis de gauche et le Président de droite ? Impossible. Je dois délirer. Je ne dois pas oublier que, selon la version officielle, la version-bonnet, je suis une veste retournée permanente, un zombie-girouette, quelqu'un qui n'a aucun rapport avec la vérité... Sûrement, c'est moi qui me trompe... Le Président n'a qu'à se faire donner copie de mon dossier militaire... Schizophrène furieux... Clivé à mort... Le vertige me prend... Du calme... C'est lui la gauche, là... Moi, la droite... Je m'accroche à mon fauteuil. Oui, je suis bien assis à la droite du Chef de l'État... J'ouvre un œil, il parle toujours, il ne s'est pas rendu compte que je faisais carrément la sieste tout en sirotant mon café... Il continue son monologue... La solitude du pouvoir, le mépris qu'il a pour ses ministres, les lettres qu'ils lui envoient et qu'il n'ouvre même pas... Le trop grand pouvoir de la presse... De l'argent... La télévision, État dans l'État, pouvoir en face du pouvoir...

— Si je nomme un ami à la télévision, dit-il, vous savez ce qui se passe aussitôt ?

— Non, Monsieur le Président, dis-je d'une voix pâteuse.

J'ai dû forcer un peu sur le Saint-Émilion du déjeuner... Il faut quand même que j'aie l'air d'écouter...

— Eh bien, il va immédiatement de l'autre côté ! De l'autre côté ! Contre moi !

— C'est triste, dis-je en me redressant de peur que ma tenue ait été trop négligée.

— Ce pouvoir de la presse, d'ailleurs, de quand date-t-il ? Un siècle ? Un siècle et demi ? Certes, on peut dire

que la presse a parfois mené un combat justifié en
faveur de la liberté et de la vérité...

— Excusez-moi, Monsieur le Président, pas *parfois* :
toujours...

— Ah, vous diriez *toujours* ?

Je remue la tête approbativement... Je me rendors...
Bon Dieu, c'est plus fort que moi... Catastrophique... Il
s'attendait sans doute à ce que je prenne des notes ? A
ce que j'écrive un article le soir même ? L'abstention
des intellectuels ! Le grand silence des déserteurs ! Pas
déserteur, non ! « Terrain schizoïde aigu » ! J'ai mon
livret ! Je peux le montrer ! Diamant, Philippe. Né le 28
novembre 1936 à Bordeaux. Numéro de Sécurité
Sociale : 1.36.11.33.522.022. Payant mes impôts ! Ne
faisant même que ça, comme tout le monde ! Présent
sur le terrain de la production ! Du redéploiement
industriel ! De l'effort national dans les techniques de
pointe ! Défendant, illustrant, couvrant d'une gloire
fraîche et moderne la langue française ! Mieux que
Sartre ! Plus que Malraux ! Sexuellement compétent !
Faisant jouir, avec une délicatesse mais aussi une
maîtrise consommée, des personnalités de premier
plan ! Autre chose que de gagner des élections ! D'apos-
tropher le Panthéon ! De participer à des Congrès ou de
rédiger des programmes ! Ô ingratitude de la République ! Ô Athéniens, que faire pour mériter vos
louanges !... Et en plus, notez-le, discret, parfait gentleman... Pas la moindre vulgarité, pas la plus petite
tentative de chantage... Rien à voir avec Fafner ! Ni
Rimbaud !... Le style britannique, toujours... Ah,
l'épouvantable anglophobie française, la tradition
Jeanne d'Arc ! Pauvre Prince Noir ! Pauvre Shakespeare !...

— ... Vous avez une idée ?

— Pardon ?

Il m'a posé une question. Il faut vite trouver quelque
chose...

— Eh bien, par exemple, pour les conférences de presse, dis-je.

— Oui ?

— Vous devriez adopter le style américain, Monsieur le Président.

— Le style américain ?

— Oui, dis-je, les donner debout, derrière un pupitre. Un pupitre nu, de péférence. Pas de drapeau. Ni faisceau, ni francisque, ni bonnet phrygien, rien. Ni fleurs, ni couronnes, ni inscription, ni symbole. Ça aurait de l'allure.

— Vous croyez ?

— J'en suis sûr. Le style assis est terminé. « Les assis », rappelez-vous, c'est un poème terrible de Rimbaud...

— Après tout, oui, pourquoi pas... Il faut voir...

— « Notre grand et glorieux chef-d'œuvre, c'est vivre à propos »...

— Tiens, ça me rappelle quelque chose ?

— Votre Livre, Monsieur le Président... Celui de la photographie officielle... Celui qui resplendit désormais dans tous les Commissariats...

— Montaigne ?

— Lui-même. Bordeaux vous remercie par ma voix, Monsieur le Président.

— C'était une bonne idée, n'est-ce pas ?

— Excellente. Une vraie date.

Il se lève, me tapote l'épaule...

— Content de vous avoir vu.

Il marche à petits pas, devant moi, dans le couloir envahi de soleil... Gardes républicains au garde-à-vous...

Il s'est marré, J.J., quand je lui ai raconté le déjeuner... Jacques Jacob, mon copain... J.J. pour les médias... Oui, oui, le célèbre J.J. lui-même !... Il connaît bien le Président... « Pas antipathique, dis-je. — Loin de là... — Tu veux dire que le problème n'est pas là ? — Eh non ! — Eh oui ! » Là-dessus, on en vient au cas d'Émilie, la femme du ministre. Celle qui fait des livres. Atrocement ennuyeux, mais qui marchent... Des trucs plus ou moins historiques, que les femmes achètent les yeux fermés. Elles sont préoccupées, les femmes. Elles veulent savoir si l'une d'elles, par hasard, serait différente. Échapperait au triste sort inadmissible commun. Elles l'espèrent passionnément. Elles sont crédules. Elles se précipitent sur les nouveautés. Ninon de Lenclos. La Marquise de Brinvilliers. Les plantes secrètes de Madame de Pompadour. Joséphine et les Mystères d'Égypte. L'Impératrice Tseu-Hi et les drogues d'immortalité. Les expériences biologiques de la Grande Catherine. Indira Gandhi prêtresse de Kâli. L'enfance érotique de Colette. Sainte Thérèse et l'extase du troisième degré. Marguerite Yourcenar et la tradition brahmanique. Révélations sur Picasso, par Sonia Descubes. Le martyre de Camille Claudel, par Geneviève Genet-Gide. Virginia Woolf fille du Rhin. Louise Michel voyante. Eva Braun et la recherche du pôle perdu. Psychanalyse de Louis XV, par Berthe Richard... Ça n'arrête pas, deux volumes par mois, vente foudroyante, trois cent mille !... Émilie, elle, fait plutôt dans le genre rationaliste... Le rôle méconnu des femmes dans les découvertes scientifiques... La maîtresse d'Euclide... La tante d'Archimède... Une liaison furtive de Galilée... La femme de chambre de Descartes... La nourrice de Freud... « Le grand silence des déserteurs », la formule est d'elle. Article retentissant et accusateur. On y est visés, J.J. et moi... On démoralise le pays... Ou plutôt, on n'appelle pas au sursaut moral qui convient... La morale, c'est se sentir coupable. On doit se culpabiliser sans arrêt, et culpabiliser les autres, voilà notre rôle. Coupables de quoi ? De tout, de rien, de presque tout, de mille fois rien... D'être des hommes, d'abord : voilà le ressort. Les hommes ont plus de dix mille ans de culpabilité à reconnaître par rapport aux femmes. Une dette immense. Comment la chiffrer ? Deux mille ans de remboursement suffiront-ils ? Ce n'est même pas sûr. Après quoi se déroule la majestueuse et imparable équation : Femmes = Immigrés = Homosexuels = Juifs = Auschwitz. Traduisez : tout individu qui ne prononce pas, séance tenante, son mea culpa par rapport aux femmes opprimées, comme chacun sait, depuis la création du monde, est un raciste partisan d'Hitler... Un SS, un bourreau en puissance... Un nazi mentalement botté et casqué... Un chambreur à gaz !... Un crémateur !... Un génocideur !... Crash !... Elle n'y va pas par quatre chemins, Émilie... Ligne bleue des Vosges... Comme son regard... Je la revois à Jérusalem où on s'est trouvés par hasard ensemble... Elle allait se baigner dans la mer Morte, pendant que je tournais un film sur les manuscrits trouvés là... Un hommage aux Esséniens, liquidés, comme les autres, par les Romains... Le moindre des soucis d'Émilie, j'aime autant vous dire... Après quoi, débat à l'Université, sur « l'engagement »... Blabla classsique... Je fais une petite intervention improvisée, rien du tout, en faveur, bien sûr, du désengagement de l'écrivain... Thèse banale... Surplombante... Métaphysique... Avec citation de Kafka, l'exemple idéal, il me semble... Mais c'est qu'elle bondit ! Me saute à la gorge en public ! Se déclare en complet désaccord ! Proclame que j'ai tenu un discours de *nanti* !... Sic !... Pourquoi ? Parce que nous devons nous engager à fond « nous, les femmes »... Non ? Si ! Encore ? Encore ! Et la voilà qui dévide, haletante, la vieille litanie, invendable, désormais, dans nos régions vaccinées... « Nanti », moi !...

De sa part !... Fille d'un magnat de l'industrie publicitaire, épouse d'un des plus respectables magistrats du
pays !... Yeux bleu procureur... Sens du spectacle...
Nous les femmes, nous sommes les immigrés juifs
homosexuels exterminés par la Brute Absolue à Auschwitz !... Dire ça en plein Israël ! Et c'est moi le
Méchant ! Là, dans le Saint des Saints ! Démasqué !
Jugé ! Pilori ! Sanguinaire cloué sur place, sous mon
faux sourire ! D'ailleurs qu'est-ce que je fais là ? Qu'est-
ce que je viens fabriquer exactement avec mes curiosités malsaines, la Bible, les Évangiles, Kafka ? Quelles
sont mes recommandations ? Mes autorisations ? Dans
quel but ? On vous y prend, hypocrite ! Macho ! On sait
ce que vous pensez de la Femme avec un grand H ! On
est au courant ! On a lu les journaux ! Une amie m'a
dit... Qui le tenait d'une amie... Laquelle est la meilleure amie d'une amie d'une de vos amies... On connaît
votre comportement... Les monstrueuses tortures
morales et physiques que vous infligez au sexe plain-
tif !... Affreux colonialiste ! Esclavagiste ! Fasciste !
« Mais, dis-je, Kafka... » Taisez-vous ! Pas vous, pas ça !
Vous n'avez pas le *droit* de parler de Kafka ! C'est un
cas douloureux, tragique, profond, immense, qui vous
dépasse de partout... Je vous ai vu ce matin sur un
court de tennis du *Hilton*... Est-ce que Kafka jouait
au tennis ? Est-ce qu'il allait dans les piscines des
palaces se prélasser entre deux filles ? Allons, monsieur, regardez-vous, un peu de décence !... *Nanti*, oui,
j'ai bien dit *nanti*... Contentez-vous donc des apparences... De ceux ou celles qui s'y laissent prendre...
Mais pas nous, je vous en prie, pas nous !... Est-ce
qu'elle sait mon vrai nom, Émilie ? Ne va-t-elle pas le
révéler en public, là, pour m'enfoncer définitivement ?... *Diamant* ! Évidemment ! Le nanti ! Vous imaginez l'éclat de rire !... Il y a un remous dans la foule...
Les femmes s'agitent... Elles applaudissent... Me voici
balayé par l'opinion... Tollé !... Nom de Dieu, je recule

en catastrophe... Je suis anéanti... A mi-voix, j'essaye quand même de parler de l'humour de Kafka... De sa drôlerie contournée... Dans *Le Château*, par exemple... Sa description sans précédent du pouvoir féminin... Frieda... Pepi... L'hôtelière... Personne n'écoute... Mon cas est classé... « Sur quoi se termine *Le Château*, pourtant ? »... J'insiste... « Rappelez-vous »... Murmures... « Par une simple affaire de *robes*, oui, de tissus... K. n'est plus là, finalement, qu'en position d'appréciateur éventuel des jupes de l'hôtelière... Il n'y a pas de mystère du Château... On arrive au dévoilement suprême... Et ce dévoilement, c'est quoi ? Que tout est illusion, en surface, simple effet de mode, de miroir... Des robes dans une penderie, Mesdames et Messieurs, uniquement des robes !... Des soies, des crêpes, des taffetas, des cotons, des laines !... D'où l'inquiétude de l'hôtelière, qui sait que là est le grand secret ! Que K. pourrait peut-être, lui et lui seul, le découvrir !... D'où la surveillance absurde, sans motif, dont il est l'objet... Cet arpenteur a fini par trouver la solution ! Rien que des voiles, taillés, découpés comme ci ou comme ça ! N'est-ce pas drôle ? Effroyablement drôle, si vous voulez, mais splendidement vrai et comique ? Kafka, je pense, trouvait que tout le monde était trop engagé. Dans la servitude volontaire. Que là était le drame. La comédie. Surengagé dans des questions de chiffons, à y regarder de près ! Maya ! Muleta ! C'est, à l'évidence, l'héritier de Cervantès. Ou de Flaubert. La grande leçon lucide de toujours... » Non ! non ! rien à faire... Ils veulent être engagés ensemble, l'heure est grave... Le président de séance m'enlève la parole. Coupe mon micro. Je renonce. J'accepte ma place de bourreau irresponsable, nanti et superficiel. Apothéose de Kafka pathétique... Silence du déserteur... Dans un coin, l'air absent, Émilie savoure son triomphe...

J.J. rigole... Il est habitué au cirque... C'est un expert... Mais il ne rit vraiment qu'en privé, avec moi et quelques amis... En public, la plupart du temps, il est très sérieux, prophétique... Débit enflammé, martelé... La génération post-68, qui veut réussir vite et fort... Il fait merveille dans les interviews à l'emporte-pièce, les congrès... Ah, les Congrès !... Comme celui présidé par Son Eminence Grise Raymond Aron, je ne sais plus sur quoi, la liberté, j'imagine, comme d'habitude... « Je passe maintenant la parole à Monsieur Solaire »... *Sollers*, je lui souffle... « Quoi ?... — *Sollers*, avec un *s*... On prononce le *s* de la fin... » Je le fais siffler ce *s*... Mais quels sont ces serpents qui sifflent sur vos têtes... Chasseur sachant chasser sans son chien... *S !*... *S !*... je lui chuchote... *Sollers ! S !* Aron tourne vers moi sa bonne tête indulgente d'examinateur sans préjugés... L'amphithéâtre attend... Son regard délavé me traverse, va jouer très loin au-delà de moi, dans la perspective de centaines de congrès écoulés, inutile recherche du temps perdu, précisions et tableaux économiques, soirées un peu guindées chez Mme Verdugain-Mermantes... Il me sourit... Il se retourne vers le micro... « Monsieur Philippe Solaire, donc »... Il est sourd... Je remercie Raymond *Arone*, dis-je... Le public remue... Il me regarde sans comprendre, interrogateur, souriant encore... Bon, c'est inutile, passons... Sartre aveugle, Aron dur d'oreille, les Vietnamiens noyés... Tragédie, cette fois. Rideau.

Pourquoi j'ai pris un pseudonyme ? Parce que j'étais mineur quand j'ai publié mon premier roman. La famille ne plaisantait pas, voulait que je m'engage elle aussi, mais dans les affaires... Menaçait de faire interdire le livre... Province !... Vingt ans après, ça a l'air fou, irréel... Il s'est passé plus de choses en vingt ans qu'en un siècle. C'est d'ailleurs à peine maintenant qu'on peut en finir avec cette fastidieuse numérotation en siècles. Le vingtième est vraiment le dernier. *Cent* ans, ça ne veut plus rien dire. On aligne des chiffres, c'est tout. 2 000... 2 020... 2 060... Le mur du son est franchi avec le 2. Troisième millénaire? Bonne chance! L'Apocalypse? Pourquoi pas? On peut toujours en parler, ça mettra un peu de verticalité dans le nouvel ennui qui s'annonce. Cosmique, cette fois. Sans espoir.

Je me revois, un soir, rentrant du lycée, assis devant mon dictionnaire de latin, étudiant les implications du mot *sollers*. Venant de *sollus* (avec deux l!) et *ars*. « Tout entier art. » *Sollus* est le même radical que le grec *holos*, qui veut dire : « entièrement, sans reste. » D'où hologramme. Holocauste. Absolument dédié à l'art. Brûlure! Sacrifice! Sainteté! Mais, en même temps, sollers veut dire : habile, intelligent, ingénieux, adroit, rusé, le terrain le plus apte à produire... « *Lyrae sollers* » (Horace) : « qui a la science de la lyre. » « *Sollers subtilisque descriptio partium* » (Cicéron) : « adroite et fine distribution des parties du corps. » Sollers, sollertis... Sollertia... Voilà un nom bien suspect, n'est-ce pas, immoral en diable!... Une définition actuelle? Voyons... « Le sollers est de la technique pure : sa combustion dans l'art ne laisse aucun résidu. » Voilà pour équilibrer Diamant. Deux noms valent mieux qu'un. Un homme deux fois nommé en vaut trois. Mais, en général, un écrivain prend un pseudonyme pour cacher un nom banal ou sans charme, non? Beyle, on n'a pas idée... Tandis que *Stendhal*! C'est Casanova lui-même (merveilleux nom italien, alors que *Maisonneuve* serait plat) qui remarque dans ses Mémoires, qu'*Arouet* n'aurait pas pu aller bien loin. Alors que *Voltaire*! Faulkner est plus souple, plus oiseau, que Falkner, il s'est contenté d'ajouter une voyelle, et du coup il en a eu trois; trois couleurs : noir, vert, bleu... Destouches? Borgne et louche. Mais

Céline ! Tout de suite, la valse est là !... En revanche, masquer, de façon véridique, un nom trop beau pour être vrai, le cas n'est probablement pas courant... « Trop beau pour être vrai ! » Quelle expression ! Quel aveu sur la nature dite humaine, incapable de penser ensemble le beau et le vrai ! Quoi qu'il en soit, me voilà transféré en latin... Avec toutes les conséquences qui s'ensuivent... Notamment celle-ci : que je reste attaché spontanément au catholicisme apostolique et romain. Il vacille ? Je tremble avec lui. Il sombre ? Je le suis dans son naufrage. Il redresse la tête ? Me revoici. Insubmersible... Questions de syllabes... Pater noster... Magnificat anima mea... Corpus Christi... Benedicat vos omnipotens Deus... In nomine Patris, et Filii, et, Spiritus Sancti... Le latin disparaît ? Peu importe. Il en reste toujours des miettes magiques... Filons disparus... Paillettes... Coulées de lumière... Bougies perdues dans la nuit... D'ailleurs, comment voulez-vous avoir des écrivains sans latin ? Chiche... On va voir... C'est vu... Cafouillage, surdité, fadeur, hermétisme, bestialité, radotage, disgrâce, psychologie conne... Manque de clarté, de rythme, de nombre, de tenue... Vieux Fressole !... J'aurais dû l'embrasser mieux à Bordeaux... Cicéron, mais comment donc ! Et Tite-Live, Pline, Suétone, Salluste, Sénèque, Ovide, Horace, Catulle, Plaute ! Et Quintilien ! Et le plus grand de tous : Tacite ! Comme son nom l'indique ! TACITE !

« Le prince ordonne ensuite le meurtre de Lucain. Pendant que le sang coulait, ce poète, sentant se refroidir ses pieds et ses mains, et la vie se retirer peu à peu des extrémités, tandis que le cœur conservait encore la chaleur et le sentiment, se ressouvint d'un passage où il avait décrit un soldat blessé, et mourant d'une mort semblable ; il récita les vers mêmes : ce furent ses dernières paroles. Sénécion mourut ensuite, puis Quintianus, puis Scévinus, mieux que ne promettait la mollesse de leur vie passée. Les autres conjurés périrent à leur tour, sans avoir rien dit ni fait de mémorable.

« Cependant la ville était remplie de funérailles, le Capitole de victimes. L'un perdait un fils, l'autre un frère, un parent, un ami, et ils rendaient grâces aux dieux, ornaient leurs maisons de lauriers, tombaient aux genoux du prince et fatiguaient sa main de baisers. Lui, qui prenait ces démonstrations pour de la joie... »

Et les perles grammaticales ! Les raccourcis ! *Oderint dum metuant*... « Qu'ils me haïssent pourvu qu'ils me craignent... » Il avait bien raison, Montaigne, de ramener le latin au moment où plus personne ne savait plus comment parler le français, où il devait être excédé, à part le nerveux gascon, d'entendre de la bouillie prétentieuse dans les bouches... D'en peinturlurer les poutres de sa tour... On y est allé en car avec toute la classe, à la tour... Vous pensez... J'ai la photo, je suis au premier rang à droite... Chemisette blanche, pantalon de golf gris clair... J'étais finalement très blond à l'époque... J'ai douze ans, il fait beau, on a l'air très bien...

Évidemment, Fressole ne nous aurait parlé sous aucun prétexte de *l'autre* latin... Saint Augustin, par exemple... Guerre de religion ! Scolaire ! Vieille affaire... Il a fallu découvrir ça tout seul. Avec le même émerveillement, je suppose, que les adolescents de l'enseignement catholique de l'ancien temps devaient lire les écrits licencieux grecs... Il faut s'habituer à ces renversements. Vous supprimez quelque chose, vous l'interdisez, tout le monde finit par s'y précipiter... Sensations neuves... Excitantes... Persécutées, donc vraies... Les enfants de parents rationalistes se convertissent, ou alors leurs petits-enfants... C'est automatique. Ils en ont assez de voir flotter les adultes dans deux et deux font quatre, le progrès libéral-social, la tolérance sexuelle, le sous-freudisme adapté, les embryons expérimentaux, quand ce n'est pas dans les produits de dérivation : astrologie, alchimie... Vous leur prêtez les *Confessions* en cachette... Le *De Trinitate*... Le geste luciférien est là, aujourd'hui, j'ai fait l'expérience... Le Diable rentre au service de Dieu, il est effrayé de son propre succès, il est dandy, après tout, le Diable... Et puis, il est catholique, c'est bien connu... C'est juste pour embêter papa un bon coup qu'il a mis ce fumant bordel... Mais, maintenant, il s'inquiète de la montée des autres boutiques... Il n'a pas voulu ça !... L'Islam ! Quelle idée ! Remplacer les papes par les imams, les mollahs... La question s'est déjà posée. C'est non. Tant qu'il s'agissait de moines nerveux, impressionnables, Luther, Calvin, voulant à tout prix se marier, passe encore, histoire de famille, dessous des cartes. Idem pour les fanfares révolutionnaires, les attitudes romaines de Saint-Just ou de Robespierre, le culte de l'Antiquité au sang. Revanche des légions... Bon... L'obsession hitlérienne ? Elle reste dans le jeu, c'est horrible, mais le Diable, n'est-ce pas, est horrible... Quant à Marx, on pouvait fonder sur lui de grands espoirs... Hélas, hélas, la russification de son expérience n'arrive pas à nous enchanter... Le Diable n'a jamais été très orthodoxe... Il en bâille... C'est trop loin, ils n'ont pas su évoluer, icônes, icônes... Le matérialisme sans le sensualisme gréco-latin ? Vous plaisantez... Ils ont perdu la vitamine du corps à corps avec Rome... Et puis l'Asie russifiée, tout ça, le Tiers Monde, les pays sous-développés, quelle barbe... Quoi encore ? Retour du Prophète ? Mahomet ? Coran ? Là, Satan étouffe, il éructe, il prend parti, il vole, il ramène ses lumières et quelques ordinateurs américano-japonais place Saint-Pierre, il reprend son missel, revient, avec les honneurs de la guerre, dans la communion angélique. Entreprend la lutte ouverte contre sa doublure de la Loge P2. C'est tout récent. La nouvelle n'est pas encore ébruitée. Non, non, ce n'est pas une plaisanterie...

Le dictionnaire latin est légèrement agité par le vent. La nuit est tombée, jardin noir. Le grand magnolia dans l'ombre. *Sollers, sollertis.* « *Sollertia animalis* (Pline) : la sagacité animale »...

— Eh bien je vais vous donner une idée de ce que Monsieur écrit au lieu de préparer son bac !

C'est la fin du dîner. Laure m'a volé mon cahier... Elle le montre à Paul, qui s'esclaffe. C'est lui qui va lire, devant toute la famille réunie :

« Gracieux fils de Pan ! Autour de ton front couronné de fleurettes et de baies tes yeux, des boules précieuses remuent. Tachées de lies brunes, tes joues se creusent. Tes crocs luisent. Ta poitrine ressemble à une cithare, des tintements circulent dans tes bras blonds. Ton cœur bat dans ce ventre où dort le double sexe. Promène-toi, la nuit, en mouvant doucement cette cuisse, cette seconde cuisse et cette jambe de gauche. »

Oh !... Oh !... Ils n'en peuvent plus... Ils se tordent de rire... « Ton front couronné de fleurettes » ! « Des boules précieuses remuent » ! « Ta poitrine ressemble à une cithare » ! « Des tintements circulent dans tes bras blonds » ! Et comment s'appelle ce chef-d'œuvre ? *Antique !* Sans blague ? Et puis quoi encore, le poète ? C'est tout ?

En même temps, malaise...

Je ne dis rien. Mes joues brûlent. Ils se taisent. On n'entend plus que le vent dans les arbres du parc...

« N'eus-je pas *une fois*, une jeunesse aimable, héroïque, fabuleuse, à écrire sur des feuilles d'or... »

Je ne vais quand même pas vous faire découvrir Rimbaud.

Reprendre la vie clandestine à Paris ? Oui, ce voyage m'a fait du bien... Il m'a rappelé à l'ordre... Y compris le coup de poing dans l'œil... Bonne leçon... Au juste moment, quand j'allais me relâcher, commencer à croire qu'une sorte de paix ou de disparition douce est possible... C'est dans ces moments-là que l'idée de me terminer me reprend. Baisse de l'agressivité, montée de métaphysique, relativisme exagéré, envie de dire bonsoir et merci... Toujours la même représentation, fatigue... Les méchants, les demi-méchants, les demi-bons... Les méchants sont sans fin les mêmes, les demi-bons, sans fin différents... Les demi-bons ? Il y en a peut-être encore quelques-uns, ici ou là, on ne sait jamais, on peut essayer sans illusions de leur transmettre deux ou trois recettes... Ne pas oublier cela, en tout cas : mélancolie ? Vite, une gifle ! Une humiliation ! Ça remet en selle. Ah, mes vipères ! On me croyait fini, neutralisé, englué ? Ah, mes chenilles, mes crabes ! Mes pustules adorées ! Mes damnés chéris ! Vous allez voir de quelle Loi je me chauffe !... Les méchants ? Ils se seront appelés X, Y, Z, H, B, F, N, au cours du temps si long, si rapide, mais ils auront été toujours *un*, au fond, reconnaissable, chaque fois, dans ce drôle d'éclair du regard en coin... « Mon nom est légion »... Indication précieuse... Oui, inquiétante lumière noirâtre dans l'œil, petite larve crachable, là, dans la bouche, retroussis des lèvres, chute hyéneuse un instant visible devant... A leur insu... Flash de biais, certitude... Un truc de tube et de dents...

— Certes, le Christ chasse les démons du possédé dans le troupeau de porcs qui va se précipiter dans la mer. Mais ce que l'Évangile ne dit pas, c'est qu'ils vont continuer à emmerder les poissons...

Petit rire...

— Remarquez que ça dépeint bien l'époque qui suit... Le Diable devenu sous-marin... A nous de savoir nager... Dans les profondeurs... '

Daniel Haas sj... Il faut que j'aille le revoir à l'école, à Versailles. S'il y est toujours... Il doit avoir soixante-

dix ans, maintenant, quelque chose comme ça...
Conversation dans son bureau, le soir... Longue silhouette maigre, lunettes... Je l'embêtais. Je faisais
l'athée intégral, bien sûr, Stendhal et Diderot à la
main. « On verra, on verra »...

1953... 1954... Vous trouvez mon nom dans l'annuaire des anciens élèves. Au numéro 5, si mes souvenirs sont exacts. Diamant, Philippe. Le 5... Numéro de
lingerie... Où est-il passé, cet annuaire ? Ah, voilà...
AMDG, s'il vous plaît... *Ad Majorem Dei Gloriam*...
20 novembre 1953 : 542 élèves. Préparation aux
grandes écoles, Saint-Cyr, Polytechnique, Centrale,
Navale, Agro, Supélec, HEC... Cas célèbres : Savor-
gnan de Brazza, le Père de Foucauld, Termier (géolo-
gue), Fulgence Bienvenüe (le métro), et puis les maré-
chaux, bien sûr : Lyautey, Leclerc, de Lattre... Un
écrivain ? Non. Je suis le premier. Renvoyé, d'ailleurs,
comme il se doit. Et collé au Concours. Je serais
étonné, quand même, d'avoir ma photo comme les
autres, un jour, au parloir... Mais pourquoi pas ? Les
Jésuites... Les types de ma classe ? Charles d'Assier de
Boisredond (Saint-Germain-en-Laye). Arnaud Burin
des Roziers (Paris). Hubert de la Barge de Certeau
(Chambéry). Paul-Philippe de Coral (Saint-Jean-de-
Luz). Pierre de Grancey (Château de la Motte-Fouquet,
par La Ferté-Macé, Orne). Tanguy de Kersauzon de
Pennendreff (Le Mans). Claude Meiffrédy de Cabre
(Paris). Pierre de Provenchères (Épinal). Michel de
Robien (Château d'Averry par Ecos, Eure). Et puis, la
piétaille... Quelques roturiers comme moi... Pas forcé-
ment riches d'ailleurs... Sélection des ombres...

Fondée en 1854, l'École... En 1954, c'était donc le
centenaire... Je me retrouve donc là au garde-à-vous
sous la pluie... Discours du Maréchal Juin... Reproduit
dans le journal intérieur de l'École, *Servir*... Titre dont
j'avais dit publiquement qu'il évoquait un bulletin
pour Maîtres d'Hôtel... *Non serviam !*... Le mot avait

couru, j'avais été convoqué chez le Recteur... Premier incident grave... Ce petit Diamant, venu du lycée Montaigne à Bordeaux ?... Tête dure... Rebelle... Il paraît qu'il a chez lui des livres invraisemblables ?... Un Sade ?... Les chambres étaient fouillées au moins une fois par semaine... Portes à demi vitrées, un lit, une table, une chaise, une armoire, une cuvette, un tableau noir, on devait laisser le rideau entrouvert pour pouvoir être vu à toute heure... Je m'étais braqué dès mon arrivée dans la grande cour carrée, dès les premières séances de bizutage, petits sadismes idiots et traditionnels des anciens par rapport aux nouveaux... Une fois sur deux, je ratais le « bol d'air », six heures du matin dans le parc, short et chemisette par tous les temps, course à pied les yeux gonflés de sommeil... Je n'allais pas à la prière du soir... Pas de confession. Pas de communion. Pas de confidences à l'aumônier. Quelques discussions, tout au plus... Technique jésuite, ou chinoise : mes copies de dissertation française, excellentes bien entendu, obtenaient systématiquement 2 sur 20, mais étaient lues à haute voix devant toute la classe. Hommage à ce qu'il ne faut pas faire. Salut de la vertu au vice, ou réciproquement. Ça se passait directement entre eux et moi, par-dessus la tête des élèves... J'ai tenu un an et demi. Puis renvoi. Mais, à propos de la Chine, c'est à l'École que j'en ai entendu parler pour la première fois comme existant vraiment. Une série de conférences données par un vieux de la Compagnie venant de là-bas... Descriptions, détails, Pékin, Nankin, Shanghai, tout à coup, dans les nuits d'hiver de Versailles... Rizières au bout du parc du château... Matteo Ricci, Lao-tseu traduit par Wieger, la tradition, quoi... Jamais un mot sur la Chine au lycée, je le jure... C'est à ce moment-là que j'ai décidé d'aller en Chine, plus tard. Je l'ai fait. Sous couvert de « maoïsme » et toute la gomme, mais peu importe. En bateau sur le Yang-tsé, je pensais aux conférences du soir... Au prêtre à cheveux blancs évoquant l'Université Aurore. Les persécutions quotidiennes. Ils me persécutaient bien, eux, je ne trouvais pas si mauvais qu'on les embête un peu quelque part... Frivole jeunesse. Comme s'il y avait eu la moindre comparaison...

La Chine, le chant... Récital d'une chorale anglaise à la chapelle... Purcell... Révélation... Il y avait aussi, de temps en temps, à sept heures du matin, la messe personnelle de Haas, servie par deux volontaires... Il se métamorphosait sous nos yeux... Lui si aigu, rationnel, caustique, avait l'air en proie, brusquement, à une souffrance insupportable... Sa bouche était tordue, ses yeux presque révulsés... Au moment de l'élévation, on s'attendait presque à ce qu'il tombe d'un bloc... Il ne nous voyait plus, il parlait à un point au-dessus de nous... « Nous sommes ici dans l'envers de la tapisserie, traçant des lignes et des lignes qui ne semblent aller nulle part, ne former aucune figure cohérente, n'enregistrer qu'un projet absurde. Mais dans ton éternité, ô Dieu, dans ta lumière soudaine éblouissante, toute cette laborieuse et sombre activité enchevêtrée, pénible, confuse, désespérante, se trouvera d'un coup retournée. Nous contemplerons en un clin d'œil le véritable endroit de notre destinée sur terre. Nous verrons alors que le moindre fil avait sa place, et aussi la plus petite boucle, la plus minuscule tache qui n'étaient, en réalité, de l'autre côté, qu'un éclat de couleur. Alors, ô Dieu, nous te rendrons grâce, nous te louerons dans la vie éternelle de la connaissance, nous te glorifierons, toi, le vrai tisserand et le véritable artiste caché de tout l'univers comme de notre vie transitoire. Plaignons ceux qui, en châtiment, n'auront pas la vision et resteront dans l'obscurité douloureuse d'une activité sans raison. Nous croyons fermement qu'il en est ainsi, nous, les passagers de l'envers des choses. Prions pour ce retournement, prions pour qu'il en soit ainsi puisqu'il en est ainsi dans le mystère de la

Trinité sublime, ô Père, ô Fils, ô Saint-Esprit. Accepte, ô Dieu, ce sacrifice, et garde-nous maintenant et à jamais dans ton souffle puissant et sous ton aile sublime. Amen. »

Rien à dire, c'était médusant. D'autant plus qu'il reprenait aussitôt après le même ton railleur, sardonique... « Diamant, j'attends toujours votre note de lecture sur le système de la monnaie... Coral, on ne vous voit pas au bol d'air ?... Vous avez un certificat de l'infirmerie ?... Robien, vous passerez me voir après les deux heures de physique et chimie... » Était-ce le même homme qui venait de se convulser, là, sous nos yeux ? Personne, même pas moi, n'avait envie de rire. Il était peut-être fou, après tout ? Ou alors malade ? En pleine agonie ?... Douze ans pour faire un Jésuite acceptable... En reprenant toute son éducation à zéro... Dressage intensif... *Perinde ac cadaver*... Vous n'avez jamais vu une ordination ? Le type blanc, à plat ventre, les bras en croix, attendant, mort, que l'Esprit fonde sur lui et l'habite ? Madonna ! Quel show ! On comprend comment ils ont toujours eu des ennuis avec tous les pouvoirs, ces braves Jésuites... Avec leur vœu spécial d'obéissance au Pape, idéal infaillible par définition... Grandeur, puissance, abus de puissance. Et puis, décadence... Soupçonnés partout, royaumes, républiques, dictatures... Dissous sur pression des lobbies ambiants... Expulsés, spoliés, emprisonnés, calomniés, au point d'être devenus un nom injurieux commun... Formant les meilleurs à se retourner contre eux... Spécialistes de l'Œdipe franchi... Inventeurs du génie baroque, c'est-à-dire de la joie folle au-delà du désespoir... Grands maîtres du dix-huitième siècle ingrat, dont ils sont les inspirateurs profonds...

1954, debout dans la pluie : ils tenaient encore, mais c'était quand même la fin... Fin d'un monde, en tout cas... Diên Biên Phu... Bientôt l'Algérie... Perte de l'influence militaire. Et puis boom économique, montée de la vie tout court, colorée, facile... Ils venaient du dix-neuvième, ceux-là, période pour eux terrible... Encerclement, retrait, repli sur les franges les plus crispées de la société... Ils ont mieux tenu, sans doute, en Espagne ou en Italie, mais aussi aux États-Unis... Les voilà repartis, dans l'effervescence moderne de leurs zones traditionnelles de mission : Orient, Amérique du Sud... Leur nouveau général est directeur de l'Institut Oriental Pontifical... Pas très français, tout ça ? Mais qu'est-ce qui est français, désormais ? J'écris ces lignes dans une langue à moitié morte que presque plus personne ne lit... L'Ambassade de France m'invite en Inde ? C'est pour me demander si je parle anglais... Conseil à un jeune ambitieux local : convertissez-vous en dollars, vite, partez, oubliez tout, vivez dans le Connecticut, passez, si vous voulez, vos vacances en Europe... Sachez que la crise sera longue, qu'elle est pour vous irréversible, centrale... Changez de langue si vous ne voulez pas être bouclé comme moi. J'ai perdu mon temps, je me suis laissé rattraper, j'en aurai bientôt fini, tant pis, c'est ma faute. 1954, dix-sept ans... Sous la pluie... *Marseillaise*... Sonnerie aux morts... Visages flous... Après quoi, plus tard, l'*Internationale*... Ce n'est qu'un début, continuons le combat !... Et puis, plus rien. L'évidence même... J'aurais dû sauter le mur, prendre le premier bateau, crever ou m'en tirer, forcer la chance. Mais non. Né là, comme ça. Biologie dixit. Je suis bien obligé de m'abîmer avec ce profil-là, ce menton-là, cette voix-là... *Te Deum laudamus, te Dominum confitemur*... Fatalité. Karma. Allons, un dernier verre de Pauillac à la santé du Karma !...

II

Téléphone débranché, la journée a passé comme un rêve... En vérifiant une adresse dans mon carnet, je me suis rendu compte qu'en un an les trois quarts des noms étaient devenus sans signification pour moi. Tout va bien. Je les oublie d'ailleurs de plus en plus souvent, les noms... Je perds une mémoire pour en retrouver une autre. On dirait que mon cerveau se renverse, ramène des couches inexplorées, enfouies... D'autres chemins s'ouvrent, des portes verrouillées depuis longtemps, j'entre dans ma vraie durée comme un inconnu, avec timidité, surprise. J'ai souvent pensé qu'il devait être possible d'atteindre, au moins une fois, un point de concentration tel qu'il n'y aurait plus ni jour ni nuit, que je pourrais sentir à distance, au-dessous de moi, d'Est en Ouest, le cours complet du soleil. Alors, miracle, ma vie remonterait à l'envers comme une odeur d'herbe coupée, avec mes yeux de toujours en elle, ma vie fidèle, si fidèle, inentamée, tramée... La vue dans la respiration étonnée... Il ne resterait plus qu'à l'écrire. A moins qu'il n'y ait plus de mots pour cela. Pas plus que pour les révélations de trois ou cinq heures du matin. Différentes en angoisse, en sursaut... Et parfois calmes, sans bords, immobilité d'avant l'écoulement du temps, pétrification, gel... D'un côté, l'avalement, la décomposition. De l'autre, la translation dans le vide, surface entre parenthèses, comédie en suspens, bulle de savon... D'un côté, voyage hors terre : boule s'éloignant à toute allure, humanité radiographiée, grouillante, atmosphère... Entrée dans le noir déroulé des sphères... De l'autre, transversalité : je suis, j'aurai été cette amibe rapidement effacée dans son coin-plasma, je n'ai jamais eu lieu, je n'ai jamais été là. Rien ! Mais je suis aussi, une fraction de seconde, celui qui peut dire « rien » au sujet de sa propre existence, une ponctuation d'épouvante. Et ainsi de suite, jusqu'au réveil suivant... Chaque fois d'un peu plus près, millimètre par millimètre, comme comptés en années-ténèbres... Parcours qui ne mène nulle part... Je l'arrête ? Je termine la comédie ? Aujourd'hui ? Un peu plus tard ? « Encore un instant, Monsieur le Bourreau... » Dire que cette phrase a été vraiment prononcée là, tout près... Quel temps faisait-il ce jour-là ? Comment étaient les nuages, les ombres ? Qui était conscient de la signification du tableau ?

Pas cadencés, bottes, camions, chants, arrêts métalliques, bruits de crosses sur les pavés... Ils étaient là. Ils sont là. Je sens la lumière frapper le bois gris des volets entrebâillés. Je suis dans les bras de Lena. Les maisons sont suspendues, la ville annulée. « Raus ! » « Schnell ! » Ils s'installent chez nous, voilà. La moitié du rez-de-chaussée, officier, ordonnance. Le capitaine a sa chambre dans le bureau, c'est un Autrichien modéré, il montre des photos de sa femme, de sa fille, fait semblant de ne pas entendre Radio Londres au premier étage, partira vers l'Espagne à pied, béret basque et costume civil. L'ordonnance est un roux, prussien et cireur. Bottes, bottes, bottes. Ils n'arrêtent pas de rentrer, de sortir, claquements de portières, là-bas, devant la grille du jardin, nuit et jour. Ils téléphonent. Ils chantonnent. Ils sont chez eux. C'est comme ça qu'il y a eu tout de suite trois mondes : l'allemand officiel ; l'anglais clandestin et chiffré ; et puis un autre, mi-allemand mi-anglais, glissant dans l'irréalité et la gratuité permanente. Trois ans, quatre ans, cinq ans...

Et ils étaient là, dans le parc, Lucien et Octave, le soir après le bureau, l'un petit et gros, l'autre plutôt grand et maigre, les deux frères, donc, tournant autour des pelouses... L'un fumant après avoir bu, l'autre au contraire sobre et sifflant, deux ombres soudées, obstinées, unies par la même enfance sauvage et la guerre, la première, la vraie, celle des tranchées et des baïonnettes où les fantassins étaient enterrés vivants sous les obus de ceux qui, maintenant, habitaient dans leurs maisons, couchaient dans leurs draps, leur donnaient des ordres. A quoi bon tous ces morts embrochés, sciés, mitraillés ; ces duels d'artillerie, ces travaux de sape et de mine, pour se retrouver sans combat dans leur usine au milieu des vignes, leur « manufacture » improbable comme un conte de fées, avec sa cheminée bien fumante, en train d'assister à la victoire, une fois de plus insolente, écrasante, de l'Est et du Nord sur le Sud et l'Ouest... Faire tourner les machines, empêcher les ouvriers de partir en Allemagne pour le STO, organiser la façade et les sabotages, petit travail quotidien... La tôle, les cuves, les fours ; les presses, les tours, les fraiseuses, et puis les camions bâchés « Diamant Frères », fierté de la famille, bleu et noir, alignés le long des trottoirs... Tandis que l'autre homme, rond, trapu, mobile, le vieux de l'autre camp, Louis, le propriétaire de leurs femmes, celui des armes, du Club, des chevaux, venait, de temps en temps, toucher ses intérêts et distribuer ses liasses de billets aux enfants que l'on faisait mettre en rang pour cette cérémonie du dimanche. Paul, d'abord, puis Hélène et Laure ; puis moi... Louis Rey, donc, le héros, le père de Lena et d'Odette, ne travaillant pas, lui, pas plus que ses filles se prélassant la moitié du jour près des serres, dans des chaises longues au soleil. Louis-la-légende, qui venait d'encore plus loin, mais toujours d'une histoire avec les Allemands, l'horizon Dreyfus et le reste... Champion du monde au fleuret... Parfaitement... Devant des parterres de rois et de reines... Né à Montignac, à côté de Lascaux... Préhistoire...

Je nous revois dans le grand salon, écrasé depuis par le SUMA, tous ensemble... Les frères Diamant d'un côté, silencieux, sombres, vaincus, comme des intendants élevés dans la réserve puritaine de la réussite trop rapide, fils d'un ouvrier devenu bourgeois en vingt ans... Et les Rey de l'autre, le père et les filles (on ne voyait jamais Marie, la femme de Louis), bavardant gaiement, imbibés de sécurité... Les quatre enfants, donc, enfants des Diamant mais surtout des Rey, allant prendre leur argent au milieu des exclamations, « mais non, Louis, voyons, c'est trop ! beaucoup trop ! beaucoup trop !... vous ne devriez pas ! »... « Papa, tu exagères ! »... Et nous « Merci grand-père », avant de refiler les billets à Lucien, dans la salle à manger... Le vieux devait tenir à cette mise en scène. Maman et sa sœur aussi. Ponctuation des pouvoirs... Symbolisme... Comme les « thés », donnés ostensiblement le jeudi... A côté de l'usine en plein fonctionnement, bruit à peine lointain de métal, sirène de six heures... Arrivée des fourrures, des chapeaux, des décolletés, des perles... Pâtisseries et potins, petite vie pustuleuse et parfumée des notables... Mais qu'est donc devenue Mme Reiss, on ne la voit plus ? Ah, que voulez-vous, ces Allemands et leurs Juifs... Mais enfin où veulent-ils en venir, c'est ridicule, pourquoi ennuyer ces braves gens ? Et nous voilà en visite chez Mme Reiss. Tous en communiants, c'est drôle, une idée, comme ça, de Lena. Pour impressionner le quartier. Telle est notre déclaration publique, à nous, les Diamant, qui n'avons et n'aurons jamais de leçon à recevoir de personne, surtout pas de ces lourdauds à culte viril. Ils nous occupent, soit, mais on les ignore. Ils finiront bien par se lasser et par s'en aller. D'ailleurs, Violet est formelle. Le rapport de forces militaires est en train de changer. Violet, Anglaise mariée à un Français mort à Dunkerque. Elle a son pavillon tout près de chez nous, elle donne des cours de mathématiques. Dans sa cave, comme on le saura plus tard, elle cache des parachutistes en transit vers l'Espagne. C'est la vedette des « thés ». Et puis, notre banque, à Bordeaux, c'est la Westminster, de Londres. Les Allemands, les Anglais... La France ? Les Français ? Disparus ! Envolés ! Liquéfiés ! Comme s'ils n'avaient jamais existé. Bizarre. Remarquez que c'est ce que nous avons toujours dit, plus ou moins. Sont-ils jamais revenus, les Français ? On peut en douter. La France disparaissant à Bordeaux : on a l'habitude. Logique. Miroir lunaire absorbant. *Lilia sola regunt lunam undas castra leonem*... Un lion dans les ondes de la lune... Les lys posés artificiellement par-dessus... Et l'emblème de Diamant Frères : trois croissants bleus noués l'un à l'autre, un horizontal, deux verticaux, étiquettes sur les seaux, les lessiveuses, les poubelles... Croissants viennois au coin des rues... Turquerie... Du 121 au 135 du cours Montesquieu, garages et jardins compris... Le tout rasé, donc, en 1960... Pas une trace ! Buée ! Rêve !...

La scène se passe à New York. Je dîne chez Feldmann, l'agent littéraire bien connu. J'ai apporté le vin. Sa femme, Elizabeth, vient de me faire, une fois de plus une mini-scène excitée contre mon roman *Femmes*. On parle des bourgeois français...

— Plutôt Hitler que le Front Populaire ! Ils l'ont pensé ! Ils l'ont dit !

— Sans doute, sans doute, dis-je. Mais l'autre versant du raisonnement, dans d'autres têtes, n'a pas été moins important.

— L'autre versant ?

— Plutôt Staline que la Reine d'Angleterre ! Ça dure encore.

— Vous déconnez.

— Plutôt Goebbels, Beria, que le Pape ! Vous voulez savoir qui pense réellement cela ? Aujourd'hui ?

— Stop it ! Stop it !

— Plutôt Robespierre, Rousseau, la guillotine, que le libertinage, l'immoralité !

— Arrêtez !

— Plutôt le crime planifié que la liberté sensuelle !

— Non !

— Plutôt la police que l'art leste, enlevé !

— Non, non !

— Plutôt l'ennui et la mort que la musique, la danse, la fête, le hasard, Borgia, l'inégalité fatale des plaisirs !

— Mais non ! Mais non !

— Plutôt n'importe quelle doctrine que le Jeu avoué, montré !

— Mais enfin !

— Vive le spasme biliaire ! Le tendon moral ! Le ressentiment général ! A bas Watteau !

— Enfin ! Enfin !

— Vive le serment des Horaces et des Curiaces ! Marat ! Guevara ! Pétain ! Castro ! Mussolini ! Khomeiny ! Tchernenko ! A bas Fragonard !

— Vous êtes fou !

— Vive le siècle de Kafka ! Cachot, colonie pénitentiaire, procès, complots, couloirs sans issue, chauves-souris psychiques, angoisses broyeuses et réveils glacés ! Vive le soupçon ! La rumination ! L'amour funèbre et dévastateur ! La cellule de fond ! Vive Prague ! Nuremberg ! Dubrovnik ! Brooklyn ! A bas Rome !

— Vous n'aimez pas Kafka ?

— Au contraire ! Je devine ce qu'il voulait : jamais

plus de procès, lumière, lumières ! Valses ! La Loire !
Châteaux en folie ! Chambord ! Amboise ! Blois !

— Avouez tout de même qu'il ne se passe plus rien
en France.

— Mais qui dit ça ?

— Tout le monde. Nos études et nos sondages. Rien.
Pas un auteur. Pas un romancier. Pas une personnalité
de premier plan. Personne. Hihi ! Plouf ! D'ailleurs,
aucun Français dans les quatre plus grands écrivains
du monde !

— Qui sont ?

— Shakespeare, Cervantès, Dante, Goethe ! Hihi !
Montaigne kaputt ! Anglais, Espagnol, Italien, Allemand ! Plus de langue française ! Jamais plus ! Foutue !

— Et moi ?

— Hihi ! Vous plaisantez ? Plouf ! D'ailleurs,
n'importe qui plutôt que vous, monsieur Zoller !

— Et pourquoi, monsieur Feldmann ?

— Vous n'êtes pas dans le coup, Zoller ! Pas le
moindre Français dans le grand coup ! Ou alors, s'il y a
un Français, il est trop français ! Too French ! Too
French ! Zu viel französich !

— Vous ne m'avez pas lu !

— Aucune importance ! Je sais. Nous savons. Nous
sommes payés pour savoir. Je suis même tout à fait
payé pour ne pas vous lire ! Vous devriez faire autre
chose, Zoller !

— Sollers ! Avec deux S, nom de Dieu ! Pas Zoller !
Sollers ! Pourquoi pas Émile Zoller, tant que vous y
êtes ? Sollers ! SO ? Deux ailes ! Herse ! S !S ! Je ne vous
appelle pas Feldment, moi ! Je ne dis pas Stirond pour
Styron ! Mailé pour Mailer ! Updique pour Updike !
Sollers ! S au début ! Et S à la fin ! Comme Rubens !

— Hihi, Solaire ! Autant en emporte le vent ! Vous
pouvez vous appeler comme vous voudrez ! Vous
n'existez pas ! Vous êtes illisible ! Intraduisible ! Par
définition ! Hihi ! Plouf !

— Mais enfin, Feldmann, c'est du racisme !

— Vous ne comprenez pas, Zoller ! Vous êtes un peuple coupable !

— Coupable de quoi ?

— D'irresponsabilité sexuelle ! D'euphorie dans l'inessentiel ! Impardonnable ! Inexcusable ! Marivaux ! Sade ! Diderot ! « Mes pensées, ce sont mes catins ! » Saloperie ! Licence ! Immoralité ! Pas de Français, pas de plaisanterie de ce genre ! C'est étudié ! Biologiquement ! Petites femmes, terminé ! Plus de Folies-Bergère, de Moulin Rouge, de Bords de la Marne ! Réponse donnée ! Vous êtes condamnés ! Rayés de la carte ! Et dire que tout le monde, au dix-huitième siècle, s'était mis à parler français ! Affreux ! Heureusement qu'il y a eu la Révolution ! Hihi ! Plouf ! Tout le contraire de ce qu'on croit ! Le sursaut du Bien ! Le commencement de l'Allemagne ! De l'Amérique ! De la Russie ! Du sérieux ! Des véritables affaires !

— Vous êtes un puritain saoul, Feldmann !

— Je m'en flatte, monsieur Zoller !

— Un hypocrite ! Un imposteur !

— Et vous, une non-personne, Zoller ! Cause toujours, avec ton S, eh, clown, farceur ! Hihi ! Plouf ! Plouf !

— A votre santé quand même, Feldmann ! Au Médoc !

— A la vôtre, Zoller ! Ach ! Le vin !

— Mon vin, Feldmann ! Mon sang ! Mon éducation ! Ma culture ! Mon langage dans ses profondeurs ! Mes muscles ! Mon sexe ! Mes nerfs ! Mon enfance ! Tout !

— On l'achète, Zoller ! On l'achète !

— Et si j'en parle, vous n'achetez pas ?

— Eh non ! Pas question ! Hihi ! Sois buvable et tais-toi ! Plouf !

— Vous êtes monstrueux, Feldmann ! Un vrai Bismarck !

— A la vôtre, Zoller ! In vino veritas ! Je vous

méprise complètement, vous comprenez ? Je vous hais ! Je vous nie ! Je ne vous ai jamais vu ! Je ne vous connais même pas ! Je vous censurerai quoi qu'il arrive ! Hihi !

— Cinq sur cinq, Feldmann ! J'aime les caractères. Vous en êtes un !

— Dites, j'ai un jeune auteur à vous proposer. Il serait très bien pour la France. Pauvre France où il n'y a rien !

— Qui ça ?

— Feldmann !

— Vous ?

— Non. Mon fils !

— Celui qui vient de publier *La Rose Innommable* ?

— Oui !

— Mais c'est nul, Feldmann ! Sirupeux, ringard, homosexuel débranché, bouffi, hormonal-vaseux ! Épuisant ! Minaudant ! Rasant !

— Peut-être ! Mais ça marche ! Les lectrices aiment ! Tabac à New York ! A Francfort ! Je veux que vous le fassiez publier à Paris !

— Qu'est-ce que vous me donnez en échange ?

— Rien ! Hihi ! Vous en avez bien assez comme ça !

— Bravo ! Je vous aime, Feldmann ! Qu'est-ce que je peux encore faire pour vous ? Mourir ?

— Si vous voulez ! Pourquoi pas ? Hihi ! Kaputt ! Plouf ! Farceur !

— A la vôtre, Feldmann ! Votre fils sera publié ! Je m'en occupe personnellement ! Presse unanime ! Je vois ça d'ici ! Magazines ! Photos ! Lobby gay ! Gay Paris !

— Je ne vous dis pas merci, c'est naturel.

— Mais comment donc, Feldmann ! Un auteur comme vous ! L'auteur de l'auteur !

— Hihi, elle est bonne, celle-là ! L'auteur des auteurs, c'est moi ! C'est vrai ! C'est moi !

— Le nouveau monde, Feldmann !

— Parfaitement, Zoller ! Remplissez mon verre...

Je regarde l'étiquette... Les vignes, le petit château, les tilleuls de l'allée, la grille, les deux palmiers traditionnels devant l'entrée... Dehors, clair de lune sur East River...

— Vous m'emmerdez avec votre discussion d'ivrognes, dit la grosse Elizabeth Feldmann. Regardons la télé.

Finalement, c'est simple : une des raisons principales d'écrire consiste à essayer de déloger le père de sa mère. Prendre la place de Dieu tout-puissant pour la petite fille qui vous a jeté dans un corps. Pour Lena, Louis, c'était Jupiter. Trônant, tonnant, inaccessible, mythologique et foudroyant, subtil et guerrier, coureur mais présent partout. Sabre, fleuret, pistolet, fusil, jeux de cartes. Allant au « Cercle », revenant du Cercle. Partant voir ses chevaux, accompagnant ses chevaux. Photographié à Longchamp comme un potentat de province, gagnant, perdant, regagnant, ayant ses secrets, ses tuyaux, probablement ses danseuses, ses amis qu'on ne voyait pas, sans doute ininvitables, messagers ou espions des coulisses, ses combines à la bourse, son art de chasseur. Je l'ai connu quand il était très vieux. Il ne parlait presque pas. J'avais peine à imaginer que ce vieillard goutteux et courbé, avec sa canne à pommeau d'argent, replié sur la lecture des journaux financiers, avait pu être une sorte de Persée casqué, bondissant, agressif, se fendant, s'élançant et touchant ses adversaires dans les tournois internationaux. Rey ! Le premier ! Le seul ! L'unique ! Murmures des parterres et des loges, poitrines soulevées des femmes, à Bruxelles, Londres, Milan ou Madrid... Vous connaissez Lascaux ? Vous êtes descendus là ?

Sous terre ? A l'envers du temps ? Dans la caverne magique ? Sixtine de l'avant-monde ? A l'intérieur des boyaux ? Dans la chapelle peinte des premiers âges ? A contre-courant des siècles ? Avant l'humain, ou presque ; dans le délié animal humain ? Au milieu des vaches, des bisons, des bouquetins, des coursiers, des cerfs nageant dans la brume ? Des flèches et des damiers colorés ? Ils ont germé là, les Rey. Avec un peu de noblesse en cours de route, de Pouzargues, ou quelque chose comme ça. Les mâles raccourcis pendant la Terreur, bien sûr, montant à l'échafaud bien droits, frémissants, et perdant leurs têtes en criant « Vive Jésus-Christ ! » Légende familiale ? Peut-être. « Vive Jésus-Christ », ça a quand même de la gueule. Et le crâne en bas. Un exercice comme un autre. On doit pouvoir s'y habituer. Quelques curés non assermentés... Deux ou trois religieuses, dont l'une « au Vatican », formule dite presque à voix basse, comme s'il s'agissait du Tibet, du fin fond de l'Himalaya... Et c'est parti pour en arriver à Louis, mousquetaire des temps modernes. De la grotte sacrée à la première tuerie générale... Et puis à Dowland, le dimanche, me traînant derrière lui pour voir ses pur-sang... Son préféré, surtout, « Clos de Hilde » mort brûlé dans un wagon pendant son transfert à Londres, feu dans le fourrage, grand deuil de la famille, aucun personnage humain n'avait droit à une telle évocation émue. Attentat ? Il le croyait, Louis, il en était sûr. Il a tout arrêté à partir de là, l'élevage, les jockeys, le jeu, ne gardant que deux ou trois bêtes, pour le plaisir des yeux, j'imagine. C'est moi, là, quatorze mois, près d'une clôture, à côté de lui, petit manteau gris à col de velours, chaussettes blanches et souliers noirs. Les photos dans une vie ? L'éventail des ombres. Plus conscientes que vous, têtues, détaillées, avec toujours un centimètre carré sensible, inexplicable, ici ou là, en haut ou en bas. Compteurs qui vous suivent et vous jugent. Mesures des tissus. Prairie. Bout de corps. Poteaux et fil de fer. Amnésie. L'Ancêtre à ma droite, avec son chapeau de feutre, sa canne sur le bras gauche, souriant, tendant de sa main droite un morceau de sucre, probablement, au museau de l'étalon marron, fin, luisant, devant nous... Qui a pris le cliché ? Lena, sans doute. Il aimait se montrer avec elle en public, la voilà en toque de fourrure, de profil, Monsieur et Mademoiselle Rey, dit la légende de *L'ami des courses*, avec l'entraîneur John Cunnington. Sousentendu : très beau parti, jolie fille à marier. Et les revoilà, le 19 avril 1936, non plus à Epsom, mais à Longchamp, pour le Grand Prix de l'Espérance gagné par Grand Duc IV, elle est enceinte de moi depuis un mois, elle sourit à Louis, elle a trente ans, Hélène et Laure ont été de simples annonces, jamais deux sans trois, elle le sent, leur complicité près de la ligne d'arrivée est totale, ils semblent flotter au-dessus de la foule, de la piste herbeuse, car qu'est-ce que la vie sinon une course avec casaques, noms d'emprunt, numéros, lotos ? Pour lui plaire, elle a même fait de l'escrime, elle a été une des premières femmes à conduire, voilà sa Citroën renversée dans un fossé, « tu n'imagines pas, il y avait des attroupements, en ville, pour me voir monter au volant ». Les phrases de Proust sont trop longues ? « Mais non, un enchantement, la vraie sensation compliquée, ondulante, changeante... Il n'y a que ce Charlus qu'on comprend difficilement »... Mauriac exagère ? *Genitrix* ? *Le nœud de vipères* ? « Mais c'est si vrai... " Ils mangèrent et mirent de côté "... C'est bien eux, non, c'est tout ce qu'il y a à en dire »...

Les déjeuners, les siestes... La guerre vue de loin.. Aux premières loges, la nuit, le jour, pour les combats aériens... Sirènes... Bouquets cotonneux des obus, fusées, scintillements des ailes, pluie de papier d'argent pour brouiller les ondes radio, on la ramassait

le matin comme une manne tombée sur le parc...
Fumée noire des avions touchés... « Violet va encore
avoir du travail »... Et en effet, elle était là, le soir ou le
lendemain, pâle, osseuse, les yeux bleus brillants,
passionnément silencieuse. Je sens sa main sèche et
froide dans mon cou : « nice boy, nice boy »... Il y avait
des conciliabules dans le salon. Des glissements noc-
turnes. La fouille de la milice, une fois. Puis la Gestapo.
Octave, il paraît, avait pris la mauvaise habitude
d'aller traîner en fin d'après-midi près de la base sous-
marine. Verboten ! Secret militaire ! Pourquoi, hein,
pourquoi ? Warum ? « J'aime bien le port, les quais, le
mouvement des bateaux. Cela me repose. — Vous
pourrez vous reposer tout à fait en prison, monsieur
Diamant, si ça continue ! Ne croyez pas que nous
sommes aveugles ! » Voilà comment on s'est retrouvé
avec une décoration de Sa Majesté Britannique. La
voici, trois ans après, la Reine, de passage dans sa
bonne ville de Bordeaux. Tailleur gris, gants blancs,
on lui fait la révérence, on lui baise la main. « And the
last child, little Philip, dit Violet. A very nice boy. »

— On devrait les foutre à la porte du Marché
Commun, ces Anglais !

— Monsieur, les Anglais ont toujours raison.

— Ah bon ?

— Par définition.

— Quelle définition ?

— Ce serait trop long à expliquer. Disons qu'il s'agit
d'un goût personnel.

— Vous êtes anglais ?

— En un sens.

— D'origine ?

— C'est ça.

— Excusez-moi.

— De rien.

— Remarquez que je ne vous félicite pas.

— N'en parlons plus.

Carillon de Westminster... Boîtes à musique... London Bridge is falling down... Ici, Londres ! Les Français parlent aux Français... Voici d'abord quelques messages personnels... Row you boat gently down the stream... Merrily, merrily... Life is but a dream...

J'ai repensé à elle, Violet, la grande sèche aux yeux mauves, en 1956, quand ils m'ont envoyé en Angleterre... A Broadstairs, dans le Kent, entre Margate et Ramsgate... École des falaises et des plages grises, et des cornets de glace plusieurs fois par jour, et des flirts poussés, n'importe où, sur le sable... Je n'ai jamais embrassé autant de filles de ma vie en aussi peu de temps, jamais aussi longtemps observé de tout près autant d'yeux dilatés, de lèvres gercées béantes, d'oreilles fraîches, de nez courts. Langues, et langues. Plutôt doué pour les langues. Leurs dents. Leur salive. Mais c'est tout. On ne descendait pas plus bas. Impossible de se glisser plus loin, de traverser le *channel*. On pouvait les accoster partout, sur les digues, devant les marchands de glaces, au fond des salles de cinéma, en marchant le soir au bord de l'eau. On restait avec elles vingt minutes ou trois heures. On ne les revoyait pas. Le lendemain, une autre. Jeunes filles-bourgeons, à la chaîne, incroyablement faciles, bonjour-bonsoir. Tellement différentes de celles de l'autre côté, prudes, hypocrites, pleines de manières, toujours en repli-famille, croyant accorder quelque chose de miraculeux en se laissant toucher la main, le coude, le genou... Ici, self-service. Gratuit. Incessant. Et même barbant, à la limite. On mange des crèmes, on se roule des patins à n'en plus finir... Frénésie légère... Drôles de bébés, sans doute, nés sous les V 1 et les V 2 venant de Hollande, une tonne d'explosifs leur dégringolant chaque fois sur la tête, cinquante kilomètres d'altitude, grincement de l'air, silence, boum. Et maintenant, ciel libre, vacances, éducation des petits Français. Elles ont dû devenir depuis d'honorables mères de famille, conservatrices ou travaillistes, après avoir léché, à seize ans, consciencieusement, un nombre impressionnant de muqueuses supérieures du continent... Je n'en reconnaîtrais pas une, je crois. Ébouriffées, blondes, hygiéniques... Pendant que se déroule l'expédition anglo-française en Égypte pour le contrôle du canal de Suez... Pétrole, déjà... Affaire à suivre...

La vie, donc, de plage en plage... Arcachon, Les Abatilles, Le Moulleau, Le Pyla... Biarritz ou Saint-Jean-de-Luz, Saint-Sébastien ou Zarauz... Dans les années vides après l'orage furieux, après les flots de sang du débarquement au Nord sur les rives rebaptisées à l'anglaise : Sword, Juno, Gold, Utah Beach, Omaha Beach... Obus, bombes et mines pas encore désamorcés dans les coins du sol, barbelés gagnés par la rouille, douilles jaunes dans les sous-bois, blockhaus s'effondrant lentement avec les marées... 44-45 : basculement dans un monde sans commune mesure avec l'ancien, révélation d'une destruction jamais vue, d'une gratuité désormais possible et jamais pensable... Les bombardements intensifs, la géographie soudain mouvante sous les nappes de feu, populations écrasées, mixées, litanies de noms devenus des ruines : Cologne, Gelsenkirchen, 1 000 avions, 1 400 tonnes de bombes. Et Hambourg, Berlin, Kiel, Stuttgart, Munich, Augsbourg, Ludwigshafen, Rostock, Brême, Peenemunde, Leipzig, Hanovre, 2 000 avions américains. Le 4 août 1944, les Anglais prennent Florence. Le 17, Koniev traverse la Vistule. Le 2 septembre, Bordeaux est libéré par les Forces Françaises de l'Intérieur, après une négociation entre les notables et le général Nake, de la 159e division allemande, pendant que Kühneman, marin non nazi commandant le port, fait sauter son

dépôt d'explosifs plutôt que les quais. Et puis Bremer-
haven, 420 000 bombes incendiaires. Et Münster,
Bochum, Magdebourg, Cassel, Merseburg, Stettin,
Mannheim, Mayence, Essen, Düsseldorf, Francfort,
Karlsruhe, Heilbronn, Coblence, Bingen, Munich, Fri-
bourg-en-Brisgau, 5 000 bombardiers, 10 000 tonnes.
Châteaux de cartes dans la poussière et les cris,
hurlements et brûlures dans les nuits d'acier, ivresse
de la grande colère. Voici Koniev sur l'Oder. Et, à
droite, là, sur le planisphère, le 25 janvier 1945,
pourquoi pas, la route de Birmanie est ouverte. Le 13
et le 14, à Dresde : 800 avions de la Royal Air Force,
2 978 tonnes de bombes, 137 000 morts. Et puis les
noms d'Asie, Wanting, Okinawa, Iwoshima, en attendant les images tremblées de la Bombe des bombes,
négatif absolu, vent divin du flash, phosphore surmul-
tiplié, corps boursouflés, champignon atomique, rafale
du noyau final. Et les porte-avions, les croiseurs, les
sous-marins, les torpilles. De haut en bas, et de bas en
haut, les quatre éléments secoués de rage. Je détruirai
tout, dit le Seigneur, je ne laisserai pas pierre sur
pierre, je leur ferai connaître l'épouvante depuis leurs
cellules et le fond des os. Le 8 mars 1945 ? Prise de
Mandalay par la 19e division indienne. Et puis Koniev,
toujours lui, sur la Sprée... 3 mai 45 ? Prise de Rangoon
par les blindés de la 14e armée britannique... Diagonales, redéfinition des pouvoirs... Eisenhower et son
invraisemblable Mamie à bigoudis, Montgomery puritain cinglé, Patton et son univers en forme de casque à
tourelle, Joukov, de Gaulle, Leclerc... Rommel en
Afrique, puis suicidé par le Fou... Le Convulsionnaire
du « Heil ! »... Avec, derrière lui, contre lui, mais aussi
délirant que lui, le Géorgien aux gestes lents, le demi-
hémiplégique orthodoxe...
    Si bien qu'on s'étonne quand même d'être là, respi-
rant encore à la surface de cette foutue planète avalant
ses torrents de spectres en accéléré, un peu ahuri et

titubant pour longtemps d'être passé à travers les mailles du filet mortel, de la perquisition génétique. Et l'oubli venant sur tout cela. Et la culpabilité sourde, empoisonnée. Et l'absurdité désormais acquise et fondée comme une évidence. Sauf le vin, peut-être, patient dans les caves, indifférent, calme, mystérieusement puissant, barriques et bouteilles bien rangées dans les profondeurs obliques, pendant qu'on se massacrait là-haut et sous la mer, d'une extrémité à l'autre, sous tous les méridiens et dans toutes les langues. Nous voici autour de la table, chez nous, du côté ouest des maisons, où les fêtes se donnaient toujours, le verre à la main, silencieux, graves. Banquet des rescapés ayant échappé à l'Ange de l'Apocalypse. Lucien et Octave lèvent leurs verres à on ne sait quoi, en direction du jardin, vers les magnolias, les étoiles. Et tous l'imitent. « Toi, tu trempes seulement tes lèvres », dit Lena. L'automne est tombé sur nous, une fois de plus, comme une bénédiction souterraine. On sent le raisin doré, persistant, tenir l'espace en dedans. Bientôt les vendanges, comme d'habitude. De grands événements ont eu lieu, là-bas, et rien n'a eu lieu. Ils boivent, sans un mot. Ils boivent au fait de boire, simplement, ceci est mon corps, ceci est mon sang. Quelques tintements de cristal, la couleur liquide rouge sombre dans le crépuscule. Et puis le rire qui reprend, le fou rire étouffé, nerveux des femmes et des filles. La bouche humectée, là, comme s'il y avait quelque chose qu'on ne pourra jamais dire, mais de tout de même précis à savoir.

Plus chanceux que les autres, donc, ceux dont les noms sont à demi glorieux, à demi honteux, comme si on ne savait toujours pas s'ils se sont trouvés du bon ou du mauvais côté de l'Histoire... Révolutionnaires, mais pas vraiment, pas jusqu'au bout, ni d'Ancien Régime, ni au sommet vertigineux du Nouveau, à la fois risqués et modérés, régicides mais quand même suspects, sans idées ni discours très nets, hésitants, peut-être, sombrement avertis... Ceux sur lesquels on passe vite dans les livres de l'enseignement, comme s'ils représentaient une transition superflue, tiède... Ils ont dû se mêler de ce qui ne les regardait pas... Héritiers des frondeurs, en somme, contradictoires : contre le Roi mais pour les Princes, contre Louis XVI si c'est Louis XIV, mais pas si c'est Louis XV, au fond... Complotant sans doute avec Londres, par tradition, sûrement pas calvinistes ni rousseauistes, aussi peu de Genève que de Marseille ou d'Arras... Épouvantés par les massacres de Septembre (époque où la récolte approche, où tout le monde ne pense qu'aux bals qui viendront) et l'annonce de la Terreur...

« Il était minuit. Le député Bailleul, leur collègue de l'Assemblée, leur complice d'opinion ; proscrit comme eux, mais échappé à la proscription et caché dans Paris, leur avait promis de leur faire apporter du dehors, le jour de leur jugement, un dernier repas, triomphal ou funèbre, selon l'arrêt, en réjouissance de leur liberté ou en commémoration de leur mort. Bailleul, quoique invisible, avait tenu sa promesse par l'intermédiaire d'un ami. Le souper funèbre était dressé dans le grand cachot. Les mets recherchés, les vins rares, les fleurs chères, les flambeaux nombreux, couvraient la table de chêne des prisons... »

« " Allons nous coucher, dit Ducos, la vie est chose si légère qu'elle ne vaut pas l'heure du sommeil que nous perdons à la regretter. — Veillons, dit Lasource à Sillery et à Fauchet, l'éternité est si certaine et si redoutable que mille vies ne suffiraient pas pour s'y préparer... " »

« Arrivés au pied de l'échafaud, ils s'embrassèrent tous en signe de communion dans la liberté, dans la vie et dans la mort. Puis ils reprirent le chant funèbre pour s'animer mutuellement au supplice et pour envoyer jusqu'au moment suprême à celui qu'on exécutait la voix de ses compagnons de mort. Tous moururent sans faiblesse, Sillery avec ironie ; arrivé sur la plate-forme, il en fit le tour en saluant à droite et à gauche le peuple, comme pour le remercier de la gloire et de l'échafaud. Le chant baissait à chaque coup de hache. Les rangs s'éclaircissaient au pied de la guillotine. Une seule voix continua *La Marseillaise* : c'était celle de Vigée, supplicié le dernier...

« A peine leurs têtes eurent-elles roulé aux pieds du peuple, qu'un caractère morne, sanguinaire, sinistre, se répandit, au lieu de l'éclat de leur parti, sur la Convention et sur la France... Paris put se dire ce que s'était dit jadis Lacédémone après le massacre de sa jeunesse sur le champ de bataille : " La patrie a perdu sa fleur ; la liberté a perdu son prestige ; la Révolution a perdu son printemps. "

« Pendant que vingt et un des leurs périssaient ainsi à Paris, Pétion, Buzot, Barbaroux, Guadet erraient comme des bêtes fauves traquées, dans les forêts et dans les cavernes de la Gironde ; Madame Roland attendait sa dernière heure dans une cellule de la prison de l'Abbaye ; Dumouriez s'agitait dans l'exil pour échapper à ses remords, et La Fayette, fidèle du moins à la liberté, expiait dans les souterrains de la citadelle d'Olmütz le crime d'avoir été son apôtre et de la confesser encore dans les fers. »

Edition originale dans le bureau de Lucien qui n'a jamais ouvert le livre, bien sûr... Je revois la reliure de cuir rouge, les lettres d'or : *Les Girondins*. Les sudistes, en somme. Les vrais, les originaux, ceux qui ont sourdement vaincu même si personne ne le reconnaît tout à fait, exempts du péché trop noir d'esclavage, même si le trafic passait par leur port ou leurs entrepôts, tenant mieux la veine centrale par le vin que par le coton, le bourbon, le bois ou le tabac de l'autre côté où on les retrouve souvent, d'ailleurs, par exemple en Louisiane ; pas de malédiction nègre, pas besoin de lynchage ou de pendaison, de chasse à l'homme ou de castrations, de surveillance du sang ou d'illuminés bibliques, mormons, quakers, unitariens, pentecôtistes, adventistes du Septième Jour ; bons catholiques, donc, parce que c'est la meilleure étiquette, la marque la plus classique, la plus chic, la plus éprouvée, avec pourtant la même passion profonde, violente, renfermée sous les airs rieurs, désinvoltes, que cette phrase de Faulkner, dans *Absalon ! Absalon !* décrit avec netteté : « l'homme du Sud, au sang prompt à se refroidir, plus apte peut-être à compenser les brusques changements de température, peut-être simplement plus près de la surface... » Pas méridionaux du tout, n'est-ce pas. Très au nord du Sud-Est. Enfin, inexplicables, si l'on veut, comme leur boisson courante et secrète, consommée partout, « produce of France », eux qui ont chanté l'hymne national *contre* l'hymne national, en montrant par là qu'ils étaient une fois encore victimes de la glace continentale abstraite, « contre nous, de la Tyrannie, le *couteau* sanglant est levé... »

Innocents ? D'une certaine façon, même sous la dissimulation, les calculs d'intérêts, la ruse. Dégoûtés spontanément par l'horreur. Les cris dans la synagogue près du lycée ? Inconcevables. J'ai six ans. Je les entendrai toujours. Voilà donc pourquoi, brusquement, la petite et si gentille Mme Reiss et ses filles ne sont plus chez elles ? Les Camps ? Inconcevables. Les atrocités d'Espagne ? Inconcevables. C'est le mot d'Octave, dans la véranda, une fin d'après-midi orageuse, comme sortant d'une longue rêverie tassée, lui qui a voyagé, qui sait. « La vie, quelle connerie »... Mais il y a mieux que la vie, heureusement. L'art de vivre. Chut ! Pas trop fort ! Allons nous asseoir là-bas, près des fusains, sur le banc...

Sophie m'a téléphoné. Elle va venir tout à l'heure. Allongé sur mon lit, les rideaux fermés, j'attends le bruit de ses talons hauts dans la cour. Bien que mon studio soit au septième étage, je les entends distinctement, je reconnaîtrais son pas entre mille, volontaire, un peu saccadé. Une minute après, bruit de l'ascenseur au bout du couloir, elle est là. La cérémonie est toujours la même. On commence dans l'entrée, sans un mot. On va dans la chambre. Une heure de caresses et de chuchotements, et puis la séance proprement dite. Précise, minutée, sous-titrée. Après quoi, on va prendre un verre et bavarder.

Je l'ai rencontrée en Allemagne, à Tübingen. Elle était seule deux jours. Elle a vingt-huit ans. Elle est médecin à Genève. Elle vient tous les lundis à Paris pour une consultation. Ce n'est pas ma faute si j'ai fini par avoir quatre vies plutôt intéressantes, là où la plupart n'en ont difficilement qu'une, une et demie, une trois quarts. Ingrid, pour l'amour au-delà de tout. Norma pour la réalité dure, complice, tendre, critique, comptable. Joan pour les images. Sophie pour l'application réfléchie des gestes. Je vais vous raconter ça, c'est promis. En tout cas, principe : jamais deux femmes ! Une ou trois, ou quatre, ou mille, ou aucune. Jamais deux ! Jamais ! Comme l'a dit excellemment Lichtenberg : « Un homme va être condamné en Angleterre pour bigamie. Son avocat le sauve en prouvant qu'il avait trois femmes. » Voilà une loi fondamentale. Elle ne souffre aucune exception.

Dans la maison d'Hölderlin, donc, glycines au bord du Neckar... Petit groupe de visiteurs Français... Son regard m'a tout de suite frappé derrière ses lunettes... Son air en dessous... Vibration. Signal. Curieux comme

111

on sait tout, immédiatement. Comme on perçoit l'écho qui convient. Pas d'erreurs dans ces cas-là. L'érotisme a son algèbre, comme le reste. On se reconnaît à travers les classifications, les langues, le temps. Un dérèglement de l'espace cherche un autre dérèglement de l'espace. Et, rarement, il le trouve, il le trouve. C'est un grand moment. Comme si une fissure du système pouvait rencontrer sa doublure. Une chance sur quelques millions ? Ça peut arriver. Ça arrive. En principe, on ne devrait rien en savoir : secret, lettres brûlées, clandestinité, impossible d'éclairer les scènes. Scandale, chantage plus ou moins ouvert, explosion des circuits, mise en cause de tous les pouvoirs. Irréalité, rêve réalisé, seule réalité qui vaille, danger de mort, victoire sur la mort. Tout part de là, tout revient là, sans cesse. On en a des fragments, des lueurs. École du corps. De la multiplicité des corps dans un corps. En réalité, il s'agit toujours, à un moment ou à un autre, de faire des cochonneries de façon plus ou moins consciente. Mais il me semble justement qu'une nouvelle conscience est possible... Révolution récente. Technique. Symbolique. Du jamais vu. Du jamais senti. Impossible avant, dans la confusion des fonctions. Je m'explique.

Le problème est simple : trouver les formes sensuelles adaptées à la plus formidable mutation de tous les temps. Où en est l'ŒUF ? L'Œil Unifié Fraternel ? Seringues, trafic de sperme, manipulations, inséminations, embryons baladeurs, bébés-éprouvettes, piqûres reproductrices que se font et se feront de plus en plus les héroïnes d'aujourd'hui, de demain. Conception à l'hôpital. Naissance à l'hôpital. Mort à l'hôpital. La planète est déjà, sera davantage encore, un immense hôpital tournant entre la glace et la fièvre. Premier étage : sélection, fabrication. Deuxième étage : accouchement, accueil. Troisième étage : prolongation ou évacuation. En dehors de l'établissement proprement dit (la vie-la mort), se déroulera le film humain habituel. Le raccourci, la *coupe* verticale, sont pour la première fois bien visibles. L'intrigue se déplace donc en conséquence. Les frottements et leurs significations aussi. Surtout pour les femmes. C'est par rapport à elles que je parle, bien sûr, le reste est sans intérêt. S'y ramène par enchaînement logique. Notamment la ménagerie homosexuelle mâle qui est, comme chacun sait ou devrait le savoir, dans leur dépendance par identification. Bon.

Sophie est mariée. Elle ne veut pas avoir d'enfants. C'est clair, net, définitif. Elle aime la logique. C'est le personnage idéal pour notre expérience. Quand je l'ai connue, j'étais en plein cauchemar avec Norma. Après Julie, et les difficultés de Julie, elle voulait absolument être de nouveau enceinte. J'avais beau essayer de la dissuader, c'était son idée fixe, rongeante, ravageante. Comment elle a eu Julie, d'ailleurs, je préfère ne pas trop le savoir. Séjours en clinique... Cœlioscopie... Influence, au moment clé, d'une copine américaine, maçonne et spécialisée dans la gynécophilie militante... Quoi qu'il en soit : grossesse, accouchement difficile, étouffements presque immédiats de l'enfant... Prises de sang à l'hôpital, et, là, un médecin me fait quand même remarquer, dans un coin, la discordance entre ma formule sanguine et celle de ma progéniture... Courtois de sa part. Devoir. Conscience morale. Serment d'Hippocrate. Mais j'ai le réflexe gentleman. Je couvre. Je rentre en moi-même, je m'émeus, j'aime. Je donne mon nom. Je signe les déclarations qu'il faut. Je fais baptiser. Quand on est civilisé, n'est-ce pas, c'est le baptême qui compte, pas la viande à répétition parlante. Je me trouve même des sentiments paternels, après tout, la pente est facile... Là-dessus, Norma, insensible à mon sacrifice, veut remettre ça sur-le-champ... Avec mon accord... C'est là que commence le vaudeville terrible, celui, j'en suis sûr, de tous les appartements d'aujourd'hui... Jusque-là, je faisais l'amour avec elle sans soupçons, confiant dans la pilule, le plaisir de vivre... A partir de là, complot permanent... Julie en examens respiratoires périodiques, Norma en traitements chimiques divers... Humégon... Gonadotrophine... Se mettant à vouloir baiser à heures fixes... Thermomètre sous l'oreiller... Ne me voyant plus, butée sur son orientation magnétique... L'enfer... Ajoutez à cela une psychanalyse, bien entendu... Attaque massive : interne et externe... L'enfer au carré... Débarquement du psychisme... Guerre par tous les bouts... Désagrégation... Flambée des prix... L'ŒUF chez soi, au travail, réacteur puissant des ténèbres... Attention ! Tout ce que vous dites est interprétable, pourra être retenu contre vous. Achtung ! Vos sécrétions sont enregistrables et analysables, inscrites dans la rentabilisation en cours. On ne parle jamais pour parler. On ne baise jamais pour baiser. Ce serait trop beau ! Trop simple ! Trop « ancien régime » ! Le langage, comme le sperme, sont désormais des produits de consommation. Extension de l'industrie, voilà tout. Raisonnable. Prévisible. Définitive.

On est célibataire, flottant, dépensier, rêveur. On est persuadé que la vie n'a aucun sens et ne va nulle part. On se retrouve marié, sommé d'avoir des opinions et un plan d'installation, paternisé, chronométré, poinçonné. Écrivain ? Qu'est-ce que c'est que ça ? Le monde se passe très bien d'écrivains ! La pression s'exerce, elle augmente. Tout cela est très bien. Aucune raison de résister, au contraire. Allons-y. Laissons-nous couler. Suivons le courant, et son enseignement. Devenons un cobaye attentif. Il *faut* se faire tuer mille fois, exploiter, rouler, broyer, digérer. Qu'est-ce qu'ils peuvent vous avouer, tous, dans les méandres de la grande machine à débiter les organes, quand ils croient enfin vous avoir, vous dissoudre, vous posséder ; quand ils sont sûrs que vous ne remonterez jamais en surface ! Racontez-nous ça. On n'est pas là pour poétiser. Je suis pour la connaissance des causes. Mémorialiste au pied levé ! Le reste est littérature inutile. En effet ! En effet ! Tout plutôt que célibataire moisi ou homo agité profane tournant autour du pseudo-mystère sous-maman ! L'aventure actuelle est misérable ? Soyons précis, misérables. La misère nouvelle, confortable, organisée, est d'ailleurs grandiose, elle a sa beauté. Il ne faut pas craindre de rentrer dans les questions coton. Un récit ne vaut que par ce qui aura tenté de l'empêcher de l'écrire.

Je regarde une photo d'Octave sur une chaise longue, pendant l'été 1936. Il est convalescent. D'après ce que je sais, réticences pour le dire, maladie de la vessie, sang dans les urines. Je vais naître dans trois mois. Il n'en peut plus. Il s'en remet au soleil qui baigne son visage blanc sur le perron de Dowland. Comme s'il n'avait pas assez d'ennuis comme ça, les grèves, les manifestations sous ses fenêtres, en ville, les commandes qui tardent, la banque pressante, la mauvaise humeur de Lucien. « Diamant au poteau ! » c'est le cri houleux que j'aurai entendu pendant toute mon enfance. « Diamant au poteau ! » Les nazis d'un côté, les communistes de l'autre, l'arbitre britannique contrôlant le bilan... Au poteau ! Un enfant de plus, dans ces circonstances, et peut-être même pas de lui, d'ailleurs, ça doit lui paraître un comble... « Ton père ne voulait pas d'enfants... — Pourquoi ? — Il pensait que la vie est absurde... » Pour Lena, comme pour Norma, la vie est tout ce qu'on veut, sauf absurde. Ou alors, c'est une absurdité parfaitement justifiée en elle-même, par une sorte de Loi Supérieure dans laquelle elles se sentent comprises, appelées. Lena appellera ça Dieu, bien qu'elle ne s'intéresse pas une seconde aux complexités remarquables de Dieu. Norma, la Raison, la Science, et c'est, à ce moment-là, comme si elle parlait de Dieu. « Va dire à ton père qu'il faut qu'il aille à la messe... Demande-lui de faire au moins ses Pâques cette année... » Lui, en train de se raser : « Oui ? D'accord. Dimanche prochain. C'est promis. Quoi encore ? Les Pâques ? Communier ? Ah, oui. L'année prochaine. C'est promis, c'est promis. » Aujourd'hui ? Quoi ? On lui demanderait, comme à moi, un chèque supplémentaire. Normal. Ou bien, plus à l'Est, d'aller à une réunion du Parti. De mère en fille, l'art de faire donner le maximum aux hommes. De père en fils, l'insinuation plus ou moins courageuse que tout est comédie. Banal. « La vie, quelle connerie... » Il va pleuvoir. Il vient de dire ça, une fois de plus. Il ne se rend donc pas compte qu'il a une femme délicieuse, un fils génial, un beau jardin ?

Le voilà donc allongé, en train d'évaluer ce que je vais lui coûter. Fatigué. Muet. Résigné. Satisfactions ? Pratiquement aucune. Chiffres, demandes, malveillances diverses, silence et encore silence. « Tu ne dis rien ? — Je n'ai rien à dire. Ah, si, j'ai l'impression que le temps se couvre. — Oh, si on t'écoutait, le temps serait toujours mauvais ! — Mais c'est vrai. Il se couvre, il se couvre. »

Petites joies quand même... L'opérette... *Rip*, *Rigoletto*, *Le Barbier de Séville*, *Violettes impériales*, *Le Trouvère*... J'ai gardé ses disques 78 tours... Il avait une jolie voix de baryton léger... Grand Théâtre, le cœur de Bordeaux... La radio... Les Allemands sont partis en abandonnant pour presque rien des postes superbes... Débâcle et petites récupérations... Il montait se coucher presque tout de suite après dîner, pendant que les femmes et les filles potinaient encore, je le suivais dans le « grand lit », on écoutait les concerts... Écran jaune parsemé de noms de villes, toute l'Europe balayée par l'aiguille rouge, orchestres, voix, brouillard, grésillement des plaisirs... *Dortmund*... Un nom que je me rappelle, comme ça... *Dortmund*... Il y avait donc des gens partout, se comprenant à travers des mots incompréhensibles, des musiciens à n'en plus finir, violons, violoncelles, trompettes, pianos, cors, bassons, clarinettes, flûtes, tambours... Il avait l'air ravi... Il s'endormait doucement... C'étaient des symphonies, des quatuors, des concertos, des oratorios, des opéras, des messes... Londres... Saint-Sébastien... Milan... Rome... Il se mettait à ronfler un peu. J'éteignais le poste. J'allais dans ma chambre, la « chambre verte », à cause du tissu des fauteuils, du velours du lit. Les femmes montaient, parlaient encore un peu sur le palier. C'était la nuit.

Au cinéma, je me souviens, Lena lui reprochait souvent de trop regarder les ouvreuses. Il aimait ça. Lampes de poche et tabliers noirs. Chocolats glacés, chaque fois. Les films ne semblaient jamais l'intéresser. En revanche, la télévision, oui. Je l'ai vu agonisant, les yeux fixés sur l'écran, regardant tout avec une attention rigide, exaspérée, sépulcrale. Mais là, le message était clair : ne pas être là, se projeter de toutes ses forces vers les lumières animées, vers le spectacle quel qu'il soit de la mort vivante, pour se faire oublier de la mort morte en embuscade, rôdant à l'intérieur comme une interruption définitive d'image, un poudroiement vide. On aurait dit qu'il tâchait d'hypnotiser les programmes. La télévision est plus proche de la disparition incessante, c'est vrai. Ou plutôt de l'exhibition de la non-vie, de la vie pour rien, de la relativité publicitaire de la vie. Des tranchées du Chemin des Dames au miroitement-roi irréalisant tout et recouvrant tout... Quel âge en 14 ? Dix-huit ans. Corps à corps, poignard, explosions, gaz... Photo, là, fringant et tragique, grand brun mélancolique, 118e d'artillerie, képi et chiffres bien lisibles sur son col gris... Refus de devenir officier. Refus de porter ses décorations. Refus de transmettre après lui la moindre valeur positive, sauf, une ou deux fois : « Tu devrais quand même mettre une cravate »... La musique, peut-être... Les ouvreuses... Le flux coloré qui passe...

Ça lui permettait peut-être, ce face-à-face avec l'écran d'illusion, d'éprouver sa douleur et son anéantissement proche comme un épisode pas plus concret que les morts tous azimuts du Journal du soir... Cadavres vite montrés, annulés, remplacés par d'autres... Au cimetière, quand il a été descendu, Lena m'a entraîné rapidement vers la tombe de Louis, à droite... Et, là, elle a poussé un drôle de soupir. Rauque. Animal. Vraiment sacré et sauvage. Tels étaient ses deux morts. Mon père et le sien. Ou plutôt son mari et mon père dans l'idée de Père. Au nom de la Mère, du rangement et de la Sainte Espèce. Amen.

Les enterrements, les mariages... Je ne reviens plus à Bordeaux, en principe, que pour ces deux mises en scène obligées. De petit dernier pomponné, insolent, dans l'allée centrale des églises, derrière le voile blanc des mariées, je suis devenu « oncle Philippe », celui qui va lire l'Épître et que les invités se rappellent vaguement avoir vu à la télévision. Celui qui n'est pas trop recommandable et qui fume sans arrêt. Qui boit peut-être un peu trop. Avec tante Norma, si belle, si intelligente, si agréable, « tellement plus sérieuse que lui ». « Ils ne sont pas mal, tous les deux. Dommage qu'il ne soit pas plus responsable. Il ne l'a jamais été. Elle ne doit pas s'amuser tous les jours, la pauvre. Quelle patience. Enfin, il paraît qu'il est un peu connu à Paris. — Vous croyez vraiment ? — Pas autant que Michel Tournier, tout de même ? Ah, *Les Rois Mages*, j'ai adoré, pas vous ? Et puis on sent qu'il comprend tellement bien les enfants... — Vous savez qu'il a été maoïste ? — Qui ? Tournier ? — Non, celui-là... — Moi, on m'a surtout dit que ce qu'il écrivait était très superficiel, confus, dégoûtant... — Illisible... — Plein de points de suspension. — Comme Céline ? — C'est ça... — Berk... — On dit qu'il a été lancé par Mauriac ? —

118

Oui, autrefois, pour un petit roman où il racontait comment il couchait avec la bonne espagnole... — Non ? — Si. — Pauvre Madame Diamant ! Elle a dû en voir de toutes les couleurs !... — Et elle ? Sa femme ? — Américaine, il paraît. Dans l'Université : du solide. Il en a besoin... »

Le dernier mariage, avant mon bref séjour impromptu d'avant-hier, c'était Lise, la deuxième fille d'Hélène. Immuablement, le rite : capelines des femmes, jaquettes des hommes, sermon édifiant du curé, amour, toujours... Dowland illuminé, buffet sous les arbres, dîner dans les anciens chais, cinq cents invités bientôt noyés dans les vins... Sono à tout casser, ensuite, pour les plus jeunes en train de se tâter du regard : fiançailles en cours, flirts calculés, évaluation des fortunes... Familles se dévisageant avant de mélanger leurs immeubles, leurs terrains, leurs microbes, leurs délires privés... Avocats, médecins, notaires, agents de change... Et puis au-dessus, toujours, même s'ils sont parfois plus pauvres, les vignes... Grande ou petite noblesse du bouchon, tenant bon... Aux suivantes... Aux suivants... Que le Seigneur soit avec vous ! Et avec votre esprit !... Rappelle-moi de passer à la banque...

— Qui a dit : « La vie est un fleuve qui sert à faire du commerce » ?

— Rothschild ?

— Non. Balzac.

Gardant malgré tout, donc, le temps de leur terre, celui des ceps, croissance, circulation et mûrissement... Sillons, implantations, coupes, greffes, sulfatages... Pluie, grêle, maladies... Science des souterrains, science du soleil... Comme si tout le pays, en réalité, n'était, à travers les graviers et les sables, qu'une seule nappe de fermentation, de filtrage, de nécessaire hypocrisie substantielle, détour du sommeil... Lumière qui laisse passer, encourage, enveloppe, caresse, permettant la pulpe et le goût... Comme si le but à atteindre était seulement une organisation plus ronde, plus translucide des extrémités, une radiographie des fibres... Le blanc et le rouge. Les princes blancs, les rois rouges. Sauternes glacé sur les huîtres... Graves sur l'alose à l'oseille... Et puis la gamme rubis sur l'entrecôte et les cèpes... Salade... Fraises...

— Le café devant la serre, comme d'habitude.

Vitres qui flambent. Citronniers et orangers dehors dans leurs caisses. Folie heureuse des fleurs.

Sophie est là. Le contrat s'exécute. Souvent, elle m'écrit une petite lettre avant de venir. La lettre arrive le lundi matin. Elle décrit la scène de l'après-midi. Le jeu consiste à s'y conformer mot pour mot. Au moins pour le scénario général et la conclusion. Dans les intervalles, les variations et les improvisations sont permises.

On a mis ça au point peu à peu. Il y a plusieurs possibilités.

1) La visite médicale : elle a sa blouse, sa trousse, elle me déculotte, m'examine longuement et minutieusement.

2) Le prélèvement : je suis un donneur, elle est chargée de recueillir le sperme pour le vendre aux clientes de son laboratoire, de l'enregistrer, de le comparer avec les fois précédentes, administrativement, sur son carnet.

3) L'amant de Lady Chatterley : je suis son domestique, jardinier ou valet ; elle m'utilise à son gré, elle a des caprices.

4) Le garçon boucher : elle tient une boucherie en province ; elle est très convenable, dévote, mais voilà,

parfois elle ferme son rideau de fer, elle me convoque, elle a des fantaisies chirurgicales, action.

5) Le retour d'enterrement ou de messe. Variantes de 3 et 4. Avec plus de hauteur, un vocabulaire métaphysique.

6) Le viol. Elle devient passive ; se fait prendre dans le couloir ou les cabinets.

7) La surprise. Elle se nettoie, elle fait ses besoins, elle a oublié de fermer la porte.

8) « L'amour. » Je suis tendre et doux. Coït enveloppant, normal.

La lettre de Sophie détaille en général comment je dois être et me comporter à son arrivée. Le sexe visible ou non, affairé ou immobile. Les deux moments conclusifs sont :

1) Sa jouissance : à plat ventre par terre, ou sur le lit, offrant bien ses fesses, caressée par-derrière.

2) La mienne : en elle, ou dans sa bouche. Si c'est en elle : par-derrière et devant la glace. Dans sa bouche : « à l'improviste », dans le couloir, ce qui s'appelle « être bouffé ». Jouir, pour moi, se dit « beugler » : « Et maintenant, tu vas beugler. — Quand Madame me le dira. — Eh bien, maintenant, salaud. » La règle est que ce soit sa voix qui déclenche le sperme. Ce point est très important.

Tout cela, vu de l'extérieur ou de loin, peut avoir l'air insoutenable, brutal, grotesque, mais il n'en est rien. Le résultat visé est, au contraire, un comble de légèreté, de délicatesse, de douceur musicale. A la voir, comme ça, Sophie est d'ailleurs la réserve même, mesurée, raffinée, mince et brune, presque fragile, silhouette comme effacée interrompue par le regard sombre, appuyé. Elle parle de façon lente, retenue, un peu précieuse. En réalité l'expérience sert à ceci : la haine et la séparation des sexes sont devenues telles ; l'interdit, sous l'apparence de « libération », est désormais si puissant qu'il est préférable de s'abstenir ou d'en venir à ces extrémités, à vrai dire délicieuses. Je les recommande à toutes et à tous. Il s'agit de capter, de détourner, d'utiliser à son avantage et enfin les yeux ouverts une fonction immémoriale de mensonge qu'on peut considérer comme étant à la base de tout. Ça demande des dons, une sensibilité suraiguë, maniaque, un humour bien placé, une ironie sans limites, la volonté d'avoir le plus de plaisir possible, sans honte et sans remords. Au-delà de l'angoisse quand même éprouvée et surmontée, donc. Et, ce qui est peut-être encore plus difficile, au-delà du ridicule. Renversement des valeurs : puisque, sous le sirop amoureux, se cachait la répulsion et la vomissure — si, si, ne dites pas le contraire, *vous le savez* —, en exprimant ouvertement la détestation et le rejet, on cultive l'amour silencieux. On change le non-dit. On transforme la rumination inconsciente. On invente une manière d'être sans précédent. C'est très fatigant. C'est enthousiasmant.

Sophie n'a pas de temps à perdre. D'après elle, elle n'en a que trop perdu. Avec son air timide, prude, pudibond, même, elle pourrait passer inaperçue. Mais il y a le regard. Attentif, sévère. Et pourtant « gentil », un peu romantique. « Docteur... » Elle jouit lucidement de la contradiction entre son apparence et ses actes. Elle serait très bien dans n'importe quel film d'Hitchcock. Quand je lui ai demandé quelle était pour elle l'action la plus érotique, elle m'a répondu aussitôt sans hésitation : « mentir ». Elle se trouble intérieurement de sa duplicité. Elle en mouille un peu. Elle n'en conviendra pas forcément, elle n'est d'ailleurs excitée sexuellement qu'en situation rituelle et de telle façon que cela puisse passer pour être seulement le jeu d'un moment. Elle pourrait rester longtemps sans baiser si l'enjeu ne venait pas d'une torsion mentale, intellectuelle. Contre nature ? Oui. D'ailleurs, ce qu'on accomplit l'un et l'autre ensemble, on pourrait, l'un et l'autre, l'arrêter à tout moment, pour bien marquer qu'il s'agit d'une liberté réfléchie. « Restons-en là aujourd'hui, je préfère... » Elle m'a fait le coup, je peux le lui faire. Si l'un ou l'autre se met à rire, c'est fini. Mais gâcher l'expérience n'est pas souhaitable. Trop peu d'amusement ailleurs. Trop de médiocrité quotidienne partout. Goût de la vérité par l'artifice ? Tout un art.

Aujourd'hui, elle ne s'attendait pas à me voir, elle est pressée, elle nous expédie. Elle veut se faire mettre, tout simplement. Fixer, empaler. « Comme une truie. » « Beugle, sale con. » Et puis branler, fesses tendues, en se tortillant sur le lit. Voilà. Elle se nettoie et se remaquille. Allume une cigarette. On descend, on va au bar du coin, elle prend son thé au lait, on parle de ses visites, du film qu'elle a vu, du livre qu'elle lit. En ce moment, *Un amour de Swann*. Elle aime bien. Sans plus. Les temps ont tellement changé... Elle prend quand même de mes nouvelles, poliment :

— Votre voyage s'est bien passé ?

— Non. Bizarre. Je suis rentré en catastrophe.

— Vous n'avez pas pu travailler ?

— Non. Et j'ai malheureusement l'impression que ça va continuer. Passage à vide.

— Tout est plutôt vide en ce moment, non ? Routine... On a l'impression qu'il n'y a plus que les malades à qui il arrive quelque chose... La souffrance et la mort, ça, ça tient le coup. C'est vrai que vous avez l'air fatigué.

— Vous êtes libre lundi prochain ?

— Mais bien sûr.

— Vous m'écrivez ?

— Je vous écris.

— Je vous adore.

— Moi aussi.

Elle s'en va... Je l'imagine faisant encore deux ou trois courses, prenant son avion, arrivant chez elle. Ce soir, elle fera l'amour avec son mari... Ou demain matin, avant de partir pour sa clinique. Et puis, dans deux jours, elle commencera à penser à sa lettre et à la façon insidieuse de mélanger le « vous » et le « tu ». Tout en répondant au téléphone, en rédigeant ses ordonnances, en dînant avec ses amis. Respiration double, merveille du double... Elle va se formuler à elle-même son prochain traitement à Paris. Les médecins ont aussi besoin d'être soignés, n'est-ce pas ? Et je n'oublie pas le surnom que j'ai eu autrefois, dans la Maison d'Édition, venant du personnel, emballeurs, secrétaires, standardistes : « Docteur. » Pourquoi ? Je ne sais pas trop. Allure générale. Pas impressionnable. Sacoche à la main. Regard direct sur le pouls. Pas de sentiments visibles. Fausse gaieté des fossoyeurs. Halo du technicien du nu. C'est vrai qu'on peut classer presque immédiatement les corps en fonction de leur contact avec leur propre nudité. Ils se voient ou ne se voient pas, se ressentent ou ne se ressentent pas. Ils sont, ou non, avec les autres comme avec eux-mêmes. Visage, ventre, bras, jambes ; perception, ou pas, des organes en eux. « Bonjour, Docteur ! » Ironie, attirance. Un docteur est quelqu'un qui a autre chose à faire. Toujours entre deux visites, deux clients. Plein de produits euphorisants, de calmants. Qui a mis, dans son existence, le sexe à sa place. Autrement dit, qui ne le mélange pas, comme tout le monde, à chacune de ses attitudes, au moindre propos. « Vous auriez fait un excellent médecin », me dit quelquefois Sophie, sérieusement, hors séance. « Un bon psychanalyste ? — Ah oui, sans doute. Mais non, vous êtes trop physique pour ça. Ou chimique ! » En revanche, malaise immédiat avec les autres. Voilà quelqu'un qui dévalorise les idéaux ambiants ; qui va droit, brutalement, aux généalogies, aux hérédités, aux connexions nerveuses, aux causalités simplistes et, en somme, à la gueule irrémédiable qu'on a. Laquelle dit toujours la vérité :

comportement, maintien, gestes, narines, sourire, voix. Il suffit de lire. Je lis. Diagnostic.

Les *Éditions de l'Autre*... Dix ans là-dedans... Comme qui dirait dans le Temple... Drôle de nom, « L'Autre » : pyramides, voûtes, diableries, vertiges... Fondées en 1943, en pleine occupation, par Bontemps, curieux type... Apparemment ouvert, séduisant, huileux... Pour créer une société, à l'époque, il fallait se déclarer « Aryen et Français ». Il l'a fait. Dans l'ordre. Aryen d'abord, s'il vous plaît. Genre scout pour commencer, veillées, feux de camps, percée financière dans l'après-guerre avec un best-seller para-religieux, puis pédale à gauche, chrétiens progressistes, spiritualistes de progrès, syndicalistes, philosophie, sciences humaines... De l'anti-sémitisme au philo-sémitisme, parcours classique... Ramifications dans la presse, excellente réputation... Gestion « sociale »... Participation, contrôle collectif... J'étais obligé de gagner ma vie, après la faillite des Diamant, je suis rentré là comme « conseiller littéraire »... Littéraire ? C'est du moins ce que je croyais... En réalité, comme presque tous les éditeurs, Bontemps avait horreur de la littérature... Une horreur nerveuse, viscérale... A croire qu'il avait choisi ce métier pour tirer de plus près sur l'objet de son ressentiment, de sa réprobation vigilante... Tous ces mots... Il avait dû écrire en cachette pas mal de poèmes, dans sa jeunesse, à Niort... Et comment supporter quelqu'un de Bordeaux quand on est de Niort ?... Ce qu'il voulait, en définitive, après avoir entrevu le ciel inaccessible et trompeur du lyrisme individuel, c'était l'esprit d'ensemble, la Communauté. Un écrivain, à ses yeux, même les plus fameux dans l'Histoire, ne pouvait être que l'exagération condamnable d'un vice. Impressionnant au premier abord, peut-être, mais sourdement factice, gonflé d'orgueil, sec, démoniaque. Je ne sais pas pourquoi sa bête noire était Edgar Poe. Est-ce qu'il y a eu une campagne spéciale de Vichy contre Poe dans les années 40 ? Recherche à faire. Avait-il eu, lui, Bontemps, à dix-sept ans, une attirance malsaine pour *Le Double Assassinat dans la rue Morgue* ou la *Révélation Magnétique* durant ses longues soirées d'élève des oratoriens de Niort ? Quoi qu'il en soit, il ne ratait jamais une occasion : « Encore un cinglé, dans le genre Poe. » « Vous ne voulez quand même pas publier cette atmosphère dégénérée, ce monde de cloportes, ces hallucinations à la Poe ? »... Bontemps récusait en bloc toute la décadence moderne. Il m'obligeait du même coup à la défendre, alors qu'au fond je m'en foutais éperdument. Jamais je n'ai été si moderniste qu'en étant employé aux *Éditions de l'Autre*. Lui, il avait trois divinités : Bernanos, Giono, Voltaire. Enfin, il faisait semblant. Son vrai goût, bien entendu, c'était le bon gros truc bien ficelé, bien nul, bien terrestre avec de rudes personnages authentiques sachant le prix des choses et de la « vie ». Il en inondait le marché, ramassait un Prix de temps en temps, plaçait ses pions avec un sens remarquable de la volonté générale, mélange de médiocrité laborieuse et d'évidence charnelle. Même doigté dans le choix de ses collaborateurs : origine modeste, désir de s'élever garanti, intérêt pour la transcendance aseptisée sous toutes ses formes, et surtout, là était son génie, disgrâce physique plus ou moins apparente. Son « Comité » était ainsi la plus belle assemblée de tordus imaginables. Un demi-bègue, un bigle, un pied-bot, une bossue virtuelle, un bancal à peine rectifié, un baveux psychique, un pied-plat à oreilles décollées, une quasi-boiteuse, une bétonnée du pubis membre du planning familial. Si quelqu'un avait l'air à peu près normal, on découvrait bientôt, en grattant à peine, un nœud nerveux insoluble, une folie névrotique fumeuse versée, par culpabilisation intensive, au compte du Bien, de l'avenir humain, de l'évolution harmonieuse. Bontemps était fier de son « Comité ». Il le présidait tous les jeudis matin, assis en bout de table, les yeux mi-clos, conscient de son masque un peu mou d'empereur romain ; intervenant peu, quelques monosyllabes, de petits mouvements de main ; gardant tous les yeux fixés sur lui ; dominant, par son sourire absent, terne, indéchiffrable, les inquiétudes que chacun et chacune pouvait éprouver sur son humeur du jour, autrement dit sur l'état des bénéfices de la « Maison ». Tout le monde disait : « La Maison »... La Maison de l'Autre... Tout le monde devait être conscient de l'honneur d'appartenir à l'Autre... D'y respirer. D'y rédiger des rapports, des notes. D'y aller aux chiottes. D'y gagner son équilibre, sa réputation sociale. Bontemps aimait tout savoir de ses employés. Eux, ils faisaient de leur mieux, du moins les cadres supérieurs, pour ne pas le décevoir. Leur vie privée devait être stable, transparente. S'ils pouvaient se marier sur place, hétéros ou homosexuels, c'était parfait. Ça ne sortait pas de La Maison. La cohésion d'une entreprise, comme celle des Légions, est plus sûre si les employés se détestent du plus près possible tout en ayant le même sursaut permanent par rapport à leurs intérêts. Diviser pour régner, pas besoin de vous faire un dessin. Personne ne pouvait dire qu'il ou elle était dans les petits papiers de Bontemps. Je crois qu'il passait les trois quarts de ses journées à écouter les délations des uns sur les autres. « Je l'ai vu aujourd'hui. » « Je le vois demain. » « Je déjeune avec lui la semaine prochaine. » C'est avec des nouvelles comme ça qu'on empêche ses concurrents de dormir...

— Il paraît que vous vous êtes marié ? Il y a six mois déjà ?

— Ah, oui.

— Vous auriez quand même pu avoir la gentillesse de me prévenir.

C'est vrai, ça ne m'était pas venu à l'esprit... Un événement, le mariage ? Dans « La Maison », oui. Et, comment dites-vous, américaine ? Pas française, soit. Quoique... Mais, plus grave, peut-être même pas « aryenne » ? Certes, des Juifs, Bontemps avait su en prendre deux ou trois près de lui, très visibles, comme tout Président ou Premier ministre conséquent. Ils ont le rôle traditionnel qu'on sait : réformes audacieuses mais impopulaires, emblèmes de la rigueur, voire, carrément, emmerdeurs éthiques. Mais Norma, elle, n'était pas prévue dans l'organigramme de l'Autre. C'était fâcheux. Très fâcheux. Car pourquoi m'étais-je caché, sinon pour cacher quelque chose ? Et qu'est-ce qu'on peut désirer cacher, tout au fond, comme on l'a toujours dit à Niort, sinon qu'on est Juif, ou encore plus grave : Juif non inscrit ? A moins d'être fou ? Inconscient ? Pervers ?

— Excusez-moi, monsieur, je n'y ai pas pensé.

— J'aurais préféré l'apprendre de vous.

A partir de là, blocus. Bontemps qui allait parfois jusqu'à m'adreser la parole, en plein Comité, sur un ton presque complice, du genre : « Ah vous, alors, avec votre tendance Edgar Poe ! », ne m'a pratiquement plus dit un mot. A la première occasion, j'ai été relégué dans un bureau à lucarne au fond de la cour. Du jour au lendemain, tout le monde m'a tourné le dos... La Voix de son Maître... Claquement de langue de l'Autre... On m'a gentiment poussé vers la sortie... J'ai quand même fait encore trois ans de ghetto...

Édition ? Mais non, tout autre chose... Bien sûr, bien sûr... Tout est dans tout, et réciproquement... L'édition n'est qu'un des pigments de l'ŒUF... C'est là que j'ai découvert le réseau de Bontemps, s'étendant beaucoup plus loin que lui et depuis longtemps, influences et relations, associations, fondations, jurys, cercles, et j'en passe... Le réseau de l'Autre... De proche en proche, toute la superficie de la coquille qui les tient tous tellement entre eux, tellement au chaud, à Paris, à Montréal, à New York, à Tokyo, à San Francisco... Mais aussi bien à Toulouse ou à Saint-Étienne... La province globale... Le Niort universel... Le pôle Niort... L'anti-Poe... La grande corporation corporelle... Édition ? Du latin *edere*, évacuer... Un clou chasse l'autre... Comme n'importe quel business... L'Autre enterre tous les autres... Les auteurs se succèdent pour s'annuler... Reste l'Autre : impossible, non écrit, la Loi du milieu, l'axe vide de toutes les fantaisies particulières, de tous les talents, des grimaces qui se soient uniques, irremplaçables... On en a vu d'autres ! Vous n'êtes pas le premier ! Ni le dernier ! L'Autre est l'autre nom de l'ŒUF... L'ŒUF est de la plus haute antiquité... Au commencement... Pondu par l'Autre... A moins que ce soit le contraire... L'Autre ! L'Auteur des auteurs ! Comme Feldmann ! Plus réel qu'eux, toujours, à la longue... L'Autre ne vieillit pas, ne meurt pas, ne se démode jamais... Et si l'Autre est absorbé par un autre groupe, il n'en survivra pas moins dans l'esprit de l'Autre. Production. Distribution. Combustion. Tout disparaît pêle-mêle : romans, essais, pamphlets, poèmes, biographies, noms, visages... Best-sellers, plaquettes confidentielles, albums, œuvres complètes, pièces de théâtre, journaux intimes, dictionnaires, scénarios, traités, livres pour enfants, bandes dessinées... Circulez ! Je suis l'Autre ! Qui dit ça ? personne ! Le mystère en soi ! Pauvres auteurs... Qui croient avoir quelque chose à exprimer, à révéler, à transmettre... Leurs sensations. Leur vision du monde. Leur enfance, même, pourquoi pas ? Pauvres cons ignorants du Support !... Du Passeport !... Du Papier Suprême !...

— Vous faites de l'édition ou vous écrivez ? Il faudrait savoir !

— Mais les deux, non ?

— Vous ne voudriez tout de même pas *tout* avoir ?

— Pourquoi pas ?

Je revois Bontemps lever les bras au ciel... Comme si j'avais dit que je voulais être à la fois Dieu et l'Église, ou, plus modestement, turfiste et jockey, constructeur et pilote, éclairagiste et danseur... Et les intermédiaires, alors ? Les relais, les degrés, les étages ? La structure de la société ? Le profane et le sacré ? Le théâtre ? Les coulisses et la scène ? L'organisation du jeu ? Je veux l'autogestion ou quoi ? L'anarchie ? La fin du monde ? Les Éditions du Même ? L'endogamie ? L'inceste généralisé ? L'utopie réalisée ? L'âge d'or ?

— Et dans un film adapté d'un de vos romans, je suppose que vous voudriez jouer votre propre rôle ?

— Mais, franchement, pourquoi pas ?

C'est ça, il veut tout, il est mégalomane. Un malade. Il refuse la grande loi normale de la répartition des identités. Et le pire, c'est qu'en effet, il pourrait en être capable... Mais alors qu'est-ce qu'on devient, nous, avec un zozo pareil ? Il va nous faire tous passer pour des imbéciles et des inutiles... Il met en cause l'articulation elle-même... Pire qu'une pute décidant d'être son propre mac !... De gérer personnellement son bout de trottoir !... Où allons-nous ? Que devenons-nous ? C'est de l'autogestion intégrale ! Un défi aux fondements du commerce !...

C'est Olga qui a été chargée, par le réseau, de me faire entendre raison... Olga Maillard... La super-professionnelle... Le Nautilus des cent mille lieues sous les mers... L'imprésario tous courants, l'amiral femelle des tempêtes dans le verre d'eau sans cesse troublé du show-business... L'impératrice des suggestions coudées... De l'accouchement cortical... Passeuse de la ligne magnétique... Un génie à sa façon... Une amie de J. J. formé par elle au machiavélisme infiniment subtil de la nouvelle représentation... Une virtuose du toucher hormonal... Spécialiste des glandes... Règle des cinq V : Qu'est-ce que vous valez ? Qu'est-ce que vous vivez ? Qu'est-ce que vous voulez ? Qu'est-ce que vous êtes capable de viser ? Comment, et jusqu'où, pouvez-vous voler ?... Entreprise de volumes, Olga... Volume elle-même... Cent dix kilos, le poids catégorique au milieu des plumes... Le meilleur agent d'information et de désinformation du métier... Sachant immédiatement ce que les autres ne veulent pas savoir sur eux-mêmes, détectant sur-le-champ leurs vulnérabilités, leurs désirs cachés... Je la vois chez elle. Massive, là, cigarette collée à ses grosses lèvres gourmandes, jambes trapues écartées, yeux globuleux, paupières plissées...

— Dis-moi, chéri, tu pourrais mettre un peu d'eau dans ton vin...

— De l'eau dans mon vin ?

— Oui... Avec Bontemps... Avec *L'Autre*...

— Qu'est-ce qu'il veut, finalement ?

— Que tu l'aimes !

— Mais je l'aime bien...

— Allons, allons...

Elle rit... Elle est sympathique... Elle entend tout... Elle sent tout... Confesseuse... Plaintes, projets, doutes, excitations ou dépressions des uns ou des unes... Trépidations... Fantasmes... C'est étonnant qu'elle s'y retrouve encore, gavée comme elle est des ambitions et des données les plus variées et contradictoires... Intrigues gouvernementales, évolution des partis, mouvements de capitaux et de personnel, chiffres d'affaires, courbes, dettes, emprunts, résumés d'analyses politiques ou de feuilletons, plus les coucheries à droite et à gauche, les possessions transitoires, les drames conjugaux, les irritations de Sodome, les bouffées glacées de Gomorrhe... C'est la grande sacrifiée, Olga... Elle n'a droit à rien pour elle-même... Une sorte de sainte à l'envers... Surveillante supérieure des vampires, c'est-à-dire de tous ceux qui vivent dans l'imagination des autres... Mère supérieure des damnés flambeurs... Chauve-souris des ondes... Dragon des couloirs... Entonnoir des rêves... Elle a les deux mains posées avec énergie sur ses courtes cuisses solides, elle est irréfutable comme une statuette Maya, elle regarde un peu au-dessus de moi mes pensées furtives, buées, intervalles... Sa moue de bouche remue un peu... Elle bouge sur son trépied... Les entrailles du dieu vont gronder... Sibylle...

— Comme tu voudras, chéri...

Elle a plutôt prononcé *cheuri* que chéri... Mauvais signe... Je ne lui dis rien sur moi... Elle ne me dit rien sur elle... On est des pros... On ne parle pas. Je ne vais tout de même pas lui raconter ce que j'ai l'intention d'écrire, et comment, et pourquoi. Inutile. Ce n'est pas la question. Ici, c'est le bordel, les affaires. La Bourse, les cotations, les changes, les graphiques serrés, les obligations, les actions. Après tout, les points de vue ne sont pas si différents. Ils se rejoignent dans la certitude de la relativité générale. Le tireur de ficelles et sa marionnette partagent le même secret. Avec un petit avantage quand même à la marionnette. Quelque chose de plus. Une gratuité supplémentaire et muette. Un charme ironique abstrait. Comme c'est loin, la vie, sa propre vie, quand on écrit... Comme ils sont loin, irréels, les autres, n'ayant jamais eu lieu, sans consistance et sans durée... Comme c'est faux, l'espace. Comme c'est vrai, une page.

— Comme tu voudras...

Elle a autre chose à régler, Olga, je ne relève pas de sa juridiction... Elle traite plutôt des pubertés, des immaturités prolongées... C'est-à-dire presque tout le

132

monde... Le blanc d'ŒUF... L'écume de l'Autre... Enfantillages... Petites filles et petits garçons, culottes courtes et jupettes, déguisés en adultes responsables, inspirés, soucieux, radins, cyniques, lyriques, vicieux... « Allez chez Maillard, elle vous arrangera ça... » C'est une bonne grosse tante du temps jadis, Olga, une nourrice nourrie de whisky pour pouvoir les supporter tous à la fois, qui les connaît un à un, une à une, depuis leurs berceaux, leurs couches, leurs toilettes, leurs défécations, leurs premières menstrues, leurs branlettes qui leur paraissent toujours si graves, si importantes... Leurs doigts dans le nez... Leurs nervosités à l'école... « Je veux être premier... — Tu le seras, tu le seras... Tu sais bien que c'est toi le plus doué, le seul... » « Je ne peux plus supporter le grand du deuxième rang, il m'embête... — Défends-toi, imbécile ; tape-lui dessus... » « La petite bringue à lunettes m'a encore fait des misères... — Tu n'as qu'à lui déchirer ses cahiers... » Famille, famille... Siècle en siècles... Majestueux et infatigable et dérisoire roman des familles... Allez, amenez votre catalogue de famille, c'est tout ce que vous êtes, au fond... Sous vos grands airs, hein ?... Allons, allongez-vous... Associez librement... Associez, associez... Racontez-moi tout en détail...

Je venais juste de quitter les *Éditions de l'Autre* après avoir publié mon best-seller érotique chez un autre éditeur (que Bontemps en crève de jalousie et de rage ! Que tous les employés, ou plutôt les curés sociaux-urétraux et les bonnes sœurs gynécologiques de l'*Autre* en aient des ulcères jusqu'à la fin de leurs jours ! Que les spectres du refoulement maussade, dont ils sont les émanations visibles, soient dissous dans les profondeurs de l'éternité !), quand j'ai rencontré Joan... Interview pour son magazine international... Comment fonctionnent les tubulures du succès... Elle m'a soufflé en entrant chez moi : ah, l'Image ! On aurait dit qu'elle sortait du papier glacé en couleurs, insolente, vive, émergeant de tous les bains moussants et de toutes les eaux de toilette imaginables, les plus sophistiquées, les plus chères, celles pour lesquelles vous avez les plus belles publicités exotiques, terrasses au soleil à Manhattan, plage indiscernable et nocturne au fin fond du Brésil, coucher de soleil aux Bahamas, matinée à Sydney, soirée à Pékin... « La femme est une île, Fidji est son parfum... » Vingt-deux ans, débuts dans le journalisme... Vapeur, beauté mannequin, star... Brune, retroussée, ronde...

— J'ai beaucoup aimé votre livre.

— C'est gentil.

— Non, vraiment beaucoup. Surtout les scènes à Venise.

— Rien ne vous a choquée ?

— Ah non. Quoi, par exemple ?

Dix minutes plus tard, c'est moi qui l'interviewe... Enfance protégée, pieuse... Comme Sophie... Mais rien ne fait peur à Joan, maintenant, elle est au courant, elle tient à ce que je le sache... Voilà, on tourne... On s'approche... On avance... Je m'assois près d'elle, comme dans le livre... Lui prends la main... Elle me laisse faire gentiment... J'en suis fou... Quelle beauté ! Je quitte tout, je divorce, je l'épouse ! J'entends d'ici les rumeurs d'admiration quand on rentrera dans un restaurant... « Le salaud, il ne s'ennuie pas »... « C'est sa nouvelle ? »... « Ravissante »... On s'embrasse passionnément... Elle se déshabille avec naturel, presque trop... L'idéal ! La perle ! Ce que tout homme rêve d'avoir possédé un jour ! Séquence de cinéma ! Super-production ! Hollywood ! Légende ! On s'allonge... J'opère... Elle commence à me griffer convulsivement le dos... J'essaye de la calmer, je commence à comprendre... Hélas, c'est bien ça... Rien... Elle me mord, remue, gémit, s'exaspère... J'essaye d'éviter les plus gros bleus pour la salle de bains, demain, avec Norma... Je fais semblant de jouir pour aller plus vite... Elle y croit, elle a l'air contente... M'embrasse sur la joue, comme une enfant de douze ans... On se quitte bons amis, on devient amis... Elle me raconte ses sorties, ses coucheries toujours empreintes de bonne volonté, « ça leur fait tellement plaisir »... Comme si c'était une action charitable de les laisser s'approcher et rentrer dans sa beauté, comme ça, gratuitement, lueur soudaine dans leurs vies mécaniques, moroses... Donnant les détails sans aucune gêne, sans la moindre pudeur, comme si elle parlait d'un article qu'elle avait lu, d'un reportage sur les Eskimos ou les Pygmées australiens...

— Il vous fait la cour ?

— Un peu.

— Vous avez couché avec lui ?

— Un peu.

— Comment ça, un peu ?

— Comme d'habitude.

Confirmant par là que, même si elles sentent quelque chose, l'acte, à proprement parler, est aussi loin d'elles qu'une opération sous hypnose ou anesthésie... Joan a fini par m'expliquer que, pour elle, le mieux était la masturbation sur fond de musique... Elle prétend éprouver là de véritables extases... Je lui ai demandé de le faire devant moi... Elle a bien voulu, et, bien entendu, a été obligée de s'arrêter au bout de dix interminables minutes à se caresser, nue, par terre, n'ayant gardé que son collier de perles. Tableau de rêve. Titien en mouvement. Montre en main de ma part. Cantate de Bach.

— Je ne sais pas ce qu'il y a. Ça ne marche pas.

Mais ça a marché tout de suite en rentrant chez elle... Au téléphone... Dans le vacarme triomphal du *Messie*

135

de Haendel. Long hurlement de soprano pour finir. Alleluia. « Merci ! — Bonne nuit ! — Bonne nuit ! » Elle me dit qu'elle est sûre d'elle, de temps en temps, aussi, aux cabinets... Trente secondes... Même pas... Ça la prend tout à coup en train d'écrire... Elle y va... Ce qu'elle entend, ou a besoin d'entendre, à ce moment-là, c'est une voix ressemblant à celle de son père en train de laisser tomber : « petite salope » ou : « c'est vraiment une petite salope ». D'après elle, effet immédiat. Ça la détend.

Ce qui est comique, si l'on veut, pas surprenant mais tout de même incroyable, c'est que les types ne s'aperçoivent de rien... Ils foncent dans le panneau avec enthousiasme, ahuris et flattés de ce cadeau qui leur tombe dessus, jeune Miss Monde bourgeoise, bien élevée, cultivée... Après quoi, ils tiennent courageusement à la faire jouir... « Il y en a qui se défoncent carrément les poignets, les mâchoires... — Et vous, pendant ce temps ? — J'aime bien être assise dans un fauteuil et lire le journal. — Quel journal ? — *L'Expansion*. Ou *L'Express*. Un article économique. — Ils seraient contents de savoir ça pour leur publicité ! — Vous croyez ? — Non, je ne crois pas. Mais tout de même, quelle photo ! — En tout cas, c'est drôle, c'est comme s'il fallait deux niveaux étanches. — Oui, dis-je, la division du travail. — On est divisé, hein ? C'est ça... Je le fais, et je ne le fais pas. Il y a quelqu'un à côté de moi, qui est moi, et qui le fait pendant que je ne suis pas là. Il se passe quelque chose et rien. On est réveillé et on dort. On est en vie, et on est en mort. Est-ce qu'on peut dire ça : *être en mort* ? — Pourquoi pas, dis-je, c'est plutôt ce qu'on observe partout, non ? — Au moment du sexe ? Entre un homme et une femme ? — Vous ne trouvez pas ? — C'est vrai qu'ils ont l'air un peu apoplectiques. Somnambuliquement dans le résultat. La course. La ligne d'arrivée. Comme une vie qui aurait envie de se débarrasser d'elle-même, de mourir.

Ils ont envie de mourir. — Et vous ? — Je ne sais pas. Il y a comme un réflexe, ou un devoir, ou une vieille ruse instinctive, nocturne qui consiste à ne pas troubler le spectacle, à les recevoir. — Vous leur donnez un reçu ? — Je leur donne ce qu'ils ont envie d'avoir. — Et qui est ? — La possibilité d'éclater de prétention, tout de suite après... Je leur laisse à peine le temps, remarquez. Je m'en vais tout de suite. — Vous devriez vous faire payer, à ce compte-là. — Mais non, c'est pour moi que je le fais. — Sans bénéfice ? — Pas du tout, il y en a un. — Mais lequel ? — Peut-être d'effacer, d'un seul coup, toutes ces expressions de la journée, ces regards sur moi, même pas de désir, de convoitise bête, pseudo-complice ; tous ces regards allumés, idiots. Vous ne pouvez pas savoir ce que c'est, la révélation, au jour le jour, à chaque instant, de l'idiotie universelle... Quand j'en laisse rentrer un, c'est comme si je leur fichais à tous la tête sous l'eau. En leur montrant que ce n'est rien, qu'il n'y a rien, qu'ils poursuivent tous des hallucinations, des chimères. Qu'ils sont du vent. Que le système entier est du vent, et voulu comme tel. C'est plus dur que de les faire payer, finalement. Ça me repose. — Ça va vous fatiguer un jour. — Mais je suis jeune ! »

Elle n'a pas dit : oh ! pardon ! mais presque. Et elle a raison. Elle pourrait être une des filles d'Hélène ou de Laure, Blandine, par exemple, qui n'est pas si mal... Elle a raison, elle a raison. Je pourrais être son oncle. *Je suis son oncle.* C'est même ce qui lui a paru si excitant, la première fois. Comme de respirer sur moi des traces de femmes : comment sont-elles et comment font-elles ? Leurs trucs, leurs astuces. Celles qui ont l'expérience, les vieilles joueuses de poker. Vous, vous êtes tout au plus une plaque sensible, un négatif, parfois un enjeu. Voilà aussi pourquoi elle me mordait et me griffait si fort... Message pour Norma, en morse... Hiéroglyphes... Bouteille à la mer...

Elle a raison, Joan... Deux fois son âge, maintenant... On ne se voit que de temps en temps. On n'y tient pas tellement à se voir, et pour cause. Mais il y a quand même les avertissements intimes, cellulaires, prouvant que les forces déclinent petit à petit, en silence... Presque rien, une lourdeur, un embarras ou un blanc soudain dans les phrases, la tête vide plus souvent sans commentaires, le pied moins sûr dans les escaliers, le coup d'œil-désastre du matin... La lumière qui s'en va irréparablement, en somme, le sang qui commence à se séparer de vous, comme une douce marée déçue qui reflue dans l'ombre... Et le cerveau, fatigué de vous servir pour si peu, qui aspire à rentrer en lui-même, avec un pincement de diva sous-employée dans des rôles secondaires. On n'a plus, ou de moins en moins, cette façon de contracter le muscle du mollet droit en allant à un rendez-vous important, pour se rappeler d'avoir à tenir bon pour se retrouver intact à la sortie... Jusqu'à ce que le monde extérieur, comme on dit, rues, fenêtres, appartements, paysages, silhouettes, visages, qui a été si longtemps mystérieux, plein d'appels réprimés, gonflé de rencontres ou de connaissances neuves, possibles, devienne simplement ce qu'il est : le décor stéréotypé et sans profondeur de tous les jours et pour toujours, le trompe-l'œil peint par un artisan médiocre bâclant ses affiches, ses effets de nature, ses perspectives, ses propositions... La pure et plate publi-cité chargée d'entretenir non pas même la salivation des passants, que le climat obligatoire du : « il doit bien se passer quelque chose ». Où ça ? Quand ça ?... Si, si, il faut le croire, sans quoi vous êtes perdu... Je suis perdu.

Lena, au téléphone : « Qui disait ça, déjà ? " Plus ne

m'est rien ; rien ne m'est plus... " Marie Stuart non ? Juste avant qu'on lui coupe le cou... »

Ou alors la douleur, tout à coup, se chargeant d'une signification absolue, définitive. Ce qu'elle n'était pas auparavant. Et la signification est que la mort est un bien parce qu'elle vous détache du fond du fond qui est la douleur. Voilà. Comme si la moindre rage de dents, qui vous fait tenir debout toute une nuit, malgré le tube d'aspirine avalé d'un bloc, ou l'algobuscopan, ou l'avafortan, se mélangeant dans votre estomac au point de vous obliger à vomir, comme si cette souffrance-là, stable, vrillée, insistante, indélogeable même si vous deviez bouffer le contenu de trois pharmacies, disait enfin la vérité sans fard, la dernière. Car ce n'est plus alors la glorieuse souffrance de l'enfance qui est comme une sorte d'orage ou d'épreuve sportive, de promesse de rédemption ou de jours meilleurs, plus gais, plus ensoleillés, décuplés en vue d'un plaisir glissé à l'envers du message (c'est pour vous faire un peu peur, pour pimenter l'aventure qui ne va pas manquer de surgir en compensation), non, mais le mal pour le mal, insatiable, morne, comme une plaine sous la pluie, indéfiniment merdeuse.

— Deux piqûres de dolosal ? dit mon dentiste. En pleine nuit ?

— Oui. Le SAMU. La première était sans effet. J'ai rappelé. Ils sont revenus.

— Vous n'y allez pas de main morte !

— Pas moyen de faire autrement.

— Ça fait mal, hein ?

— C'est très fatigant.

— Il y a ça et les coliques néphrétiques. C'est connu. Les dents, surtout. Pire que l'accouchement, il paraît. La Gestapo le savait très bien. Impossible de résister aux interrogatoires.

— Je ne dis pas que je ne prendrais pas goût à la morphine.

— Allons, allons...

Quand il vaut mieux mourir... Oh oui, laissez-nous mourir, surtout, pas de blagues! Divine morphine! Encore! Un quart d'heure après l'injection, cette tranquillité, cette lucidité d'animal indestructible qui sait, sans émotion et avec bonheur, qu'il est destiné à disparaître, à dormir. Qu'il n'a jamais rien eu de mieux à faire, sauf baiser, parfois. Qui survole son anéantissement avec joie et fraîcheur, lui qui était tout à l'heure un humanoïde, c'est-à-dire une loque, une vague forme vertébrale criante, une moelle épinière brûlant de malheur. Comme on regarde avidement les ampoules translucides dans la trousse du médecin de nuit, toujours trop lent, trop méticuleux, inconsciemment sadique... Comme on aime le coup d'épingle, là, qui annonce le retour des volumes cadrés, des couleurs...

— Si celle-là ne vous calme pas, je ne peux plus rien pour vous. Vous avez une dose de mourant.

— Palfium?

— C'est la même chose.

Moi pensant à ce moment-là à la lutte légendaire, racontée à mots couverts dans la famille, entre Lucien et Octave, dans le couloir, pendant l'agonie de leur mère, de ma grand-mère paternelle donc, vieille jument triste et douce, avec qui je jouais aux cartes ou aux dames quand j'étais malade... Marthe... Voyant les ombres lutter dans le fond, à droite, près de la chambre déjà mortuaire aux volets constamment à demi fermés... Lucien la seringue à la main, Octave lui tordant le bras, leur empoignade silencieuse et furieuse dans l'odeur de mort déjà flottante, mélange de phénol et d'éther, de moisi d'église au petit matin, quand on a la sensation que les caveaux, sous les dalles, finissent juste d'exhaler la plainte des souvenirs de débris, sous forme d'un suintement caché, d'une buée grise, murale... Lucien replié sur lui-même, sa petite moustache sèche, décidée, ne disposant que d'un bras à cause de la dose mortelle tenue de la main droite ; Octave grand et livide, comme sa mère en effet, essayant de le ceinturer... Se battant donc longtemps tous les deux, comme dans une tranchée, à côté de la vieille dans le coma, râlante... L'épisode était retenu comme Lucien, monstrueux, voyez-vous, capable de tout. Sa propre mère... Il l'aurait fait ? Mais bien sûr. Si son frère n'avait pas été là... Ça vous étonne ? Pas moi. C'est une brute. Il a toujours été renfermé, bizarre. Un ours. Octave l'a surpris juste au moment où il y allait. Un geste d'amour, ça ? Demandez au curé. Il était terrorisé. Mettons que ce soit un moment d'égarement, un coup de folie. Mais ça en dit long sur son caractère. En réalité, les ouvrières... Si, si. Le soir, après six heures. Ou avec les équipes de nuit. Odette ferme les yeux, la pauvre. Tenez, la grande rousse, celle qui est à l'émaillerie. La chaleur des fours... Avec ses seins provocants, toujours des pulls moulants, verts ou rouges. Vous voyez qui ? Elle a un bracelet et un collier plaqués or depuis quelque temps... Voilà des bijoux qui ne sont pas tombés du ciel, tout de même ?...

Comme si je n'étais jamais parti, ou plutôt comme si j'étais resté là-bas, les yeux ouverts dans le noir... Regardant les maisons, depuis le massif de fusains vert sombre que j'imaginais plein d'une drogue violente courant dans les feuilles... Les lumières s'éteignent une à une. « Il n'est pas monté ? » « Au lit ! Au lit ! »... Je ne bouge pas. Les voilà embarqués dans leur coffre-fort, leur écrin-bateau dédoublé, les Diamant... Lucien, Odette et Paul à gauche ; Lena, Octave, Hélène, Laure et moi, à droite ; les femmes de chambre et les cuisinières, dont Madeleine, c'est ça, Madeleine, au troisième étage avant les greniers... Je suis couché dans l'herbe près des sapinettes, maintenant. J'attends qu'ils s'endorment. L'usine, juste à côté, ressemble à une gare déserte, avec ses allées de ciment, ses chariots métalliques, ses machines compactes comme des sculptures mouvantes à l'arrêt, animaux de fonte et d'acier happant parfois un ou deux doigts, coupant net les tôles et les chairs, et c'est alors le jour de terreur, le sang dans le corridor marbré de l'entrée, « restez en haut, les enfants, ne descendez pas ! »... Affaire bientôt classée, accident du travail, que voulez-vous, ils ne veulent pas utiliser les dispositifs de sécurité... Et le lendemain, ou le surlendemain, ou quelques jours après, un « Diamant au poteau ! » plus fort que d'habitude, forçant les volets, parvenant jusque dans la salle à manger, derrière, et même jusque dans la véranda... Mais non, c'est la nuit, à présent, tout est calme. Les cuves sont au repos, les fours éteints. Sauf ceux de l'autre côté de la rue, dans les nouveaux hangars, qui, eux, fonctionnent sans arrêt pendant leur sommeil. Et les sirènes dorment, elles aussi, les deux sirènes gémissantes, sinistres, hululantes, couvertes, le temps de la guerre, par celles de la ville dissimulées dans les toits et annonçant les raids anglo-américains, le commencement des explosions sourdes et des canonnades. De sorte que, chez nous, c'était de toute façon la guerre, une usine étant par définition un résumé des combats, ceux du passé comme ceux de l'avenir, avec chaque fois, de la sidérurgie à l'électronique, une approximation du matériel humain et technique. La grande presse, là, au cœur des ateliers, comme un tank géant aux coups sourds. Et puis tous les bruits autour, martèlements à répétition, crépitements, pilonnages, et les voix confuses à travers la ferraille, le zinc, le cambouis. Le petit gros à moustache traînant au milieu des ouvriers, les houspillant ou les félicitant, dosant ses mouvements de lèvres serrées ou au contraire ses sourires perfides ; le grand pâle, « administratif », timide, l'air le plus souvent excédé ou coupable, enfermé dans son bureau à porte capitonnée donnant sur l'allée vitrée des bureaux collectifs, remplie du bourdonnement sec des machines à écrire, les Underwood d'autrefois, puritaines, massives, avec les comptables, les sous-directeurs commerciaux, les représentants et les secrétaires ; ne mettant le nez en ville que pour aller à la banque et en revenir, dans l'une des deux tractions avant noires, les légendaires Citroën, soulagé ou abattu, selon les fins de mois, presque gai parfois, semblait-il, surtout en hiver. L'ensemble du théâtre, provocation des jardins, bien visibles à travers les grilles depuis le cours Montesquieu, pelouses tondues, jets d'eau, inscription DIAMANT en lettres capitales noires sur les murs de l'usine et les bâches des camions, femmes bien habillées, fourrures ou robes d'été décolletées, riant et bavardant et rentrant chez elles avec leurs enfants soignés, sentant bon, l'ensemble, donc, sonnant comme une folie contradictoire, innocente, cruelle, inhumaine, imprudente, un véritable défi à la simple décence comme au cours de l'histoire et du temps. Et ils ont payé. Ils ont été éliminés, défoncés au bulldozer, égalisés, comblés, dispersés, la plupart sont morts, il n'est rien resté d'eux à cet endroit. Et le démocratique et rutilant SUMA a pris leur place, avec ses stations d'essence et ses panneaux de verre transparents, et ses escaliers roulants menant aux paradis d'aujourd'hui, chaque produit trouvable à l'endroit qu'il faut parmi dix autres produits semblables, ni pires ni meilleurs. Avec aussi, par-dessous, peut-être, encore, le souvenir des ombres des deux frères si dissemblables, l'un gros et buté, l'autre mince et affable, luttant pendant un étouffant après-midi de juillet, strié de cris d'hirondelles, pour savoir si leur mère aurait droit ou non à l'abréviation de ses souffrances, dit l'un, mais personne n'a le droit, dit l'autre. Avec, deux ans plus tard, mais toujours l'été, en août cette fois, l'interminable agonie d'Odette, la belle et intelligente Odette, la préférée de Louis (bien qu'elle ne figure jamais avec lui sur les photos des champs de courses), passant pour avoir lu Proust et Dostoïevski, s'en allant d'une tumeur au cerveau, pendant que le petit dernier, tremblant, fasciné, oui, moi, douze ans, regardait par le trou de la serrure l'une des grosses bonnes accablée de chaleur enlever son soutien-gorge et libérer ses deux seins occupant soudain toute sa chambre, au troisième, très loin, dans un autre espace au cœur de l'espace. Et puis Octave, à Dowland, descendant dans le néant devant son poste de télévision. Et puis Lucien, Dieu sait où. Comme s'ils avaient expié en réalité très vite cette mise en scène de deux frères et deux sœurs exhibant leur réussite sous l'œil implacable du Dieu jaloux. Cette sorte d'innocence absurde, incestueuse, étalée devant tous. Sûrs d'on ne sait quelle impunité qui continue à flotter dans leurs veines, dans celles de Laure, par exemple, mais aussi dans les miennes, où je la sens battre et chauffer malgré les démentis, les déceptions, les échecs. « Cela a eu lieu » : voilà le rythme, voilà l'imperceptible et confiante chaleur. L'âge d'or ? Oui, pourquoi pas, confirmé d'ailleurs par la netteté de la sanction, de la chute. Inutile d'en parler, au fond. C'est idiot.

Lena aussi a payé : cancer du sein et de l'utérus, opérations, cliniques... Cardiaque dès sa jeunesse, gonflement des jambes et des bras... Il me semble qu'on n'a pas arrêté d'être magnifiquement malades. Mais, après tout, la maladie était une façon supplémentaire de se protéger, de se renfermer entre nous. Une manière, là encore, de prendre la vie à l'envers, par ses points de fuite, sa doublure. Lena était malade, j'étais malade. Asthme, otites à répétition... Jusqu'à la mastoïdite et à la trépanation, grande cicatrice bien visible derrière l'oreille droite... Drain dans la tête, crâne ouvert... Treize ans... Sensation d'avoir le cerveau directement aéré, communiquant du dedans au-dehors, comme le plongeur qui tient sous l'eau en respirant avec un jonc dans la bouche... Plaisir-douleur de l'incision du tympan, des compresses, du goutte-à-goutte ; plaisir malsain de la fièvre avec ses millions de grains pensants à compter sur les draps liquides ; plaisir écarlate des crises d'étouffement, la nuit bien à vous, minute par minute, un temps vécu jusqu'à la fibre et plein d'espoir, qui ne vous sera jamais enlevé, un temps saturé pour toujours ; plaisir cruel des bronches sifflantes et de la pulsion du cœur au fond des oreilles, cramoisi et vermillon répandus partout, comme dans les contes... Les poumons, l'audition : du souffle au son, et retour. C'était en même temps un prétexte pour faire venir Odette. Elle seule pouvait me soulager. Comment ? Elle savait. Légère caresse à l'intérieur de l'avant-bras droit, la saignée du bras, oui, de haut en bas et de bas en haut, longuement, très doucement, en effleurant à peine, sans un mot. J'aimais ses mains, sa peau, ses doigts, ses ongles rouges. Parfois, elle venait avant de sortir pour dîner, aller au théâtre... En robe longue, chapeau à voilette, bas noirs, souliers dorés, maquillée, parfumée. Je lui tendais mon bras comme pour une prise de sang. Et elle le faisait. Ou encore, le dimanche après-midi, tout en lisant de la main gauche, près de moi. « Plus doucement. » Elle levait la tête, fermait le livre, tournait vers moi son visage à la Vivian Leigh, ses grands yeux noirs sérieux accablés d'ennui, et recommençait plus légèrement, du bout des doigts. « Ça te fait vraiment du bien ? — Un bien fou. » Allez comprendre... D'ailleurs, il est un peu fou... Je les piégeais comme ça au bord de mon lit. Il y avait l'usine et mon lit. Toute leur vie, et ma transpiration, là, dans la fièvre étincelante ; 39 degrés 9, ou 40 majeur. « Il voit des chevaux sur le mur. » Eh oui, j'emmenais Louis avec moi dans le papier peint de ma chambre ; Louis et son écurie tout entière, naseaux frémissants et sabots furieux ; Louis ou plus exactement ses pouliches et ses coursiers fabuleux et préhistoriques, acajou luisant, profilé ; Louis, ou plutôt ses juments ou ses étalons écumants, cabrés, bondissants, vainqueurs — mais n'était-ce pas la même chose dans la vérité du délire ?

LETTRES DE SOPHIE

I. — « Tu me manques. Je serai vêtue de noir. Ce sera comme si nous rentrions du cimetière. Je te vois toi aussi en noir, ta bite bandante, penché sur une tombe. J'aimerais que tu me dises : " Madame est gelée. Madame devrait se faire mettre, ça la réchaufferait. " Je me sentirai libre dans mes habits de deuil. Tu me donneras ton foutre lorsque je dirai : " *Vite, ces obsèques m'ont échauffée.* "

Garde bien ton foutre ; qu'il soit laiteux comme je l'aime.

Sophie. »

II. — (Mot écrit après son arrivée, dans la salle de séjour, et glissé sous la porte de mon bureau ; léger bruit du papier sur le parquet.)

« Je croyais vous trouver travaillant. Vous allez me parler de votre travail. *Qu'avez-vous fait* pendant que j'étais à ma toilette, finissant de me laver et de me parfumer ?

— Examen de votre slip.

— Examen de votre queue.

146

Vous vous retirerez dans votre chambre.

Vous vous sentirez nu et puni.

Je viendrai vous délivrer. Vous éjaculerez sur ces mots : " *Déchargez, il est temps !* " »

III. — (Carte postale sous enveloppe ; portrait de Rousseau.)

« Je vous attends avec impatience. Vite. J'ai envie de te lécher, de te sucer, de mordre ta langue.

Je t'aime ; tu me manques.

Sophie. »

IV. — (Après un enterrement donc ; j'ignore lequel.)

« Comme j'ai senti ta queue me mettre hier ! Ma voix est restée colorée par ton foutre : douce et délicieusement langoureuse. J'ai retrouvé un détachement digne et sournois pour l'après-midi. J'ai joué mon rôle très simplement. Enterrement traditionnel. J'ai entendu la messe et suis allée au cimetière. Il faisait froid. Ce qui m'a fait bander : la tombe ouverte, les cordes entourant le cercueil. Tu aurais pu me mettre rapidement en grognant. J'aurais pris ta queue pour la branler sèchement. Je mouille en pensant à ta bite effectuant son service. Disponible pour me baiser, répondant à mon caprice.

Prépare ta queue, *elle va avoir du travail demain.* J'aimerais, d'ailleurs, te trouver travaillant dans la cuisine. Je me tords en pensant à ton affairement servile.

Je te poserai quelques questions concernant ta nourriture. Je te débraguetterai doucement. Tu sais que *je ne me gêne pas pour te déculotter quand l'envie m'en prend.* Il faudra que tu te plies à un examen long et minutieux de tes couilles et de ta bite. Tu te laisseras

147

faire en pensant " Madame ne laisse rien au hasard. Elle veille sur tout : elle dirige aussi bien sa maison que ma bite, *sa bite* puisqu'elle en est propriétaire. " Je te remettrai les achats que j'ai faits pour toi. Tu auras deux nouveaux slips. Tu me remercieras très poliment. Tu exprimeras une joie de petit paysan émerveillé.

Tu me baiseras ensuite sur le lit. Je te donnerai mon cul à genoux. Tu pourras alors m'insulter pour te venger. Tu me donneras *tout ton foutre* en m'appelant : *pute, salope, garce, pourriture.*

Tu éjaculeras en entendant ces mots : " Finis ton travail, ordure ! "

A lundi,

Sophie. »

V. — « Je désire te trouver au travail. Ensuite, j'examinerai ton slip. Nous en parlerons. Je t'installerai sur une chaise. Tu attendras dans la chambre. Viendra un long examen de ta queue. Tu m'empaleras *jusqu'à l'os*. Je frémis en pensant à cette expression.

Tu éjaculeras sur ces mots : " *Allez-y ; il est temps. Je suis pressée !* "

Je vous aime.

Sophie. »

VI. — « Madame Roland à Buzot : " Fière d'être persécutée dans ce temps où l'on proscrit le caractère et la probité, je l'eusse même sans toi supportée avec dignité [la prison] ; mais tu me la rends douce et chère. Les méchants croient m'accabler en me donnant des fers !... Les insensés ! Que m'importe d'habiter ici ou là ? Ne vais-je pas partout avec mon cœur, et me resserrer dans une prison, n'est-ce pas me livrer à lui

148

sans partage ? [...] Les événements m'ont procuré ce que je n'eusse pu obtenir sans une sorte de crime. Comme je chéris les fers où il m'est libre de t'aimer et de m'occuper de toi sans cesse. "

Il faudra que tu grognes comme un ours enchaîné pour que je libère ta queue. Je la vois jaillir. Prépare-toi à être dénudé. Il suffit que je pense à ta bite pour que je me sente devenir lubrique. Je sais ce que je dis. Sois aussi domestique que putain quand je te tâte les couilles. Je pourrais crier en pensant que je te fais descendre à la cave avec ta queue bandante sous ton tablier de jardinier. J'avale cette image, faite pour me ravir, comme j'avale ton foutre. Rien ne m'excite plus que de savoir que tu peux te transformer en domesti-que grossier qui sert à mes caprices. Avoir le cul inondé de ton sperme, tel et mon plaisir. Et je ne m'en prive pas, comme tu le sais, ordure. Tu peux éjaculer comme le plus grossier des charcutiers, j'en tremble.

Attends bien ton examen de bite, idiot ; *tu l'auras.*

Tu déchargeras sur ces mots : " *Je dois vérifier quel-ques notes, donnez-moi mon livre de comptes.* "

S. »

VII. — « Je me prépare très doucement à retrouver ta queue. Tu seras débraguetté en un instant. Ta bite va jaillir, docile à l'examen de mes yeux et de mes mains. Je peux mettre en parallèle ces deux idées : la joie timide, presque confuse de te débraguetter et le désir mécanique, insatiable de faire ce geste. Ton pantalon tombant, ta bite dénudée violemment sont mon désir, ma rage de foutre et d'être foutue.

Je commencerai par te parler calmement. Et, très vite, tu passeras dans ta chambre pour un long exa-men. Je te sucerai jusqu'à faire venir ton foutre. Tu le garderas cependant pour me le mettre. J'ai besoin de ta queue me défonçant. Je te demanderai de me foutre. Pas de métaphore, cette fois.

J'ai hâte d'être foutue, de te regarder et de me regarder dans la glace.

Pense à moi en mangeant; sens ton sperme. L'idée que tu puisses manger des mets grossiers me ravit. Je t'entends me les nommer.

J'aime ton foutre.

Sophie. »

VIII. — « Je ne pourrais à l'instant que mâcher tes couilles rêveusement. Laisse ton sperme en attente de ma bouche.

Il faudra que je te frotte la queue avec du savon. Ce sera une petite opération nette et sèche.

Tu seras débraguetté comme il faut. Je laisse suspendue cette pensée, jusqu'à ce qu'elle me revienne, précise et dure, et m'arrache un gémissement silencieux. Ce sera n'importe quand. En secret.

Ta queue me plaît plus que tout.

Soyez bien.

Sophie. »

IX. — « Chéri,

Vous m'ouvrirez la porte débraguetté pour que je puisse évaluer votre queue dans l'instant.

Vous préparerez *ma blouse*. Vous savez ce qui vous attend : un long et minutieux examen de votre bite. Je vous dénuderai et vous vous laisserez tâter comme un porc innocent et joyeux.

Tu me baiseras docilement; tu éjaculeras sur ces mots : " Finissez-moi. "

Mange salement au déjeuner. Pense que je te sur-

150

veille et que tu te prépares à ta tâche : foutre une salope vicieuse.

Que tes couilles gémissent en m'attendant.

Sophie. »

X. — (Remise tout de suite sous enveloppe, en arrivant) :

« Après avoir lu cette lettre, vous reviendrez m'aider à quitter mon manteau.

Nous nous dirigerons rapidement devant une glace. Je procéderai à un examen rapide de votre queue. Vous vous débraguetterez vous-même — en silence. Je dirai : " Voyons si cette bite est bien reposée, si elle est prête à bien travailler. " Je dirai : " Rebraguettez-vous, allez faire votre service. "

Je vous regarderai essuyer quelques objets dans la cuisine.

Vous irez, quand je vous le demanderai, chercher ma blouse — que vous m'aiderez à revêtir.

Nous ne nous embrasserons pas.

Vous me suivrez dans les toilettes et m'aiderez à pisser *dans vos mains*.

Il faudra m'essuyer délicatement.

Vous tenterez de me branler. Je réprimerai ce geste en tapant sur vos doigts.

J'irai dans votre chambre. Vous me trouverez feuilletant un livre. Vous prendrez soin d'entrer, votre pantalon ouvert, votre bite cachée.

Ce sera le moment d'un minutieux examen de votre queue. *Vous sentirez votre nudité s'accentuer.*

Vous prendrez toutes les poses qui me plairont. Vous me direz : " Madame m'a promis de la mettre aujourd'hui. *J'aime le con de Madame. Je sais bien que Madame est une pute.* J'espère que Madame va être satisfaite. »

Nous retournerons devant une glace. Tu prononceras

ces mots : " *Madame va être empalée comme une truie.* "
Je répondrai : " J'y compte bien, c'est pour ça que je te
paie, crétin. "

Tu t'agiteras dans mon con. Nous serons porc et
truie.

Tu me donneras ton foutre en entendant ces mots :
" Fous-moi et éjacule, ordure. "

Ensuite, en me branlant pour me *finir*, tu diras d'une
voix sournoise : " *J'aime que Madame ne craigne pas de
me montrer son cul et les poils de sa chatte.* " »

XI. — « Chéri,

Il serait intéressant que nous divisions ce délicieux
moment en deux épisodes. Le premier sera d'ordre
ménager, pragmatique. Je vous aiderai dans votre
travail. Vous serez un valet humble, obscène, avec
votre grosse queue.

Vous imaginerez facilement que nous remettons de
l'ordre dans la maison un lendemain de réception. Ce
sera le jour de l'argenterie (que tu attends toujours
avec impatience). En bonne maîtresse de maison, je
compterai les couverts avant que tu les ranges dans la
ménagère. Tu guetteras mon air satisfait ; tu m'accompagneras affairé. *J'adore te voir affairé.* J'en frémis à
l'avance. Nous jouirons mentalement de nos préoccu-
pations bourgeoises et sordides. Tu diras : " J'aime ces
rangements avec Madame ; Madame est très méticu-
leuse. " Sournoisement, je t'interrogerai sur ta queue :
" Bandante ? Propre ? " Tu m'expliqueras comment tu
as lavé ta bite le matin même (à l'eau froide, avec du
savon rugueux). Vous me répondrez avec simplicité.

Avant le second moment (pieux, dévot), tu me
montreras ton slip afin que je l'examine. Tu aimeras
mes mains couvertes de bagues, *mes mains de ban-
quière*, se posant sur ton slip rustique. Je tiens à veiller
moi-même sur le linge de ma maison (tes slips en font

partie). J'examinerai tes couilles. Les presser et les tordre, quelle délicieuse tâche !

Nous passerons au second moment. Je porterai un foulard et tu m'accompagneras à la messe. Rien n'est plus divin que d'enfiler mes bas le matin, dans le secret de mon boudoir, en achevant ma toilette. Que je mouille pendant l'office te fera bander.

J'interromps la scène pour te sucer. Ma bouche est faite pour recevoir ton foutre. Je l'aime épais. Tu veilleras à en entretenir la qualité et la quantité en pensant : " Madame adore le foutre, cette salope suce à la perfection. Elle ne pense qu'à se faire mettre. Cette garce me fait bander tout le temps. "

En effet, je ne pense qu'à me faire mettre par ta bite (que cette confession reste entre nous).

Mon cher amour, tu m'aideras à choisir une bague déposée dans mon coffre. Je te sentirai me donner beaucoup de foutre lorsque je prononcerai ces mots : " Vous avez raison, je porterai ce diamant. C'est le plus gros que je possède. "

Garde bien ton foutre, petit salaud vicieux, ordure. Tu me plais.

Sophie. »

XII. — « Chéri,
Je pars quelques jours pour l'Allemagne (for business). Je rentre jeudi, je crois. Je vous appelle. *Gardez un moment de lundi.*

Je pense à vous.
Je vous aime.

Sophie.

J'ai envie de te sucer. Je vais mouiller en repensant à la séquence *fauteuil*. Je t'adore.

Branle-toi en pensant à mes jambes croisées. »

XIII. — « Je me réjouis à l'avance de cette scène ménagère. Préparez-vous à être obéissant, soigneux, soucieux de faire votre travail. Pensez simplement : " Est-ce que cette sale garce voudra être foutue ? " Mettez la main sur votre queue, et attendez que je la reprenne brusquement.

A lundi ; pissez en vous excitant.

Sophie. »

XIV. — « Chéri,
Je voudrais qu'il fasse sombre. Que le rideau soit tombé, métallique, précis et sec. Que je m'apprête à régler mes comptes avec ta queue. Que tu y passes. Que tu arrives soumis, prêt à dégorger ton foutre d'animal. Tu veux être examiné, palpé, retourné, tu le seras. Farouchement. *J'aime ça.* Tu vois, je suis une bonne bouchère avide et sévère. Ton foutre, je le veux. *Je l'exige.* Que tu me coules dans la bouche et sur le cul me plaît. Je me tords et t'aime de me faire tordre. C'est tellement difficile de me faire trembler de rage et d'envie. Ce rôle de bouchère, je l'adopte, je me moule en lui avec volupté, il me convient. Il n'y a pas un cri de vulgarité, un désir bas et noir que je ne puisse lancer ou proférer. C'est bien moi qui suis sordide et vicieuse. Il suffit que tu m'excites. *Oui, rien n'est plus divin que de se sentir âpre et vicieuse.* Ma mouillure te le dit chaque fois. Je mouille de te voir, de t'entendre. Je triomphe de mouiller chaque fois. C'est un triomphe d'animal. Quelle joie !

J'aime ta queue follement. Je l'aime, je l'aime vraiment.

Je suis heureuse de vous aimer. Mon amour pour vous est *parfait.* J'ai toujours voulu vous aimer —

même dans mon enfance. Et maintenant, je vous aime comme une grâce et un défi. Tant mieux !

Sophie. »

Voilà... Je la regarde dans l'ombre, assise sur le fauteuil, les jambes croisées... Elle est allée se déshabiller dans la salle de bains, elle a mis sa blouse blanche opératoire. Gynécologue, chirurgienne, anesthésiste, pharmacienne, professeur de physique, laborantine ou tout simplement bouchère. De toute façon, propriétaire et caissière. Une religieuse d'aujourd'hui... L'anti-star, la fonctionnaire sécurité sociale exemplaire... Elle sort son étui à cigarettes d'argent, elle fume lentement, la tête rejetée en arrière. Le temps n'existe plus. L'existence n'est plus que du temps. Il est vraiment retourné et retrouvé, le temps, dilaté, concentré, vaporisé aux quatre coins de ses fantasmes et des miens, autrefois, petits détails d'autrefois, enfance oisive, sensuelle, peureuse, à la campagne ou en ville, en province, là où les journées ne vont nulle part, reviennent sans fin sur elles-mêmes, finissent toujours par aboutir au moment présent, lumineux et vide. Il était une fois. Elle fume, elle croise et décroise ses jambes nues en évitant d'intercepter mon regard, on fait durer ce moment, parce que c'est le plus intense, celui de l'intervalle, après la conversation passionnée, à voix basse, bouche contre bouche, bouche contre oreille, et l'action brutale qui va suivre, technique, médicale, commerciale. J'admire toujours comment elle arrive, sèche et froide, mais mentalement décidée, absolument pas excitée, sauf, et encore, par le projet en lui-même... Ce sont seulement les mots et la voix qui l'échauffent peu à peu, de telle façon qu'il faut comme

155

retraverser chaque fois tout le barrage social, la censure spontanée, l'increvable côté offusqué, moqueur et incrédule des choses. Je lui parle, elle parle, elle a la main sur mon sexe, je lui touche les fesses, j'introduis doucement ou brusquement l'index de la main droite dans son cul, en lui demandant de tout bien penser avec son cul, maintenant, là, tout de suite, de faire converger là toute son énergie, et son ennui, et son dégoût — toute son ironie accumulée, ses haines de la semaines. Y compris contre moi, bien sûr. Sa fatigue. L'énorme sentiment d'à quoi bon dérisoire d'aujourd'hui. Elle commence à me raconter. Ses mauvaises pensées, les intéressantes et les pas intéressantes, les vibrantes et les minables, de son emploi du temps humain, sobre, efficace, effacé. Quand est-ce qu'elle a été troublée, furtivement, le matin, le soir. Quand est-ce qu'elle a baisé, et comment, puisqu'il faut bien baiser. Comment elle a fait semblant puisque, à y regarder de près, c'est toujours plus ou moins à ça que ça se ramène. Comment elle était à ce moment-là, en chemise de nuit, dans son lit, au réveil, en rentrant d'une soirée, un peu saoule, dans l'entrée de son appartement, avec son mari la plupart du temps, mais aussi, de temps en temps, avec tel ou tel type de rencontre, et puis, deux ou trois fois, avec des femmes qui ne lui déplaisaient pas. Ou encore, comment elle s'est amusée à exciter un invité ou un client léger, comme ça, pour rien, histoire de vérifier le fonctionnement général et de frustrer le désir né d'elle alors qu'elle n'en ressent aucun. Tout son mépris et sa profonde répulsion des hommes, qui est leur code fondamental, la clé de toute la comédie, ces hommes grotesques et tellement sûrs d'eux, avec leur queue en forme de proposition, ou d'affirmation, ou du moins de point d'identité plus ou moins vulnérable, solide. Ça lui est arrivé plus d'une fois de flirter, d'en amener un à bander devant elle, et de le laisser tomber là, rouge essoufflé, ridiculisé, mauvais. Elle en rit encore, en tremblant. Revanche ? Pire que ça. Un compte que rien ne pourra combler et qui vient de plus loin qu'elle, elle le sait, qui passe à travers elle et se continuera très au-delà d'elle, comme elle le sent bien. Mais il ne faut pas que ça se sache trop. Il vaut mieux éviter de crier sur les toits le grand secret de polichinelle. Tous des chiens plus ou moins masqués, voilà. Dont on peut d'ailleurs tirer quelques avantages en passant, en jouant sur leur incommensurable vanité, naïveté, crédulité puérile, bestiale. En tout cas, ça marche ainsi, la tragédie-vaudeville, depuis qu'il y a un spectacle et qu'elles sont censées éprouver ou savoir quelque chose de mysté-rieux, d'indicible, la signification ésotérique de la pomme, du serpent, de l'arbre du Bien et du Mal, des imitations ou de Dieu sait quoi.

Comme si cette peur et cette répulsion ancestrales — grands-mères, mères et filles enlacées depuis des siè-cles et des siècles dans un même nœud dissimulé, acide, négatif, un même hoquet invisible de honte et de rage contre *ça* : ce bout de viande, ce petit tuyau, ce morceau de bifteck absurde, pendant, et pourtant affamé, agressif, qu'on ose leur mettre sous les yeux, dans le con, le cul, et parfois même dans la bouche ; comme si cette horreur, donc, une fois ramenée à l'air libre, exprimée, parodiée, jouée, la faisait basculer, elle, la petite Sophie à l'air réservé, timide, dans la plus grande jouissance possible, de cette façon tordue, et de cette façon seulement. Une jouissance dont elle n'avait pas idée, et qu'il faudrait même qualifier de pure, non, pas la moindre idée, ou alors un simple pressentiment confus, ni elle, ni ses sœurs, ni sa mère, ni ses tantes, ni ses cousines, ni la mère de sa mère, et ainsi de suite. Comme si, une fois franchis les tabous, les interdictions, les vomissements rentrés, la détesta-tion radicale, viscérale, celle qu'elles peuvent avoir pour les souris, les rats, les araignées ou les papillons de nuit — pour tout ce qui a une vie retirée, moite, louche, rampante, une vie cruelle et obtuse, mobile, dans la saleté qui foisonne malheureusement sous l'univers animé —, on pouvait peu à peu déboucher sur une sensation pleine et terrible : la vérification des titres les plus vulgaires de la presse spécialisée, par exemple quelque chose comme « Les Plaisirs du Mal ». Mais de l'autre côté, cette fois, c'est-à-dire dans une sorte de Bien nouveau, fait d'indulgence, de compréhension, de scrupule infini par rapport aux autres. Seulement en parlant, en jouant. En restant quelques heures seule dans une chambre au cœur de la ville énervée, absurde, avec un partenaire imprévu qui lui apprend, ou l'aide, à être seule comme elle ne l'a jamais été non plus. Enfin seule. Unique en son genre. « Pourquoi est-ce qu'elles disent " nous " ? — Ça les arrange. — En quoi ? — Le grand truc du temps : tu ne sens rien, moi non plus, on va se *nounoyer* pour que ce soit plus juste, mieux équilibré, moins triste. Ça n'a aucun sens, sauf celui des droits syndicaux légitimes. — C'est vrai que, si on jouit, on n'a pas envie de dire *nous*. — Aussi est-ce formellement déconseillé. *Quod erat demonstrandum*. Je vous démontre le péché originel, je vous le démonte. C'est de la théologie radiographique en action, dis-je. Chut ! Encore considérée comme aventureuse. Inavouable. Alors qu'il suffit d'oser. »

Je pense à la plupart des types que je connais... A la manière dont ils se croient obligés d'être prisonniers des images du marché... Starlettes, mannequins, présentatrices, modèles, poseuses, raseuses, connes plastifiées, gros bébés narcissiques et maniérés qu'ils épousent même, parfois, qu'ils arrivent à transformer en mères de famille rancies, aigres, convulsées de jalousies, faux sourires, nostalgies, médisances téléphoniques, méchanceté, indiscrétion butée... Ou bien les homos : maniaquerie agitée, satisfaction précoce, bavarde... Non seulement ne connaissant pas, mais ayant peur, à leur tour, de ce qu'on peut réellement tirer d'une femme, connaissance de l'obscurité, de l'envers sorcier, vénéreux, mais logique, sans mystère... Cette volonté d'abîmer, de détruire, toujours dissimulée par force, par rapport de forces, mais qui peut, à certaines conditions — sécurité, clandestinité absolue —, s'avouer dans l'aisance la plus désinvolte... Ils seraient épouvantés. Ils fuiraient.

Je préfère mon médecin de Genève... Ma Sophie en imperméable, chemisier mauve ou gris et jupe noire, avec ses lunettes, son caractère fragile et discipliné. Sa façon d'aimer qu'on lui applique en secret, comme un exorcisme, les mots : « hypocrite, menteuse, sournoise, vicieuse ». Des mots splendides, éternels, ramenant toujours avec eux, magnétiquement, toute une limaille effervescente d'émotions enfouies, une corolle d'enfance invisible. Son goût mélodique pour ces mots-là, ces choses-là ; pour sa propre biographie, au fond... « Et maintenant insulte-moi. » Son sourire au milieu des saloperies qu'elle entend, qu'elle dit et surtout qu'elle s'entend dire. « Parle plus fort, je veux que tu entendes distinctement ta voix. » Oui, c'est bien elle qui prononce ces phrases, ces ignominies, ces atrocités tranquilles. Comment elle aimerait découper des queues au scalpel, les opérer vraiment sans anesthésie, voir le sang gicler, écouter les vaines supplications et les cris. Comment ça lui plairait de m'attacher, moi, comme un porc, sur une table de dissection, ou de m'éventrer à la morgue. M'enlever les couilles comme des rognons, les faire frire sous mes yeux. Enfoncer une longue aiguille à tricoter dans le sexe, jusqu'au bout, après l'avoir interminablement piqué avec des épingles. Et les épingles à linge, les vieilles épingles *en bois* d'autrefois, qu'elle a retrouvées chez elle dans un grenier, porteuses de tout un paysage aérien de serviettes et de draps, avec lesquelles elle aime me pincer.

Tout un scénario entre la couture, la cuisine, la chirurgie, la nourriture, les soins... « Parle fort. Articule. Donne bien tes fesses, là, dans le foutre. Donne-toi, salope, ordure, je t'adore. Décharge, maintenant, donne-toi bien... » Comme elle remue, alors, en tordant entre deux doigts de sa main droite une mèche de ses cheveux noirs, le visage noyé dans les coussins jaunes. Comme elle mouille mes doigts, comme elle gueule... Ça a eu lieu, une fois de plus. Ça pourrait avoir lieu indéfiniment. Il ne se passe rien d'autre.

Sophie est parisienne, elle vit depuis sept ans en Suisse, avec son mari, un Allemand diplomate... On ne parle jamais de lui. Elle a hésité, dans ses études, entre le droit et la médecine. Quand, dans nos conversations, je me moque des philosophes, elle fait semblant d'être un peu choquée, de me trouver trop rapide, superficiel... « Trop français ? »... Sourire... Elle est d'éducation catholique... Bien sûr, bien sûr... Souvenir des agenouillements, des liturgies, des messes... Des confessions et des communions, des cierges et des ostensoirs, des ciboires, des encensoirs, de l'orgue mêlé à l'eucharistie... *Corpus Christi*... Ah, ces pervers de catholiques !... Bien sûr, bien sûr... Trouble organisé, utilisation des cinq sens en flèche... La langue, l'oreille, le souffle retenu, la rumination intérieure, le clair-obscur à vitraux, le recueillement, les genoux... La « présence réelle »... Petite lampe rouge... Et l'huile, l'eau, le vin, ou plutôt la chrémation, l'onction, l'extrême-onction... Et l'hostie, avec son goût fade, sur le bout des lèvres... Et les saints, les saintes, les martyrs, décapitations ou décollations, poignards, écartèlements, tenailles, gril... Et le crucifix lui-même, abîme de tentation, clous et couronne d'épines, flanc ouvert, sueur et rigoles de sang, bouche affaissée et montrant les dents, soupir et yeux révulsés dans l'impossible atteint, avec le pagne léger, transversal, prêt à s'envoler, dirait-on, appelant immanquablement l'imagination des dessous... « Voilà, tu t'approches, tu soulèves un peu le linge, tu cherches, tu trouves, tu prends, tu manges... » Tunique, voile, suaire, ce que vous voudrez... Torchon mouillé autour des reins, étendu en croix par terre, elle s'approche, Sainte Femme, Mater Dolorosa, ou plutôt simple chienne mondaine, ou encore putain devenue folle... Oui, oui, c'est là, nulle part ailleurs... Défi au monde entier! A la Pruderie Diabolique!... La pruderie est toujours diabolique en soi... Et les apparitions, les ascensions, les lévitations, auréoles et pimpants nuages, les annonciations, les assomptions!... Et les ribambelles d'amours et d'anges!... Pourquoi faudrait-il *en plus* s'occuper de philosophie? Je vous le demande! Alors qu'a été formulé, à travers toutes les formes possibles et imaginables, le plus complet catalogue érotique de tous les temps et pour tous les temps?... A l'usage discret des deux sexes croisés et inconciliables... Saint Sébastien pour les uns; sainte Blandine pour les autres... Vierge féministe écrasant le serpent... Flagellation pour une autre tendance... Gloire et majesté pour un versant des penchants; cachot, chaînes et supplices pour l'autre... Ô rideau magnifique de la vraie foi!... Qui est capable de sentir *ensemble* tous tes replis, tes broderies, tes contradictions souveraines?... Qui est assez pur et vertueux, éprouvé, passé au creuset ultime, pour jouir simultanément de ton bariolage unanime, de ton grand bruit soyeux et menaçant plein de biographies singulières, uniques, victimes innocentes et bourreaux peut-être également innocents, quand tu te déploies, voles et te révèles de façon sonore, inaudible, divine?

161

The trumpet shall sound
And we shall be changed

On écoutait ça, en rêvant, dans la cathédrale Saint-André, nous autres anglo-espagnols, anglo-italiens sensuels, rieurs et pour la plupart abrutis, du Sud-Ouest du monde... Sévère gothique presque nu, anglais, donc, dans la région dionysiaque bourrée de grappes et de pressoirs... Responsables du meilleur sang transformable. Hoc est sanguis meus. Pour la multitude. Faites ça en mémoire de moi. L'éternelle et nouvelle alliance en rémission de tous les péchés. En rédemption du flot de liquide gaspillé dans la fureur homicide et qui n'aura peut-être même pas eu le temps de penser et de ressentir... La trompette sonnera, le jugement aura lieu, aussi vrai que cette trompette éclatante, criarde, résonne là, tout de suite, et qu'elle juge soudain, en déchirant l'espace et les corps, tous les calculs, les lâchetés, les hypocrisies au tribunal incompréhensible de la Passion, des passions, jour de joie, jour de colère. Et sonnez les cloches, et que l'air et le ciel lui-même, dans ses atomes les plus intimes, sache de quoi il s'agit.

Et c'est bien ainsi que Sophie le vit, religieusement, car il n'y a pas d'autre moyen, à moins de faire peu à peu de la sexualité, comme on dit, un moyen supplémentaire d'ennui, ce à quoi nous sommes arrivés d'après ce qu'il semble. Après l'angoisse et la peur, et la terreur inconsciente, la mise à plat. Voilà. Fin de l'histoire. Mais voici Sophie avec son foulard sur la tête, là, en hiver, comme une mystique en action, pâle, tout en noir, agenouillée et prosternée devant moi à la sainte table, les yeux baissés, concentrée, prenant la bite délicatement dans sa bouche et faisant monter le sperme. Ou me demandant de l'essuyer avec un napperon de dentelles, les cuisses ouvertes. Ou encore s'amusant à me laver, à me nettoyer après m'avoir fait pisser. Ou encore, assise sur le rebord du lit, ne se lassant pas de me déculotter, d'ouvrir elle-même la ceinture, la fermeture Éclair, et de baisser brutalement, avec ses deux mains, le pantalon, puis le slip, pour faire surgir la queue, tremblante, bandante, folle d'excitation, et la laisser comme ça, exposée, avant de la branler durement, ou de lui cracher dessus, ou de l'avaler. Et puis me demandant de remettre mon pantalon. Et puis recommençant trois fois, dix fois. Et puis me donnant enfin la permission de « beugler », pendant qu'elle dit froidement quelque chose du genre : « il faut bien que je t'enlève ton foutre avant que tu sortes ». A moins que ce soit après m'avoir fait une scène, une vraie fausse scène, d'un ton amer, cassant, furibond, pour m'avoir surpris à baiser ailleurs, ou encore, si je suis dans le rôle de son employé en tablier gris, de son homme de peine ou de son jardinier en pantalon de velours, de son garçon boucher à la blouse rougie et tachée de graisse, parce que je vole dans la caisse, ou que je range mal mes affaires, ou que je mange trop de sucre, ou que je travaille trop peu. « Je veux que tu te dises : quelle garce, comme elle est mesquine et avare, comme elle est près de ses sous. » Madame veille à tout, Madame met elle-même la main à la pâte, Madame surveille, enregistre, ne laisse rien passer, tient ses comptes à la perfection. Madame connaît le nombre d'heures et le foutre que je lui dois, je suis là pour donner satisfaction à Madame. La « scène » ? Elle permet de brûler des milliers et des milliers d'heures de psychologie, autrement dit la saleté suprême. Ridiculement inadaptée à la violence d'aujourd'hui. Aujourd'hui ? Je l'ai déjà dit, et demain plus encore : le monde généralisé de l'*in vitro* : avortement, contraception, stérilet, pilule, vasectomie, ligature des trompes, fécondation artificielle, donneurs et ventres à louer, embryons congelés, utilisation des tissus des fœtus, banques itinérantes de sperme, collectes, mises en paillettes, stockage, filtrage, utilisation des morts. Ad Majorem Uteri Gloriam! L'AMUG! A monde renversé, donc, religion super-renversée. Grands moyens. Le mal par le mal. Imagination au pouvoir.

Tout cela pour en venir au clou de l'affaire. A la vraie découverte. A l'Amérique nouvelle de la situation. A l'audace la plus grandiose. Au scoop. J'ai nommé, bien entendu, *la phrase sans aucun rapport*. Le message féminin qui doit déclencher l'éjaculation. Nous avons là, mesdames et messieurs, une invention remarquable, un véritable tournant dans les annales de l'humanité. Le traitement radical du fameux malaise dans la civilisation. De l'incompréhension entre les sexes, source de toutes les insatisfactions et de tous les maux. C'est à ce propos que j'ai eu le plus de mal avec Sophie, d'ailleurs. On touche ici une limite brûlante. Le processus prétendument naturel est nié jusqu'au fond, mais c'est normal, nous sommes en guerre. Il faut un code, une grille, un chiffre, des messages vraiment adressés. C'est drôle, je n'en aurais peut-être pas eu l'idée sans Radio Londres. « Et voici quelques messages personnels : la rosée était abondante ce matin. Je répète : la rosée était abondante ce matin. » « Les renards n'ont pas forcément la rage. Je répète : les renards n'ont pas forcément la rage. » Voix appliquée, sur fond de brouillage, interceptions ondulantes, bulles et cloques du son. Cela devait vouloir dire qu'un type, quelque part, allait partir mettre une bombe, faire sauter un train, attendre un bateau dans une crique dérobée, un atterrissage ou un parachutage, la nuit, dans un pré. Mais il faut imaginer, maintenant, la scène suivante : une jolie jeune femme, nue, avec ses souliers, son porte-jarretelles et ses bas, se faisant

baiser par un bonhomme habillé et simplement débraguetté devant une glace, jouissant visiblement de sa
propre image, de son portrait enflammé et glorieux, et
disant tout à coup, d'une voix neutre, indifférente : « je
crois que je vais mettre une autre robe pour sortir ce
soir », ou bien : « il a vraiment fait très chaud aujour-
d'hui », ou encore : « rappelez-moi d'acheter des roses
en rentrant » — phrases qui déclenchent sur-le-champ
et comme automatiquement la jouissance et le spasme
de son partenaire. Voilà. Nous sommes au cœur du
sujet. Au comble de la communication incommunica-
ble, divisée, divergente, contradictoire. Évidemment,
la « phrase sans aucun rapport » est décidée à l'avance
d'un commun accord. Ou plutôt, elle doit être une
trouvaille du partenaire féminin, et l'homme, informé
à l'avance, doit s'y conformer à la lettre. Tel est le
principe de la transaction, image de toutes les transac-
tions possibles... L'élément verbal est prédominant. Le
dispositif est celui d'une sorte de roulette puisque le
moment où la phrase sera prononcée est du seul ressort
de l'élément féminin. On dirait la mise en place d'un
attentat. Et en effet, on tient là le moteur, la matrice
abstraite, de tout terrorisme, une mort soudaine, à
l'envers, qui réclame, de la part de l'élément masculin,
une maîtrise nerveuse complète.

La douleur, la fièvre, le sexe... Voilà le régime
normal, tapi en nous, de toutes les hallucinations... Les
drogues peuvent nous en donner, si nous le voulons, la
doublure immédiate. Mais nous n'en sommes pas
moins des drogués permanents de fond. Ça se voit plus
ou moins, c'est tout. Petites manies, airs fous d'un
moment, crispation sur place, morsures jalouses,
coups de foie... Qu'est-ce que vous faites de ça ?
Comment vous débrouillez-vous avec le Mal que vous
êtes ? Hypocrites lecteurs... Menteuses lectrices... Écri-
vez-moi, racontez-moi vos échappatoires, vos trucs,
vos expériences de l'ombre pour échapper à l'immense

misère... Vous haussez les épaules ? Vous ricanez ? Vous vous rassurez entre vous ? « C'est répugnant, ridicule. Je me demande comment on a pu laisser publier une chose pareille. Jusqu'où ira-t-on, décidément ? N'importe quoi. Pornographique. Honteux, Invraisemblable. »

Allons, allons, vous êtes troublés. Vous sentez que vous êtes pour une fois en train de lire un roman *où tout est vrai*. Des scènes de ce genre ne s'inventent pas. C'est la beauté moderne, bizarre, sans importance, vite vécue, vite effacée, déclinée en tous sens, éclatée, féroce, légère... La silhouette qui sort de chez elle change toutes les dix minutes. Une journée consciente peut en valoir trente. Un mois en un jour. Une année en un mois. Vingt ans en deux ans. Un siècle en dix ans. Une vie en deux heures. C'est possible. Bousculade, clavier des nerfs sous les doigts.. Comment faire comprendre l'émotion souterraine, radieuse, d'une visite de Sophie ?

Elle entre. « Tout est sombre. » On ne dit rien. Elle enlève sa culotte, immédiatement, comme convenu. Elle me fait signe de la suivre. On descend. On marche un moment sur le boulevard chaud et poisseux, balayé par le vent. Comme elle est belle, là, nue sous sa jupe blanche, au milieu des passants qui ne se doutent de rien. Elle rentre dans une boucherie, elle regarde pour voir si je bande, elle commande un steak pour deux. Elle observe avec beaucoup d'attention les gestes des garçons bouchers taillant, incisant, tranchant, pesant, enveloppant, griffonnant le prix, au crayon, sur le papier gras déjà transpercé par le sang de la viande et que la caissière va renforcer d'un petit sac de plastique. Comme elle sort son porte-monnaie tout en jetant sur moi un autre coup d'œil ! Comme elle ramasse lentement ses pièces ! Comme on est seuls, tout à coup, dans le grand carnage de la ville et de ses mourants, comme l'enfance est avec nous, la sauvage et latérale enfance poudroyant de mille petites vérités suffisantes, celles qui ne vont nulle part, qui ne sont jamais allées nulle part... On rentre, toujours sans rien dire. L'ascenseur est un vertige. A peine la porte refermée, elle me déculotte violemment, prend ma queue dans sa bouche. Un peu plus tard, elle sera une femme du monde qui passe par le bordel d'hommes avant d'aller dîner chez des amis. Secrètement. Elle a choisi à la réception, sur photo, le sexe en érection de son choix. Elle a fait un chèque. Elle a écrit sur une fiche de commande, en dissimulant son écriture, la phrase qui doit régler le comportement de son partenaire : « Vous êtes content ici ? Vous êtes bien payé ? » Elle me le dit, de façon un peu méprisante, en se regardant dans la glace du couloir. Je suis derrière elle, je vois son visage tendu, boursouflé. Je jouis dans sa voix. Qui sommes-nous à ce moment-là ? Des acteurs ? De simples acteurs ? Ou bien plutôt, sous nos masques de fantasmes grimaçants, des fantômes enfin réels, enfin chacun soi-même en plein cœur de la comédie ? Au cœur, oui, car il n'y a pas plus loin. Ni sa vie, ni la mienne, ni celle d'un des millions de figurants en train d'accomplir les mêmes gestes, plus « normalement » si l'on veut. Comme si la vieille machine avait sauté, celle de l'ancienne fascination ou terreur. Plus rien. Des fonctions. Des positions provisoires sur un échiquier fou. On sombre dans l'oubli, n'est-ce pas. Tout cela mérite l'obscurité la plus totale, une disparition sans mémoire. Délicatesse aveugle... Comme si le cerveau tapissait l'espace et réagissait aux moindres ondes, chocs, déplacements... Elle sent ce que je sens. Elle vient de là où s'est formée peu à peu ma façon de sentir, fleur invisible, ouverte comme un radar tournoyant, capteur... Les obscénités sont de simples vérifications, une façon de se rappeler le château du dedans, sa clôture, son autre substance... On est au fond du jardin. On ne rentrera jamais.

III

Ma chambre donne directement sur le Grand Théâtre... Ciel vif, bleu, découpé ; il va faire très chaud. Devant moi, donc, la façade des douze colonnes corinthiennes de l'architecte Louis, 1780... Celui qui a construit le Palais-Royal... 1780 : Louis XV est mort depuis six ans, Louis XVI vient d'arriver, la ville inaugure sa boîte à musique et à comédies, sa cassette de pierre illuminée rouge et or à l'intérieur, symbole de sa réussite... Bien plantées sur la balustrade, tout en haut, les douze muses alignées jugent l'espace, ou plutôt résument, ramassent, comme à l'arrière d'une frégate, le fleuve et les quais, les levées d'ancre et les appareillages dressés d'autrefois, quand il y avait des mâts, des cordes, des cris et des voiles, vers l'Angleterre, l'Amérique, les Indes, de l'autre côté du temps. Il est un peu lourd, son théâtre grec, à Louis... Un peu fermé, trop massif... Mais il faut imaginer Hölderlin le découvrant tout neuf, éclatant de blanc sous la lumière d'argent, vingt ans plus tard... Éblouissement, lever de rideau, commencement, recommencement... *Andenken*... « La belle Garonne »... « Les jardins de Bordeaux... » « Les coteaux de raisins... » « Die braunen Frauen daselbst, Auf seidnen Boden... » « Les femmes brunes sur le sol de soie... » C'est peut-être ça, un vague souvenir scolaire, qui a empêché la destruction du port, ou peut-être, mais oui, ça a existé, un recueil de poèmes édité pour les soldats nazis, avec tampon du NSPD... Aviateurs anglais et allemands au-dessus de Bordeaux : on peut rêver de ce qui a pu traverser, parfois, l'esprit des uns ou des autres... Le raisin... Les femmes brunes... Au moment de tirer à la mitrailleuse, de lâcher les bombes, ou de tomber en flammes ou en parachute, plus ou moins vite ou lentement, avec ou sans espoir, dans le paysage vert... Et nous, là, quelque part dessous, terrés dans les caves...

Je suis là en week-end, venant de l'île où je passe, comme d'habitude, mes vacances d'été... Avion à La Rochelle, bimoteur à hélices Fairchild Hiller FH-227 B... Je sais que Joan sera là pour son magazine... Enquête en couleurs sur les châteaux... On dînera ensemble...

Pour l'instant, je vais faire un tour... Cours de l'Intendance, rue Sainte-Catherine, cours Victor-Hugo avec le lycée Montaigne et, juste à côté, dans une petite rue, la synagogue... Et puis retour par les quais, la place de la Bourse, ex-place Royale (statue de Louis XV à cheval abattue pendant la Révolution), remontée vers le grand Jardin public, la rue Judaïque, les larges allées de Tourny... Et voici la pompeuse colonne blanche surmontée de sa statue de la Liberté verte, ailée ; l'obélisque du lieu, l'énigme en plein jour :

« Le Monument aux Girondins fut installé entre 1894 et 1902. Il a 50 mètres de hauteur. Le bassin côté Grand Théâtre symbolise le Triomphe de la République, et côté Jardin public, le Triomphe de la Concorde.

« L'ensemble des bronzes a été déboulonné le 14 août 1943.

« La remise en place des fontaines qui pèsent 52 tonnes de bronze, des 35 personnages et de près de 70 pièces a été terminée en 1984. »

Voilà un résumé super-chiffré, ou je ne m'y connais pas... Pourquoi attendre de 1794 à 1894 ? Qu'est-ce que signifie ce 1943 ? Et pourquoi, de nouveau, attendre

1984 ?... La République ? La Concorde ?... Sans doute, sans doute... Rendez-vous en 1994 ? Ou 2094 ? Qui sait ? Qui peut savoir ? Il faudrait que je revienne dans un siècle ou deux... Le voyageur du temps... L'intermittent... Venant prendre le pouls plus ou moins irrégulier de la dissimulation ambiante... Étrange, non, de se dire que toute assemblée humaine, même la plus raisonnable, la plus détendue, est fondée sur un crime dissimulé, impuni, peut-être insoupçonné, d'ailleurs... Que tout se déroule par rapport à l'interminable placard... Si les murs pouvaient parler... Si les pierres savaient lire... Je viens d'ouvrir un Journal. Et là, dans un coin, je me vois traiter, par le numéro matricule de service 1793-1917 de « transfuge impénitent ». Sans guillemets. Au premier degré. Sérieusement. Comme ça. « Transfuge impénitent ! » Opportuniste sans principe ! Renégat ! Hyène dactylographe ! Vipère lubrique ! C'est reparti !... Mais pourquoi pas ? Quel beau titre de Mémoires, non : *Le Transfuge Impétinent* ! Transfuge ? Et pour cause, cher 1793-1917, il y a des événements que vous ne soupçonnez même pas... Venez me voir, je vous renseignerai en privé... C'est moi qui ai l'information... De quoi écrire dix volumes... Révélations fuligineuses... Messes noires... Frissons d'alcôves... Venez, venez, je vous dirai tout... A moins que vous préfériez ne rien savoir ? Garder vos amis ? Votre vie tranquille ? Oui, c'est ça, vous aimez mieux patauger gentiment dans votre coin avec Madame 1793-1917... Alors, même pas une petite fugue avec moi ? Pas la moindre transfugue ? Tant pis... Impénitent ? Je veux ! Et comment ! Et de plus en plus ! Et encore ! Mille fois ! Cent millions ! Pour toujours ! Pour l'éternité des atomes ! Impénitent absolu ! Transfuge maniaque ! Bonjour chez vous ! Bonsoir !... « *Transfuge :* celui qui déserte et passe à l'ennemi. Celui qui passe dans le parti opposé... » « *Impénitent :* qui est endurci dans le péché. Impénitence finale : celle dans laquelle on meurt. » Parfait ! Admirable ! Je prends ! La désertion ! Le péché endurci ! Oui ! Oui !... Pour qualifier quelqu'un qui, tout simplement, est *rentré chez soi*... Sacrés nordistes ! Sacrés boches de yankees-russkofs !... Mais je n'ai jamais été chez vous, Nom de Dieu, c'est vous qui êtes venus, chaque fois, me chercher, m'enrôler dans vos délires, vos guerres, vos « visions du monde »... Cher numéro 1793-1917, oubliez-moi tout à fait !... Mon numéro à moi, c'est N + 1... 1986... 1989... 1999... Ou 2036 !... Changeant ! Ce qui ne veut rien dire d'autre que tant ou tant d'années après la naissance de Notre Seigneur Jésus-Christ... Même pas une date, d'ailleurs. Le verrou du temps, le cœur des ténèbres... La sensation pour la sensation... Le chiffre que vous êtes bien forcés, gros malins, d'écrire sur vos chèques... Ne discutons plus. L'argent a toujours raison, et si l'argent a voté NSJC, c'est qu'il a ses raisons que la raison finit par accepter, des raisons infiniment complexes et finalement toutes simples. On ne refera jamais le calendrier ? Jamais ? Vous êtes sûr ? Quelle histoire !

Maintenant, le soleil écrase tout. Je rentre à l'hôtel... Joan me rejoint dans ma chambre... Elle est ici depuis trois jours, elle revient de Saint-Émilion, elle me raconte ses visites, les paysages, la dégustation, les conversations avec les propriétaires... Elle a ramassé toute une documentation sophistiquée... *L'Amateur de Bordeaux*, par exemple, journal de contes de fées... Exemple : « Le caractère aromatique des Bordeaux rouges 1983, tant au nez qu'au palais, se distingue de celui des 1982 par ses nuances principalement florales et fruitées. Nombreux sont les vins qui empruntent au registre floral les odeurs à la fois violentes et élégantes de la violette, de la pivoine ou des roses blanches ou rouges. Dans la gamme des parfums de fruits, ces vins évoquent la cerise, fraîche et confite, le cassis et quelquefois la fraise. Les odeurs de chaleur se manifestent non plus comme en 1982 par des arômes de cacao, de vieille eau-de-vie et de brioche, mais prennent des nuances de fruits secs, de pâte d'amande et de raisin de Corinthe, de frangipane et de marron glacé, parfois de pruneau fourré ; les parfums épicés et balsamiques rappellent plutôt la coriandre, l'anis, la réglisse, la menthe et la résine, tandis que les odeurs de café, de cuir et d'encre, si fréquents en 1982, sont moins répandus. » Ou encore : « Les vins blancs secs se distinguent par leur volume en bouche et leur constitution généreuse. Leur bouquet éclatant réunit les arômes secondaires typiques de la fermentation à basse température que sont l'ananas, la banane et la poire, à ceux — plus difficiles à extraire — de chaque cépage ; et au-delà de ces goûts fruités la dégustation se poursuit alors avec des parfums de pêche blanche, de pomme reinette, de citronnelle et de seringa, et — pour les vins blancs exceptionnels — de fruit de la passion, pamplemousse, raisin muscat et datura. » Ou encore, à propos d'un Margaux 1978, Château Palmer, un rouge dont l'apogée est estimée pour 1996 : « Robe rubis grenat, brillante et profonde. Nez de gibier de plumes encore chaud. Attaque très ferme. » Et ainsi de suite... Dans les siècles des siècles... Amen...

Joan a dragué, dès son arrivée, le reporter-photographe de son journal... Elle m'en parle longuement... Il est bisexuel, charme des charmes... Ils sont allés un peu partout dans la région et, si je comprends bien, ont passé le reste du temps à faire l'amour... La dernière fois que j'ai vu Joan, c'était dans une émission de jeux télévisés, où elle était je ne sais plus quoi, enquêtrice, psychologue... Moi, on m'avait bombardé membre d'un jury... Les concurrents sont là, sur scène, on est censé les aider en répondant avec eux à des questions... Évidemment, on a les réponses sous le coude... Tantôt on sait. Tantôt on fait semblant de ne pas savoir. Ça dépend de la tête des clients. Il y a un orchestre, des chansons, des vedettes. Tout est gai. Il faut ! C'est la règle ! Sourire ! En forme ! Roulement de tambours...

— « Dans les années 1540, Cortés passait son temps à découvrir et à conquérir le Nouveau Monde. Ce qui lui permit de faire, au Mexique, une intéressante découverte qui allait " ravir les palais européens ". De quelle découverte s'agit-il ? »

La petite secrétaire de Saint-Flour me regarde d'un œil suppliant. Elle ne sait pas... Les palais européens... Elle va perdre. Les secondes passent. Le chronomètre sonore égrène ses coups. Je la sauve ? Allons :

— LE CHOCOLAT !

Applaudissements... Divertissement et culture... Très bonne émission... Grande écoute... On s'instruit en gagnant des produits ménagers... Des gadgets de cuisine... De jardinage... De plage... Des meubles... Des billets de train ou d'avion... SUMA sur les ondes... SUMÉDIAS !... De Sumer à SUMA, toute l'incroyable aventure humaine...

— « En ces périodes d'orages, une sainte est souvent invoquée pour se protéger. Cette pionnière de la Chrétienté fut martyrisée par son propre père qui, son forfait accompli, mourut foudroyé par un éclair. Comment s'appelait cette sainte ? »

Ce monsieur est directeur commercial. Responsable. Barbu. Sûr de lui. Mais, là, il sèche. Tout le monde le laisse tomber. Cling !

— Désolé, monsieur, il fallait répondre... sainte Barbe ! Eh oui ! sainte Barbe !...

Rires... Mais soyons sérieux :

— « Quel est le grand homme, inhumé au Panthéon, qui a dit : " Les grands hommes sont les coefficients de leur siècle " ? »

176

De nouveau la petite secrétaire de Saint-Flour... Les grands hommes... Coefficients de leur siècle... Qui a bien pu dire ça ?... C'est simple, pourtant... Je lui fais signe... La barbe... Blanche... La main dans le gilet... Le penseur sur un rocher, au large... Je prends l'air inspiré... lève les yeux vers le ciel... Je ferme les yeux... Je marmonne de façon muette et rythmique... Je parle au soleil... A Dieu... Oui, c'est ça... Elle va le dire elle-même... Elle le hurle :

— VICTOR HUGO !

Bravo ! Il a bien raison, Victor Hugo, je me sens coefficient comme pas un... Et Victor Hugo, là, tout de suite, pas de blague, c'est une machine à laver... Ultra-moderne... La petite blonde frisée de Saint-Flour, jeune mariée, jeune maman, a l'air ravi. Elle m'envoie une bise... En direct ! Devant des millions de téléspecta-trices ! Mon avenir est assuré. Dans le Centre... Victor Hugo, c'est moi... Plus d'électricité... Voilà la révolution !

— « Un Français, Gerbert d'Aurillac, utilisa en l'an 1000 les techniques de la clepsydre et du sablier, pour mettre au point son invention. Quel ustensile avait-il inventé qui allait révolutionner l'horlogerie ? »

Le directeur commercial sèche toujours... Il ne peut tout de même pas perdre à chaque fois, sauf à se mettre toutes les femmes de directeurs commerciaux à dos, dans la France entière... Voilà... Je lève la main. Je sais. Je suis celui qui sait. Je révolutionne tout. L'horlogerie elle-même ! Le Grand Horloger ! Le Grand Architecte de l'Univers !

— Rien de plus facile, dis-je. Le balancier à poids. Mais Gerbert d'Aurillac fut aussi Pape sous le nom de Sylvestre II, si je ne me trompe... Et, sauf erreur, en 991, non ?

— Excellent ! Parfaitement exact !

Applaudissements... le directeur commercial aura sa calculatrice électronique... Tout le monde est content...

Musique... Battements de mains... Grande famille heureuse... De Los Angeles à Mulhouse... De Tokyo à Brest... De Berlin à Perpignan... De Washington à Saint-Flour... Aux suivantes, aux suivants... Autres concurrents, autres questions, autres vedettes... Toujours autre chose... Toujours la même chose... Toujours plus... Toujours moins... Plus vite ! L'existence fumée... Buée-vitres...

— Vous croyez qu'on peut vivre comme ça, entièrement en surface ? dit Joan.

On dîne dehors sur les collines... Au Saint-James... Courbe lumineuse de la ville en bas...

— Oui et non... Il faut quand même faire attention à la vie...

Tiens, je viens d'employer l'expression d'Ingrid... « Il faut faire attention à la vie »... Comme ça, sans raison apparente, après un long silence... La phrase m'est arrivée dessus comme un coup de gong... En y repensant, exactement au moment voulu... Risque de relâchement inconscient... Comme il faut faire attention, oui ; comme chaque moment compte, chaque moment du moment... Le Temps est un enfant qui joue... Qui a dit ça déjà... Un Grec... Héraclite ?... Un enfant qui pousse ses dés... La royauté d'un enfant... Un enfant qui fait l'enfant... Je pense à Julie se pressant contre moi, le soir : « Papa, je t'aime. — Qu'est-ce que c'est, l'amour ? — C'est la vie ! — Mais qu'est-ce que c'est, la vie ? — Qu'on s'aime ! » Ou encore, moi : « Qu'est-ce que tu crois que je fais ? — Tu écris. — J'écris quoi ? — Un roman. — C'est quoi, un roman ? — Des histoires, dans des lettres qu'on peut lire, noir sur blanc. »

— Attention à la vie ?

Elle me regarde sans comprendre, la jolie Joan dans sa robe décolletée noire... Pourquoi comprendrait-elle, d'ailleurs ? Ma réflexion doit lui paraître une réaction de vieux... Peut-être même imagine-t-elle que je suis jaloux de son play-boy photographe ? Sur lequel elle insiste complaisamment, en attendant, je suppose une montée des prix de ma part ? Mais qu'est-ce qu'elle voudrait ? Que je l'épouse ? Sans doute, sans doute... La seule fois où je l'ai vue se troubler, elle qui peut raconter en détails n'importe quel coït d'occasion, c'est quand elle m'a parlé du mariage d'un de ses anciens fiancés... Toute rouge, soudain... Émue... Robe blanche... Église... Clichés éternels...

— Quelque chose ne va pas ?

— Non... Rien...

Fatigue. Elle m'ennuie. Le Système, à travers elle, m'ennuie. Le truc. Sonnerie. Déclic. Salivation supposée. Être jaloux... Comment, vous n'êtes pas jaloux ? Pas jaloux = pas humain. Fatigue. Qu'ils se débrouillent. Depuis le temps que ça dure... Toujours le même eczéma, la même plaie grattée jusqu'à l'os...

— On rentre, non ?

Je demande au taxi de passer par le cours Montesquieu... De s'arrêter un moment... Je descends. J'allume une cigarette devant le SUMA sombre. Joan me rejoint.

— Qu'est-ce qu'on fait là ?

— Rien, dis-je.

— Vous ne voulez pas qu'on aille prendre un verre ?

— Si, si. Mais j'ai une idée, je réfléchis.

Elle me prend par le bras. La nuit est chaude, fermée, sans un souffle. J'éteignais la lumière, là, en haut à gauche ; je restais longtemps à regarder le grand magnolia aux feuilles vernissées, aux fleurs blanches, plus noir, dans sa masse brillante, que l'air noir et profond, liquide, comme nourri de la respiration des vignes, tout autour...

— Écoutez, chéri, vous n'allez quand même pas passer la nuit devant un supermarché ?

Elle me regarde de biais. Elle doit être de plus en plus persuadée que je suis en train de lui faire une scène indirecte de jalousie. J'allume une autre Camel.

Première cigarette volée dans le bureau de Lucien, et fumée en cachette, là-bas, dans le petit bois de bambous... Douze ans... Surpris par Odette... « Ça alors ! »

J'abandonne Joan au bar de l'hôtel. Elle est déçue, elle devait compter sur cette rencontre pour avancer dans son flirt spécial avec moi... Elle sait vaguement que je suis d'ici. Mais ça ne l'intéresse pas. Moi non plus, finalement... Elle va téléphoner à son photographe dans sa chambre. « Alors, ça c'est bien passé avec ton écrivain ? — Oui, oui... » Le truc va marcher sur lui... Pavlov... Le truc de l'autre homme... Automatique... Pas de problème...

« Il faut faire attention à la vie... » Comme si elle avait voulu me prévenir, Ingrid... Ou plutôt, comme si elle avait compris que je voulais m'alerter moi-même, mais que j'en étais empêché... M'avertir de quoi ? De quoi donc ? De la rapidité du temps ? Oui, mais encore autre chose... Elle a dû surprendre quelque chose sur mon visage. Elle sait lire, elle est organisée pour ça. Lire et écrire. D'un même mouvement, celui qui découpe obstinément ses journées, ses gestes. Elle travaille plus que moi, plus régulièrement, en tout cas, dans son petit appartement lumineux et strict, espace Vermeer, tableau de l'autre côté... De temps en temps, elle m'emmène chez elle, à Amsterdam, on va voir *La Ronde de Nuit*, c'est une sorte de rite... Elle a enfin commencé son livre monumental sur Rembrandt, trois heures par jour à sa table, quoi qu'il arrive... Discrétion, sobriété... Elle a surpris une onde dans mon dos... Elle me le dit... Sans plus...

Vingt morts ici... Deux cents là... Quelques milliers un peu partout, à chaque instant... Les nouvelles tombent, on écoute à peine... Naturel... Normal...

Accidents, meurtres, maladies, guerres... Les bulles tourbillonnent, sautent, se mélangent, explosent... Adieu les yeux, adieu lumière... Brève peau balayée... Une vie...

Toutes ces photos, maintenant... Treize ou quatorze ans, quand je les ai prises... Obsession quotidienne, il y en a des centaines... De tous les coins des maisons, du parc vu sous tous les angles, allongé, debout... Comme si j'avais pressenti la disparition du décor, six ans après... Et pourtant, non, il était impossible de rien prévoir, c'était une période calme, triomphante, presque. On était riches, heureux, pour une fois en bonne santé relative, du côté positif de la durée, dans le bon champ magnétique... Cette frénésie photographique est comme une convalescence folle... Il y a de tout : pans de murs blancs ou couverts de lierre, bords de toits, panoramiques, détails de balcons, traces de pas, empreintes de pneus, visages, mains, jambes, fenêtres, portes, bouts d'allées à différentes heures de la journée et selon les saisons, fleurs, massifs, arbres, troncs d'arbres, deux ou trois chats, flaques de soleil, reflets de pluie, gouttières, papillons, bicyclettes, voitures... Voici le paradis des chaises longues et du hamac, par exemple, dans l'éclairage tigré de juin, là, près des serres, à droite de l'allée qui n'en finit pas de s'allonger dans les ombres avec, au premier plan, la silhouette, en bleu de travail, de René traînant sa brouette derrière lui... Il doit être trois heures, le moment de la pleine vacuité du temps. J'ai pris la photo comme ça, comme des dizaines d'autres, sans faire attention, dépense pour la dépense, n'importe quoi, n'importe comment. Gaspillage. Et maintenant, toutes les images sont là, sous mes yeux, posées par terre, cartes d'un poker ou d'une réussite sans règles, où je dois déchiffrer mon jeu définitif, le mien et pas un autre, ma véritable histoire sans autres événements que le fait d'avoir été là ; d'avoir vu, respiré, entendu et senti ce fragment effacé de monde. Je me couche sur elles, les images, noires et blanches, dix fois plus colorées par la mémoire que si elles avaient été réalisées dans la plate couleur qui tue les couleurs... Voilà, c'est fini, je vais tout brûler, aucun intérêt, bien entendu, simple enregistrement d'une erreur-fantôme. Tout, y compris les clichés traditionnels commémorant une situation d'exception, le premier communiant, mince et blond, la tête un peu penchée sur la droite, avec son brassard blanc au bras gauche, posant devant une sapinette ; la charrette des vendanges ou la calèche de promenade, à Dowland, tirée par le cheval pommelé Pompon ; le face-à-face entre Lena et moi, le 20 juillet 1939, dans l'île de Ré, sur la plage : je tiens un morceau de sucre dans la main droite, nos deux fronts se touchent presque et se mesurent l'un l'autre, aussi têtus l'un que l'autre, c'est déjà la guerre, ce ne sera facile pour aucun des deux ; ou encore ce bébé mâle renfrogné entre ses deux sœurs ravies : passera ? passera pas ? oui, bonne chance... Éléments pour un portrait cubiste du joueur... Une physiologie du jouisseur... Une philosophie du jongleur... Roman-bouffe, comme on dit Opéra-bouffe, *La Finta Giardiniera*, par exemple, dont j'écoute, en ce moment même, à la radio, le triomphe au théâtre de l'archevêché, à Aix-en-Provence... Il va être minuit, le 30 juillet... Une tempête s'annonce ici, dans l'île, les éclairs envahissent l'horizon noir... Les voix tourbillonnent dans la grande pièce où j'écris, presque directement plongée dans l'eau, comme une cabine de navire... Le vent commence à souffler, il sera là toute la nuit derrière la porte-fenêtre, pressant, insistant, continu, le vent absolu de l'Océan quand il a décidé de prendre possession du sol ; quand il lance son attaque négative des côtes... Norma et Julie dorment dans la maison à côté... Je suis loin, maintenant, sur l'autre versant du cadran, une heure du matin, deux heures... Et voici le paysage immédiat, de nouveau, en ouvrant les yeux, et je pense que je suis assis, un siècle après, à quelques mètres de la place où Louis guettait, son fusil à la main, le passage des canards sur le petit lac lié à la mer. Voyant les mêmes nuages se refléter sur la même eau bleu-lourde, planctonneuse, pleine d'algues, de sel et d'anguilles, marquant le même point d'observation, de concentration ; sa passion à lui étant de viser, de tirer, d'atteindre une cible en mouvement, de coïncider avec le cœur chaud et plumeux du mouvement, juste un peu en avant des oiseaux, des corps. Dépensant une même énergie au pistolet, à la carabine, au fleuret, à l'épée, au sabre ou au bridge, ou encore dans le sillage de ses chevaux lâchés sur les pelouses au-dessus des haies... Moi usant de phrases et de mots, syllabes, voyelles, consonnes, mélodie du dedans des lèvres, couleurs des lettres quand elles commencent vraiment à glisser, comme l'eau d'argent poussée par le souffle gris, là, de gauche à droite, du matin au soir... Louis chaussant ses bottes, gagnant son bateau dans sa petite barque à rames, partant seul avec son marin, à l'aube, et ne rentrant qu'avec le retour de la marée ; moi, au contraire, attendant l'obscurité pour avancer à travers les lignes, avec, sous le coude gauche, le vieil exemplaire tout déchiré de Montaigne, papier jaune et sec : « je n'ai ni garde, ni sentinelle que celles que les astres font pour moi » ; « quand je danse, je danse ; quand je dors, je dors »... C'est encore lui qui a laissé dans un placard, au fond du garage frais, quelques fameuses bouteilles : Ausone, Angelus, Moulin-Saint-Georges, Pontet-Canet, Margaux, Brane Cantenac, Talbot, La Lagune... A boire le soir, avec le poisson ou le gibier du jour... Quand l'unique préoccupation est celle de la météo, déchiffrage du ciel à l'ouest... Avec maintenant, à la télévision, les photos prise par satellite, qui démontrent clairement ce que nous avons toujours su, plus ou moins. A savoir que la France, telle qu'elle est dessinée en géographie, « n'existe pas » ; qu'elle n'est qu'une invention de l'Est ou du Nord, imposée par l'Est et le Nord ; ou que, du moins, elle n'est sûrement pas la limite au bord de l'Atlantique, d'une réalité continentale allant d'est en ouest, ou réciproquement, point de vue de terre, de caravane, de chemin de fer... L'Oural dans le même plan d'existence ? Tu parles. Non. Le golfe de Gascogne, au contraire, est un pays à part, le bout de langue à peine solidifié de l'Ouest en soi, de l'océan en soi, de l'anticyclone des Açores, la lettre A du beau temps... Regardez comme c'est clair, vu d'en haut : la Garonne bien au centre ; l'au-delà de la Loire trouble et inexistant ; les forêts barbares au-delà du Rhône, sans parler des Bouches méditerranéennes du bas, dépotoir évident... Ne parlons même pas du Rhin... La Seine ? Connais pas. Le Tibre, à la rigueur... Quoi ? Le Danube ? L'Amour ? L'Amazone ? Le Yang-tsé ? Le Mékong ? Oui, oui. Plutôt la Tamise... Ou le Mississippi... « L'écriture penchée, fantastique, ironique, du Mississippi. » Question à deux cents francs. Faulkner, mais oui, vous êtes imbattable. Haute écriture de Lena, pointue, agressive, tranchante, avec les dates, derrière certaines photos... Par exemple au dos de celle d'Odette assise sur une chaise de jardin, au soleil, comme en visite, bien habillée, petit chapeau noir, tailleur à rayures horizontales blanches, broche, collier, gants : « Odette, un mois avant sa mort, me disant : " Je pose pour la photo de famille. " »

Conservateurs, nous ? Vous voulez rire. La science n'arrête pas de nous donner raison par tous les côtés à la fois... Relativité générale... Joan m'emmène à Genève... Reportage sur le Centre d'Études et de Recherches Nucléaires, le CERN... Ça m'intéresse... J'y vais... Je pourrais rencontrer Sophie par hasard, avec

son mari allemand, pourquoi pas ? Ce serait drôle...
Bonjour, comment allez-vous ?... Il y a un autre photographe, cette fois, franchement pédé... Ce sera plus simple... Plus un spécialiste... Joan est là pour « l'ambiance »... Moi aussi... L'écrivain curieux... Romancier-miroir...

— Vous allez me dire : pourquoi faire si gros pour regarder si petit ? Pourquoi des accélérateurs de cette envergure pour voir des particules dont le diamètre est dix puissance moins treize centimètres ?

Oui, c'est vrai, après tout, *pourquoi* ? Le plus évident, c'est qu'on n'y comprend pas grand-chose, malgré la bonne volonté du physicien qui nous fait visiter les lieux... Hangars énormes, puits, tubulures, compteurs... Des écrans de télévision partout, couverts de chiffres...

— Je vais vous donner une analogie qui est empruntée à l'optique. Vous savez que quand vous envoyez de la lumière sur un petit trou, vous mesurez la taille du trou en regardant la figure de diffraction de la lumière, et pour obtenir une figure de diffraction il faut que la longueur d'onde de la lumière soit à peu près de même taille que le diamètre du trou qui crée cette figure de diffraction. Remplaçons maintenant la lumière par des particules. Depuis soixante ans, depuis de Broglie, on considère la matière comme associée à une onde, et la longueur d'onde dite de De Broglie — c'est exactement la même chose que pour la lumière — est inversement proportionnelle à l'impulsion, grandeur que je vous ai définie tout à l'heure et que nous assimilerons à l'énergie...

Joan suit tout ça, T-shirt rouge et jeans, avec un beau sourire... J'entends les mots... Supersynchrotron à protons, cinq kilomètres de pourtour... Projet pour 1990 : trente kilomètres de circonférence... Vitesse de la lumière... Noyaux d'hydrogène... Hélium... Anneau magnétique... Gerbes de particules neuves... Angström... Le N-star, état excité du proton, vit pendant dix puissance moins vingt-trois secondes... Ce nom shakespearien, le LEAR, est tout simplement le Low Energy Accumulator Ring... Et voici les courbes en cloche... Résonance... Débuts de l'univers... Dix puissance moins trente-cinq secondes après le je ne sais quoi... Collisions de matière et d'antimatière... Le Z zéro... Le W... Et puis le T... Les quarks de Gell-Mann... Depuis 1965... Le haut, le bas, l'étrange, les saveurs... 1974 : particules charmées... Le charme est un nouveau quark beaucoup plus lourd que les autres... Et puis la « beauté ». Et la « vérité »...

— On dit *beauty*, mais on pourrait aussi dire *boring*. *True*, c'est aussi bien *tedious*, si vous voulez...

La beauté et la vérité sombrant dans l'ennui si l'on va jusqu'au fond des particules ? Tiens, tiens...

— Ce que nous faisons, en somme, c'est reconstituer les temps primitifs...

— Les temps primitifs ?

— Les quarks créés artificiellement en laboratoire étaient des acteurs importants de l'explosion initiale, du grand jeu, du *big-bang*, ou plutôt de l'expansion juste après le big-bang... Il y a quinze milliards d'années...

— Bien sûr.

Joan sourit toujours. Bombe un peu les seins. Elle ne va quand même pas draguer, là, sous nos yeux, le physicien qui nous parle au fond des réacteurs, accélérateurs, ou anneaux du Diable ? Grand, blond, anglais, séduisant... Dans l'infiniment petit qui nous cerne brusquement de partout, invisible, insaisissable ; qui, à la fois, donc, nous compose et nous irréalise au dernier degré ? Au milieu des neutrinos qui traversent tout, la terre de part en part, les Alpes, le mont Blanc lui-même... Nous sommes tous des neutrinos... Est-ce qu'il a une masse, le neutrino ? Pour l'instant, on en est là. L'univers est-il ouvert, allant vers la mort glaciale ;

ou fermé, c'est-à-dire en cours de contraction, brûlant absolument dans cent milliards d'années, après quoi : reboum ? Et nous revoilà ? Le neutrino *oscille-t-il* ?... Toute la question est là... Le photographe, en désespoir de cause, et visiblement jaloux de Joan, cartonne sur le béton... Il n'y a rigoureusement rien à photographier... Le spécialiste prend des notes...

— Vous savez qu'il y a quatre forces fondamentales, le problème étant de les unifier...

— Quatre, oui... dit Joan, avec son sourire de plus beau savon parfumé. Rappelez-moi quand même lesquelles...

— Eh bien : la gravitation, qui relie entre eux les corps célestes ; l'électromagnétisme, qui fait partie de votre vie quotidienne, magnétisme, électricité ; et puis la « forte », la nucléaire, celle qui assure la cohérence du noyau ; et enfin la « faible », celle qui est liée à la désintégration, à la radioactivité.

— C'est très clair, dit Joan.

— Vous savez, dit le physicien, la seule chose qu'on sait vraiment, c'est qu'il existe environ 90 % de matière invisible dont on ne connaît pas la nature. On sait qu'elle est là, mais on ne sait pas ce qu'elle est.

— Mais on y arrivera, n'est-ce pas ? dit Joan.

— Pour l'interaction forte, dit le physicien en regardant Joan droit dans les yeux, on avait deux faits à expliquer, qui sont vraiment très troublants : quand on tape fort sur un quark, avec nos électrons de très faible longueur d'onde, il est libre, c'est-à-dire qu'il semble démarrer comme s'il était indépendant des autres ; c'est ce qu'on appelle la liberté asymptotique. Et l'autre fait, c'est l'inverse : quand ce quark s'éloigne, qu'on essaie de le mettre loin des autres, alors apparemment la force devient gigantesque entre les quarks, il semble enchaîné, il ne peut pas sortir, et c'est ce qu'on appelle l'esclavage infrarouge.

— L'esclavage infrarouge ? C'est troublant, dit Joan.

Oh, oh, ça me parle, ça... L'esclave infrarouge... Tous ligués... Tu ne sortiras pas !... Tu resteras avec nous !... Le quark enchaîné... La force gigantesque des autres pour retenir à tout prix celui qui pourrait s'éloigner trop, s'en aller... Comme ils se comprennent tous sans rien dire... Dans le tissu... Atrocement solidaires...

Il s'ensuit, si je n'ai pas perdu ou embrouillé le fil, les gluons plus ou moins bicolorés... Qui adorent se coupler entre eux... Ça s'attire de partout, ces petits machins, ça se repousse, ça s'en va mais ça ne s'en va pas vraiment, ça fait semblant, ça se dégage pour mieux se confiner... Quel manège... Autos tamponneuses... Stands de tir... Jets d'eau et balles de ping-pong...

— Donc, quand on essaye de libérer un quark, ce qui sort finalement, c'est un jet de particules ordinaires.

Allons, bon... Vous m'en direz tant... C'était bien la peine... Avec tous ces trains-fantômes installés dans le sanctuaire des coffres-forts... Dans la douillette proximité des comptes numérotés... Je pense à Sophie... Quel dommage que je ne puisse pas lui demander de passer à mon hôtel tout à l'heure... On jouerait aux quarks... Up ! Down ! Strange !... Je n'ai même pas son numéro de téléphone, il y a des annuaires, bien sûr, mais la règle est que je n'appelle jamais...

— Représentez-vous l'univers comme un gros instrument de musique qui, autrefois, était petit..., continue l'Anglais.

— Tout petit ? dit Joan.

— Plus que minuscule... Même pas un dé à coudre. Formidablement dense. Si vous avez émis un son aigu dans cet appareil et qu'il s'est dilaté, vous avez maintenant un son grave, et c'est à peu près ce qui s'est produit ; ce rayonnement fossile électromagnétique, c'est le résidu grave d'un rayonnement aigu présent au début de l'univers. Avec le glissement vers le rouge des raies spectrales, c'est l'une des deux observations expérimentales qui font croire très sérieusement à l'univers en expansion, c'est-à-dire au big-bang.

— Tout petit, et qui explose ? dit Joan, avec une sorte de ravissement.

— Oui, mais remarquez que parler de l'univers à ses débuts exige une certaine prudence, parce qu'il y a des mots qui ne veulent plus rien dire. Comme c'est la matière qui crée l'espace, il ne faut pas que vous parliez d'*avant*, que vous parliez d'*ailleurs*, il ne faut pas que vous parliez de *dehors*, parce que ces mots ne veulent plus rien dire. Il faut simplement résoudre les équations de relativité générale, comme quelqu'un qui fait partie du système. Pour simplifier, l'univers explosif, imaginez-le comme une fusée qu'on lance : il y a une poussée initiale, et il y a une force de rappel. Cette fusée, si vous la lancez assez fort, si la force de rappel est faible, elle s'en va, elle se satellise — c'est l'analogie de l'univers « ouvert » —, si la force de rappel est trop grande, ou la poussée trop petite, elle retombe — et c'est l'univers « fermé »...

L'instrument de musique... Oui, j'avais oublié... C'est vrai qu'on « l'écoute », maintenant, l'univers... Énorme guitare, avec ses cordes fondamentales, jouant toute seule... Écouter : c'est tout ce qui reste à faire...

Le Journal : « La comète de Halley, dont le retour à proximité de la terre a lieu tous les soixante-seize ans (le prochain passage est pour 1986), est soumise à une variation rapide de luminosité. Cette observation surprenante pour les astronomes vient d'être faite grâce au grand télescope installé par le Canada, la France et Hawaï sur le sommet du volcan Mauna-Kea (Hawaï).

« L'étude de ce phénomène devrait aider à mieux comprendre la comète de Halley que cinq sondes spatiales automatiques — deux franco-soviétiques, une américaine, une européenne et une japonaise — iront observer de près au début de 1986. »

Diamant Frères : maison fondée en 1886... Croissants

de lune... Qui sommes-nous ? D'où venons-nous ? Où allons-nous ?... Cinq figurants, à présent ; cinq humanations, allant se rafraîchir à la Cafétéria du centre... Le physicien est charmant... Il aime la musique, joue du piano... Bach... Ah, Bach !... L'harmonie des sphères... La littérature ? Non, pas tellement. Sa femme, chimiste, vient d'arriver de Londres... Petite grimace à peine perceptible de Joan... Où en étions-nous ?... Oui, Bach... Soleil et pelouses. Petit bassin calme... La Suisse... Sommets purs et neigeux... Que la vie est bizarre et belle ! De quark en quark...

N'empêche que Balzac a plus que jamais raison : « Tout le dramatique et le comique de notre époque est à l'hôpital et dans l'étude des gens de loi... » A ceci près qu'il y a du nouveau derrière le soleil... Dans la nervure même des ombres...

Mon reportage suivant, donc, c'est Sabine. Candidate à l'insémination post-mortem. Les cas se sont multipliés depuis le fameux jugement du tribunal de Créteil, autorisant Corinne Parpalaix, inspecteur de police stagiaire à l'évêché de Marseille, à utiliser le sperme de son mari mort, lui-même inspecteur de police atteint d'un cancer malheureusement fatal des testicules. Grande victoire humaniste de l'ŒUF. Moment de la conscience planétaire. Triomphe de l'Amour. Belle blonde ronde, sensuelle et innocente, entourée de ses avocats... Émouvante. Bouleversante. « Des larmes silencieuses, celles de la joie, celles de la vie, aussi, que la justice l'autorise enfin à donner... » « Un petit flacon sans prix qui renferme la vie et qui très vite, maintenant, va sortir du néant pour devenir un enfant... » Chaleur informative spéciale. Référendum spontané. Référent d'homme ! Le référent révéré enfin complètement maîtrisé! Chambré! Disponible au grand jour! Distribuable! L'immortalité en conserve, et sans le porteur, toujours un peu gênant, et mal rasé, il faut bien l'avouer... Le super-caviar!...

Je suis le romancier moderne. Je décide de rencontrer Sabine. Je lui écris comme journaliste. Elle me répond. On se voit chez elle. Appartement avenue Mozart. Elle est blonde, elle aussi... Grosses lèvres... Nez en patate... Elle a vingt-six ans. Son mari est mort lui aussi d'un cancer, l'année dernière, à trente-deux ans. Il était inspecteur des finances. Sabine a quelque chose d'endormi et de lourd dans le regard, vapeur opium, ombre égyptienne... On n'est pas ensemble depuis une heure qu'elle me parle déjà de réincarnation. Elle sent quelque chose dans cette direction depuis longtemps, elle a lu des livres, elle a fait la connaissance de certaines personnes... Non, non, elle ne peut rien me dire de plus. Du moins pour l'instant. Plus tard, peut-être... Sa décision? Elle est très ferme. Ça ne se discute pas. Devoir sacré. Fondamental. Cellulaire. Maritime. Plasmique. Préhistorique. Biologico-métaphysique. Isiaque. Catafalque. Est-ce qu'elle songe à se remarier? Mais elle *est* mariée! Plus que personne! Veuve, elle? Pas du tout! Aux yeux des profanes, peut-être... Mais certainement pas dans ce qu'elle ressent, cette communication intime de tous les instants, indescriptible, par-delà l'espace et le temps... Est-ce que je comprends? Naturellement, je comprends. Je comprends tout. Je suis là pour ça.

— Je ne voudrais pas être indiscret, dis-je.

— Pas du tout... Quoi?

— Enfin, c'est délicat...

— Vous voulez parler de ma vie sexuelle?

Puisqu'elle le prend comme ça... Petite robe d'été, détendue, bronzée... Elle revient de La Baule... Elle ne doit pas passer inaperçue... Ce n'est pas non plus sa première interview, d'après ce que je vois...

— Vous savez, ces choses-là...

— Oui : ces choses-là ?

— Bien entendu, tout le monde me pose la question...

— Et alors ?

— Franchement, rien ne me manque... Mais l'aventure fondamentale est d'un autre ordre, n'est-ce pas ? La vie ! Avec un grand V !...

— Oui...

Je n'insiste pas... Je voulais seulement observer de près... C'est bien ce que je pensais... Au revoir...

La mutation bat son plein. Déjà, un médecin gynécologue vient de congeler sa femme juste au moment de sa mort. Il l'a mise dans sa cave. Il espère qu'on pourra la remettre en fonctionnement dans quelques dizaines d'années quand la Science aura vaincu certaines limites. La vieille au bois dormant... Folklore pour l'instant... Mais les stocks de sperme, les fameuses *paillettes*, c'est plus sérieux, catalogué, en pleine expansion... Le CECOS... Déjà 22 comptoirs en France. 10 000 grossesses par an !... Et maintenant, les posthumes... Déjà 20 demandes... Demain 20 000 !... Chéri, tu devrais déposer ta petite ration au CECOS... On ne sait jamais... Avec l'avion... La voiture... Les infarctus... Le CECOS ! Le SECOS, oui ! Un côté fémur et tibia !... Sonorité du squelette !... Le Secos à moelle, nouvelle industrie... Montante... Florissante... Et, chaque fois, la même question : est-ce qu'il a donné assez ? S'est-il bien conservé ? Pourra-t-on s'y reprendre à plusieurs fois ? Pourrais-je avoir plusieurs enfants avec la même prise ? Ne se ressembleront-ils pas trop ? On voit déjà les titres à sensation : « Mort depuis quinze ans, il a déjà eu cinq filles. » — « Elle vendait à prix d'or le sperme de son mari mort à des amies. » — « Je n'en pouvais plus : elle voulait entreposer, par souci d'économie, toutes mes éjaculations au Secos... Parfois, elle me punissait durement : si tu continues, je te remets

192

au Secos!... » — « Encore une affaire de faux en signature dans les stocks de sperme. » — « On le croyait mort. Elle se fait inséminer. Mais il revient par miracle à la vie, et déclare ne plus l'aimer... » — « Jamais les Pompes Funèbres n'ont autant mérité leur nom, nous déclare un donneur. J'en dirai de même du Garde des Sceaux ! ajoute son collègue pince-sans-rire. A pleins seaux ! renchérit un troisième, amateur de plaisanteries de très mauvais goût. » — « Émeutes devant les banques spermatiques : les chômeurs-donneurs exigent une augmentation, sans quoi ils menacent de reprendre leurs paillettes. » — « Toujours pas de décision juridique dans l'affaire du chanteur à paillettes. Cent femmes réclament le dépôt, lettres d'amour à l'appui. » — « Les docteurs Prostatovitch, Testimard et Glandman signent un communiqué commun demandant l'exportation vers les pays du tiers monde des paillettes non utilisées. Les professeurs Sylvie Dutter et Trompski s'y opposent, et souhaitent un grand débat international. » — « Un million de manifestants à Paris : le ministère de la Défense refuse toujours de confirmer ou d'infirmer l'information comme quoi chaque conscrit — c'est le moins que l'on puisse dire — serait mis d'office en paillettes dès son arrivée au service militaire, en cas d'accident. » — « Un enfant posthume nous déclare : j'ai tué ma mère lorsque j'ai constaté qu'elle commençait à mettre son nouveau mari au Secos. Je n'ai pas pu supporter l'humiliation ainsi infligée à mon père. » — « De plus en plus de visiteurs dans les cimetières : ce boom sur les tombes, tout à fait récent, s'expliquerait, nous dit le Docteur Pulsowski, par le traumatisme collectif inconscient produit par les fécondations post-mortem. » — « Elle branchait à son insu un appareil à prélèvements : il la poignarde. » — « La directrice du Secos enlevée par des dépositaires : ils menacent de l'inséminer à tour de rôle directement si on ne leur

193

remet pas leurs paillettes bloquées par leurs premières femmes qui veulent les utiliser malgré eux... »

Et ainsi de suite... A chaque dîner familial, au cours du Journal, vous avez un reportage plus ou moins détaillé sur les souterrains fertiles... Les spermatozoïdes en gros plans, petits lézards magiques, arrivent directement dans les plats... Déclarations de médecins enthousiastes... De jeunes femmes graves et chaudes... Les curés sont un peu en retrait, on dirait... Ils ne désavouent pas nettement... Restons dans le courant de l'histoire... Du moment que tout ça se fait par amour... Mais l'Avocat et le Biologiste sont quand même, désormais, les vrais directeurs de conscience. Les maîtres absolus du Con. C'est-à-dire de l'ABC et de la Régie générale, en somme.

J'ai donc fait mon dépôt, comme tout le monde... La seule chose dont on ne parle pas, et c'est bien dommage, c'est le petit spasme à plaisir que ça suppose quand même, au fond... La masturbation rapide dans le cabinet de réflexion... Isolation, fauteuil club, revues pornographiques hétéros ou homosexuelles, éclairage tamisé, musique douce... J'ai écrit, de ma main, mes conditions d'utilisation... Ce sera une jolie rousse... Très catholique... Spécialiste de théologie... Je veux qu'elle soit formée intellectuellement ; qu'elle comprenne toute la profondeur spéciale de son acte... Elle devra savoir par cœur dix pages de chacun de mes livres. C'est tout. Oh, je ne suis pas pressé... Ça peut être dans un siècle ou deux... Ou plus... Je m'endors dans cette pensée réconfortante... Un relais dans les galaxies... Passage du témoin dans la course des vivants à l'abîme, depuis des millions d'années... A la réflexion, j'ai même fait plusieurs dépôts, dont un en Suisse, bien entendu. Je me demande parfois quels traits de ma personnalité dorment ainsi dans la glace... Se regarder dans la glace, voilà encore une expression qui va prendre un sens nouveau. Pourquoi pas, comme ça, des Diamant imprévisibles partout ? Des Sollers à l'infini ? Lancés dans la roulette génétique ? Dans des contextes inimaginables ? Que peut la littérature ? Comment doit-elle s'engager ? Voilà donc un débat tranché. Au fond du frigo. Dans un silence polaire. Ma jolie rousse existera forcément... Il ne faut pas désespérer, que Diable !...

Ça y est, le voilà... Qui ? Le fils de Feldmann... J'avais oublié son existence et son livre... Rappelez-vous ! *La Rose Innommable*... Best-seller mondial... Je ne m'en suis pas occupé... Il est publié sans mon aide... Ça marche... Et le voici qui se venge. M'attaque. Violemment. « Fausse valeur. » « Ramassis de lieux communs et d'idées toutes faites. » « Forme académique. » « Platitude du récit... » Artillerie ! Lance-flammes ! Pas de doute : il veut s'installer à Paris sur le conseil de papa... Offensive adaptée au terain... Beaucoup plus grave que « too French » de l'autre côté de l'Atlantique... Il ne se passe rien en France, ou plutôt il ne *doit* surtout rien s'y passer ! Pas un Français valable... Quelle tristesse... Eh bien, nous voici, nous, les Feldmann ! Parmi vous ! Il faut dire que la vie, dans ce foutu hexagone, est loin d'être dépourvue de charme... Paris, finalement... Pauvre Zoller !... Nul... Inexistant... Pas du tout gay... Sans talent... Superflu, en somme...

Vais-je répondre ? Pas le temps... Dommage... J'avais préparé, à tout hasard, les citations de Baudelaire, pourtant... Par exemple : « Je ne sais quelle lourde nuée, venue de Genève, de Boston ou de l'enfer, a intercepté les beaux rayons du soleil de l'esthétique... » Et puis des notes sur Poe... Ça les embête toujours un peu, les deutsch-yankees-russkofs, Poe... Baudelaire l'appelle toujours « l'homme du Sud »... « Le Virginien... » A cause de Richmond, Virginie... Ville où il a été diriger le *Southern Literary Messenger*... Avant de s'occuper, à Philadelphie, du *Gentleman's Magazine* et du *Graham's Magazine*, puis du *Broadway Journal*, à New York... Suicidé à l'alcool au Nord, Baudelaire explique très bien comment et pourquoi... Poe, Melville, Fitzgerald, Faulkner : les spectres accusateurs des Américains... Qui ont-ils, maintenant, comme écrivains ? Rien, personne... Pas plus d'ailleurs, et c'est logique, que les Allemands ou les Russes... Mais passons...

Too French, too French... Que faire ? Rappeler l'apologie, par Baudelaire, des *Liaisons dangereuses* de Laclos ? « Livre essentiellement français ?... » « Ce délire de la volupté où le plaisir s'*épure par son excès* ?... » « Le parti le plus difficile ou le plus gai est toujours celui que je prends ; et je ne me reproche pas une bonne action, pourvu qu'elle m'exerce ou m'amuse... » Trop Français !... Quelle peur ils ont que ce *point de vue* resurgisse !... La vérité est que la France a bel et bien été anéantie en 40... Voilà tout...

C'est Angelo Corona qui m'a apporté le premier, amicalement et triomphalement, l'article de Feldmann... Il a d'abord été publié en Italie... La France et l'Italie, vues des USA, c'est pareil... Raison pour laquelle vous avez là-bas, dans les Universités, des départements de « French and Italian »... Les minorités archaïques du Vieux Continent ensemble... French... Italian... Même topo, pour un Allemand sérieux... Français, Italiens, superficiels !... Valse !... Papillons !... Les choses de poids sont, bien entendu, d'origine allemande... *Dollar* et *Thaler*, c'est le même mot... Philosophiquement... Scientifiquement... Si vous ne baragouinez pas votre pensée avec référence Deutsch, vous n'existez pas... *Geist*... *Wesen*... *Sein*... *Zeit*... *Verneinung*... *Trieb*... *Verdrangung*... Kant, Goethe, Hegel, Marx, Freud, Heidegger... Comme vous

196

voudrez... Et surtout, n'oubliez pas de mettre en évidence, entre parenthèses, les mots allemands... Langue sacrée de fond... Originaire... Synthèse de grec et d'hébreu !... Ou alors, n'oubliez pas de les faire apparaître en note... Ils ont tous plus ou moins fait ça pendant trente ans, les pauvres intellectuels « too French »... Inhibés... Culpabilisés à mort... Finissant par mâchonner un dialecte parlé par personne... Une sorte de pâtée serbo-croate alambiquée... Raisonnant, théorisant, poétisant en fonction de la Grande Allemagne victorieuse, de New York à Moscou... En réalité, l'arbre Hitler cache la forêt... Cet imbécile excité n'a rien compris au destin de la Grande Allemagne... De la Super-Grèce ! Du vrai Israël !... Juifs compris, surtout, bien sûr !... Les Juifs sont allemands ou arabes... Et l'allemand, au fond, vous n'avez qu'à l'écouter, c'est de l'arabe à l'envers ! Comme le russe ! Le japonais ! Le chinois !... Alors, vous comprenez, dans tout ça, le « French and Italian »... Vague amusette... Sans parler de l'espagnol, parent prolifique et pauvre... Pauvres Latins... Toujours la guerre de fond contre Rome !... Le plus baisé, dans l'affaire, est d'ailleurs sans doute l'Anglais... C'est dans sa langue que ça s'est fait, le Super-Deutsch universel Prinzip !... Le Nord intégral !... Le voilà transformé en sudiste, l'Anglais... Ile au sud !... Italien nostalgique... Amant de Vérone... Marchand de Venise... Juliette et Roméo... Prospero, Miranda, Ferdinand, Ariel... Duc de Milan, roi de Naples...

Bon... J'ai mon gros Angelo, là, devant moi... Mais c'est qu'il a maigri... Fondu... Il n'est pas malade, au moins ?... Non... Régime... Tiré à quatre épingles, complet d'alpaga blanc, large cravate bleue, bague d'or... Il vient me parler de son prochain congrès culturel... A Pékin... Est-ce que mes anciens contacts là-bas durent encore ?... Hélas, hélas... Poor little French and Italian... Rien du tout... Fiasco intégral... Vieille histoire... Oubli... Ineffable Angelo !... Infatigable... Je n'ose jamais lui demander en face s'il est membre de la ténébreuse Loge P2... La pieuvre italienne... Chef-d'œuvre maçonnique... Ramifiée partout... Cagoule intestine... Œuf global... Banquiers, magistrats, carabiniers, services secrets, députés, généraux et amiraux, directeurs de maisons d'édition et de journaux, industriels, professeurs, acteurs, terroristes noirs ou rouges, assassins et assassinés, enquêteurs et enquêtés, dénonciateurs et dénoncés, la société, quoi, la bonne vieille et honorable société en évolution accélérée, rotative... Mais non, je n'ose pas le gêner... Il arrive de Jérusalem... Il repart pour Stockholm... Il a rencontré X ou Y, ce qui n'est pas rien, et Z, surtout, un nouveau venu dans son carnet d'adresses, toujours si révélateur et qui s'accroît sans cesse... Il achète ou revend des parts dans telle ou telle entreprise d'information, hebdomadaires variés, productions de films, vidéocassettes...

— On me propose une participation financière importante dans les *Éditions de l'Autre*, dit-il. Un certain Bontemps.

— Ah bon ?

— Qu'est-ce que tu en penses ?

— Est-ce que tu aimes Edgar Poe ?

— Quelle question... Bien sûr.

— Alors, accepte.

Angelo se garde bien de paraître étonné... Il est supposé tout savoir... Il sourit d'un air entendu, complice... Boit un peu d'eau minérale...

— Et ce Feldmann, dit-il. Qu'est-ce qu'il veut ?

— S'installer en Europe, j'imagine, comme de plus en plus d'écrivains ou d'artistes américains. Conformisme et prospérité là-bas, crise chez nous : bonne affaire. Un écrivain ou un artiste, comme tu sais bien, n'est jamais mieux que dans la crise. De toute façon, c'est son problème.

— Son article est amusant, non ? Je vais publier son roman en Italie...

— *La Rose Innommable* ?

— Oui, il paraît que ça a très bien marché en Amérique...

— Très fort. C'est particulièrement nul.

— Donc tu ne vois vraiment personne pour Pékin ?

— Non. Désolé.

— Tu viendras ?

— Je ne crois pas... Je dois aller à Bordeaux.

Angelo fronce à peine les sourcils. Bordeaux ? Qu'est-ce que c'est que ça ?

— Je pense inviter comme d'habitude quelques journalistes, dit-il calmement... Joan Mercier, par exemple.

— Ah oui, excellente idée.

C'est ça, qu'ils aillent s'amuser en Chine... Ou sur la Lune... Ou à vingt mille lieues sous les mers... Photos, bla-bla philosophique ou sociologique... « La dynamique de la crise », tiens, pourquoi pas ? Très bien, très bien... Aimable somnambulisme... Dissimulations fiscales, ou quelque chose comme ça... Mécénat publicitaire... Parfait... Trafic de drogue, comme le disent certains ? Mais non, même pas...

— Tu pourrais parler d'Edgar Poe à Pékin, dit Angelo, toujours conciliant dans les allusions au 33e degré...

— Dans la Cité Interdite ?

— Pourquoi pas ?

— Il risque de faire trop chaud...

— Olga Maillard viendra. Et J.J. Et sans doute Fafner. Et le conseiller du Président, sans doute...

— Ce sera très brillant.

— J'hésite encore un peu sur le choix du représentant de l'opposition...

— Ce sera formidable, j'en suis sûr.

Il me quitte, Angelo... Son avion part dans deux

heures... Il a encore un rendez-vous... Je l'aime bien...
Un côté Gatsby... Généreux absurde... On s'est connus
il y a au moins dix ans, quand j'ai publié une petite
étude sophistiquée sur Dante... Il sortait de chez les
Jésuites de Rome... Il est venu me voir...

Il va donc naître l'immortel enfant! Sonnez seringues! Résonnez paillettes! Le nouvel infini de Noël!...
C'est reparti pour cent milliards de tours! Comme en
14! Ou quand il vous plaira! Construction d'une
crèche nouveau style dans toutes les mairies... Un
grand cube de glace permanent... Buffet pour tous les
mariages... Encore un peu de *clafoutis*?... De sperme *on
the rocks*?... Cheers!... Prosit!... Santé!... Il faut bien
considérer la perspective... La transformation des biographies... Des récits... Des enquêtes généalogiques...
Des notions en tous genres... La *frigidité*, par exemple,
prend un tout autre sens, n'est-ce pas? Quelle époque!
Quelle chance d'en être le mémorialiste, en direct!... Je
rouvre saint Augustin, *De Genesis ad litteram*... « Crois-
sez et multipliez-vous. Dans cette bénédiction, je crois
voir que nous ont été concédées la faculté et la
puissance de comprendre de mille façons différentes
une énonciation unique, mais obscure »... Disons
quand même que la clarté se fait peu à peu, non?...
Allons, Français, un dernier effort!... On vous dit Kant
et Hegel, pour ne plus parler de Marx? Répondez
Saint-Simon : « Connaissons donc, tant que nous pouvons, la valeur des gens et le prix des choses ; la grande
étude est de ne s'y pas méprendre au milieu d'un
monde pour la plupart si soigneusement masqué. »...
Quelqu'un essaye de vous embêter encore avec Freud?
Répondez Sade : « Jamais le foutre ne doit ni dicter ni
diriger les principes ; c'est aux principes à régler la

manière de le perdre. » On vous ramène une fois de plus Heidegger ? Avancez Montaigne, Retz, Bossuet, Pascal, Proust, Céline... Enfin, débrouillez-vous... Vous êtes, d'un côté, Leçon des Ténèbres, de l'autre Prélude à l'Après-Midi d'un Faune... Courage !... N'oubliez pas... En français !... Toujours !... Sans débander !... Avec un peu d'italien si vous voulez... D'autrefois... Du latin qui bouge... Et bonne chance dans l'avenir des fibres optiques... Câbles tubulaires... A rubans... A jonc rainuré... Gainés... Bon voyage dans les satellites... Au revoir !... Ne m'oubliez pas trop !... Une pensée furtive, quand même, pour votre ancêtre !... Qui faisait encore, vous vous rendez compte, des tournées en province pour vendre ses livres... Télévisions locales... Départs au petit matin avec les billets de train ou d'avion, et le sac professionnel du joueur : brosse à dents et dentifrice, rasoir électrique, pyjama, chemise de rechange, aspirine, eau de Cologne... Prêt à balbutier un peu n'importe quoi à l'escale... Faites-nous l'écrivain... Voilà, voilà... Dîner... Conférence-débat... En général, une seule question : « Pourquoi est-ce que c'est vous, l'écrivain, et pas moi ? »... Une fille pour la nuit ? En général, pas trop difficile... Elles vous font passer des petits mots en douce... Elles vous rejoignent à l'hôtel... Ça fait partie du concert...

Mais il y a aussi les surprises... Ainsi à Madrid... Véronique... Je l'avais remarquée l'après-midi au Prado, devant les Greco... Grande blonde décidée, chic... Le soir, elle m'aborde, m'invite à une fête dans les environs de la ville, m'emmène en voiture... C'est une Sullenberger... L'Empire !... Électronique... Cent mille employés dans le monde entier... Bureaux à New York... Amateur d'art, surtout surréaliste... Collection connue... Establishment protestant... Son arrière-grand-père, le fondateur de la dynastie, était alsacien et socialiste ; son arrière-grand-mère danoise une des premières féministes... Son grand-père banquier... Son père idem... Elle a deux galeries de peinture, une à New York, l'autre à Paris...

— Vous ne vous intéressez pas à l'inconscient ?

Petit déjeuner sur l'herbe au soleil... On a fini par faire l'amour de façon confuse, vers quatre heures du matin, après le départ des derniers invités... Au champagne... Maintenant, après un bain, je regarde mon plateau : jus de pamplemousse, œufs à la coque, croissants, brioche, beurre, confiture, café, sucre, lait...

— Pas tellement, dis-je.

— Et pourquoi ?

— Je suppose que j'ai des goûts très classiques.

— Mais quoi ?

— En musique ? En peinture ? En sculpture ? En architecture ? En littérature ?

— En peinture.

— Watteau... Fragonard...

Elle me regarde, l'air sincèrement peiné...

— Mais l'art moderne ?

Je décide de pousser un peu...

— Non... Non, finalement, pas beaucoup...

— Vous n'aimez pas Max Ernst ?

J'entame un œuf à la coque... Les domestiques s'agitent un peu partout... Le chauffeur, là-bas, en livrée, se met à laver la Mercedes devant les garages... Une femme de chambre apporte un peu d'eau chaude supplémentaire pour le thé...

— Duchamp ? Magritte ? Baselitz ?

— Non, dis-je. Je trouve ça plutôt laid, simpliste, inutile.

J'ai l'impression qu'elle commence à regretter le déplacement, et même la brioche... Sans parler de la brève, mais violente, empoignade sur le lit, dans le noir... J'entends la suite d'ici : « Je l'ai entrevu à Madrid. Aucun intérêt. D'un conventionnel ! Vous n'imaginez pas... »

— Vous avez fait une analyse ? dit-elle un peu brutalement.

— Ah non.

Je sais qu'une de ses tantes est dans la manie religieuse... Elle a fait construire, à grands frais, à Dallas, je crois, un Temple syncrétiste où sont représentés tous les cultes existants... Sullenberger über alles... Millions de dollars... Inauguration supermédiatique, à la une du *New York Times* avec rabbins, pasteurs, imams, lamas, moines bouddhistes, ésotéristes de toutes tendances... Et même un cardinal, à ce qu'on dit... Quand on a les moyens... Mais Véronique est plus avancée, n'est-ce pas...

— Vous êtes de quelle religion ? dit-elle.

— Catholique absolument, dis-je. Et d'ailleurs, si vous voulez tout savoir, mon cinéaste préféré est Alfred Hitchcock, pur produit des Jésuites anglais.

Elle sourit quand même. Le jugement sera peut-être plus nuancé : « J'ai un peu parlé avec lui à Madrid. Une sorte d'humour... »

— Il faut que je pense à mon avion, dis-je.

— Oh oui... Ernesto !... Ernesto !... Voulez-vous accompagner Monsieur à l'aéroport ?

— C'est trop gentil, dis-je. Je pourrais prendre un taxi.

— Mais non, voyons. Alors, à Paris, un de ces jours ?

— Bien sûr. A Paris !

Bien sûr que non. Ou alors, de biais... Réticences, ici ou là... Encore une mauvaise note... Au sommet, en plus... Sullenberger !... Prononcez *berguère*, pas *berger*... La planète entière... J'aurais pu me tenir tranquille... Je suis fou...

J'aurais pu dire à Véronique que, dans tout l'art moderne, je n'aimais qu'un seul nom : Picasso. Tous les autres me paraissent maladroits, puérils, voire même franchement débiles. Picasso... Encore méconnu... Les collages de 1912-1915... La guitare... Autoportraits du Joueur... Le moindre dessin, parfois... Les sculptures... Les toiles... *La Baignade*, tenez, du 12 février 1937... Saint-Simon de notre temps, Picasso. Soigneusement dissimulé, masqué en pleine lumière, aristocrate jusqu'au bout, d'un goût toujours parfait jusque dans les hurlements de laideur. Compositeur impeccable. Chaque volume à sa place, pas de recherche mystérieuse, pas d'au-delà, de symboles, de rêveries floues, le diagnostic sexuel, toujours, monumentalement transposé, en plein cœur. Je n'aime plus que l'art chinois classique, Raphaël et Picasso. Quelques plâtres peints de Giacometti, d'une grâce inouïe, soyons juste. Le reste, encore une fois, est du déluge yankee-allemand russifié à mort. N'hésitez pas : jugez quelqu'un sur le fait qu'il sépare soigneusement Picasso de toutes les autres productions du vingtième siècle. Évident. Il y a un sanglot sec et dansant de Picasso qui ne trompe pas. Un art concentré de l'attitude et de la maxime. Je donne tous les musées contemporains pour un « violon préparé » des années 20... Quelle oreille !... Quelle bande de sourds à côté !...

Autre fête aux environs de Paris... Invitation de Joan... Milieu coke... Ça sniffe un peu partout dans les coins... Elle est avec un nouvel amant, un steward de la TWA, dragué entre Paris et New York... Je comprends vite ce qu'elle veut, elle m'en avait d'ailleurs déjà parlé... Pénombre au premier étage de la maison de campagne... Chambre... Faire l'amour devant quelqu'un... Qui peut comprendre ça, sinon moi ? Oncle Philippe ? En réalité, elle doit se demander s'il est possible que quelqu'un d'autre qu'elle-même conserve son sang-froid dans ce genre de situation. Elle veut un miroir. C'est moi. Bien. Je fume en les regardant. Ça devient vite ennuyeux. Je redescends prendre un verre. Un peu de poudre ? Non, merci. Joan revient une demi-heure après... Le type a dû filer pour Paris... On se retrouve dans une bibliothèque...

— Ça s'est bien terminé ? dis-je.
— Mais oui... Qu'est-ce que vous en avez pensé ?
— Vous remuez beaucoup, il me semble.
— Il est adorable, vous savez.
— Sûrement... Vous avez joui ?
— Non. Mais aucune importance.
— Qu'est-ce qui en a ?
— Je me le demande.
— Une vraie petite salope ?
— Taisez-vous, vous allez me troubler.

On rit... On fait tinter légèrement nos verres. Tout ça me rappelle des tas de soirées où je devais penser qu'il se passerait quelque chose... Des nuits blanches un peu partout, rentrant les unes dans les autres, jardins animés, silhouettes confuses, bruit des conversations, danses à peine esquissées, groupes silencieux, avec, de temps en temps, de vains efforts de quelques leaders pour faire exister un peu la séquence. Attente du matin... De nouvelles filles sont là, ce sont les mêmes, elles trouvent toujours aussi important qu'on les éva-lue en douce... Je dis à Joan que je rentre. Elle s'en va aussi. Me ramène en voiture jusque devant chez moi. M'embrasse... C'est drôle comme elle ne m'excite à aucun moment. C'est même ça qui m'excite : ne pas être excité à ce point... Je rentre. Elle me téléphone... Cette fois, c'est le *Requiem* de Mozart... Bon... Elle finit par spasmer assez vite... Dormez bien...

Rien. Il ne se passe rien du tout. Jamais. Nulle part. A aucun moment. Joan en est encore à le découvrir peu à peu. Il lui faudra du temps. Peut-être n'y arrivera-t-elle jamais. Comment est-ce arrivé à Sophie ? Impres-sionnant. Pas envie de savoir. Les gestes suffisent.

Dédiés au fait qu'il ne se passe rien. Voilà : on va célébrer ça, une fois de plus. On ne fait rien. Ce qu'on fait n'a aucune signification. On pourrait aussi bien ne rien faire. Ne plus jamais se voir. Nous ne sommes rien. C'est bien cela qui a lieu ? Rien ? Oui, rien. Dis-le-moi encore. Et encore. Qu'on sache vraiment à quel point l'espace et le temps sont profonds, gratuits, d'une ouverture infinie au cœur même de la prison. Répète-le-moi, chérie. Encore et encore. Jamais assez. Redis-moi les mots. Lourds, visqueux, chargés, rauques, et par là même aériens, soyeux, flottants, lumineux. Chuchote-moi la mort qui délivre, les mauvaises pensées qui raffermissent et qui purifient. Comme à Saint-Sulpice... Tu te souviens de Saint-Sulpice ? Après-midi d'automne sombre, orageux. Au dernier rang, après avoir regardé les Delacroix, à droite, en entrant... Ta main posée sur moi, sous l'imperméable. Longuement, là, en silence. Je t'avais fait remarquer que deux écrivains français, très français, tellement français, à jamais trop français, insupportablement français, avaient été baptisés ici. Bébés vagissants... Ici même... Sade, le 3 juin 1740. Et Baudelaire, en 1821. Les Fleurs du mal... Juliette ou les Prospérités du Vide... Les bonheurs de Sophie... Grandeur ignorée de Saint-Sulpice. Une des plus belles constructions du monde, avec sa place et ses deux tours... On devrait mettre une inscription sur nos sièges... Ici, Sophie a dit des horreurs, en touchant, de ses longs doigts délicats, une queue. Ici, son foulard noir sur la tête, Sophie a mouillé en prononçant des phrases abominables. Ici a eu lieu une leçon fondamentale de géométrie dans l'espace, et d'algèbre dans le temps... Quand nous sommes sortis, l'orage avait éclaté. C'était très beau, jaune, vivant, *juste*. Tu avais l'air de dormir. On a marché longtemps sous la pluie. La séance suivante, chez moi, a été particulièrement dure. Dans mon carnet, je retrouve les mots soulignés : *grande séance*.

Toute ton enfance remontant d'un coup. Indomptable et vicieuse enfance, gorgée de sensations interdites ; fanfare de désirs coupables et non dits.

Mais oui, j'ai été, je suis et je serai toujours « croyant », comme vous dites... Et mieux que ça... Je crois à ce qui me fait plaisir. Me transporte. M'enchante. M'allège. Me donne le sentiment d'un salut. Raisonnable, non ? Ou alors, je ne comprends plus rien... Chaque fois, dans la question prononcée avec un sous-entendu d'effroi, de dégoût, de lèvres plus ou moins pincées, j'entends : « Vous n'allez quand même pas me dire que vous aimez ce que vous aimez ? »... Comme si c'était impensable, abominable... C'est drôle... Un Dieu, père tout-puissant, créateur du ciel et de la terre, de toutes les choses visibles et invisibles, ne me gêne pas. Au contraire. Mais c'est la finesse de l'engendrement de la deuxième personne qui me plaît singulièrement, et de plus en plus, et pour cause... Le fils unique...

> *Et ex Patre natum ante omnia saecula,*
> *genitum, non factum, consubstantialem Patris :*
> *per quem omnia facta sunt ;*
> *descendit de caelis,*
> *et homo factus est...*

A *homo factus est*, je me souviens, baissement de tête chacun à sa place, murmure, souffle de recueillement, silence... Mystère... Mais je vous prie de remarquer que *genitum* est clairement distingué de *factum*. Genitum, non factum... On dirait que le dogme, il y a plus de quinze siècles, avait prévu l'arrivée généralisée du SECOS !... Qui, certes, ne date pas d'aujourd'hui, derrière le rideau, mais avec des moyens tellement plus modestes. En définitive, il a fallu légiférer une bonne fois sur le flux, le lambeau à répétition, l'ornière du charnier dévalant le temps... Tous ces squelettes, le matin, au réveil... Portant leurs organes... Né du Père, en revanche, consubstantiel au père, dans le genitum avant tous les siècles. Et puis, né une deuxième fois, donc, dans le factum... Au-dessus du temps, et dans le temps. Et à nouveau par-dessus le temps. Regenitum. Traversant la mort du factum... Déclenchant ainsi la Troisième Personne, qui ex patre filioque procedit ; qui cum patre et filio simul adoratur et conglorificatur ; qui locutus est per prophetas... D'où s'ensuit l'USCAE, l'unam sanctam catholicam et apostolicam ecclesiam, qui va commencer ses démêlés interminables avec l'ŒUF, son factum fatal et ses factotums... Deux pouvoirs, deux sociétés parallèles, deux plans qui s'interpénètrent, s'influencent, mais ne s'unifient jamais tout à fait... Guerres civiles... Scolaires... Les seules qui comptent, sans doute, et où les deux adversaires se retrouvent semblables, usés, méconnaissables... J'ai connu les deux versants, à Bordeaux, à Versailles, à Paris... Chaque fois pour l'autre côté en étant d'un côté... A fond pour le public en voyant le privé ; plutôt pour le privé en constatant le public... L'idéal, ce serait ni l'un ni l'autre, pouvoir se débarrasser des deux religiosités en même temps... Des deux bien-pensances cuites et recuites, s'entendant à merveille dans leur opposition symétrique... Comme ils se comprennent... Comme ils sont semblables... S'ils pouvaient se regarder une fois, du dehors...

Où en est la propagande de l'ŒUF ?... Voilà... Une série télévisée sur les « hommes préhistoriques »... Ou plutôt, les préhumains... Il s'agit de bien montrer, interminablement, didactiquement, que l'homme est contenu dans le singe... L'ŒUF n'arrête pas de se raconter l'origine, preuves scientifiques à l'appui...

Voici donc le délicieux chimpanzé, qui s'est malheureusement arrêté en route. Parmi toute une collection
de primates. Le Robuste... Le Gracile... Et l'Habilis
Erectus, enfin, l'*Habilis*, autrement dit moi, vous,
nous !... Regardez ces os, ces cailloux : on y discerne
nettement l'intervention du cerveau, non ? Le cerveau !
Miracle ! En expansion ! Qui vous transporte dans
l'espace et se multiplie par ordinateurs ! Du caillou au
laser ! De l'os tranchant à la mitraillette ! Du galet à la
chaise électrique ! Du silex au missile ! De la pierre
préparée pour assommer de pauvres éléphants à longues défenses à Stalingrad, Auschwitz, Hiroshima !
Quel progrès formidable ! Quelle épopée ! Au commencement, donc, était la nature informe et hostile, et le
singe, pendant des millions d'années, nous couvait,
était gros de nous, de nous-nous !... Sans le savoir,
d'ailleurs, pauvre Habilis pas encore Sapiens ! Pas
encore à l'Université ! N'ayant pas encore le moindre
soupçon qu'il porte Hegel dans ses veines ! Et Gengis
Khan ! Napoléon ! Hitler ! Manuel de Falla ! Marilyn
Monroe ! Ben Gourion ! Saint François d'Assise !
Cézanne ! Landru ! Clin d'œil malin du Savant à la
caméra... Il montre avec une délicatesse voluptueuse,
maniaque, ses précieuses pierres taillées, ses crânes en
train de devenir humains par gonflement progressif de
la calotte... Ses restes d'hippopotames sortis du gla-
ciaire... Exergue de Victor Hugo... Le revoilà... Et de
Paul Éluard... Oui, oui, on a compris... La bande-son,
surtout, est impressionnante : musique Chostakovitch,
pompeuse, emphatique ; commentaire lyrique ponctué
de barrissements, de rugissements... Rouak !
Hrrrrrrieug !... Au secours, j'ai peur !... Quand on pense
à ce que nous sommes devenus, qu'allons-nous devenir ! Dans trois millions d'années ? Cent ? Et après ?
Bien après ? Les lignes que je trace ont-elles bien un
sens, une raison d'être ? J'ai bien peur que non... C'est
du moins ce qu'on veut très visiblement me faire

croire... Les Mayas par-ci... Les Aztèques par-là... Les textes sacrés pharaoniques... Les préhumains en cours d'hominisation, l'Antiquité magnétique, les Indiens sous toutes leurs formes... et, de là, hop!, dans les fusées! Mais entre-temps, dites-moi, rien? Vraiment? Rien du tout? Un entracte? Un malentendu? Une erreur? Non... Déferlement d' « origine »... Originisme et futurisme... Le passé est très lointain, le futur nous aspire, le présent a disparu... La mémoire est celle de l'espèce, l'avenir celui de l'ensemble, à la limite vous n'avez pas de vie, vous, là, tout de suite, ou alors si négligeable que ce n'est même pas la peine d'en parler... Parents? Grands-parents? Sans intérêt? Ils auraient un intérêt, dites-vous? Voilà qui est suspect. Marque de privilèges indéfendables, sans doute; indice d'aristocratisme mal résorbé. En route, nous sommes pressés, maintenant. Un million d'années dans la salle d'attente! Le primate saute dans son scaphandre, son cerveau répond au clavier du programme prévu. Le plouc se balade comme chez lui dans le système solaire. L'Originisme est la réponse adaptée à toutes les origines modestes. Le Futurisme à toutes les performances ratées dans l'instant. D'où je déduis que la bataille fait rage sur le contrôle du Temps. Et, donc, sur le roman lui-même. Il n'y a que lui, le roman, pour l'affirmer, le temps, le retourner, le transformer, le retrouver, le faire respirer sous vos yeux comme une peau d'étalon de course, l'isoler, l'écouter, le dilater et le contracter, l'accélérer, le freiner, lui, et le cavalier qui l'écrit, qui le lit; qui écrit et lit sa propre vie comme elle est vraiment. Et ils sont là, maintenant, autour de moi, réellement là, Octave, Lena, Lucien, Odette et Louis, et Paul, Hélène et Laure, et les autres, tous les autres, avec leurs pauvres visages, certains presque complètement rongés par la nuit; et, oui, ils sont là quand même pour me dire : « Tiens bon, ne renonce pas, insiste, ne va pas encore dormir, fais-nous vivre, fais-toi vivre à travers nous, on t'en prie, c'est ça, on t'en prie... Avec nos limites et tes limites, les terribles limites... Si nous avions su... Si tu savais... Il faudrait que tu oses savoir... L'instant... Le formidable instant... » Pour Octave, peut-être, tel ou tel air d'opérette, le soir, en rentrant seul dans les rues chaudes... Pour Lena, un après-midi où tout le monde la regarde et la photographie, à Longchamp, avec Louis... Pour Louis, une victoire au fleuret (en général, sur un Italien ; ah, les Italiens !), les toutes dernières secondes emportées, avant de toucher pour la dernière fois, et d'enlever, d'un geste, son casque finement grillagé pour saluer le public... Et ainsi de suite... Avec, chaque fois, cette atmosphère-là, cette température-là, et pas une autre ; avec ces certitudes-là, et ces bras et ces jambes-là, ces vêtements-là, ce sang-là, ces voix-là... Comme si le temps, en réalité, était constitué de verticales vives, comme s'il y avait des orgues de temps dressés dans chaque respiration... Présence réelle... Sans cesse sous-estimée, repoussée, niée, bafouée, parce que c'est trop vaste, et lourd, et insupportable dans le temps normal et communautaire, dont il faut entretenir, pour ne pas avoir l'air fou, la passion réglée, falsifiée...

Mon écrivain préféré, finalement ? Saint Paul, les *Épîtres aux Hébreux*... « Ils périront, mais toi tu persistes. Tous ils s'useront comme un manteau. Tu les rouleras comme un manteau, et ils seront changés, mais toi, tu es le même, et tes années ne cesseront pas. » Ou encore : « Par la foi, nous comprenons que les siècles sont produits par la parole de Dieu, de sorte que ce qui se voit ne vient pas de ce qui paraît. »

Ce qui se voit ne vient pas de ce qui paraît : trouvez

le point d'où vient ce qui paraît, et le Temps vous apparaîtra, le vôtre, rien que le vôtre, le plus singulier, le plus unique, comme s'il était le Temps infini. Il vaut mieux que cela vous arrive avant de mourir. Le moment de mourir n'est pas le plus vrai moment. Alors, commencez tout de suite. Regardez chaque heure comme un chiffre sacré. Le 2, le 7, le 8... L'axe du 6 et du 12... Le 3 et l'écho du 9, le 4, le 5... Le 1 dans la lumière, ou dans la nuit... Vous allez déjeuner à une heure de l'après-midi ? Pensez à la révélation que vous avez eue à une heure du matin, avant de vous coucher. Apprenez à diviser le moment par le moment du moment, et ce moment-là, lui aussi, par la multitude des minuscules moments dérobés de chaque journée. Pincez-vous pour être bien sûrs que vous rêvez les yeux ouverts, dans toutes les dimensions à la fois, sur toutes les pentes. Je prends tous les 10, par exemple, et je les abats mentalement sur le tapis vert qui recouvre invisiblement et délicatement l'abîme, pendant que la boule rouge aveuglante de ma disparition tourne vite, et ralentit en cercles de plus en plus resserrés pour aller s'arrêter en vibrant légèrement, et parce que je l'ai décidé ainsi, sur le 10... Le 10 de cœur des matinées à peine commencées et des soirées qui s'annoncent. A travers tous les paysages, tous les visages, toutes les situations, toutes les pièces d'habitation, toutes les saisons... Avec, chaque fois, le rappel intérieur, d'être le témoin dont l'acteur que je suis ne pourra jamais complètement rendre compte. J'étais là, je n'étais pas là. C'était dehors et dedans, ce n'est plus ni dehors ni dedans. C'est drôle, une vie qui s'oriente, et va s'immerger un jour, dans ce point obscur, permanent, sans contours, sans fin, qui a l'air d'être là « en plus », assigné à tout autre chose, à une immense distraction sans raison... La trotteuse des secondes à la même vitesse, juste un peu décalée, coup par coup, que le pouls... 60 secondes, 72 pulsations : voilà le narrateur au repos, à l'écoute. Aujourd'hui, le narrateur va considérer son corps. Il lui rend hommage pour sa fidélité, sa patience. Il s'excuse auprès de lui des excès qu'il lui a fait subir, des négligences et des impolitesses sans nombre dont il s'est rendu coupable à son égard. Le narrateur demande pardon à son corps pour avoir trop bu, mangé n'importe quoi, baisé en désordre. Pardon pour les opinions irréfléchies qu'il a pu émettre, les conneries qu'il l'a obligé à supporter, venant des autres ou de lui-même. Pardon pour le temps ou le sommeil perdus, la méditation oubliée, la vanité imposée, les fantasmes dictés, l'incroyable ingratitude quotidienne. Pardon de ne pas avoir observé la « bonne distance », celle que tout passager doit avoir. Mea culpa. Mea maxima culpa. Bien. Le narrateur demande l'absolution à son corps. Et on dirait que le corps hésite, là, à renouveler son bail à un locataire aussi encombrant et qui, de plus, non content de l'user systématiquement au-delà de la dépense normale, parle assez souvent de l'assassiner. Il voudrait pouvoir dire, le corps, au narrateur, que l'idée du suicide ne vient pas de lui, corps, mais du mauvais usage que le narrateur fait de lui, et surtout de la suggestion incessante des autres auxquels le narrateur a tort de s'identifier. Qu'il a grand tort d'intérioriser, de laisser ruminer en lui. Dont il ne devrait à aucun prix adopter le jugement automatiquement meurtrier. « Tu devrais te tuer » : voilà ce que le joueur, s'il est vraiment conséquent, entend depuis son enfance et qu'il entendra, de près ou de loin, toute sa vie, sur tous les tons, avec toutes les modulations possibles, autoritaires, policières, amicales, furieuses, mielleuses, gémissantes, sèches, amoureuses, houleuses... « Tue-toi, *fixe la mort*... » Or le joueur vit *quand même*. Le joueur ne meurt pas. Sa mort physique, quand elle se produit, est une donnée parmi d'autres. Sûrement pas une révélation, une conclusion, une solution. Même pas une ponctuation décisive. Elle ne donne ni sens ni prix rétroactif au scénario de sa vie. C'est d'ailleurs la raison pour laquelle, de mille façons, la mort lui est tendue à chaque instant. Comme une demande, un souhait parfois timide, apeuré ; une supplication ; une exigence ; un vœu, oui, le vœu le plus profond. « Meurs, s'il te plaît... » « Sois notre mort... » « Laisse-nous vivre ta mort... » Louis n'avait pas son pareil, paraît-il, pour savoir jouer « avec le mort », au bridge... Avec les cartes retournées de son autre soi-même... Avec l'autre côté, négatif et multiplicateur, de son propore jeu... J'ai douze ans. Il me dit : « Rassemble toutes tes économies. Cet après-midi, nous jouons aux Courses. » Je me prépare. Je le suis. On arrive à l'Hippodrome où tout le monde le salue respectueusement. « Joue le 5. » Je joue le 5. Le cheval arrive avant-dernier. « Joue le 8. » Je joue le 8. Le cheval arrive dernier. Louis a l'air préoccupé, distrait. Je n'ose rien dire. « Si, si, joue, le 7, maintenant crois-moi, une dernière fois. Tu as confiance en moi, j'imagine ? » Le 7 perd. J'ai tout perdu. Je comprends. Je ne dis rien. On rentre sans parler, Louis profondément absorbé, semble-t-il, comme si rien ne s'était passé.

Ou encore, j'ai cinq ans. Le vieux curé vient de mourir. Lena m'emmène avec elle, « il est temps que tu voies un mort »... On entre ensemble dans la pièce ensoleillée, le vieux est allongé sur son lit, les mains jointes sur son chapelet, atmosphère douceâtre, insignifiante. Il est là, bloqué, raide, avec cette façon qu'ont tous les cadavres, lignes diagonales plombées, d'indiquer, d'une façon têtue et catégorique, une sorte de nord... « Voilà, dit Lena. Ce n'est que ça. » Même pas une prière, rien ; le constat. L'horizon. L'aiguille. Une des heures possibles. Ça ne nous concerne pas. Comme si elle avait dit : « Attends-toi à des tas de discours et d'attitudes, et de romans, et d'histoires, autour de cette petite affaire grise. Attends-toi à ce qu'on t'en fasse une montagne. Et même une montagne de montagnes. Menaçantes. Effrayantes. Jugeantes. Infranchissables. Incontournables. Prépare-toi à en voir de toutes les couleurs. C'est le jeu. La règle du jeu. La religion du jeu. Mais pas pour nous, pas pour toi. Peut-être pour les Diamant, mais certainement pas pour les Rey. Tu t'appelles Diamant, soit. Et, après tout, tu en es peut-être un vrai, pour finir ? Pourquoi pas ? Tout arrive. Eh bien, voici le mot de passe. N'accepte pas. N'accepte jamais. Quoi ? La mise en scène de la toute-puissance de la mort. La mort n'est pas pour nous. La mort est une comédie comme une autre. Ce n'est pas la Loi des lois. Il y a, et il n'y a pas de Loi... A toi de jouer, adieu, bonne chance. » Aucun commentaire ensuite. Pas la moindre allusion. Bijoux, robes, chapeaux... Le temps comme il vient, l'insouciance...

— Que pensez-vous de *La Rose Innommable* ?

— Mais c'est très bien...

— Voilà pourtant un best-seller très loin de vous ? Et l'auteur ne semble guère vous aimer ?

— L'auteur ? Vous êtes sûr qu'il a écrit son roman lui-même ?

— Feldmann a déclaré que vos livres étaient complètement inutiles...

— Si c'est son avis...

— Vous n'êtes pas traduit aux États-Unis ?

— A peine...

— Ni en Allemagne ? En suède ? En Finlande ?

— Ni en URSS ! Ni en Chine !... Quelques grammes au Japon !...

— Pas d'adaptation cinématographique en cours ? De série télévisée ?

215

— Hélas, hélas...

— A quoi attribuez-vous ces échecs ?

— C'est vous qui dites que ce sont des échecs.

— Enfin, bon... Ces retards ?

— Mais vous savez bien... Le roman doit être d'abord une « histoire », *a story*... Personnages typés. Enquête plus ou moins policière. Dévoilement d'une cause, d'un ressort, d'un motif, autrement dit d'une culpabilité. Surmontée ou pas, peu importe. Sois coupable, et raconte. Y compris, si c'est le sujet, pourquoi tu es innocent. Pas de culpabilité, pas de *story*, ou à peine. Pas, ou peu, de story, rien du reste ! L'ŒUF est formel...

— L'ŒUF ?

— L'Œuvre à Usage financier. Qui fonctionne à l'Œdipe Unificateur Fantôme. Sur fond d'Œcuménisme Utérin Fabulateur. Lequel n'est, finalement, que la reproduction indéfinie de l'Œdème Utopique Funèbre.

— Drôle de sigle... Eh bien, vous n'avez qu'à écrire une *story* !

— Comment faire, sans ressentir la moindre culpabilité ?

— C'est vraiment votre cas ?

— Il semble...

— Pas d'angoisse ?

— Vous avez raison : l'angoisse vient de la culpabilité.

— Vous ne vous sentez pas concerné par les grands problèmes du temps ?

— Ah, mais si ! Disons, sous une autre forme...

— Vous n'êtes pas soucieux du sort de l'humanité ?

— Il faudrait commencer par le commencement.

— Le commencement ? Quoi ? Le sexe ?

— Si vous voulez. Je note que vous n'avez pas dit « la faim ». Ou « le verbe ».

— Et alors ?

— Alors, rien.

— Comment ça, rien ?

— Eh bien : pas d'angoisse. Donc pas de culpabilité. Donc pas de *story*. Au passage, je tiens à préciser que je mange très peu.

— Et la mort ?

— Idem.

— Mais c'est invraisemblable !

— Comme vous dites. « Je te pardonnerai d'être moraliste, quand tu seras meilleur physicien. »

— Qui a écrit ça ?

— Sade.

— Vous ne sentez plus rien ?

— Au contraire. Plus ma sensation s'étend, moins ça se raconte. Moins il y a de *story* ! A croire que le règne de la *story* est le grand anesthésique... Vous dormez ?

— Mais non !

— Vous en êtes sûr ?

— Mais oui !

Mon grand blond de Suédois journaliste s'agite... Je lui brouille son interview... Il est arrivé très énervé, agressif en diable... On lui a visiblement demandé un « portrait acide »... Pourquoi j'ai renié l'avant-garde... Pourquoi je fais de la littérature commerciale... Mais qui n'arrive pas à se faire prendre au sérieux sur le vrai marché... Pourquoi je suis devenu conformiste. Académique. Pourquoi je n'existe plus, comme l'écrit, de temps en temps, ici ou là, le critique Armand Buisson, de son vrai nom Alexandre Blijnik... Très germaniste... Originaire d'Odessa... Articles repris par la *Literatournaïa Gazeta*... Au choix...

— En somme, vous vous situez dans l'indicible ?

— Mais non, mais non... Quand j'ai dit que ça ne se racontait pas, en réalité, ça se raconte très bien. Et même de mieux en mieux. Mais ça ne fait pas une *story*, vous comprenez ? Ça ne se *boucle* pas en *story* !

— Vous voulez dire que ça reste en suspens ? Que ça ne va nulle part ? Ou partout à la fois ?

— Un peu, oui.

— Mais c'est la poésie, ça ?

— Ah, non ! Pas du tout ! Roman ! J'y tiens !

— Mais pas « nouveau roman » ?

— Non plus ! Ni dix-neuvième, ni dix-neuvième amélioré ! Sensualité d'abord ! Positive !

— Vous voulez dire que vous tenez à votre modèle dix-huitième ? Mais *Les Liaisons dangereuses*, par exemple, c'est une *story* si on veut ?

— C'est précisément le côté par où il annonce le dix-neuvième. Besoin moral. Morale de l'histoire. Conception policière de l'histoire. Crime et châtiment. Punition. Nihilisme. Remontons plus loin... Cervantès, là...

— Vous vous considérez comme en dehors de l'Histoire ?

— Au contraire, au contraire... Je pense que l'Histoire est en train de se débarrasser de l'Histoire. Et que c'est même là, maintenant, toute l'Histoire !

— Je ne comprends plus.

— Ça ne fait rien.

— Vous êtes hostile à l'homosexualité ?

— Moi ? Quelle idée ! Je suis même probablement complètement homosexuel : je n'aime que les hommes qui aiment les femmes.

— Vous n'aimez pas les femmes ? Vous êtes misogyne ?

— Je n'aime que les femmes qui aiment réellement les femmes : comme vous savez sans doute, c'est très rare. Si je compte bien ce que je viens de vous dire dans mes deux réponses, ça signifie que j'aime les femmes deux fois plus que n'importe qui.

— Votre position politique ?

Il bâcle, le con !... Moi aussi...

— Les Anglais ont toujours raison. Sauf, peut-être en ce qui concerne les Irlandais.

— On vous dit catholique après avoir été maoïste ?

— Tous les bons éléments de ma génération, en France, ont été « maoïstes ». Vous avez des bibliothèques entières sur la question. Catholique ? oui. Apostolique et romain. Avec le plus grand plaisir. Un plaisir de tous les instants. Vous voulez que je développe ?

— Non merci... Vous n'êtes pas antisémite ?

— Non.

— Vos parents ne l'étaient pas ?

— Non plus.

— Vous avez raison : je vais finir par penser que vous n'avez pas d'histoire.

— Biographie sensuelle ! C'est tout ! Je vous assure ! Physique ! Tout physique !

— En somme vous êtes heureux ? Très français, hein ?

— Bordeaux.

— Bordeaux ?

Il n'en peut plus. Il est carrément furieux... Je le termine au Médoc... Je commence à lui parler des vins... Longuement... Savamment... Il est hors de lui, mais il boit... Il avale le Margaux comme de l'eau... Il s'en va fin saoul... Vers le Nord-Nobel... Titubant... Dynamisé... Agité de petits rires... En plein confusion mentale... En passant, mais je crois qu'il n'a pas noté, je lui ai exposé mon projet d'ŒUF contre l'ŒUF... Mon ŒUF affirmatif à moi... L'Œnologie Ultra Filtre... Œnologie, du grec *oinos*, vin...

Le « bonheur » ? Est-ce que j'oserai aller jusque-là ? Pousser la provocation à ce point ? Mais oui... Je ne vois pas pourquoi je ne le dirais pas... Peur des représailles ? Bof... Le « bonheur » ? La « sagesse » ? La « joie » ? Mais oui ! Mille fois ! Dix mille ! Un million !

Et encore!... Un bonheur de diamant... Sensible à chaque instant, sur fond de catastrophe personnelle et universelle... Je voudrais être encore plus seul... Plus abandonné... Sans aucun espoir... Est-ce que je dis « oui » à ma vie? Sans aucun doute. Cent mille fois! Un milliard! Comme on veut! Sans aucune pudeur! C'est affreux! C'est monstrueux! Un tel contentement de soi! Pour si peu! Un tel narcissisme! Une telle naïveté dans l'autosatisfaction! Oui! Encore! Dites-moi! Dites-moi bien que c'est l'horreur, n'est-ce pas? Magnificat! J'exulte! je suis obligé de l'écrire, là. Bonheur. Sagesse. Joie.

Il est trois heures de l'après-midi, une fois de plus. Je suis allongé sur la pelouse devant la maison. Il y a l'eau, tout près. Le léger vent sur le bleu permanent qui glisse. Les mouettes. Le pin parasol. Les roses rouges. Les papillons blancs. Tapis volant et silence. De nouveau. Encore une fois. L'état de plus grande concentration correspond exactement au moment de dépense le plus érotique. Blanc et noir ensemble. Aucune différence. Le reste n'a aucune réalité.

Et voilà : les deux géométries rentrent l'une dans l'autre, le Bien et le Mal, la pointe de méditation et de présence, et la plus grande absence de soi, l'altération, le relâchement. Et ces deux mouvements n'en font qu'un, maintenant, au-delà du désir brûlant, comme au-delà de la lucidité reposée, fraîche. Et les deux volumes se superposent, l'un destructeur, sombre; l'autre calme, illuminé, sans bords. L'un où chaque seconde compte, est chargée au maximum; l'autre où, au contraire, une heure passe comme trois minutes, un après-midi comme un coup de vent. L'un où chaque geste doit atteindre son but fin, tactile; l'autre où le corps entier n'est plus qu'un geste vide, une ondulation du vide. Le bonheur, c'est très exactement, par-delà ces deux espaces contradictoires, d'en être encore un troisième. Thèse. Anti-thèse. Hors-thèse. D'où la sagesse bizarre, sans contenu. Et la joie.

Ça vient de loin... Du pan de mur que je regardais fixement, dans la cave, pendant les bombardements, et qui me paraissait plein d'une vie rouge obscure, une vie de forêt et de lanterne magique. Des retours du lycée, le soir, à vélo, à travers les vignes de la Mission Haut-Brion, à la périphérie d'une ville rendue irréelle par l'attente et le mûrissement du vin. Du tennis isolé dans les pins, toute une aventure dans la chaleur, balles, bondissement, lignes blanches, couloirs, filet, volées... Des marches dans Paris, au début, quand je ne connaissais personne, que j'étais sans identité, sans devoirs... Plusieurs vies pour rien, comme ça, remplies à ras bord du même étonnement, d'un émerveillement sans cause. Ou encore en bateau, sur le bassin d'Arcachon, au large de la dune du Pyla, du Moulleau ou des Abatilles, entre les bancs de sable... Voiles, focs, cordages, sillages, virages, courants... Ou encore dans l'eau, les yeux entre l'air et l'eau, à perte de vue, loin des côtes... Ou bien les matinées à Dowland, l'air vert au-dessus des raisins cachés, l'allée de platanes se perdant lentement dans la brume. Les courses de plaisir, avec Laure, autour des acacias, près des serres... Cinq heures, déjà. Le vent et le soleil sont plus froids. La marée monte. Je reviens à ma table. Les mots sont les mots.

Je reprends les lettres de Sophie. Encre noire, petite écriture... Chaque phrase produit son effet... Pas la phrase elle-même, bien entendu, mais l'imagination du moment où elle l'a tracée, main, stylo, plume d'or, sonorité dans la tête ; l'idée qu'un fragment lui revient peut-être en mémoire, comme ça, par surprise, dans la situation la plus incongrue, en voiture, pendant un cocktail, le matin ou le soir dans sa salle de bains, ou assise dans un fauteuil devant la télévision, ou pendant qu'elle parle... Surtout pendant qu'elle parle... Qu'elle entende soudain ses deux voix... Dans sa vie, dont je ne sais rien ; dont j'ai bien l'intention de ne rien savoir, il est probable que la plupart des réceptions, chez elle ou dans son milieu, ont lieu en allemand ou en anglais : c'est donc le français qui intervient en sous-titre, silencieusement, comme une langue secrète et obscène, là, dans l'esprit de Sophie, au milieu des propos facilement calculables, fric, politique, terrorisme, et de nouveau terrorisme, politique, fric... Et puis les intrigues diplomatiques, maris, carrières, femmes... Ou encore le dernier film ou le dernier roman à la mode, avec les réflexions habituelles qui, d'ailleurs, ne font que reproduire, à quelques variantes près, les échos ou les articles de la presse hebdomadaire, puisque c'est encore Paris, malgré tout, qui donne le ton. Éloges, descentes en flamme, perfidies, mots d'esprit... Rumeurs... Et dans le cerveau de Sophie, peut-être, pendant qu'elle tient son rôle, au courant mais pas trop, toujours un peu en retrait, discrète, agréable, souriante, « intelligente », des ensembles de syllabes flottantes comme : « Ma voix est restée colorée par ton foutre » alors qu'elle est en train de dire, une fois de plus, tout en s'ennuyant à mourir : « Je vous redonne à boire ? Un peu de glace ? » Ou bien, pendant qu'elle fait semblant de se passionner pour les analyses énervées d'un consul ou d'un attaché d'ambassade ; ou d'une avocate féministe célèbre ; d'un médecin de renom ; d'un intellectuel ou d'un professeur mondialement connus ; d'un écrivain, d'un peintre ou d'un cinéaste à succès de passage à Genève pour une conférence ; d'un ministre dont chacun veut avoir les impressions récentes à son retour du Proche-Orient : « J'ai besoin de ta queue me défonçant. » Je n'ai jamais su quel était l'enterrement dont elle m'a parlé et qui l'avait, en secret, en pensant à moi, tellement excitée... Le mien, disons... Comme je ne sais rien de sa famille, de ses parents, de ses sœurs, de son frère, de ses nièces et neveux... Sauf qu'ils sont de la bonne bourgeoisie classique, la banque, quelque part dans Paris, du côté du boulevard Malesherbes... Le mari allemand ? Motus... Ce qui m'intéresse, d'ailleurs, comme elle, ce n'est aucune de ces informations sociales, mais uniquement tel ou tel moment à l'écart, sa rêverie, par exemple, quand elle est à la campagne, qu'elle est allongée, seule, au soleil, pas trop longtemps à cause de sa peau blanche, fragile. Là, elle peut évoquer sa main ayant écrit : « Finis ton travail, ordure ! » Ou bien : « Vous éjaculerez sur ces mots : donnez-moi mon livre de comptes. » Elle doit trouver ça impossible. Ou alors, elle s'habille pour sortir, elle se maquille, se parfume devant sa glace et elle a conscience, tout à coup, d'avoir signé, elle si convenable et même un peu prude, des déclarations du genre : « Madame va être empalée comme une truie. » Ou : « C'est bien moi qui suis sordide et vicieuse »... Et elle se sourit. Elle sourit à sa très sage folie.

« C'est bien moi »... Elle prononce mon acquittement pour avoir suggéré tel ou tel détail dans les scènes. Elle marque qu'elle choisit librement le jeu, et ce que le jeu lui apprend sur elle et au-delà d'elle. Les majorités morales, les hypocrites de tous bords ou les clans féministes qui, un peu partout, exigent l'interdiction de la pornographie explicite, ne veulent surtout pas de la conséquence presque mécanique qu'entraîne la pornographie *dite* : une ascèse, en réalité ; une relative chasteté ; une distance et une ironie, bien sûr, par rapport aux manipulations sexuelles. Leurs vrais motifs ? Protection à tout prix de la baise-piston à pornographie implicite. Avec, en prime, l'horizon

SECOS ! Vision du monde petite fille exaltée... C'est qu'elles veulent être baisées, qu'est-ce que vous croyez ? Mais pas pour baiser, naturellement. Par « amour ». Pour le bon état de leur narcissisme. Autrement dit, pour que la cohésion fonctionne. Pour que la dette soit reconnue. Pour que le *cadeau* persiste. Et pourtant, le sperme n'est plus gratuit ! Il ne l'a jamais été, d'ailleurs, mais le moins qu'on puisse dire est qu'il n'apparaissait pas comme tel dans les comptes. C'est fait. Taxé ! Indexé ! L'herpès humain change de signification et d'axe ! l'ŒUF se renouvelle ! On passe du TFP au SSP... De Travail Famille Patrie à Syndicat Société Peuple. Je sais bien ce qu'on exorcise et mime à l'envers, avec plaisir, Sophie et moi : la nouvelle *extorsion de fonds* qui se met en place... On procède à une anti-extorsion ouverte... A une mise à nu du contrat... A une anti-fusion nucléaire... Au contraire de tous les vieux accouplements haletants, moi c'est toi, on jouit en même temps, sexe unique, Œuf retrouvé, Platon prouvé, complémentarité transcendée, unanimisme final, rêve de la police, rêve de femme, rêve du faux Dieu, de la mort vivante, du corps social tout entier... Nous, qu'est-ce qu'on fait ? On pousse au maximum la séparation. Sauf sur le point de rencontre qui doit manifester le comble du malentendu. On s'entend donc exactement sur la division. C'est elle, comme un « Sésame, ouvre-toi, qui fait coulisser, dans un déclic, la paroi de la caverne au trésor. Comme glisse le panneau d'acier d'un distributeur automatique de billets de banque, si l'on a sa carte, son numéro de code secret. Elle écoute sa voix, elle sent la décharge systématique de l'autre côté, un autre côté où elle ne sera jamais, et c'est la réalisation palpable des mythes, pluie d'or, cygne de Léda, tout ce que vous voudrez, conjonction contre nature de l'immortel et du mortel, l'instant est organisé pour ça. Si bien qu'on ne devient pas seulement frère et sœur, Sophie et moi, mais aussi des témoins aimantés tacites de tous les événements qu'on ne retrouve jamais lorsqu'on raconte sa vie comme une *story*, un bilan, un ensemble de stéréotypes pauvrement et puridiquement filtrés pour les autres, pour l'institution abstraite des autres. Détectant, donc, et traitant le mensonge et son tribunal jusqu'en sa racine, genèse, coup du serpent, départ de l'erreur voulue, enroulement des générations, ensorcellement, cerveau, sort. Simplement par l'évocation vibratoire et anéantissante du Mal. Qui tue le Mal. Pendant qu'ils poursuivent leurs passions d'apparence et de domination par l'apparence. En parlant du Bien contre le Mal. C'est au nom du Bien que le Serpent parle pour introduire un règne de mort ; au nom d'un Bien qui serait plus fort que la Mort. Le Bien que poursuit l'évocation du Mal, au contraire, pourrait être celui d'un Dieu sans lien avec la Mort, un Bien d'impassibilité, de non-jalousie, de tolérance, de douceur, de sensibilité éveillée, de moquerie, de charme. Un Bien qui se rirait de la ruse grossière et sans cesse renouvelée du Serpent. Toujours le même spot ! Répété indéfiniment ! Monumental ! Sucré ! Insidieux ! Tortueux ! Inepte ! Ne marchant qu'avec ceux qui redoutent la division... Mais on peut diviser la division elle-même... Ce n'est pas résister au Mal qu'il faut, mais passer à travers... S'en délivrer... A Diable, Diable et demi... Pour la plus grande gloire amusée de Dieu... Le vrai, celui d'humour, de charité, de miséricorde...

Fait-elle vraiment tout ça, Sophie ? De son plein gré ? De son propre mouvement ? Réellement ? Vous nous racontez des histoires... Vous lui imposez vos fantasmes, voilà la vérité... Jamais une femme ne se prêterait à cette dégoûtante comédie sans y être forcée d'une façon ou d'une autre. C'est impensable ! Ridicule ! Ça ne peut pas exister !...

C'est vrai que je ne vois pas Sophie, à Genève, raconter ses séances de Paris à ses collègues... Ni même à ses amies les plus intimes, celles à qui on dit tout, avec les détails... Les exigences et les manies du Monsieur, son comportement, ses réflexions, son côté mufle, ses incompréhensions, son rendement physiologique, ses goûts, l'évolution de ses revenus... Même la plus cynique en tomberait à la renverse, je crois... Ou alors, je veux la connaître, les choses vont encore mieux que ce que je pense... Non, la vérité est qu'aucune des personnes qui la connaît ne pourrait l'imaginer en train de faire ça, de *dire* ça, d'offrir ses fesses comme ça, de toucher, d'avaler, de se mettre une queue comme ça — et gratuitement encore ! Pour le plaisir ? Mais vous êtes fou ! Je vous dis que c'est impensable !... L'acte gratuit féminin ? A d'autres !... Et pourtant... Il doit y avoir une raison quelconque, cherchez bien... Oui, la beauté du monde nié, renversé, que cela suppose... Une femme voulant renverser le cours des choses ? Le révolutionner à la rigueur ! Mais le renverser ? Depuis que le monde est monde ? Autant parler du soleil qui tournerait à l'envers !... Alors, disons qu'il s'agit simplement d'une vengeance sur l'ennui, l'incroyable ennui que vous nous imposez tous et toutes... L'ennui que vous préférez, que vous *voulez* de toutes vos forces, et que vous appelez « vivre »... Eh oui, dites-vous, c'est la vie... Et ce que vous appelez la vie, c'est cette réglementation de l'ennui, rien d'autre, un petit monde sans illusions où l'on se connaît, où tout le monde surveille tout le monde et dose les indiscrétions qu'il faut... Où on est revenu de tout, où le « allons donc ! » sert de signe de reconnaissance... Surtout sur ces trucs de sexe, vous pensez bien... De sexe, de pipe, de cul, de touche-pipi... Vous pensez si on est au courant... L'idéal d'un côté ; la rigolade fermentée de l'autre... Fleur bleue et caca... Le vieux machin enfantin pour tous les bébés adultes... Romantisme et couches-culottes. Émotivité à fleur de peau et grosse voix caserne... Sérieux théâtral et clin d'œil... Tout ça en famille élargie, nécessairement, toujours !... Alors qu'avec Sophie, on pense, comme dans tous les réseaux clandestins, que moins on se connaît, mieux ça vaut ; moins on en sait, plus on est tranquille... Cloisonnement... Étanchéité... Technique en général appliquée à la destruction et à la violence, mais que, pour cette raison même, il s'agit d'adapter à la jouissance pour la jouissance... Curieux que personne ne semble y penser... N'ose y penser... N'ait la volonté froide d'en définir sérieusement les détours... Comme si l'ennui, chronomètre du désespoir, n'était pas la pire des oppressions, le cachot global du ressentiment érigé en loi douce... Comme si ça n'arrêtait pas de jouir dans les plis, en empêchant, y compris par la « permissivité », dernière tarte à la crème du contrôle vital, qu'une jouissance *se voie jouir*, qu'un système nerveux se détaille en train de jouir, crime suprême... Voilà, on ne se connaît pas... On se connaît le mieux du monde... Et ce qu'on connaît, surtout, c'est l'arrivée dans le couloir, la porte, la sonnerie, et aussitôt sa bouche, sa main sur mon sexe, ma main sur ses fesses, immédiatement, sans un mot... Et puis l'oscillation du « vous » au « tu », dans la demi-obscurité, en murmure... Et puis le retour au « vous » de cérémonie, quand elle est lavée et remaquillée, qu'elle allume une cigarette... « Vous allez bien ? — Plutôt.. Et vous ? » Parenthèse fermée. Jusqu'à la prochaine fois : ses pas dans le couloir, sonnerie, porte... Mais si, Monsieur le Commissaire, Madame l'Inspectrice, je vous assure, c'est tout... Alors ? Pas le moindre sentiment ?... Non, mais... Comment dire ?... De la pensée... De la pensée pure... Une pensée qui aurait *absorbé* le sentiment, la sensation... Pensée sans objet... L'objet du désir n'est pas un objet... Exercice spirituel... Décidé en toute conscience... Contrairement à tous ceux pour qui c'est encore un événement et qui en attendent quelque chose... Une affirmation personnelle pour eux... Une affaire monnayable pour elles... Contrairement, donc, à tous ceux qui sont plus ou moins obligés de ruminer autre chose *pendant*... Sophie : « Je savais que quelque chose comme ça m'attendait... Que ça m'était dû... C'est comme si je retrouvais le temps, vous comprenez... »

Le Commissaire et l'Inspectrice (ensemble) : DE LA PENSÉE! DE LA PENSÉE!... LÀ! SUR CE SUJET! MAIS C'EST INFÂME!... VOUS DÉFIEZ L'ŒUF? VOUS VOUS EN PRENEZ DIRECTEMENT À L'ŒUF?...

Par exemple, elle est à un dîner, elle s'éclipse, va me baiser rapidement, et retourne à table... Comme si de rien n'était... Mensonge innocent : elle exulte... Tantôt, je l'attends près des toilettes, ou bien je suis dans la cuisine, je suis « nourri et blanchi »... Elle aime me regarder manger, de temps en temps, « grossièrement attablé », la queue à l'air... Regard d'observation méprisant... Et puis, action. Ou alors, elle me sonne, je lui sers son thé, et ce qu'elle veut, à cet instant, c'est un « nuage » dans sa tasse, comme du lait... Elle sort mon sexe, elle se sert. Ou encore, elle m'oblige à l'écouter faire l'amour, le soir, derrière le mur, puis elle monte dans ma chambre, dans le grenier, elle vient vérifier ma queue, sous les draps, m'inspecter une dernière fois avant que je dorme... Ou bien, elle a acheté un étui, elle m'emprisonne, garde la clé dans son sac ; elle part en voyage, elle revient, elle m'ouvre... Ou bien, elle garde un peu de foutre frais dans une petite boîte d'argent, elle l'ouvre dans la journée, glisse son doigt, s'en met un peu sur les joues, comme une crème... Elle m'a donné une de ses boîtes... Parfois, elle aime trouver du foutre en arrivant, elle me l'écrit, elle s'allonge, tend ses fesses, se fait branler avec son onguent... Voilà Lady

Chatterley... En beaucoup mieux, évidemment, sans comparaison, pauvre puritain protestant de Lawrence... Souvent, nous sommes à la campagne... Il y a le village, la calèche, le cheval, le marché, les courses, l'église, le cimetière, le retour, les scènes dans l'écurie ou la porcherie... Sur la *terre battue*... Chaleur, paille, odeurs d'urine ou de merde, mangeoires, reniflements, grognements... Et ça finit par « beugler »... Madame s'amuse un peu avec ses animaux... Avec son jardinier, donc, son valet, son maître d'hôtel, son homme de peine, son intendant, son cocher, son secrétaire, son garçon boucher, son sommelier, sa viande de morgue, son cobaye, son prisonnier, son terrassier, son fossoyeur, son chauffeur, son cuisinier, son expert-comptable, son chevalier servant, son prostitué, son minet, son petit paysan intimidé, son donneur abonné. Si bien que je m'étonne parfois de n'avoir que ce corps-là, le mien, celui du miroir, celui de la rue et du passeport, du regard des autres. Alors que mes autres corps poursuivent leurs vies parallèles sous l'impulsion de ma visiteuse ponctuelle, précise. Bien qu'on n'en parle jamais, j'imagine pourtant que c'est bien à un « écrivain » que Sophie s'adresse. D'une part, à cause de la liberté, de la crudité verbale que cela permet au deuxième degré. D'autre part, dans une sorte de poker instinctif, pour voir jusqu'où ce drôle de fonctionnement inhumain (le spécialiste de la fiction, celui qui doit devenir lui-même une fiction permanente, une ligne mobile au-delà des identités) peut aller, jusqu'où sa résistance le porte. Ce qui fait qu'en plus, elle accepte facilement de mimer, sans que cela soit dit, le jugement définitivement fasciné, mais hostile, que provoque ce personnage non prévu par la comédie. D'où le rabaissement extatique, l'amusement fiévreux qu'elle en ressent. Comme si elle lisait un bon livre. Comme si elle voyait un bon film. Dans lequel elle parle, elle agit, elle improvise. Qu'est-ce qui est faux ?

Qu'est-ce qui est vrai ? Pourquoi le point de vue dépressif et dépréciatif serait-il le vrai ? Sophie, comme moi, comme n'importe qui, doit ressentir périodiquement des mouvements de rejet violent pour tout ça, ces saletés idiotes, honteuses... Le prix à payer... Bien sûr, bien sûr... Le moindre bon sens... L'horrible bon sens... Elle mesure, elle juge, elle condamne... Et puis, elle y repense... Et voilà...

Une fois, quand même :

— Qu'est-ce que vous auriez pu faire d'autre qu'écrire ?

— Je ne sais pas... Rien, je crois.

— Vraiment rien ?

— J'avais un petit talent d'ailier droit au football... Un bon revers au tennis... Très bon à la carabine... Excellent en récitation latine... Assez jolie voix... Je chante juste... Pas grand-chose, donc. Si : j'aurais pu être un prêtre impeccable. Vous voyez : rien. J'ai utilisé ce rien.

— Vous pourriez arrêter ?

— Bien sûr.

— Et à ce moment-là ?

— Je ne sais pas. Je méditerais, j'imagine. Je deviendrais métaphysique en diable. Je penserais au salut de mon âme. Je me vois très bien avec une petite vie très tranquille penchée sur des abîmes de complexité. Je ferais enfin de la théologie sérieusement. Dans un monastère. Pourvu qu'il soit au bord de l'eau. Venise... Une cellule donnant directement sur l'eau... Je vois l'endroit, près du *Redentore*... Et vous, en dehors de la médecine ?

— C'est drôle : écrivain, peut-être ?

— Ou religieuse ?

— Mais oui, pourquoi pas ?

En riant, mais sans rire... Indication qu'on a touché des limites... Vite, autre chose... Le temps qu'il fait...

Le coup des deux noms les trouble... Les désoriente...
Les affole... Jekyll and Hyde... Quel est le bon ?... Tout
est là... Prenez Blijnik... Il se fait appeler Buisson
pendant la Seconde Guerre mondiale pour avoir la
paix... On le comprend aisément... Mais moi ? De quel
droit ces deux patronymes ? Et surtout *ceux-là* ? Et puis
quoi encore ? Que dire ? Rien... D'autant plus qu'on
peut soupçonner un calcul du genre « jamais deux sans
trois »... *Diamant*... *Sollers*... Cherchez le troisième...
Qui je suis ? Comment je m'appelle en réalité ? Au
cube ? En toute dernière instance ? Allez savoir...
J'envie Balzac, quand il introduit un de ses personnages préférés, autrement dit lui-même : « Il avait
grandi par un concours de circonstances secrètes qui
l'investissait d'un immense pouvoir inconnu. » Et
voilà, le tour est joué. Mais nous vivons, n'est-ce pas,
une époque plus soupçonneuse... Ce qui m'amuse le
plus, ce sont les pirouettes des ordinateurs, obligés de
résumer et de synthétiser les informations. Pour les
listings. Résultat sur ma feuille d'impôts : « M. ou Mme
Diamant dit Philippe. Écrivain. » Là, c'est brutalement parfait. Lumière insolite sur la question du sexe
et du nom. Ne suis-je pas une femme, après tout ? Ai-je
deux sexes ? Eh, eh... Pourquoi pas trois ? Ou aucun ?...
Ne me suis-je pas engendré moi-même ? Consubstan-
tiellement ? Vous n'êtes quand même pas votre propre
père ? Eh, eh... Vous cachez *Diamant* ? C'est un faux ?
Derrière un faux nom ?... Vous refusez de vous appeler
d'un nom pareil ? Quand tant de pauvres gens en
rêvent ? Vous vous affublez d'un pseudonyme latin ?
Quoi ? Du latin classique ? Qui lui-même évoque la
dissimulation et la ruse ? Vous êtes sûr que vous ne
vous appelez pas tout simplement Pommier ? Pinard ?
Couillard ? Konopski ? Ben Raout ?... Je n'ai fait qu'ag-

graver mon cas depuis l'enfance... Les quolibets systématiques au lycée sont devenus des nappes de malaise... Une inquiétude diffuse... Un manque de « crédibilité »... « Pas crédible »... C'est mon lot... D'où vient-il, d'ailleurs, ce Diamant ? Un ancêtre joaillier, sans doute ? Un orfèvre ? Ou un usurier ? Un prêteur sur gages ? Un trafiquant ? Un gangster ?... A Bordeaux, déjà ? Ou venant d'Espagne ? Du Portugal ? De Hollande ? D'Angleterre ?... *Diamond*... Pourquoi pas ?... Et *Sollers* ? Qu'est-ce que ça vient faire dans le paysage ? Je ne sais pas moi : dites Sollers comme vous diriez Tacite, Juvénal, Pline, Sénèque, Salluste... Qui ça ?... Thucydide ! Hérodote !... Shakespeare !... Nietzsche !... Ah, je vois... Vous avez été soigné ?... Vous avez ce type de fantasme depuis longtemps ?... Notez : se prend pour un auteur grec ou latin de l'Antiquité. Tendance paranoïaque évidente. Fortes poussées de mégalomanie à caractère cyclique et persécutoire. Adopte un ton et une allure dégagés, très au-dessus des événements. Est persuadé d'avoir trouvé la clef de tous les rapports humains, ce qui lui donnerait une sorte de béatitude et de sagesse stoïques. Cas intéressant de dédoublement, ou plutôt de redoublement, de la personnalité. Peu agité. S'explique volontiers, si on l'interroge avec sympathie. Théorie fumeuse sur la supériorité du « Sud », ou quelque chose comme ça, entité mythique qui aurait été victime depuis toujours du « Nord », ou de l' « Est »... Cette théorie fait à l'évidence partie des bouffées paranoïdes. Déséquilibre sexuel probable. Buveur, mais sans plus. L'intérêt mystique est bien marqué, comme on devait s'y attendre. Développerait avec plaisir, et interminablement, des considérations sur la Trinité. Dans ce cas, de simples calmants devraient suffire. Pourrait devenir dangereux en période de consensus national. Autrement, non. Fantaisie. Aimable délire. Livret militaire : réformé numéro 2 sans pension, terrain schizoïde aigu.

Revenons quand même à ce *Diamant*... Vous avez fait des recherches ?... Non... Ça vous est égal ?... Oui... Ça ne vous a jamais paru curieux ?... A moi, non. Aux autres, il semble... C'est vrai qu'ils aimaient bien répéter mon nom... Diamant... Diamant... « Je t'en foutrai, moi, du Diamant »... Les professeurs, d'abord et toujours, ce qui fait quand même beaucoup de monde... Ensuite, les militaires, les employés des postes, les gendarmes à l'occasion, les agents de la circulation, les pharmaciens, les hôteliers, sans doute, les bijoutiers, sûrement... C'est dur à porter ?... Non... Sauf que ça déclenche en effet une espèce d'incrédulité, d'agressivité, de besoin de mini-misation, un ricanement à peine contenu, audible... Comme si on devait avoir un peu honte de s'appeler comme ça... Banal, non ?... Logique... Rien d'étonnant... Le cas de *Sollers* est plus curieux... Vous savez que c'est du latin... Le sens du mot n'est, en général, pas connu... Eh bien, c'est comme si la langue le connaissait en se souvenant toute seule d'elle-même à travers les têtes... Une sorte de réflexe inconscient... Effet d'opposition garanti... A priori... Violent...

— Vous êtes sûr que ça ne vient pas tout simplement de vous ? De vous en tant que personne ? De votre comportement ?

— Non, non, pas seulement. Le mot ! Le mot !

— Qu'est-ce que ça veut dire, déjà ? J'ai oublié.

— Vous m'obligez à me répéter : « Tout entier art. » Du latin *sollus* (avec deux l !) et *ars*. *Sollus* est le même radical que le grec *holos*. *Sollers*, *sollertis*... Adjectif. *Sollertia*, substantif. *Sollerter*, adverbe. De même qu'on a dit *Homo erectus*, *Homo Habilis* ou *Homo Sapiens*, on pourrait très bien parler, en suivant le fil, d'*Homo Sollers*. Qui culmine dans l'esthétique incessante. C'est dans l'ordre évolutif, il me semble ?

— Vous voulez dire que votre prédécesseur immé-diat, le *Sapiens* n'en serait pas particulièrement content ?

— Voilà...

— De même que le prétendant à la succession : l'*Homo Sexus* ?

— Vous brûlez.

— D'autant plus que, loin de vous ranger dans une filiation animale, votre *Diamant* vous fait sortir du minéral absolu ?

— Vous y êtes, mon cher Watson. Tel est mon destin...

— Le nom, c'est le destin ?

— Oh, que oui !

— Et le prénom ?

— Du grec *Philippos*... « Qui aime les chevaux »... Détail biographique... Mon grand-père maternel...

— Oui, mais vous êtes peut-être un simple accident ? Non programmé ? Voué à une extinction rapide et sans lendemain ? Ça s'est vu...

Oh oui, ça s'est vu... C'est tout vu... Malédiction assurée... Comme si j'étais marqué d'une croix blanche, phosphorescente, visible à dix kilomètres dans l'obscurité... Inutile de fuir, comme je l'ai essayé cent fois, à droite, à gauche... Aucune chance, malgré les changements de cap, les montures diverses (formidable, le mot « monture » ; ça vaut pour les diamants comme pour les chevaux), les masques, les subterfuges, les diversions, les contre-versions... « Diamant, c'est vous ? Dit Sollers ? »... Oui, Monsieur le Commissaire. Oui, Madame l'Inspectrice... Nez pincé... Recherché... Retrouvé... Par le vocabulaire en personne ?... Électroniquement classé et géré, maintenant... Même caché en pleine lumière, comme *La lettre volée*, d'Edgar Poe... Je me rappelle les attaques continuelles de Bontemps contre Poe... Tout s'enchaîne... Je n'y peux rien... Eux non plus... La preuve, c'est que, même en allant s'enterrer aux antipodes de leur nom, dans les fours, les seaux, les poubelles, les Diamant du passé n'ont pas échappé à leur sort... Mektoub !... Rasés ! Liquidés !...

234

Ils ont dû en connaître, des tribulations bizarres, les spectres portant ce nom insupportable à travers le temps... J'entends des bruits de vitre brisée... « Diamant, au poteau !... » Et pas une solidarité, une complicité, une amitié possibles... Pas la moindre protection de groupe, de clan, de sympathisants... Le nom pur, isolé, ciblé, que j'ai eu la sottise de souligner trois fois en prenant ce surplus latin, d'une imprudence et d'une agressivité rares... J'aurais dû choisir Poirier... Tout tranquillement... Au moins, ça existe gratuitement dans la nature, ça, Poirier... Ou Buisson... Blanchet... Ginestat... Fournier... Ou carrément Diamanczi... Goldstein !... Vu le cours de l'Histoire... Diamant ? Suspect sous tous les régimes. Pour les non-Juifs, ça fait Juif. Pour les Juifs, ça a l'air d'être le comble de l'intégration de l'autre côté. Pour les aristocrates, un aspect commerce obscur. Pour les bourgeois, valeur aristocratique. Pour le peuple, chiffon rouge agité sous le nez exprès, par provocation. Pour un Occidental, oriental. Pour un Oriental, le comble de l'Occident et de son exploitation séculaire... Couronne ? Louvre ! Tour de Londres ! Chambre forte !... Je n'ai plus qu'une solution : me léguer à un musée... Si j'arrive à en trouver un qui veuille de moi... A Bordeaux, peut-être... Homo Adamantos Sollers... L'indomptable fait art... Fêtard !... Exemplaire unique... A gauche, le crâne... A droite, les manuscrits... Le long rouleau, là, dans le fond, derrière le crâne, est une des pièces les plus curieuses de cet ensemble : c'est une sorte de long texte sans aucun signe de ponctuation dont l'auteur, avec une obstination aussi incompréhensible que remarquable, a poursuivi la rédaction toute sa vie comme s'il s'agissait de l'enregistrement de sa propre respiration... *Paradis*... Une curiosité... Cassette-vidéo à la sortie... Par ici, Mesdames et Messieurs... Par ici... Nous entrons maintenant dans la salle Michel de Montaigne... Et voici l'exemplaire unique annoté de sa main... Édition de 1588... Regardez l'encre rouge à peine défraîchie... La belle écriture nette... *A Dieu donq, de Montaigne, ce premier de Mars mille cinq cens quatre ving...* Pièce hors de prix... Par ici, par ici...

J'ai oublié de raconter ma rencontre avec Judith, à Bordeaux... J'étais au bar du Grand Hôtel, avec Joan... Elle monte un moment dans sa chambre... Arrive un type, vaguement journaliste, qui me dit, un peu ironique : « Il y a là une dame qui prétend vous avoir connu à l'âge de dix ou douze ans... Elle aurait été en classe avec vous au lycée Montaigne... Mme Lombard. » Je ne me souviens pas d'avoir connu à cet âge la moindre Lombard... Mais la voilà... Grande brune aux yeux bleus, sérieuse, jolie, tailleur mère de famille... Je ne la connais pas du tout... Oh, mais si ! Dans les deux derniers mètres... Bien sûr !... Reiss !... Judith Reiss !... L'une des deux filles qui est revenue après la guerre... Sa mère n'est pas rentrée, elle, ni sa sœur, ni son père... Oui, c'est bien elle... A côté de moi pendant au moins deux ans... Troisième rang à droite...

— Judith Lombard.

Je vais prononcer son nom, son vrai nom... Mais quelque chose me retient... Un léger plissement de ses yeux... Un millimètre dans la joue droite... Le journaliste est là... Jack Lombard ? Un négociant en vins très connu... On se regarde : trente ans, hein ? Évaluation rapide et réciproque des dégâts, des points de mémoire en miroir... Elle est en gris, mais ce que je revois d'elle, c'est une fine silhouette verte, de profil, penchée sur ses cahiers, ou le visage levé vers le tableau noir, les graphiques, les mots anglais, les dessins et les formules de physique et chimie, les cartes de géographie. Elle me laisse copier sur elle la géométrie, je lui refile sur

236

un morceau de papier plié, sous la table, telle ou telle réponse en histoire ou en espagnol. On était régulièrement dans les premiers. Bérard, Diamant, Reiss... Et, de nouveau : Reiss, Diamant, Bérard... Je constate qu'elle s'est mariée dans un effet de rime... Lombard... Un « premier » dans son genre, sûrement... De quoi elle s'occupe maintenant ? De ses enfants... Un peu d'« action culturelle »... Mme Lombard... N'en parlons plus. Elle me remercie sans bouger. S'en va...

— Un écrivain ? L'envers d'une femme mariée, dis-je à Joan quand elle revient.

— Comment ça ?

— Il a son nom sous un autre nom. Parfois le même, parfois non. Il a toujours deux noms.

— Mais comme les artistes ou les gens connus en général, non ?

— Pas exactement. Il signe ce qu'il écrit dans la matière même de ce qu'il écrit.

— Mais un peintre ? Un metteur en scène ?

— Là, il ne s'agit pas de mots dont son nom fait partie... Le nom comme un *mot* qui authentifie tous les autres mots : c'est drôle.

— Et une femme mariée ?

— Elle doit se demander à chaque instant ce qu'elle fait et qui elle est exactement sous un nom d'emprunt.

— Il y a un dialogue comme ça dans un film de Godard, il me semble. Un type dit à une fille : « Vous vous appelez comment ? » Réponse : « X. — Non, ça c'est le nom de votre mari. — Alors Y. — Non, ça c'est le nom de votre père. »

— Oui, je me souviens. C'est fameux.

— D'ailleurs, toute cette affaire est en train de changer.

— Vous croyez ?

— Les écrivains se marient aussi... Et même plusieurs fois, non ?

— Oui, surtout les Américains... Pas tous, d'ailleurs... Hemingway...

— Combien ?

— Quatre... Tiens, ça me fait penser qu'il a débarqué pour la première fois en Europe, à Bordeaux.

— Quand ?

— Début mai 1918. Il a dix-neuf ans. Il va s'engager dans la Croix-Rouge italienne, qui l'a accepté malgré sa mauvaise vue. Il a embarqué à New York sur le *Chicago*, de la CGT, la Compagnie Générale Transatlantique. Oak Park, faubourg de Vhicago, Bordeaux, l'Italie... Il y a une phrase de lui que j'aime, comme ça. Je crois qu'elle est dans *Les vertes collines d'Afrique* : « Et toujours l'Italie, meilleure que n'importe quel livre. » Vous avez lu *Au-delà du fleuve et sous les arbres* ?

— Non. C'est bien ?

— Très. Presque uniquement des dialogues. Un colonel américain de cinquante ans, et une toute jeune fille. A Venise.

— Il s'est suicidé ?

— Carabine à répétition Richardson. A incrustations d'argent.

— Où ça ?

— A Ketchum, dans l'Idaho, près de Sun Valley. Le 2 juillet 1961.

— Et ses femmes ?

— Hadley, mariage dans une chapelle méthodiste. Elle perd une valise pleine de ses manuscrits. Pauline, avec laquelle dit son frère Leicester, il devient, pendant un temps, catholique pratiquant. Martha, journaliste, la dédicataire de *Pour qui sonne le glas*, qui, comme les deux autres, est originaire de Saint-Louis, dans le Missouri. Et enfin Mary, la dernière, du moins légitime, journaliste elle aussi, de Chicago, qui l'enterre en présence de ses trois fils. La famille demande à un prêtre catholique de venir sur la tombe et de réciter un peu L'*Ecclésiaste* : « Une génération passe, une génération vient, et la terre subsiste toujours. »

— Tout ça n'a pas l'air très gai. Catholique, dites-vous ? Ça me paraît bizarre. Pas du tout ce qu'on dit de lui. Le taureau païen, le buffle macho, le torse à poils vantard...

— Propagande russo-allemande et yankee, dis-je. C'était tout simplement un écrivain excellent, raffiné, cultivé. Un homme très subtil. Et puis cette couleur « catholique », donc...

— C'est important ?

— Ça m'intrigue. Ses parents appartenaient à la *First Congregational Church* ou quelque chose comme ça. J'aime bien le moment, dans *Le soleil se lève aussi*, où Jake Barnes prie dans la cathédrale de Pampelune en pensant qu'il est un mauvais catholique mais que c'est une bien belle religion. Ou quand le vieux, dans *Le vieil homme et la mer*, dit son *Je vous salue Marie*, pour prendre son poisson, en plein océan.

— Ah bon ?

— Oui, oui, tout un *Je vous salue Marie, pleine de grâce*, écrit et imprimé, là, tout à coup, noir sur blanc. Quand on lui donne un yacht, à Hemingway, en 1934, spécialement construit pour lui, en cèdre et en chêne blanc, il l'appelle *Pilar*, en souvenir du sanctuaire de la Madone, à Saragosse. Dans *Au-delà du fleuve et sous les arbres*, titre qui vient d'une phrase prononcée par le général sudiste Stonewell Jackson le jour de sa mort, le 10 mai 1863, vous avez des choses bien étranges... L'héroïne, Renata (dans la réalité elle s'appelait Adriana, on me dit qu'elle s'est suicidée l'année dernière, Hemingway l'appelle son seul grand amour dans le livre, elle a passé son temps à dire, comme tout le monde d'ailleurs, qu'elle avait eu avec lui des relations purement platoniques, mais c'est bien étrange qu'elle aille le voir à La Havane avec sa maman au moment où il entame pour elle son dernier livre, son grand chant funèbre, *Le vieil homme et la mer*), Renata, donc, veut toujours toucher la main blessée du colonel, et lui offre des émeraudes ayant appartenu à sa grand-mère, à la mère de sa grand-mère et ainsi de suite... Ça donne un petit passage qui m'enchante.

— Lequel ? dit Joan, qui n'écoute plus que vaguement.

Elle a sa voix professionnelle d'interview... Hemingway, la mode, le Centre nucléaire de Genève, les châteaux de Bordeaux, les nouveaux courants homosexuels, l'insémination post-mortem, « new chastity and body buildings »...

— Je crois que je l'ai noté, dis-je. Oui, c'est ça. Regardez :

« " — Richard, dit la jeune fille, mets la main dans ta poche pour me faire plaisir.

« Le colonel s'exécuta.

« — C'est une sensation merveilleuse, dit-il. " »

Pas mal, non ? La main mal cicatrisée sur les pierres précieuses venant de la ribambelle des grands-mères. Trouvaille érotique, même si tous ces Américains ont tous été puritains pour finir...

— J'ai lu *Paris est une fête*, dit Joan. Ça m'avait plu. Et puis un vieux film bizarre... *Les neiges du Kilimandjaro*.

— Ava Gardner, Susan Hayward, Gregory Peck.

— Quand même très démodé, non ?

— Vous trouvez ?... Peut-être... *Paris est une fête* est le titre français. Le titre original américain est *Moveable Feast*, une phrase fétiche de Hemingway. Elle revient partout. La fête mobile... mouvante... *Fête Mouvante*, c'est un beau titre pour des Œuvres complètes, non ?

— Les écrivains ont des phrases fétiches ?

— C'est probable... En tout cas... Mais je vous ennuie.

— Pas du tout, dit Joan gentiment.

Elle boit un peu de son thé glacé. Robe noire très décolletée. Perles. Bronzée. Ravissante, vraiment... Je parle. Je m'ennuie moins en parlant. Économie de fatigue. On teste ses hypothèses, ses raisonnements, on trouve des nuances qu'on n'aurait pas trouvées autrement...

— En tout cas, ce qui est curieux, dis-je, c'est que Hemingway parle plusieurs fois de la phrase que Joyce « aimait citer ». Une longue et jolie phrase, que vous trouvez en français et en italiques dans *Finnegans Wake*. Elle est d'Edgar Quinet. Hemingway, dans *Les vertes collines d'Afrique* et dans *Au-delà du fleuve et sous les arbres*, en cite, à son tour, un court fragment. Mais inexactement.

— Ah bon ? dit Joan poliment.

— Hemingway écrit : « Soyons fraîche et rose comme au jour de bataille. »

— Et alors ?

— La phrase exacte, originale en français, est : « Fraîches et riantes, comme aux jours des batailles. »

— Où est la différence ? Il s'agit de femmes ?

— Nom. De fleurs.

— De fleurs ?

— Oui.

— Je ne comprends pas.

— Quinet veut exprimer le fait qu'il existe des temps simultanés mais différents, indifférents les uns aux autres. Vous savez, l'idée des trois Histoires. Une qui ne bouge, une qui respire, une qui s'agite. Vous avez dû entendre parler de ça, c'est à la mode. Et lumineux pour un romancier, en tout cas. L'Histoire qui marche et s'agite, bruit et fureur, laisse donc intactes les fleurs qui repoussent indéfiniment au même endroit, en surface, là où ont eu lieu les conquêtes et les batailles sanglantes, supplices et massacres. Elles sont de nouveau là, « fraîches et riantes comme aux jours des batailles ».

— Mais quelle est la phrase exacte ?

Je sors mon carnet. Du très bon français. Disparu. Comme le reste. Ils commençaient à réapprendre le français. Quinet ne vaut pas Chateaubriand, mais peut en donner le goût. Ils seraient peut-être allés jusqu'à Bossuet ? Qui sait ? Les fleurs du temps. Fleurs de rhétorique. Bonne chance.

— « Aujourd'hui, comme aux temps de Pline et de Columelle, la jacinthe se plaît dans les Gaules, la pervenche en Illyrie, la marguerite sur les ruines de Numance et pendant qu'autour d'elles les villes ont changé de maîtres et de noms, que plusieurs sont entrées dans le néant, que les civilisations se sont choquées et brisées, leurs paisibles générations ont traversé les âges et sont arrivées jusqu'à nous, fraîches et riantes comme au jour des batailles. »

— C'est beau, dit Joan. Joyce citait ça ? Et Hemingway cite ça en disant que Joyce citait ça ?

— Voilà. Et dans *Au-delà du fleuve et sous les arbres*, il en met un fragment dans la bouche de son colonel, à Venise, c'est-à-dire tout près de Trieste. Le colonel va mourir d'une crise cardiaque, après une chasse aux canards (il y aurait beaucoup à dire sur l'histoire de la femelle, « l'appelante », utilisée comme appeau pour les canards mâles), sur la route de Trieste.

— Trieste ?

— Où Joyce a écrit la plus grande partie d'*Ulysse*.

— Et la jeune fille en fleur ?

— Dans le livre ? Dans la réalité ?

— Dans la réalité.

— Elle s'appelait donc Adriana Ivancich. Elle a épousé un Allemand, elle a eu des enfants. Elle a écrit des poèmes. Et puis un livre, pour parler de son aventure avec Hemingway quand elle avait dix-neuf ans. Toujours dans le style : « Je l'appelais papa, il était très amoureux de moi, il ne s'est rien passé entre nous. » Elle a brûlé toutes ses lettres, mille ou deux mille, dit-elle. Et puis, en mars 1983, à cinquante-trois ans, elle s'est pendue dans sa propriété. A un arbre. Sous un arbre. Au-delà du fleuve et sous les arbres...

— Mais c'est infernal, la littérature !

— Sans doute. On pourrait d'ailleurs en dire ce que Hemingway, dans le même livre, son avant-dernier livre, écrit de Robert Browning : « Un homme qui invente son jeu et le joue jusqu'au bout. » Un ordre infernal ? Oui, oui, mais gai. C'est probablement ce qu'il veut dire, vers la fin du roman, avec sa parodie d'initiation maçonnique.

— Qu'est-ce que c'est encore ?

— Il s'amuse à comparer le Maître d'Hôtel du Gritti à un Grand Maître maçonnique dont le colonel serait le chef suprême. Un ordre pour rire, de six ou sept personnes.

— Dans le style de la Loge P 2, dont on parle tellement en Italie ?

— Pour rire. Le livre est écrit en 1949. Il a d'ailleurs été éreinté par les critiques. Alors que c'est sans doute le meilleur d'Hemingway, et un des meilleurs de l'histoire du roman tout court.

— Et alors ? dit Joan qui s'ennuie de plus en plus mais qui a pris l'habitude d'écouter avec patience mes mini-conférences.

— Ça donne un fameux passage, pendant un déjeuner.

Elle bat un peu des paupières. Croise les jambes en direction d'un groupe de jeunes gens très bon-chic-bon-genre qui vient de s'installer en face de nous et n'arrête pas de la regarder.

— Oui ?

Je ressors mon carnet. Après tout, la scène s'écrit toute seule :

« " — Procédez aux révélations, dit le *Gran Maestro*.

« — Je procède aux révélations, dit le colonel.

243

Écoute bien, ma fille. Voici le suprême secret. Écoute :
'L'amour, c'est l'amour, et le plaisir c'est le plaisir.
Mais quel silence de mort, toujours, quand le poisson
rouge meurt.'

« — Fin de la révélation, dit le *Gran Maestro*.

« — Je suis très heureuse et très fière d'être membre
de l'Ordre, dit la jeune fille. Mais en un sens, ce n'est
pas un ordre très raffiné.

« — Assurément, dit le colonel. Et maintenant, *Gran
Maestro*, que mangeons-nous en fait, hors de tous
mystères ? " »

— C'est ça, on pourrait dîner, dit Joan en décroisant
ses jambes.

Et on va dîner.

Comme c'est loin, tout ça, les années 40, 50... Et 60,
70... Une autre époque. Engloutie. 1914-1984 : la
trappe se referme. Loin, loin, loin. Comme l'effondre-
ment, sur les plages de l'Atlantique, des fortifications
bétonnées, des bunkers. Le « mur de l'Atlantique ». Le
rêve allemand. Ou russe. Qu'il n'y ait pas d'Océan ! Pas
celui-là, en tout cas ! Qu'il soit muré ! Rien dehors ! Le
Continent pour lui-même ! Continence ! Protection de
la Terre moite et Mère ! Eh bien, ils sont là les touristes
Deutsch, tout nus, sur les plages, en attendant les
Cosaques de la planche à voile, ou les Japonais-Chinois
plongeurs de demain. On vous dit : le monde tourne
désormais autour du Pacifique, tout s'est déplacé, l'axe
est désormais là-bas. Propagande ! Encore une façon,
yankee, cette fois, de nier l'Atlantique et sa vieille
civilisation tellement supérieure, capitale Bordeaux,
bien entendu, cible de toutes les jalousies. Comme s'il y
avait du vin californien ! Décidément, c'est une manie.
Tout le monde nous en veut. On est en travers de toutes

les gorges. Bon. Nous, les Diamant, on a d'abord été détruits par les Allemands, à Ré. Ça gênait, paraît-il, leurs canons surveillant le large. Leurs tourelles pointées sur les marées. Tout y est passé : les maisons, les arbres... Je revois Lena pleurer silencieusement dans les herbes folles, murmurant, comme ça, les dents serrées : « les acacias, les acacias... ». Et puis, vingt ans après, à Bordeaux, le SUMA... Et puis, maintenant le Pont ! Le Pont socialiste ! Déferlement motorisé ! Kampings ! Haine des îles... Seul le *Times* proteste, à Londres... Avouez qu'il y a de quoi s'énerver... Regarder les bulldozers d'un œil torve... Les bulldozers humains... Moi je vote poisson... Mouette... Écume... Huître... Palourde... Papillon... N'importe... Voilà... Ils sont gentils, d'ailleurs, ces touristes. Grands, gros, gras, maigres ; ballottants ou musclés, comme tout le monde. A poil ! Bitte schön !... La queue circoncise ou non de papa, la touffe et les seins de maman, les petites fesses marmaille... Serviettes... Crèmes et ballons... Cerf-volants... Bitte !... Ils vont se plonger aimablement dans les vagues, soleil par tous les pores, c'est bien mieux comme ça. Quand le monde entier fera du nudisme intégral, on pourra parler officiellement de fin de l'Histoire. Fin de la Grosse Histoire. Soulèvement du tchador. Commencement de la tapisserie biologique. C'est la bonne voie. On y va, on y va. Encore deux ou trois guerres. Et puis les vacances ! Tout le monde montre tout ! Désir à zéro ! Évaporation des mystères ! Défaite de l'Islam ! Je regarde cette brave dame, là, ordonnée, venant de Hambourg. Blondasse, débordant de partout, disciplinée, se huilant les bras et les cuisses. Les seins, les fesses, les joues, le nez. Petits tapotements consciencieux, méthodiques. Méthodistes. Viande bien gérée. Pendant que Monsieur, chauve, résigné, blanchâtre, petite bite bien sage, un peu triste, hebdomadaire, rond-de-cuir peut-être autrefois nazi et maintenant lâché dans l'éblouissement bleu, va faire trempette dans l'infini mâle. C'est peut-être ce soir, après dîner, qu'elle lui demandera sa ration. En toute rationalité. Il faut ce qu'il faut. Ordre et discipline. Rayons, bronzage, bouffe, amour. La bonne vie, quoi. Exzellentes vacances! Danke! Cheune! Bitte! Zoleil!

« Vieil Océan, ô grand célibataire, quand tu parcours la solitude solennelle de tes royaumes flegmatiques, tu t'enorgueillis à juste titre de ta magnificence native, et des éloges vrais que je m'empresse de te donner. »

J'espère faire comprendre pourquoi un peu de mauvais goût voulu, de pornographie tordue n'est pas mal dans le contexte... Oh! Sans illusion!... On sait bien que ce n'est rien, le truc d'un instant, on pourrait s'en passer, aucune importance... Question de relief... Relevez-moi ça... Et comme le plat devient de plus en plus difficilement mangeable... C'est très difficile, hasardeux, risqué. Il y a deux résistances en forme de répulsion automatique de la part du vivant, du lecteur : la pornographie et les points de suspension. Ils ouvrent un livre, ou bien ils sont dans la vie, c'est la même chose, ils ne peuvent pas supporter :

a) le choc porno direct ;
b) la phrase qui reste en suspens, allusive.

Comme s'il s'agissait de la même déstabilisation de leur système de perception... Du même déséquilibre à vertige, du même trouble de l'oreille moyenne. Déroute du cervelet. Le sexe et l'oreille... Sexe bouché, oreille bouchée. L'œil qui veut ou croit s'imaginer des choses, sans l'intervention en sous-main du sexe et de la voix. Tableau à plat. Surface. Ils ne veulent surtout pas qu'on vienne faire des trous dans leur surface. Une série de trous... Vous écrivez quelque chose ? Oui. Pas trop de points de suspension, j'espère ? Non, non. Vous n'allez pas encore abîmer votre style ? Mais non, mais non. Et pourtant, ça tourne... Cachez ces points que je ne saurais voir... Ces points anti-pathétiques, ces indices anti-romantiques, ces indicateurs flottants du comique... N'écrivez pas ces mots qui me broient dans le noir... Lesquels ? Bite, foutre, cul, mettre, sucer, décharger, salope, ordure ? Voilà... On leur dit les mots, ils voient les choses... Leurs choses... Très compliqué de leur expliquer qu'on ne veut pas de leurs choses... Qu'on agit en diagonale pour des raisons de sonorité, de déclivité... Vous jouez sur les mots ? Comme vous dites... Vous vous jouez de nous ? Des difficultés que nous sommes ? Des vents, des courants ? Et même de l'immobilité liquide, comme un bateau joue sur son ancre ? Vous ne jouez pas le jeu ? Vous faites le jeu ? Mais de qui ? De quoi ? Pour qui ? Pourquoi ? Et d'abord, quel jeu ? L'amour, le hasard ? La mort et la vie ? La guerre ? L'art ? Vous jouez au plus fin avec nous ? Vous jouez vraiment le tout pour le tout ? Vous nous trouvez vieux jeu ? Vous connaissez l'*astragalizonte* ? Ceux ou celles qui jouaient aux osselets dans l'Antiquité ? Les dés, le temps, la chance, la profondeur des intentions et des positions ! Quoi, des squelettes maintenant ? Ou encore le joueur d'épée ! Maître d'arme au Moyen Age... Bon. Vous êtes enjoué... Et qu'est-ce qu'être enjoué ? Le contraire de : austère, composé, digne, gourmé, grave, posé, raide, sec, sérieux, sévère, abattu, chagrin, désolé, hypocondre, sombre, triste, maussade. Et le contraire de maussade, c'est *sade* ? Oui. Qui signifie gentil, gai, savoureux, agréable. Monsieur de sade, Madame de maussade ou le contraire. Sade ? Hélas, mot, disparu. Devenu sadique. Dans la dépression. Allons, musique ! Violon, flûte, luth, clavecin, cornemuse, mandoline, guitare, vielle, musette, clarinette, tambours, tambourins, cymbales ! Clairières, perspectives et jets d'eau de Watteau... Too French ? Hélas, hélas... Remarquez, j'aurais pu aussi bien m'appeler *joyaux*. Au pluriel. C'est le même mot que *jouer*. Ancien français *joel*. Racine latine *jocus*. *Jocalis*, *jocalia*. *Joyaux*, *Diamant*, tout ça c'est du pareil au même. Voilà pourquoi j'aime le prophète Joël. Un petit prophète, dit-on. De l'hébreu *yo'êl*, Iahvé est Dieu... Il est dans des aventures de sauterelles... Des fourmillements égyptiens de criquets, de hannetons, de grillons...

« On a supprimé le vin
de la Maison de Iahvé
les prêtres sont en deuil
les ministres de Iahvé »...

Et le voilà qui se met à jouer du cor, à pousser des cris... Dies Irae... Mais Iahvé intervient, bien sûr. La vigne respire à nouveau. L'adversaire est écarté :

« Celui qui vient du Nord, je l'éloignerai de vous, je le chasserai vers une terre de sécheresse et de désolation... »

Après quoi, Souffle, Pentecôte. Saint Pierre se sert beaucoup de Joël dans son grand discours :

« Je répandrai mon esprit sur toute chair... » « Quiconque invoquera le nom de Iahvé sera sauvé... » « Parmi les réchappés seront ceux que Iahvé appelle »...

Et puis, comme d'habitude, règlement de comptes... C'en est trop, le pressoir est plein, les cuves débordent... Jugement et tri :

« des foules et des foules dans la Vallée du Décret », et puis rideau :

« les montagnes distilleront du jus de raisin »...

Bon. La vigne qui pousse ou meurt ; s'arrête sur place ou refleurit ; s'assèche ou ruisselle, c'est vraiment une des pulsations de la Bible, son sang d'élection, la ponctuation qui compte...

« Un sceau d'escarboucle sur un ornement d'or, voilà le concert des musiciens au banquet du vin.

« Un sceau d'émeraude sur une garniture d'or, tel est le chant des musiciens sur la douceur du vin... »

— Allez, allez, on rattrape !

Je cours, fin du rebond, j'y arrive, juste un petit coup, balle amortie dans le coin gauche, revers le long de la ligne...

— Pas mal !

Ça fait une heure et demie que je me démène sur le court... Deux heures de leçon sévère tous les deux jours. Respiration et transpiration. Pour me faire battre. Pour bien sentir les bords, les erreurs. « Tournez-vous ! » — « Jambe gauche ! » — « Jambe droite ! » — « Plus souple ! » — « Reculez ! » — « Attendez ! » — « Maintenant ! » — « Cassez bien le bras droit pour servir, raquette derrière la tête ! » — « Vous lancez la balle trop devant. » — « Pas assez haut. » — « C'est mieux. » — « Faute de pied. » — « Attention au poignet. » — « Modifiez la prise. » — « Ne frappez pas ! » — « Prenez-la tout de suite ! » — « Maintenant ! » — « Le bras en arrière ! » — « De profil ! » — « Dégagez ! » — « La raquette plus bas ! » — « Maintenant ! Maintenant ! »...

— Votre revers est meilleur.

Normal, le coup droit doit être ralenti ou bloqué par trois heures passées à écrire. Ankylose et torsion. Il faut courber dans l'autre sens. Décontracter. Décroiser. On entend ou on n'entend pas le bruit qui convient, claquement sec, justesse et volonté du retour, de l'attaque. Plein des cordes tendues, jambes fléchies, poitrine en avant, regard baissé prémonitoire... On se traite comme une sculpture en mouvement, on se perçoit du dehors, on tourne autour de soi, on se survole, on est juste à côté de soi, sommeil hyper-éveillé, forêt des réflexes...

— Tiens, voilà les Diamant.

Avec Laure, autrefois, aux Abatilles... Sous les pins, dans la chaleur résineuse, air brûlant à l'odeur sucrée... Avant de partir en bateau, tous les deux, enveloppés de sueur, juste après les parties, pour aller se baigner dans le sel, au large... « Les Diamant », le frère et la sœur. Ou plutôt la sœur et le frère, puisque, de toute façon, j'étais « le petit », quatre ans de moins, barre énigmatique des douze ans, où quelque chose arrive, est déjà arrivé, est sur le point d'arriver... « Je pense que, désormais, vous ne pourrez plus chanter à la chorale. Ce n'est plus ça dans l'aigu, hein ? » Et les filles qui demandent discrètement à sortir en plein examen, signe de tête et réponse complice du prof... Le sperme d'un côté, le sang de l'autre... Les yeux qui commencent à fuir... Et Laure, un soir : « Je ne veux plus qu'on lise pressés comme ça l'un sur l'autre. Tu m'étouffes. Va dans ton lit. »...

— Faute !

— Elle est bonne !

— Non. Elle est faute.

— Elle est bonne !

— Non. Voilà la marque. Dans le couloir. Juste à côté.

— Elle est bonne ! Tu mens ! Je ne veux plus jouer avec toi.

Seize ans pour elle, douze pour moi. Tout ça pour se faire remarquer des types derrière les grillages. C'est bien entendu avec eux qu'elle veut jouer, maintenant. Je vois ses longues jambes brunes rentrer sur le marché. Elle ira bientôt se faire toucher sur la plage, la nuit, après les danses. Toujours le même scénario. Et toujours la même surprise angoissée des filles, au tout début, en entendant le halètement plus ou moins retenu, rauque, bizarre, malade, incompréhensible, du type qui va jouir dans son slip à côté d'elles. Bains de minuit pour laver l'ensemble. Froid du sable et des vagues. Petite glace visqueuse de la giclée. Lune et mélancolie.

— Allez, on rattrape !

C'est ça... Rattraper, renvoyer, attaquer, frapper...

250

Le temps manqué, gaspillé, avec des balles aux quatre coins de l'espace, rose des vents de l'espace, raquette des pages avec ses cordes bien serrées de paragraphes et de lignes. Coupes rasantes, tangentes, interventions dans les angles. Lobs, volées, conscience des couloirs, du filet, des hésitations ou lenteurs de l'adversaire, et cet adversaire, pauvre con, c'est bien entendu toi-même, comme toujours et partout, selon le vieux stéréotype toujours neuf, terrible, sans cesse à redécouvrir dans les dérapages, les ratages, les creux, la fatigue et les poussées successives de la mort qui vient vers toi, de l'autre côté de toi, bélier rouge-noir invisible, obstiné, vengeur, sourd dans ses coups sourds, cherchant à travers toi à réaliser sa jonction avec l'air que tu détournes encore mécaniquement à ton profit, ton îlot usurpateur de souffle. Il te rejoindra, le bélier, le pont, il *se* rejoindra. Aussi vrai que tu n'aurais pas dû être là. Pas plus que quiconque. Personne. Pas un seul. Et tu as intérêt à t'agiter un peu, gros cul, avant d'aller t'évanouir, comme tous les figurants, dans le vestiaire des ombres, de prendre ta douche de néant dans la moisissure et l'oubli. Tu as intérêt à courir sec et à viser juste, à te surplomber de toutes les façons possibles et dans tous les sens, avant la raideur qui t'attend, bouche ouverte et dents bien visibles. Tape dans la balle comme si c'était ton crâne, à présent. Ton minuscule crâne en train de s'éloigner comme un satellite en dehors du champ magnétique où tu as un corps. Vertèbres, moelle épinière, fémurs et tibias... Eh bien, dansez maintenant. « Allez, on rattrape ! » Impossible de tricher, là, sur le ciment vert...

Lena, au téléphone :

— Tu sais que des infirmières d'ici voudraient que je

fasse du yoga ? Tu te rends compte ? Du *yoga* ! A mon âge ! Soixante-dix-huit ans ! Ah, ces protestants !... Et ce changement dans le *Pater*... Je n'y arrive pas... « Ne nous soumets pas à la tentation »... D'abord, je n'arrive pas à tutoyer Dieu. Ensuite, ce n'est quand même pas du tout la même chose que : « Ne nous laissez pas succomber à la tentation », non ? Tu ne trouves pas que : « Ne nous soumets pas », met le Diable et Dieu un peu trop d'accord ?

— Le Diable au service de Dieu ?... Tu sais, d'une certaine manière...

— Alors, tu es du même avis que le pasteur, qui m'a renvoyée à Job ?

— Dieu donne en effet la permission à Satan de tenter Job.

— Mais je ne suis pas Job, moi ! Cette histoire d'être « soumis » à la tentation, c'est pour les grands personnages ! Moi, je la vois plus constante, la tentation... Et venant de nous. Suggérée par le Diable en permanence, si on veut, mais venant bel et bien de nous. Pourquoi Dieu nous « soumettrait-il » à la tentation ? Ne sommes-nous pas rachetés ? Ne sommes-nous pas pleinement responsables ? Quelle idée !

Elle aime bien engager avec moi de petites controverses théologiques à l'improviste, Lena... Le plus clair, c'est qu'elle ne retrouve pas absolument son Église, il y a des trucs qui la choquent... Des sermons gnangnans. Sur le progrès, l'avenir. Elle a d'ailleurs toujours été comme ça. Esprit critique. Autrefois, c'était les minauderies ou les sucreries mondaines des curés qui l'agaçaient. Elle doit tenir ça de Louis. La religion ? Un calmant à administrer aux plus forts, aux plus talentueux ou aux plus rapides pour les faire rester dans le rang, brider leurs instincts, empêcher les performances trop voyantes et ne pas enregistrer les records, un *handicap* comme on dit aux courses. Si un

cheval est toujours premier, on le charge artificiellement, sans quoi plus de compétition. Pareil dans
l'humain. Ralentissez-moi ça. Va trop vite, trop loin,
trop bien. Les femmes sentent bien ça, elles sont
déléguées à ça, n'est-ce pas. Bonne scansion. Rythme
acceptable. Ou alors, hystérie. Bien sûr. De mondains,
les curés sont devenus sociaux. Logique. Lena reste
dans la tradition de Louis, voilà tout. Elle sent, elle
voit, elle traverse, elle juge. Le Mal est partout. La
Méchanceté, à peine voilée, est constante. Elle me les
imite, là, au téléphone, les vieillards en train de se
surveiller les uns les autres, de guetter chez les plus
impotents des traces de dégradation, d'usure, de bout
du rouleau... Quand ils marchent avec leur *déambula-
teur*... « Est-ce que celui-là, ou celle-là, ne boite pas
davantage qu'hier ? Est-ce qu'ils n'auraient pas des
vertiges ? Vous avez raison... Mais oui... Croyez-moi, ils
n'en ont plus pour longtemps... »

— Soit on meurt tout de suite, et c'est la chambre
froide. Soit on continue à l'hôpital et, si ça ne s'arrange
pas, c'est qu'on a sans doute besoin de prendre l'air, tu
vois ce que je veux dire, alors on vous emmène ailleurs,
dans une autre maison de repos... De repos profond...
Les Orangers...

— Les « orangers » ?

— Eh oui, dernière étape, les grabataires. J'ai été
jeter un coup d'œil, histoire de repérer le parcours.

— Allons, allons, tu es jeune... Tu souffres ?

— Pas plus que d'habitude. On m'a remise aux
antibiotiques. Bon, je t'embrasse. A bientôt. Oh, à
propos, est-ce que tu as lu *Le cher disparu*, d'Evelyn
Waugh ?

— Je ne sais plus. Il me semble. C'est quoi, déjà ?

— Des histoires de morgues luxueuses à Hollywood.
Pour animaux. Pour humains. Avec des raffinements
de cosméticiens et une atmosphère poétique de secte
religieuse. Une satire. Horrible. Tordante !

— Mais oui, je me souviens. L'auteur est anglais ?

— C'est ça. Et même catholique. Converti en 1924, d'après ce que je vois dans les notes. Réconfortant, non ? C'est vraiment très, très drôle. Allez, mon petit, bonne nuit, à bientôt !

Humour noir de Lena, toujours... Le roman de Waugh ? 1946, je crois... Présentation d'une colonie anglaise essayant de survivre aux USA... Studios cinéma et Pompes Funèbres... Confirmation de ma thèse... Au passage, Waugh note que les Juifs et les Catholiques refusent obstinément les services des « Célestes Pourpris », l'endroit où l'on enterre, après toilette pharaonique d'adieu, les momies locales... Refus des Juifs pauvres, précise-t-il... Et des Irlandais. Des Polonais. Des Italiens et des Espagnols. Préférant leur vieux et moche cimetière, en bas d'Hollywood... Petit roman génial... Prophétique...

Je réentends la voix confortable de Joan : « Dans très longtemps, quand vous serez vieux, j'écrirai peut-être un livre sur vous... » Elle perçoit mon léger sursaut. « Dans très, très longtemps, bien sûr. » Tiens, qu'est-ce qui lui prend ? Elle m'a réévalué pendant l'été... Quoi ? Difficile à dire. Photo ici ou là. Bout d'article. Éreintement ayant produit l'effet contraire. Réflexion qu'elle n'attendait pas de la part de quelqu'un qui l'impressionne ou qui lui a promis une affaire intéressante. « Oui, en somme, ce n'est pas pressé », dis-je. On change de sujet. Elle part pour le Brésil. « Le photographe est bien ? — Très sympathique. — Et votre steward ? — Lequel ? — Celui de la TWA ? — Disparu. » D'habitude, elle me raconterait tout de suite qui est le nouveau. Là, non. Silence. « Quand vous serez vieux... » Fixée. Embusquée. A l'affût. Patiente. Le guet du chasseur. Ça finira bien par se produire. Il suffit d'attendre. De savoir attendre. Ça se produit toujours. Immanquablement. Les cheveux. Le ralentissement des réflexes. Le gâtisme d'abord diffus. Les répétitions.

L'hébétude qui gagne. Le besoin de plus en plus fréquent de sommeil. Attendre là. Gentiment. Plus ou moins. En poussant tout légèrement, de temps en temps, les petites pointes d'aigreur. Ça démolit, ça, surtout quand il ne s'y attend pas. Un peu plus d'argent, par principe. Voilà, il raconte de nouveau la même histoire. Il a oublié que c'est au moins la troisième fois. Bien, bien... Comme cette journaliste allemande, Grete, blonde, rapide, jolie, intelligente, qui m'a raconté sa dernière interview avec un grand écrivain argentin. Il était heureux de la voir, moment de gaieté, flirt immédiat, séduction. Et puis, il sort un moment. Et la femme de l'écrivain s'amène, se plante devant sa jeune rivale : « Vous avez vu comme il vieillit en ce moment ?... Il perd ses cheveux... Il fait de plus en plus vieux, non ? » En riant, mais quand même... Le truc femme à femme... Dissuasion... Terrorisme... Pression d'ŒUF... « J'avais envie de le sauter immédiatement, dit Grete, rien que pour sanctionner ce genre de réflexion... — D'autant plus qu'il est charmant, dis-je. — Adorable ! — Les bons écrivains, c'est comme le vin. Meilleurs en vieillissant. De meilleur en meilleur. Le contraire de tous les autres produits... C'est le piège ! — Et les peintres ? — Pareil. Picasso ? soixante-dix ans ? De plus en plus jeune ! Corridas ! Nymphes ! Satyres à n'en plus finir ! Désespérant ! — Vous croyez que c'est seulement vrai pour les bons artistes ? — Ah oui, c'est probable. — Mais c'est injuste ! — Affreux. »

— Vous êtes embarqué. Vous êtes dans la nécessité de jouer.
— Absolument.

— Si vous diminuez vos passions, vous auriez bien-tôt la foi.

— Mais il se trouve que j'ai la foi sans avoir à diminuer mes passions.

— Comment ça ?

— Plus mes passions augmentent, et plus ma foi est paradoxalement confirmée. Ce sont ceux que les passions dégoûtent qui hésitent, désormais, à avoir la foi.

— Mais c'est le monde à l'envers !

— Oui.

— Vous voulez dire que ce ne sont plus les libertins que l'on doit convaincre ?

— Bien sûr que non.

— Mais qui, alors ?

— Presque tout le monde sauf eux. D'ailleurs, il n'y en a plus. La prise d'organe l'emporte depuis long-temps sur le jeu. Si j'étais vous, je commencerais par m'assurer des ecclésiastiques. En vérifiant que leur foi ne vient pas d'une méconnaissance systématique des passions. Le reste suivrait. Des tonnes de mélanco-liques. Des lacs de psychanalystes. Des fleuves de névrosés. Des rivières d'hystériques. Des cataractes de pervers. Des océans de maniaco-dépressifs. Et ainsi de suite.

— Vous acceptez donc le pari ?

— Sans hésitation.

— Et vous acceptez aussi l'idée que vous connaîtrez, à la fin, que vous avez parié pour une chose certaine, infinie, pour laquelle vous n'avez rien donné ?

— Évidemment.

— Madone ! Et vous espérez gagner ainsi, au milieu même des plaisirs que vous tenez pour rien tout en les conservant, une infinité de vie infiniment heureuse ?

— J'y compte bien.

— Sainte Vierge ! Trinité ! Vous êtes un cas.

— Je n'ai pas été mis là pour faire nombre mais pour jouer, pour parier ?

— Oui.

— Eh bien, voilà.

— Le libertin mystique ? Vous dites que vos passions ne vous amènent pas au doute ?

— Non. Au contraire. C'est plus fort que moi.

— Mais enfin, vous croyez en Dieu, oui ou non ?

— Je vous dis que oui.

— Vraiment ? Ou bien par défi ? Par provocation ?

— C'est la même chose. D'ailleurs, ce genre de question ne peut pas être formulé de bonne foi. Vous le savez bien. Vous ne me la posez que pour déclencher un mouvement de honte, de pudeur, une inhibition, la peur du ridicule, comme si on devait faire l'aveu d'une tare, d'une faiblesse, d'une défaite, d'une humiliation, d'une compensation, d'une débilité, d'une niaiserie. Ai-je peur du ridicule ? Non. Peur tout court ? Non plus. De quoi avoir peur, d'ailleurs ?

— Mais de la mort ? De la Justice Divine ?

— Vous représentez la justice divine ? Ou bien celle du ressentiment ?

— Bien, bien. La vie tumultueuse est agréable aux grands esprits, mais ceux qui sont médiocres n'y ont aucun plaisir ; ils sont machines partout.

— Voilà qui est plus raisonnable.

— Un esprit grand et net aime avec ardeur, et il voit distinctement ce qu'il aime.

— Nous sommes d'accord.

— Mais êtes-vous bien sûr de considérer comme un néant tout ce qui doit retourner dans le néant, le ciel, la terre, votre esprit, votre corps, vos parents, vos amis, vos ennemis, les biens, la pauvreté, la disgrâce, la prospérité, l'honneur, l'ignominie, l'estime, le mépris, l'autorité, l'indigence, la santé, la maladie et la vie même ?

— Parfaitement. Et n'oubliez pas non plus la mort.

257

— La mort ?

— La mort se perdant elle aussi dans le néant. Ne confondons pas.

— Et il reste ?

— Disons : « le feu » ?

— L'an de grâce 1654 ? Lundi 23 novembre ?

— Depuis environ dix heures et demie du soir jusques environ minuit et demi ?

— Père juste, le monde ne t'a pas connu, mais je t'ai connu ?

— Quelle histoire ! Joie, joie, joie, pleurs de joie.

— Éternellement en joie pour un jour d'exercice sur cette terre ? Même si le dernier acte est sanglant ?

— Amen.

— Bonsoir.

Je reçois un des romans publiés par les *Éditions de l'Autre*. Tiens, où en sont-ils ? Que devient Bontemps ? Comment continue-t-il sa propagande indirecte contre Edgar Poe ? Sous quelle forme ? J'ouvre au hasard :

« Jacques mordille une boucle de cheveux de Tom qui bouge la tête, soupire, ses lèvres entrouvertes mouillant un peu la poitrine de son ami.

— Dors, mon bébé.

— Je dors pas... Je pense.

— A quoi ?

— Je pense dans le vague.

— Tu as soif ? Tu as envie de fumer ?

— Non, je suis cool.

Jacques embrasse Tom près de l'épaule, sur une éraflure toute récente dont il est responsable.

— Je peux te poser une question ?

— Ouais.

— Ça te plaît de faire l'amour avec un homme ?

« — Je sais plus... Au début j'avais horreur... maintenant ça me calme... J'ai le vice...

— Le vice n'existe pas, c'est une invention des curés. »

Bon, tout va bien, sans commentaires...

Côté femmes, la difficulté, maintenant, consiste plutôt à leur faire avaler en douceur qu'on ne veut pas tellement les baiser... Que, vraiment, ça ne s'impose pas. Que ce n'est pas obligatoire. Que si on l'a fait une fois, il n'est pas non plus forcément nécessaire de recommencer. Et ainsi de suite. Il faut rester poli. Charitable, même. Et y aller de temps en temps quand ce serait trop vexant pour elles si on refusait une fois de plus... La baise de charité... Nouvelle figure... J'en ai quatre ou cinq, comme ça, périodiques... Dérobades remises à plus tard, ruses diverses, réflexions détournées, disparitions, et puis enfin, il faut y passer si l'on veut rester gentleman... Tina, par exemple... L'Italienne... Impossible à décrocher, toujours là, insensible à toutes les rebuffades même les moins enveloppées, revenant sans cesse, un vrai cauchemar... Ah, si elle pouvait ne plus apparaître ! S'évanouir dans la nature ! Me foutre une bonne fois la paix ! Mais non, la revoilà, butée, sombre, malade... J'évite une fois. Deux fois. Trois fois. La quatrième, c'est un devoir. De soin. De compassion. D'assistance à personne en danger. D'humanisme. Aucune envie, mais il faut. Le truc du bon restaurant très cher et du bla à n'en plus finir, avec, à la fin, « mon Dieu, il est tard, je dois me lever tôt demain matin pour travailler », ne peut plus servir... Pas question. Elle arrive, elle attaque. Tout de suite. Et branle, et suce, et finit par faire bander, et se l'introduit vite, là, comme, comme un bon hot dog, un savoureux croque-monsieur, une bielle d'huile vitale dans son con palpitant qui chauffe. Fast food et moteur. On peut toujours penser à autre chose, me direz-vous. La plupart des femmes ont fait ça pendant des siècles. Des millénaires. Juste retour des choses. Oui... Par délicatesse, donc. Mais c'est qu'elle veut jouir un bon coup, Tina, se faire mettre et sucer, et remettre, et resucer, elle aime sa séance, elle pense y avoir droit, je me demande pourquoi. Loi d'espèce. Et puis, juste après, les plaintes. Bien entendu. Encore deux heures de perdues... En général, je me lève le premier, je vais me laver pour bien marquer que l'incident est clos, qu'on peut passer au versant psychique de l'opération... J'en titube d'ennui. Ivre d'ennui. La dernière fois, je reviens un peu plus vite que prévu de la salle de bains, je jette un coup d'œil dans la chambre. Et qu'est-ce que je vois ? Tina, nue, grosse petite boule ronde et blonde, précipitée sur mon bureau, en train de regarder avidement mon carnet de rendez-vous près du téléphone... Mon emploi du temps... Vérifiant sans doute si j'étais libre ou non quand je lui ai dit que j'étais pris... Essayant sans doute de lire les noms, les prénoms, les initiales, les lieux, les heures... Naturellement, je fais celui qui n'a rien vu... Politesse... La baise de charité ? La plus dure... La plupart des hommes un peu présentables en sont donc là aujourd'hui... Le monde à l'envers ? Mais oui... Ou peut-être simplement le rétablissement un peu brutal de l'endroit... Fin d'une illusion d'optique... La lumière qui vient tard, dissipant les milliards d'hallucinations accumulées sur ce bord... Les nouvelles données enregistrées par notre voile solaire, notre panneau de captons monté sur navette, nos cellules photo-voltaïques, à l'ère des stations orbitales parcourant l'espace en tous sens, navigation dégagée de la pesanteur, révolution des cadrages... De l'ultra-microscopique au vertige intersidéral... Des virus aux galaxies... Difficile d'avoir ses dimensions, hein, tête, bras, torse, bassin, jambes, dans ce bal permanent et fou de l'infiniment petit devenant trop grand. Difficile partie, foutu toboggan...

— A chaque mouvement, le cavalier change de couleur...

— Comme on dit aux échecs. Qui viennent d'où d'ailleurs ?

— De l'Inde. Sur fond du jeu divin cosmique. En sanscrit *lila*. L'éléphant indien est passé dans le fou. Le *fou* est français. Les Anglais l'appellent *bishop*, évêque ; les Allemands *laufer*, coureur.

— Les femmes ne jouent pas, ou presque pas, aux échecs ?

— Non. Elles n'ont aucune envie de mettre le Roi *mat*. C'est-à-dire de tuer le père.

— Les Russes n'arrêtent pas de se défouler comme ça ?

— Oui. Et pendant ce temps la police peut dormir tranquille.

— Où est passé le génie du vingtième siècle, Bobby Fischer ?

— Absorbé par une secte protestante, les Adventistes du Septième Jour, ou quelque chose comme ça. Il n'a plus jamais joué, du moins en public.

— Les Français ?

— Pas grand-chose depuis Philidor.

— Philidor ?

— Comment, vous ne vous rappelez pas ? « Paris est l'endroit du monde, et le café de la Régence est l'endroit de Paris, où l'on joue le mieux à ce jeu... C'est là qu'on voit les coups les plus surprenants et qu'on entend les plus mauvais propos... »

— Oui, oui, Diderot... Donc ?

— « Philidor le subtil »... Grand musicien.

— Musicien ?

— Comme toute sa famille ! Vous ne connaissez pas *Ernelinde*, son opéra ? Son *Te Deum* pour la mort de Rameau ?

— Non.

— 1749 : *L'Analyse du jeu d'échecs*. Un livre capital. Il est mort en 1795, à Londres.

— Tiens, tiens... 1795... A Londres...

— Eh oui.

— Eh oui.

IV

Genève, dimanche 18 heures.

« Il me semble que vous devriez m'obliger à faire un compte rendu précis des scènes que nous vivons. Rappelez-le-moi. Je vous en prie. Que je sente cette contrainte délicieuse peser sur moi.

Ce " nous " que j'utilise est d'ailleurs de pure convention : je vous aime trop, et trop élégamment, pour qu'un " nous " puisse se glisser dans l'amour que je vous porte.

J'éprouve ce bonheur constant : j'ai envie de vous sucer, toujours. Je vous désire. Je vous aime de bander pour moi. Comme je m'aime de mouiller pour vous, toujours.

Savez-vous que je pourrais me purifier de me faire baiser avant de vous voir ? D'où l'intérêt de l'idée du bordel pour femmes. Je rêve que je pourrais m'y rendre en toute fin d'après-midi. Quand la rage vous prend d'être abîmée en dessous. Cette excitation admirable qui vous envahit vers six heures. Cet ennui que l'on pressent. Cette nécessité de se faire foutre pour pouvoir supporter la soirée qui n'en finira pas. Penser aux actes sales qui viennent d'être accomplis alors qu'on a repris son rôle de maîtresse de maison.

Il suffit avec un peu d'audace de se préparer rapidement : douche nerveuse, remaquillage, parfum, vêtements. Et allez ! Un ensemble de soie vous attend, beau, raffiné, repassé. Fait pour être froissé, maculé, dépensé.

Un chèque, et tout est possible.

Imaginer ce mépris qui tombe sur vous : ce gigolo qui vous attend en fumant et en regardant sa montre.

Cette tête d'inconnu dont on se fout. Sa queue, c'est tout ce qu'on lui demande. De vous enculer pour oublier celui qu'on aime et qui n'est pas là, à l'instant précis où il faudrait.

Voyez, mon cher amour, que je ne vous cache rien !

Encore faudrait-il que ce gigolo sache se taire. Ne pas gâcher mon désir si difficile par des mots stupides. La moindre intonation " à côté " me glace et me révulse. Qu'il se taise et qu'il soit masqué. Car comment pourrais-je supporter un regard qui ne soit pas le vôtre ? Les femmes, hélas, ont besoin de se mesurer à l'intelligence d'un regard. D'où leur mélancolie.

Je vous aime, chéri. J'ai hâte de laisser le monde disparaître. Je peux faire défiler les saisons, les fêtes, mes peurs, mon angoisse, mon enfance, mon attente. J'abolis tout, en vous avalant. Je suis dans l'instant. Je vous aime.

Sophie.

Pensez que cette lettre sera dans mon sac cet après-midi. J'ai un rendez-vous de travail avant de vous voir. Pensez au décalage insensé entre les propos que je tiendrai et cette lettre silencieuse, cachée dans mon sac... Pensez encore, rapidement, à la fraîcheur des actes sales. »

Il est six heures et demie. On s'est donné rendez-vous au bar du Plaza, Sophie me donne sa lettre. Je la lis devant elle. Elle aime regarder de biais mon visage sous le choc des mots. Il y a, chaque fois, *un mot* vers lequel tous les autres se dirigent et se pressent, un mot-clé, un mot-aimant, un mot-diamant. Pas forcément le plus obscène, au contraire. Maintenant, là, tout de suite, c'est *fraîcheur*. Je lui rends sa lettre. Elle la remet lentement dans son sac de lézard. Elle sait que je regarde ses mains, à présent, ses doigts, ses ongles, son vernis à ongles, comme s'il s'agissait de syllabes vivantes, vibrantes. Elle sait que j'imagine qu'elle touche le papier comme elle touche mon sexe. Elle ressort la lettre, la parcourt du regard, la plie, la range à nouveau, avec beaucoup d'attention, au milieu d'autres documents, des ordonnances peut-être, avec son nom imprimé en haut à gauche : Sophie Richter. Et la suite, Facultés de Paris et Genève... Elle tire la fermeture Éclair... Se redresse légèrement... Je la sens frémir et bouger ses fesses, frisson des cuisses et des seins, rosée froide vaporisée soudain de l'intérieur sur sa peau... Je lui demande si elle mouille. Paupières oui. Petite tache, là, en bas, grisée sur soie blanche...

Bien, on parle d'autre chose, à présent. On ne peut pas se voir aujourd'hui. Lundi prochain, donc. Elle va déchirer sa lettre tout à l'heure, à l'aéroport. Juste avant de s'embarquer. Légère bombe en morceaux dans une corbeille... Au milieu de la foule affairée des salles, des couloirs, des escaliers roulants... Avant de passer la douane et la radiographie de sa valise, de son sac... Flocons de papier... Combien de scénarios discrets, comme ça, au même moment, derrière l'information officielle ? Dans les replis des circuits ? Dans les téléphones ? Les enveloppes ? Les regards codés ? Les pieds sous les tables ? Les chèques ? Les images instantanées ? Les chiottes ? Où en est l'insubordination générale, persistante, acide, cachée, fragile, sans cesse renouvelée, changeant de voix, de corps, d'organes, d'écriture, de visages, de masques, de langues, d'inventions tordues, de secrets ? Bon. Résumons. Que se passait-il à cette époque ? Oui, oui, mais encore ? Le reste ? Même pas les coulisses, non, mais les coulisses des coulisses, la végétation profonde des têtes, des muscles, des échos... La bande sexuelle furtive... La mémoire vive, effaçable... L'ordinateur non programmable... Chargé à la main... Encre nerveuse... Little Blue...

Même pas l'envers de l'histoire contemporaine, donc, ni de l'histoire tout court, mais l'envers de cet envers, l'inavouable englouti, les vrais gémissements et les cris... Rien. Il ne reste rien. On ne sait rien. Presque rien. Littérature officielle. Façade pour une façade. Vitrine parmi les vitrines. Voyons, par exemple, les best-sellers en cours. *La Rose Innommable*, bien sûr, très en tête. Mais *La fête chez l'ambassadeur* et *Le parc du procureur* ne se défendent pas mal. *Cinq mille ans sous la Loi* non plus. De même que *L'androgyne*, dont le succès date déjà d'un an. Mais voici *Les mères du futur*, qui vient d'entrer dans la liste. En même temps que *Le nouveau KGB*, *Journal d'un trappeur* et *L'Amour à Naples*. *L'emploi* recule, c'était pourtant bien parti, récit très émouvant de la condition ouvrière. Tassement de *L'homme idéal*, qui n'a pas tenu le choc de *La maîtresse*, superbe confession autobiographique, vertige et romantisme brûlant de l'Afrique, révélation des relations amoureuses de l'auteur, Elizabeth Swaff, avec un ministre ghanéen mort assassiné dans des circonstances mystérieuses. Les scènes d'amour sont parfaites, tout est sobrement suggéré « sans que rien soit dit », « pas un mot plus haut que l'autre »... Mais voici l'événement : *L'élue* ! Vague déferlante ! Déjà beaucoup plus fort que *Dollar en feu* ! *L'élue* ! De Suzanne Gutentag, la romancière des romancières !... Prix Nobel en vue... Poignante histoire... Enfin un vrai roman, pas une de ces chroniques déguisées et nombrilistes produites par l'impuissance parisienne française !... Quelle histoire, d'ailleurs ? J'ai oublié. Aucune importance. Un truc d'infirmière, je crois. Réussissant peu à peu, malgré les obstacles, à s'élever au sommet de la hiérarchie médicale américaine et mondiale... Ah si, voilà... L'héroïne fait ses débuts dans une Association pour l'insémination artificielle de substitution. Elle devient mère porteuse. Divorce. Trouve un nouveau mari qui comprend le sens de sa mission. Dévouement. Avenir de l'humanité. Luttes. Victoires. Une voix lumineuse l'avait prévenue dans son enfance, dans les faubourgs de Detroit : « Tu seras une nouvelle mère. » *L'élue*...

J'avais assisté au lancement du livre à New York... Cocktail géant... Tout le monde était là... Les plus grands noms des médias et de la littérature... Mallow, Zuckerman, Minnesinger, Pyrston, Urding, Bech, Rahv... L'Italien Germano Lutero... L'Allemand Martin Huss... Et Mailer, bien sûr, qui fait sensation en arrivant avec la deuxième secrétaire de l'ambassade d'URSS... Et l'inévitable Feldmann, qui tient à me présenter à tout le monde :

— Zoller ! L'écrivain français...

— Nice to meet you...

Serrements de mains machinaux... Gentils... Indifférents... L'écrivain français en vue, ici, c'est Monetzger...

— Vous êtes ici avec Paul Monetzger ?

— Non, non...

— Ah, ça fait plaisir de voir enfin un écrivain français !

— Merci...

— Ce Monetzger, quel talent ! Je crois même que ça peut marcher aux États-Unis. Ça fait longtemps que vous n'avez pas eu chez vous un tel phénomène, hein ? On finissait par croire qu'il n'y avait plus de création en France ! Vous êtes son agent ?

— Non...

— Son traducteur ?

— Non...

— Son secrétaire ?

— Non...

— Un de ses amis ?

— Non...

— Ah, vous êtes venu pour Suzanne ? Pour Gutentag ? Vous êtes journaliste ?

— Non...

— Comment vous appelez-vous, déjà ?

— Retz.

— Krebs ?

— Non, Retz. Comme le cardinal.

— Eh bien, Mertz, qui que vous soyez ou fassiez,
croyez-moi, *L'élue* n'est peut-être pas le chef-d'œuvre
que vous attendiez en Europe, mais c'est quand même
un sacré bouquin ! Cette Suzy ! Bourrée de vodka et de
coke, mais toujours là ! Bouffie, mais rayonnante !
Cette gueule, Krebs ! Regardez-moi cette gueule ! c'est
notre mère à tous ! La Mère ! L'Origine ! La Source !
L'Entraille !

Je vois en effet, dans un coin, une grosse petite vieille
ridée à grosses lunettes, mi-grenouille mi-buffle,
entourée de partout pendant que les flashes crépitent.
Le tourbillon arrive vers nous... Rahv est très excité, il
grimace, il n'arrête pas de me lancer des œillades
entendues, brûlantes...

— La grande famille, Krebs !

— Pardon ?

— Vous avez lu mes livres ?

— Quelques-uns...

— Vous aimez ?

— Beaucoup.

— Lequel, surtout ?

— *Le rein.*

— Ah oui ! Ah oui ! Étonnant, non ?

270

— Pas mal. Très drôle.

— Vous êtes d'accord qu'il n'y a que moi comme écrivain parmi tous ces abrutis ? A part, peut-être, votre Monetzger ?

— Non, non. Il n'y a que vous.

— Vous êtes un homme lucide, Krebs.

Il rit. Grimace toujours. Roule des yeux ronds. Se plie en deux. Se redresse. De plus en plus agité...

— Nous avons un ami commun, dis-je.

— Ah oui ?

— Gehra.

— Mais oui, comment va-t-il ce vieux Pavel ? Ça marche pour lui à Paris, hein ? C'est moi qui l'ai fait venir de Budapest. Il était encore presque en culottes courtes, vous savez...

Il attrape au vol deux coupes de champagne...

— Vous croyez qu'habiter Paris est bien pour un écrivain ? dit-il.

— C'est connu, dis-je.

— Je veux dire : un écrivain *comme moi* ?

— Pourquoi pas ? Vous parlez français ?

— Pas un mot, Krebs ! *Merci ! Au revoir ! A bientôt ! Voulez-vous me conduire à la Madeleine ! Oui, oui, aux échalotes ! Bleue !* Ça va ?

— Je ne m'appelle pas Krebs.

— Non ? Comment, alors ?

— Retz.

— Oui, vous me l'avez déjà dit. Vous êtes cardinal. Et moi je suis Franz Kafka.

La nébuleuse Gutentag s'approche... Nous bouscule... Feldmann surgit de la moquette.. Saisit la patte de l'éléphant sacré... La tend vers moi...

— Je vous présente un encore jeune, ou disons pas tout à fait vieux, écrivain français, hurle-t-il. Encore inconnu, mais prometteur !

La tête intelligente d'iguane, vingt fois liftée, tourne vers moi ses yeux globuleux...

— Zoller ! crie Feldmann.

Les yeux me traversent, vont s'écraser, fixes, derrière moi, dans les clacs-clacs des photographes.

— Nice to meet you, Mister Zoller.

Sa voix est très rauque et basse. Puissante. Déterminée. Elle tient la caisse. Vraiment. Métaphysiquement et physiquement. Une voix de travelo réopéré et redevenu homme après avoir été femme.

— Ah Suzy ! Suzy ! fait Rahv en hochant la tête, ravi... Vous vous rendez compte qu'elle vous a *vu*, Krebs ? Que, par conséquent, elle se souviendra de vous éternellement ? Dans trente ans ? Quand elle aura cent vingt ans ? Alors, vous écrivez, vous aussi, d'après Feldmann ? Et quoi donc, mon vieux ?

— Des *Mémoires*, dis-je. Un chef-d'œuvre.

— Eh là ! Eh là ! Krebs ! Baby ! Du calme ! Quiet ! On verra ça ! On verra !

La procession de *L'élue* s'éloigne vers le fond du salon... Gutentag est venue avec l'actrice principale de son dernier film, tiré de *Les oiseaux reviennent toujours*, son grand succès des années 70... Je l'entends vaguement répondre à une journaliste en transe : « Oui, je découvre chaque jour davantage la profondeur féminine... Je m'entends de mieux en mieux avec les femmes... Leur intelligence va tellement plus loin, elle est tellement supérieure à celle des hommes... » Je revois son regard basaltique... Terrible... Le négatif des photos...

L'élue ne fait que mettre en lumière un tournant historique réel... La grande mutation... Le coup de la mère de substitution n'est qu'un des gadgets en cours... D'ailleurs très rentable... Droits d'inscription, cotisations, dessous de table... J'allais dire dessous de bidet...

Ça marche à plein tube... Des tas d'entreprises se créent... « Les inséminations sont pratiquées par les gynécologues que choisissent nos adhérents », explique la présidente. « Avec du sperme frais, quand c'est possible. » Voici d'ailleurs un des questionnaires en cours. Document.

« En cas d'échec total (mort de l'enfant à la naissance, avortement, mère qui veut garder l'enfant), êtes-vous prêts à refaire la même démarche ? S'il n'y a pas suffisamment de mères en France, que pensez-vous d'une Européenne ? Américaine du Nord ou du Sud ? Avez-vous une préférence ? Détaillez. En cas de décès du couple pendant la grossesse de la mère biologique, à qui confieriez-vous l'enfant ? Votre couple s'engage-t-il à accepter totalement l'enfant à venir (sexe, handicap, malformé) ? » Etc... Etc...

Où l'on voit que le roman se complique... D'autant plus s'il veut encore faire concurrence à l'état civil... L'Œdipe se corse... Au carré ! Au cube !... Déjà quelques incestes repérés partout... Imaginez la « mère porteuse » retrouvant son fils seize ans après... La voix du sang ! L'appel des viscères ! Ses petits pieds qui ont gigoté en elle ! Ses petons ! Ses contractions ! Ses mouvements terminaux ! Son gonflement ultime ! Sa traversée du col ! Et la souffrance des souffrances dans l'indicible jouissance des jouissances !... Elle va rôder du côté de chez les parents officiels... Observe son jeune homme de bébé, tout lointain, tout autre... Le suit dans la rue... Dans l'autobus... Le métro... Dans les boîtes... Finit par l'aborder... Le drague... L'emmène à l'hôtel... Nouvelle Jocaste !... Tout bascule !... Beaucoup de rebondissements en perspective, en tout cas... Insolites !... Fameux !... Vous imaginez les imbroglios !... Les quiproquos !... Les rêves, les réflexions, les allumages d'andropauses ou de ménopauses, les rencontres secrètes, les meurtres imprévus, les présences inexplicables aux enterrements... « Euthanasie :

devenu médecin, il tue sa mère qu'il ne connaissait pas. Elle le lui révèle dans un dernier soupir. » « Après s'être jetée sous les roues de sa voiture, elle lui apprend son identité en agonisant dans son service. » « Une fille retrouve sa mère de substitution : elles décident, pour vivre ensemble, d'empoisonner la mère légale. Le fils de la mère porteuse intervient. Trois morts. » « Règlement de comptes en banlieue : dix ans après, elle fait chanter le couple récepteur. Nous ne voulions pas que notre fils soit troublé aux Jeux Olympiques, déclarent les parents criminels du jeune champion perchiste. »

Enfin quoi, vous pouvez imaginer les torsades... Les enquêtes... Les spirales... Les enjambements... Crise de l'original, c'est le moins que l'on puisse dire... Ère des copies... 50 000 fausses lithographies de Dali vendues au Japon... Des illustrations de *La Divine Comédie*... Est-ce que ce n'est pas un comble ?... Le neuvième cercle de l'enfer, atrocement imagé, trônant, comme l'ultime damnation du goût, dans une salle à manger de Dallas ou de Tokyo... Il me semble qu'Angelo m'a parlé de ça... Les Américains et les Japonais raffolent du toc médiéval... Enculages de moines sur fond de gothique... Faux et usage de faux, et trafic du faux dans l'échange généralisé du faux... Latin balbutié, turpitudes et intrigues catholiques... Lucre, usure, simonie, luxure suggérée... Les luthériens continuent leur travail... Depuis le sac de Rome, le 5 mai 1527, avec les graffiti en plein dans les Raphaël... Dans *Le Triomphe du Saint-Sacrement*... Lansquenets de Charles Quint raflant les ciboires... Dispersant les reliques, les livres, les tapisseries...

J'aime bien que la maîtresse principale de Retz se soit appelée Denise de Bordeaux... Présidente de Pommereux, ou Pommereuil... Madame de Longueville pour François, duc de La Rochefoucauld... Et en avant dans là Fronde !... « Il n'y a rien de plus beau que de faire des grâces à ceux qui nous manquent ; il n'y a rien, à mon sens, de plus faible que d'en recevoir. » Ou encore, et c'est tout dire : « J'accommodais même mes plaisirs au reste de ma pratique. » Le cardinal à Belle-Ile... A Paris... A Vincennes... A Rome... Parlant de Bordeaux, capitale de la dissidence... *Esprit frondeur* : j'ai eu ça vingt fois sur mon carnet scolaire du lycée Montesquieu et puis du lycée Montaigne, écrit par des mains successives, rageuses, ironiques, peut-être bienveillantes, après tout... Dissipé... Indiscipliné... Répondeur... Frondeur... Une sorte de synonyme de « gascon », pour finir... Qu'est-ce que ça veut dire : *gascon* ? Fanfaron, hâbleur, craqueur, vantard ? Oui, mais aussi : plaisant, railleur, moqueur... « Paris vaut bien une messe »... Agir en gascon : par un habile détour... Le mot gascon par excellence ? *Cadet*. Qui porte avec lui la bravoure, l'éclat, l'étourderie... Synonyme de : gaillard, délibéré, hardi... La marque la plus durable du gascon dans le français qui l'a recouvert ? L'emploi transitif des verbes : *entrer, sortir, tomber, fixer*... Je n'ai pas besoin de vous faire un dessin ? Mousquetaires ! Aramis ! D'Artagnan ! Anne d'Autriche et le Val de Grâce ! Buckingham ! Richelieu ! Milady ! Les ferrets de la Reine ! Diamants ! Ma reine préférée, au jardin du Luxembourg ? Anne de Beaujeu, régente de France, 1460-1522... Voyons, voyons, ne nous égarons pas. Le fils d'Henri II et d'Éléonore de Guyenne ? Richard Cœur de Lion. Né à Oxford en 1157. Mort à Châlus, dans le Limousin en 1199. Roi en 1189. L'autre période intéressante, c'est : Édouard II épousant Isabelle la fille de Philippe le Bel. On arrive à Édouard III, mariage avec Philippa de Hainaut. Et enfin naissance de l'Édouard mythique, prince d'Aquitaine, Prince Noir, 1330-1376. Son fils, avec Jeanne Holland, naît à Bordeaux en 1367, devient roi en 1377 : c'est Richard II, mort à Londres en 1400. *Le Prince d'Aquitaine à la tour abolie... Le soleil noir de la mélancolie...* Bon Dieu, bon Dieu, ce petit château, derrière la maison, quand j'y pense... Quelle musique jouait-il sur ce *luth constellé* ? Cordes dans les étoiles... Soirées...

L'URSS CASSE LE PRIX DU DIAMANT !

Non ? Si ! Les Russes ont besoin de devises fortes. Ils commencent à vendre 5 % en dessous des prix mondiaux. Comme ils sont les deuxièmes producteurs mondiaux de diamants taillés, après l'Inde, la Belgique, les États-Unis et Israël, ce dumping inquiète tout le monde. Déjà 160 millions de dollars de diamants taillés vendus, ce qui correspond à la baisse du prix de l'or et du pétrole soviétique. Mais l'URSS est aussi le premier producteur de diamants bruts depuis 1979, devant l'Afrique du Sud. Donc : peut-être accord secret entre Moscou et la société sud-africaine De Beers ? Des faux sur le marché ? Qui sait ? En tout cas, l'axe Moscou-Pretoria est probable. Voilà la vraie politique, celle dont on ne parle jamais.

J'étais justement en train d'admirer une exposition de diamants colorés... *Fancy Coloured Diamonds...* Ils sont produits par une lente irradiation atomique de la pierre... Qui dure pendant quelques millions d'années... Une poussière... Voici le brun-jaune, assez courant. Et le rouge vif, très rare. Et le rose pur. Et le vert intense, « table de billard », fleur des fleurs... Arc-en-ciel magique. La compagnie s'appelle d'ailleurs *Rainbow Gem International...* Allez savoir ce qu'il y a derrière... Je devrais dire à Joan de faire un reportage discret... Quelques millions d'années sur un doigt vivant, voilà l'instant. L'enjeu. La folie. L'absurdité du rire. L'injustice enchantée. L'injustifiable. Je pense à mes diamants en Suisse... A mes paillettes de sperme figé dans la glace... Ça, plus deux ou trois bons livres... Et bonsoir.

— Diamant ?

Mais, oui, c'est lui... Haas... Attendant l'autobus... Sous la pluie... Je le reconnais à peine... Et pourtant, très bien... Cheveux blancs, mais toujours la fameuse bouche tordue, un peu humide... Et les yeux...

— Vous sortez de l'exposition ?

— Oui. Vous aussi ?

— Non. Vous savez, moi, les bijoux... Alors, qu'est-ce que vous devenez ? Ça marche, la littérature ? Vous devriez venir me voir à Versailles, un jour...

— Mais pourquoi pas ? J'aimerais bien parler avec vous de théologie.

— De théologie ! Mais vous êtes sûrement plus fort que moi aujourd'hui, dit-il en riant. Prévenez-moi quand vous viendrez, il faudra que je révise mes dogmes !... Vous ne voulez pas qu'on discute plutôt d'informatique ? Ça fait fureur en ce moment à l'école, il n'est question que de ça.

— Non, non. Théologie.

— Bon. Eh bien, appelez-moi !

Il sait bien que je ne le ferai pas... Bien sûr... En le quittant, je revois rapidement les couloirs de l'École, l'hiver... La partie droite du bâtiment, où était son bureau... Les inscriptions au-dessus des portes... *Sola in Deo Sors... Initium Sapientiae Timor Domini...* Quels étaient les sujets de conversation, à l'époque ? Sartre, Camus. Il était pour Camus. Je m'exclamais aussitôt que Sartre avait mille fois plus de talent. Comme c'est loin. Et comme c'est étrange que ce soit si loin. Comme il doit trouver incroyable, fabuleux, renversant, peut-être grotesque, inexplicable, Haas, que ma curiosité, maintenant, soit tournée vers les papes, les conciles, les aventures de l'Église, les labyrinthes de la Scolastique... J'aurais dû lui poser une question, là, sur le trottoir : « Vous vous souvenez des quatre qualités des corps glorieux, mon Père ? — Voyons... — Le corps que vous aurez après votre mort, dans la résurrection, et si tout va bien ? — Attendez... — Comment ? Vous avez oublié ? Vous ne sortirez pas dimanche... — Attendez, attendez : *l'éclat*, il me semble. — Oui, mais il y a encore trois autres qualités... — La mobilité ? — Non. » Est-ce qu'il aurait ri ? Sans doute. On ne peut pas demander à un Jésuite reconverti dans l'informatique et le marketing, pour la plus grande réussite de ses élèves, de se souvenir comme ça, au pied levé, de tout le fatras d'autrefois... « Allons, je vous le dis : *l'impassibilité, l'éclat, l'agilité, la subtilité*. Voilà. Vous me le copierez cent fois ! Au revoir ! A bientôt ! » Pauvre Haas... Je l'imagine rentrant par le train habituel, à Versailles... Rejoignant sa chambre-bureau... La nuit tombe. Les fenêtres des élèves brillent toutes ensemble. Ils travaillent ? Mais oui. Les examens. Et les filles aussi, puisque maintenant ô Dieu ! — il y a des filles... Même régime, mêmes repas, mêmes tableaux noirs... Il ne doit plus donner de cours, Haas... Trop vieux. Étonnant qu'ils l'aient gardé, d'ailleurs. Devrait être dans une maison de retraite. Écrit quelque chose ? J'aurais dû lui demander... Sa biographie de François-Xavier ? Vieux projet... Ou bien, rien. Plus probable. Peut-être, malgré tout, qu'il m'aurait répondu aussi sec, là, du tac au tac, sous la pluie : « L'impassibilité, l'éclat, l'agilité, la subtilité. Élémentaire, voyons, qu'est-ce que vous croyez ? »

On ne lit plus Balzac, c'est dommage... C'est pourtant lui qui établit le parallèle lumineux le plus insistant entre Robespierre et Calvin... Ouvrez son *Sur Catherine de Médicis*... « Tous ceux qui voudront étudier les raisons des supplices ordonnés par Calvin trouveront, proportion gardée, tout 1793 à Genève. Calvin fit trancher la tête à Jacques Gruet " pour avoir écrit des lettres impies, des vers libertins, et avoir *travaillé* à renverser les ordonnances ecclésiastiques ". Réfléchissez à cette sentence, demandez-vous si les plus horribles tyrannies offrent dans leurs saturnales des considérants plus cruellement bouffons. » « La farouche intolérance de Calvin a été moralement plus compacte, plus implacable que ne le fut la farouche intolérance politique de Robespierre. » « Il avait créé dans le consistoire un vrai tribunal d'inquisition calviniste, absolument semblable au tribunal révolutionnaire de Robespierre. Le consistoire déférait au Conseil les gens à condamner, et Calvin y régnait par le consistoire comme Robespierre régnait sur la Convention par le club des Jacobins. »...

On dirait qu'il n'ose pas aller jusqu'au bout de son raisonnement, Balzac. Quelque chose le retient. Son intérêt pour l'occulte... La question du mariage... Certes, il a écrit froidement, et il faut l'en remercier :

« Un homme ne peut pas se marier sans avoir étudié l'anatomie et disséqué une femme au moins »,

mais il reste prisonnier, comme tous les auteurs français, d'ailleurs, de l'illusion gallicane... Les rois par rapport aux papes... Éternelle chanson... Reprise par les Républiques... Méconnaissance de Rome, universel objet de l'universel ressentiment... Test infaillible, Rome... A croire qu'il n'y a jamais eu un seul catholique, apostolique et romain... Sauf, peut-être, Montaigne... Qui, on ne l'a pas assez remarqué, va en Italie neuf ans après le massacre de la Saint-Barthélemy... Il est contre les « innovations calviniennes »... Et pour cause... Il va embrasser le pied du Pape Grégoire XIII, celui du calendrier, se rend même en pèlerinage à Notre-Dame-de-Lorette... Pour la Vierge Marie !... Montaigne !... Lui-même !... Mais oui, on ne vous a rien dit à l'école... Montaigne, en 1581, vote Pape... C'est clair. Net. Souligné. Atténué par des bataillons de professeurs. Il vote Pape, avec le *De*

Natura Rerum dans sa poche. Les atomes, le vide, la Vierge et la Trinité, qui dit mieux ? Personne. Bordeaux en tête du championnat ? Normal.

Enfin, il sera beaucoup pardonné à Balzac pour sa Préface à *La Comédie humaine*. In extremis veritas. Et pour ceci : « La littérature roule sur sept situations ; la musique exprime tout avec sept notes ; la peinture n'a que sept couleurs ; comme ces trois arts, l'amour se constitue peut-être de sept principes, nous en abandonnons la recherche au siècle suivant. »

C'est fait.

« Le plaisir, considéré comme un art, attend son physiologiste. »

C'est fait.

On avance, on avance... A coups d'effondrements, d'amnésies, de retours en arrière, mais tant pis. Je regarde ma vie. Je la vois bourrée de frémissements pour plus tard. D'intuitions ratées. De bonds retenus, différés. D'orgies anticipatrices. De désordres faute de mieux. De sommeils accumulateurs de forces pour les jours d'épreuves futurs. De gaspillages pour célébrer une certitude qui ne manquera pas de venir. J'ai été vieux, méticuleusement, il y a vingt ans. Précautionneux. Érudit. Maniaque, Économe. J'habitais des chambres confortables dans les beaux quartiers. J'allais manger seul dans un bon restaurant en face de chez moi. Octave m'envoyait de l'argent en douce. Je sens encore le goût d'une côte de veau délicieuse. Je lisais Angelus Silesius, Tchoang-Tseu, Maître Eckhart, Stendhal. L'après-midi, j'allais au bordel. Rien de ce qui passionnait les jeunes gens de mon âge ne m'intéressait. Je restais des heures dans les parcs. J'aimais les petites rues discrètes qui ne vont nulle part, les façades reflétant l'inutilité du temps, les perspectives sans but. La rue Cassini, par exemple, près de l'Observatoire. Ou la rue Rembrandt, près du parc Monceau. C'est ce temps-là qui va passer, que tu vas regretter et embellir, capte-le et respire-le, à fond, par principe. J'avais soixante-dix ans à vingt ans, j'étais heureux. Deux ou trois blennorragies, des crises d'infections bizarres, pneumocoques, staphylocoques, streptocoques, l'asthme peu à peu en diminution... Pour la syphilis, aujourd'hui, on fait le *Nelson*... Attendre les résultats d'un *Nelson*, c'est le suspense même. Amusant. Cœur battant en ouvrant l'enveloppe. *Négatif.* Trafalgar sera pour une autre fois. La *Messe Nelson*, de Haydn, ma messe préférée, avec Teresa Stich-Randall, criant, chevelure au vent, sur le pont... J'ai longuement regardé sa bouche, ses lèvres, sa gorge, un soir, à la jumelle, à la *Fenice*, à Venise. J'ai aimé Paris il y a longtemps, très longtemps, dans une autre vie où j'étais lent, savant et patient... Je peux l'aimer de nouveau sans y faire attention après avoir rajeuni tout en vieillissant. J'ai mis ma vie en dehors de la vie, et maintenant je suis au spectacle. J'aime Ingrid et Norma, même si je n'ai presque rien dit sur elles. J'aime Joan et Sophie, et les jeux que nous nous sommes construits. J'aime Lena, ma mère ; Laure, ma sœur ; Julie ma fille. Le plus agréable, c'est qu'un certain nombre de femmes soient devenues des amies. Des amis ? Non. Des curiosités, des estimes, des soutiens, des appréciations et même, parfois, des passions. Le temps de passer des seuils historiques. Et puis j'oublie. Je pourrais me retirer tout à fait, maintenant, dans ce Bordeaux qui me paraissait un comble d'ennui. Je me revois branlé debout par une putain blonde de Londres, près de Victoria Station. Dans des chambres tapissées de miroirs à Barcelone. Dans un hôtel crasseux, près du Duomo à Milan. Dix-huit, vingt ans... *Everything happens to me,* et *Straight Life,* et *Come rain or come shine,* d'Art Pepper... Il me semble qu'on n'a plus joué comme ça, depuis... Avec cette joie, cette désinvolture... Pour rien, vraiment. Juste comme ça. Contrepoint. Fugue. Deuxième souffle... Troisième...

Fête... Décapotable en été, le long des côtes... Fenêtre ouverte et rideau flottant...

Les débuts d'après-midi à Dowland... Deux heures et demie, quand plus rien ne peut bouger sous le ciel en feu... L'heure où Maria venait me rejoindre... Je l'ai appelée autrement dans mon premier petit livre dans lequel je n'ai pas dit le centième de ce que nous faisions... Quatorze ? Quinze ?... Mettons quinze. Et elle trente. Je l'attendais nu sur mon lit, les rideaux rouges tirés, tout un tableau. Elle arrivait rapidement après sa vaisselle, elle fermait la porte à clé derrière elle, je faisais semblant de dormir, c'était le jeu. Elle prenait tout de suite mon sexe dans sa bouche, le promenait contre sa joue et son cou, s'amusait longuement avec, puis me suçait à fond, sans un mot. Pas le moindre bruit, les autres auraient pu entendre. Le matin, un jour sur trois, elle venait s'allonger près de moi. Cinq heures. Elle me faisait l'amour avant d'aller se laver, s'habiller. J'ouvrais les yeux, je la trouvais au-dessus de moi, ou sur le côté, proposant ses fesses. Chemise de nuit à col brodé, c'est ça. Minuscule guirlande de roses. Très brune, sentant les pins et les vignes... Qu'est-ce qu'elle a pu me bouffer comme foutre, en passant, au cours des plongées des siestes... Voilà mon éducation. Je n'y peux rien. C'est ainsi. Je ne dois pas être le seul, mais les autres, là-bas, oublient, ou se taisent. C'est dans le climat. Le retrait du temps. Le vin qui plaque au sol tous les désirs, et les chauffe en silence. Très important, le silence. Un vin peut être détruit par un bruit. Quand vous buvez, vous entendez trois cents débuts d'après-midi muets et violents dans un verre. Asunción, l'autre jour, ne faisait qu'appliquer la tradition. A son profit. Mais j'ai eu tout ça gratuitement, à son âge. Vraiment gratuitement ? Oui. Vous ne comprendrez jamais.

Sophie est venue ramener tout ça, voilà la magie. Elle en avait elle-même le plus grand besoin. Il est rare que les véritables besoins se rencontrent et non pas les idées que l'on se fait de ses désirs. Les besoins : une peau d'une certaine façon : une bouche, des lèvres, une langue et de la salive d'une certaine façon ; les mains d'une certaine façon ; les mots prononcés d'une certaine façon à un certain moment de cette certaine façon. Et ainsi de suite. Ce qui donne au bal masqué sa raison d'être, sa transpiration voulue, ses couleurs. Il y a une formule chimique, géométrique, algébrique pour chaque rencontre physique. Ultra-singulière. Ultra-privée. Traduisible ? Oui. Quand même.

— Vous n'allez quand même pas publier ces lettres ?

— Si.

— Mais c'est insensé !

— Justement. Il faut bien que la littérature avance. On branche directement sur la vie quotidienne. Un personnage réel peut être maintenant dix fois plus intéressant et subversif qu'un personnage de fiction. Le roman traîne en longueur à cause de la timidité des romanciers. C'est insupportable. La pornographie n'est qu'une donnée parmi d'autres. Le roman met tout sur le même plan. C'est sa fonction. Sa grandeur. Sa froideur. Sa chaleur. Il faut qu'on voie tout ensemble, les contradictions les plus prononcées. La vie est impossible. L'impossible devient possible. L'insensé sensé. La vérité se faufile.

— Vous allez choquer le public. Le déconcerter. Le rebuter. Le dégoûter.

— Croyez-vous ? Le public juge tout seul. Il se moque de ses surveillants hypocrites.

— Mais ces détails... Ces situations... Ces postures... Ces mots...

— Bof ! Nous sommes précisément au moment où

tout cela n'a plus la moindre importance. Amusez-vous. Dansez. Glissez. Passez.

— C'est inadmissible !

— Parlez pour vous. Et osez dire que vous ne cherchez pas tout de suite ce qui est « inadmissible » dans un livre, son point sexuel. Vous ne remarquez même que ça. Et encore de façon confuse. En y projetant vos propres expériences, dont je préfère d'ailleurs ne rien savoir. Il n'y a pas d'autre raison de lire. Nous sommes dans la nécessité d'être décidés, énergiques. C'est l'effet Sixtine. Le truc Jugement Dernier.

— Encore votre mégalomanie !

— Comparer le clergé social d'aujourd'hui à celui que bousculait Michel-Ange ? Mais oui. Allez mettre vos feuilles de vigne ailleurs. Un certain nombre d'actes se font tous les jours, partout. Plutôt mal que bien, d'ailleurs. Les mots se chuchotent, se disent. Il n'y a aucune raison de les privilégier. Ni négativement. Ni positivement. Ô Tartufes du rejet ! Ô tartufes encore pires du balbutiement fasciné ! Ô complicité des flics et des marges ! Hou !

— Vous avez perdu le sens du ridicule ?

— Le coup du ridicule ne marche plus. Pas plus que le coup de la honte. D'ailleurs, plus rien ne marche. Encore une fois, tout cela est à prendre à la légère, comme le reste. Vie, mort, sexe, famille, mémoire, passé, occupations, opinions, fluctuations, théorisations, prévisions... La Technique vous le crie : votre existence n'a plus aucune valeur. Aucune. Relevez le défi ! Soyez le sans-valeur accompli ! Civilisé ! Délicat ! Obscène ! Rapide ! Extatique !

— Vous maintenez les lettres de Sophie ?

— Oui. Leçon de maintien pour les jeunes femmes de l'avenir. Elles ne savent plus comment faire en amour. Croyez-moi, ça leur fera du bien.

— Vous appelez ça de l'amour ?

284

— Mais bien sûr. Et du meilleur. A mettre sur le même plan que la tendresse, la fidélité, le dévouement, l'harmonie, l'indulgence. Pas moins. Pas plus.

— L'érotisme comme vertu ?

— Cardinale. C'est une forme de la tempérance. Et de la prudence. Et de la force. Et, tout bien considéré, de la justice aussi.

— L'obscénité trônant au milieu de la Foi, de l'Espérance, de la Charité ?

— Je ne dirais pas trônant, mais empêchant sûrement les trois autres de devenir inconsciemment obscènes. Et coupant court, par là-même, au côté débile de toute obscénité pour l'obscénité. Aucun doute.

— Quel système !

— La volupté comme tolérance et culture ? Mais oui, mais oui. Toujours ! Conclusion des millénaires ! Milliards d'exemples !

— « La tolérance, il y a des maisons pour ça », disait Claudel.

— Qui avait tort de s'énerver. Je ne fais que suivre les papes.

— Nous y revoilà... L'idée fixe...

— Tous les chemins mènent à Rome.

— Tous ? Encore ?

— Tous.

Les papes ? Oui, oui... J'aime Léon le Grand, pour avoir dit, le 21 juillet 447 : « Le Diable serait bon s'il était resté dans l'état où il a été fait. » Et, le même jour : « Le Père, le Fils et le Saint-Esprit ne font qu'un sans confusion, sont éternels sans être soumis au temps, sont égaux sans différence, car ce n'est pas une même Personne mais une même essence qui réalise l'unité dans la Trinité. »

J'aime Clément V, Bertrand de Goth, de Bordeaux, ville anglaise, qui, n'étant pas en enfer, comme le croit Dante, a fait approuver la disparition des Templiers (dix mille kilomètres inutiles de bibliothèques ésotériques depuis) mais, surtout, a rappelé au Concile de Vienne que *l'âme est la forme du corps*.

J'aime Eugène IV pour sa bulle *Cantate Domino*, du 4 février 1442 :

« Le Père n'est ni le Fils ni le Saint-Esprit ; le Fils n'est ni le Père ni le Saint-Esprit ; le Saint-Esprit n'est ni le Père ni le Fils. Mais le Père n'est que le Père ; le Fils que le fils ; le Saint-Esprit que le Saint-Esprit. Seul le père a engendré le Fils de sa substance ; seul le Fils est engendré du Père ; seul le Saint-Esprit procède à la fois du Père et du fils.

Ces trois Personnes sont un seul Dieu, et non trois dieux. Les trois ont une substance, une essence, une nature, une divinité, une immensité, une éternité, et tout est un en eux, là où l'opposition constituée par les relations le permet.

Le Père est tout entier dans le Fils, tout entier dans le Saint-Esprit ; le Fils tout entier dans le Père, tout entier dans le Saint-Esprit ; le Saint-Esprit tout entier dans le Père, tout entier dans le Fils.

Aucun ne précède l'autre en éternité, ne dépasse l'autre en grandeur, ne surpasse l'autre en puissance.

De toute éternité et sans commencement, le Fils a son origine du Père ; de toute éternité et sans commencement le Saint-Esprit procède du Père et du Fils. »

J'aime le Concile du Latran, de décembre 1513, quatorze ans avant le sac de Rome, pour son rappel de l'immortalité individuelle.

J'aime Gerson, 1362-1428 : le « docteur très chrétien », et Pierre d'Ailly, son maître, 1350-1425, « L'Aigle des docteurs de la France », « Le Marteau des Hérétiques », qui a fait instituer par Benoît XVI la fête de la Sainte-Trinité, et je le dis ici, car si je ne le dis pas, qui le dira ?

J'aime le Synode de Constantinople, en 543, contre Origène :

« Si quelqu'un dit ou tient que la personne du Père est finie, ou qu'il a créé autant qu'il pouvait étreindre et penser, ou que les créatures sont coéternelles à Dieu, qu'il soit anathème. »

J'aime à la folie le Concile de Rome, en 382... Écoutez comme c'est beau :

« Si quelqu'un ne dit pas que le Père est toujours, que le Fils est toujours, que le Saint-Esprit est toujours, il est hérétique.

Si quelqu'un ne dit pas que le Fils est né du Père, c'est-à-dire de sa substance divine, il est hérétique.

Si quelqu'un ne dit pas que le Fils de Dieu est vrai Dieu, comme son Père est vrai Dieu, qu'il peut tout, qu'il sait tout et qu'il est égal au Père, il est hérétique.

Si quelqu'un dit que le Fils, quand il était sur terre dans la chair, n'était pas avec le Père aux Cieux, il est hérétique.

Si quelqu'un ne dit pas que l'Esprit-Saint est vraiment et proprement du Père comme le Fils, qu'il est de la substance divine et qu'il est vrai Dieu, il est hérétique.

Si quelqu'un ne dit pas que le Saint-Esprit peut tout, qu'il sait tout, qu'il est partout, comme le Fils et le Père, il est hérétique.

Si quelqu'un dit que le Saint-Esprit est une créature ou qu'il a été fait par le Fils, il est hérétique.

Si quelqu'un ne dit pas que le Père a fait toutes choses, les visibles et les invisibles, par le Fils et le Saint-Esprit, il est hérétique.

Si quelqu'un ne dit pas que le Père, le Fils et le Saint-Esprit ont une seule divinité, un seul pouvoir, une seule majesté, une seule puissance, une seule gloire et souveraineté, un seul royaume, une seule volonté et une seule vérité, il est hérétique.

Si quelqu'un ne dit pas que sont vraies les trois Personnes du Père, du Fils et du Saint-Esprit, qu'elles sont égales, toujours vivantes, contenant toutes les choses visibles et invisibles, puissantes sur tout, jugeant tout, vivifiant tout, créant tout, conservant tout, il est hérétique.

Si quelqu'un ne dit pas que le Saint-Esprit doit être adoré par toute créature comme le Fils et le Père, il est hérétique. »

Allez ! Allez !

J'aime Pie IX pour son *Innefabilis Deus* du 8 décembre 1854, dogme de l'Immaculée Conception.

J'aime Pie XII, très grand pape de la pire époque du monde, pour sa bouleversante Encyclique *Mystici Corporis*, du 29 juin 1943 et, bien entendu, pour la Constitution Apostolique du 1er novembre 1950, *Munificentissimus Deus*, dogme de l'Assomption : « L'immaculée mère de Dieu, Marie toujours vierge, après avoir achevé le cours de sa vie terrestre, a été élevée en corps et en âme, dans la gloire céleste... Si quelqu'un, ce qu'à Dieu ne plaise, osait volontairement mettre en doute ce qui a été défini par Nous, qu'il sache qu'il a totalement abandonné la foi divine et catholique. »

« Ce qu'à Dieu ne plaise... » Est-ce que ce n'est pas charmant ? Exquis ? Formulé avec une courtoisie parfaite ? « Nous déclarons, prononçons et définissons... » Voilà comment un pape s'y prend pour formuler un dogme. *Déclarer*, ou *affirmer*, n'est pas le même acte que *prononcer*. Qui n'est pas non plus la même chose que *définir*. Tout cela m'enchante. Chacun ses goûts. J'aime le Concile de Nicée. Celui de Chalcédoine. Et celui d'Éphèse. Celui de Trente par-dessus tout, bien sûr... Et Vatican II, qui commence à peine à produire ses effets.

J'aime Clément VII enfermé au Château Saint-Ange,

le 6 mai 1527, avec, à ses pieds, la ville pillée par les soudards de Luther... Et Pie VII déporté par Napoléon, obligé de composer avec ce Corse fou furieux, héritier du tueur d'Arras... 1527, 382, 1854, 447, 1943, 1442, 1984... Quelle différence ? L'heure de Rome est toujours la même, le temps est arrêté, ou plutôt explosé, débordant, cascadant, fluide et fixe comme la Gloire du Saint-Esprit de Bernin au fond de Saint-Pierre, colombe blanche du vide cerné fondant sur nous pour toujours au milieu de l'or... Voilà le roman. L'interminable et sans cesse nouveau et toujours le même, et de nouveau sans cesse varié par rapport au même. Avec ses aiguilles et ses personnages et ses visages, et ses attitudes pointées sur tous les chiffres à la fois. Les cloches sonnant toutes les heures à la fois. A toute volée. En plein dans les dates. Urbi et Orbi. Le temps n'a jamais été perdu ni retrouvé. Il n'a jamais été. Il n'a jamais été ce qu'il est. A chaque instant. Au-delà des cadrans, des montres. Malgré les astres. A travers les astres, les désastres. *Candor illaesus*... Blancheur intacte... Gravée, dessinée, sculptée, peinte, emportée, chantée...

Je viens d'écrire ce qui précède dans mon appartement de Venise... Campo San Trovaso... Il commence à pleuvoir. Je regarde les roses blanches sur la terrasse. Une guêpe sur le bois du balcon. Le *Corriere* parle en long et en large de la confession d'un boss de la Mafia en train de révéler les dessous de la pizza connection italo-américaine... Les crimes siciliens... Séries de cadavres à Palerme... Après la Loge P2, ou en même temps qu'elle, la valse continue... Millions de dollars et poudre... De la morphine-base à l'héroïne transatlantique voyageant par mer et dans les airs... Brésil via New

289

York... Immeubles, restaurants, petits commerces, trafic politique, la grande roue montante et descendante, quoi, avec, dans ses articulations, les foules stupéfiées, entre vie et mort, coincées dans leurs appétits... On a mis le type dans un bunker blindé près de Rome... Comme son juge, qui vit, lui aussi, surveillé et enfermé jour et nuit. « Tout juste s'il ne dort pas dans un poumon d'acier », dit l'un de ses amis.

Le Journaliste au Juge : « Vous arrivez à dormir ? Vous prenez des somnifères ? »

Le Juge : « Je dors très bien. »

Le Journaliste : « Vous prenez parfois des vacances ? Aux Seychelles ? En Nouvelle-Zélande ? Aux Bahamas ? »

Le Juge : « Non. Je vais de temps en temps à Venise. Heureux Vénitiens ! Ils doivent vivre dans un monde meilleur puisqu'ils n'ont pas été obligés d'inventer la gondole blindée !... »

Voilà un sage... Qui sera assassiné un jour ou l'autre, comme les autres... Sur fond de morphine... Comme dans les hôpitaux. Planète-hôpital. Bétonnée. Mise sur ordinateurs. Les seringues un peu partout, cherchant leurs veines. De gros types font leurs comptes pendant que des tueurs vont attendre près de chez lui le témoin gênant. Bourdonnement des téléphones et des télex. L'argent suit l'argent, qui poursuit l'argent, qui retrouve l'argent et se multiplie par l'argent. Au bout de l'argent, il y a des neurones. Excités. Délirants. Manquants. Des milliers. Dans toutes les langues. Des avant-bras et des nez. Sinus et filets de sang. Cotisations pour un flash d'agonie raffiné sous terre. Corrompre-faire dépendre-amasser-investir. Réprimer-soigner-informer. La machine. Le Bien et le Mal enfermés ensemble sous des tonnes d'acier. Et parlant. Se modernisant. Le film habituel, quoi.

J'ai emporté Stendhal avec moi, pour voir ce qu'il dit de Bordeaux en 1838.

« Bordeaux est sans contredit la plus belle ville de France. »

« Ce qui frappe le plus le voyageur qui arrive de Paris, c'est la finesse des traits et surtout la beauté des sourcils des femmes de Bordeaux... Ici, la finesse est naturelle, les physionomies ont l'air délicat et fier sans le vouloir. Comme en Italie, les femmes ont ce *beau sérieux* dont il serait si doux de les faire sortir. »

« Vie toute en dehors, toute physique, de ces aimables Bordelais, genre de vie leste, admirable, dans ce moment que l'hypocrisie souille la vie morale de la France. »

« Il y a de *l'amour* à Bordeaux. »

« On est dévot à Lyon, on est joueur à Bordeaux. »

« Le bon sens bordelais est vraiment admirable ; rien ne lui fait ; il ne se passionne pour rien que pour l'état qui lui donne les moyens de mener joyeuse vie. »

« Rien n'a l'air triste, tous les mouvements que vous apercevez, depuis l'homme qui charge une charrette jusqu'à la jeune fille qui offre des bouquets de violettes, ont quelque chose de rapide et de svelte. Presque jamais l'idée de force, presque toujours l'idée d'adresse. »

« Je ne vois qu'une chose à comparer à l'admirable course de la tour de Saint-Michel à Bacalan, c'est la promenade de la riva dei Schiavoni, à Venise. »

« A une époque d'hypocrisie et de tristesse ambitieuse, la *sincérité* et la *franchise* qui accompagnent le caractère *viveur* placent le Bordelais au premier rang parmi les produits intellectuels de la France. »

« Les femmes sont encore à la mode à Bordeaux. »

« Ce n'est pas une petite chose que de connaître les vins de Bordeaux. J'aime cet art parce qu'il n'admet pas l'hypocrisie. »

Bien entendu, Stendhal visite La Brède et rappelle sa « vénération » pour Montesquieu. « Le jambage droit de la cheminée est usé par la pantoufle de Montesquieu qui avait coutume d'écrire là sur son genou. » Il ne manque pas de repérer l'histoire anglaise : « Enfin nous voici arrivés à Édouard, prince de Galles, plus connu sous le nom de Prince Noir. Son règne fut la gloire et le bonheur de Bordeaux. » « Tout le Sud-Ouest de la France était parvenu à un gouvernement raisonnable et avait un grand homme pour roi. Heureuse la France si elle eût pu s'en tenir là ! » « Les Bordelais, accoutumés au gouvernement anglais, sentirent vivement la perte de leurs privilèges. La révolte de Bordeaux est de 1548. Michel Eyquem de Montaigne naquit au château de Montaigne, à quelques lieues de Bordeaux, le dernier jour de février 1533. Son père était alors maire de Bordeaux. On peut se figurer de quels propos peu monarchiques fut entourée la jeunesse de cet homme rare qui sut *réfléchir l'habitude*, chose si rare en France.

Il était à Venise en 1581... »

Je revois la table et le livre ouvert devant moi. A gauche, par la fenêtre, les acacias et le ciel. J'ai aimé le lycée : y aller, en revenir, préparer les cours, soigner les dissertations. Recopier les textes. Épier leurs mouvements intérieurs. Les découper et les commenter. Les apprendre par cœur. Les reprendre et les réapprendre. C'était aussi naturel que de courir, en fin d'après-midi, pour mettre le ballon dans les buts, jouer au tennis, savoir virer de bord à la voile. Les trois types de gouvernements décrits dans *L'Esprit des Lois* ? Les passions sur lesquelles ils sont fondés ? La vertu pour la République ; l'honneur pour la Monarchie ; la crainte pour le Despotisme. Un Républicain doit donc être vertueux ? Oui. C'est l'ennui. Vous n'auriez pas autre chose ? Le sens du plaisir ? Le goût du bonheur ? Sans doute, sans doute, mais ce n'est plus qu'une science locale. Et si on la généralisait ? Vous ne seriez pas suivi... N'oubliez pas que la Révolution, religion nationale, c'est Rousseau, et que Rousseau, c'est *La Profession de Foi du Vicaire Savoyard*. Il s'agit de la Conscience avec un grand C. Diamant, lisez-nous ça !

« Instinct divin, immortelle et céleste voix, guide assuré d'un être ignorant et borné, mais intelligent et libre, juge infaillible du bien et du mal... »

— Alors, votre avis là-dessus ?

— Pompeux. Abstrait. Déclamatoire. On entend la guillotine au bout de chaque phrase. C'est du Calvin réchauffé. Je préfère de beaucoup : « La vie n'est de soi ni bien ni mal : c'est la place du bien et du mal selon que vous la leur faites. » Ou encore : « Cependant, favorise-toi ; crois ce que tu aimes le mieux... »

Ce soir, il y a un dîner à la maison. Un dîner à tout casser pour les fiançailles de Laure. Il y aura des vins, et encore des vins. Toutes les fenêtres seront ouvertes. Les chandelles brilleront jusque dans le jardin. Même le vieux Louis sera là, c'est l'année de sa mort. Il sera au bout de la table, président de séance, il dira quelques mots en levant son verre, après l'arrivée des glaces, au dessert. Il est pratiquement gâteux, il n'a plus que deux ou trois heures de lucidité par jour, mais il connaît ses devoirs, ses effets. Du diable si je me souviens de ce qu'il a dit. La dernière fois, pour Lise, la fille aînée de Laure, ça a été mon tour. Le tour d'oncle Philippe. L'écrivain. Qui vit à Paris. Qu'est-ce qu'il a dit oncle Philippe ? Il était bourré, non, comme tout le monde. Il a récité des vers, je crois. Oui ? De qui ? Baudelaire, il me semble. Oui, c'est ça.

> Aujourd'hui l'espace est splendide !
> Sans mors, sans éperon, sans bride,
> Partons à cheval sur le vin
> Pour un ciel féerique et divin !

Mais ça n'a aucun sens !... Strictement aucun !... *Le Vin des Amants*, a-t-il dit... en tout cas, on a bien mangé... Le Dowland 72 était bon ? Pas mal du tout... Très correct...

Jamais vraiment ivres, d'ailleurs... Debout, l'œil allumé, toujours un peu distants, comme réfléchissant au frémissement qui les porte, aux caves sur lesquelles ils marchent, aux questions juridiques qui pourraient éventuellement se poser, aux dernières anecdotes du Palais, à l'argent qui doit rester stable... Les femmes, très animées, indulgentes, malgré les adultères et les difficultés d'héritage en vue... Voulant s'amuser d'abord, on verra demain... Un centimètre de plus, et elles seraient carrément putes, oubliant tout, ni vu ni connu, demain est un autre jour, comment, mais je ne vous connais pas, ou si peu, à peine... Habitude des fins de soirées un peu lourdes, chez elles, avec leurs maris... Le soir où ils sont restés, où ils trompent légalement leur maîtresse... Passage, passage, rien de grave...

Et me revoilà dans ma vie parallèle à Paris. Norma et Julie sont à New York pour un mois, j'ai décidé d'écrire sérieusement tous les jours. Mélanie, la femme de ménage, mi-haïtienne, mi-indienne, très belle, vient l'après-midi à l'appartement, quand je suis sorti. Elle dégage un silence particulier, précision et sourire. Le lit est fait, l'aspirateur a fonctionné, les vitres sont transparentes, les plantes vertes arrosées, le café préparé pour le lendemain, le linge et le costume laissés la veille repassés et rangés. Je lui laisse de l'argent sur la table de l'entrée, elle me change la rose sur mon bureau, dans le petit vase vénitien rouge sombre. On a comme ça, entre nous, un intense dialogue muet, fait de portes intérieures laissées ouvertes ou fermées, d'odeur de cire, de calme. De calme à tout prix. Voilà, aujourd'hui, le plus grand crime que l'on puisse commettre. Tout simplement rester seul, tranquille, oublier, sentir la moindre minute, lire, dormir quand ce n'est pas l'heure, veiller à contretemps, se nourrir légèrement, toujours seul, à l'écart, rentrer vite, allumer la télévision, par terre, sans le son, prendre un bain, mettre une robe de chambre en soie, disposer un cahier devant soi, un cahier *Clairefontaine*, 80 pages, référence 312, pourquoi 312, mystère, bleu de préférence, jeter de temps en temps un coup d'œil sur les images en train de défiler, là-bas, dans le fond de la pièce, au ras du sol, ouvrir son stylo, le remplir au flacon *Mont-Blanc* bleu rapporté soigneusement de Venise, ouvrir et refermer le stylo cent fois, et allez. Le moment approche où l'espace va donner sa permission, l'autorisation, dans un déclic, d'être là sans être là, d'être vraiment le spectre du lieu, l'aventurier immobile de la doublure interdite. Et voici que le temps, à son tour, laisse faire. C'est-à-dire qu'il commence à se disposer en cercles autour de vous, en ondes concentriques par rapport au point de chute que vous êtes en train de devenir pour lui, pour son torrent barré, maintenant, pour le lac provisoire formé par votre respiration contenue, égale. Vous vérifiez que la télévision, là-bas, commence à grimacer sérieusement, rien n'est possible si vous n'assistez pas, de biais, sans insister, à sa décomposition interne. Visages accélérés malgré eux, chevauchements absurdes, sourires niais, paysages pollués, publicité en lambeaux, discours politiques hachés, bombardements irréels, jeux stupides, chanteurs et chanteuses saisis de convulsions, et même la si charmante speakerine, là, vedette merveilleusement maîtresse d'elle-même et si raffinée, qui a l'air à présent d'un vieux vampire baveur, accablé, somnambulique. Non, vous n'êtes pas drogué. C'est le contraire. La drogue ambiante générale se met à poudroyer devant vous, comme un cachet d'aspirine effervescente dans l'eau ou plutôt l'acide qui vous constitue désormais. Dans lequel vous vous transmuez. Vous êtes un caillou dans cet acide. Une pierre compacte dans le voile de l'illusion entretenue dans l'océan vitreux de la ville. Vous êtes une antenne offensive. C'est comme si votre sexe était planté là, en plein cœur du décor, non pas votre bout de sexe en chair, non, mais le vrai, le diffus, celui qui vous enveloppe, enfin disons l'âme, si vous préférez, « l'âme est la forme du corps ». En réalité, aucune activité ne devrait être plus interdite. Prohibée. Impitoyablement réprimée. Car, encore vingt minutes ou une heure, et voilà, ça y est, *vous êtes mort*. Et vous continuez à vivre, à respirer, à penser, à ressentir, à juger. Les cercles s'agitent un peu, viennent se disposer presque confortablement autour de vous, il y a votre biographie parmi ces cercles, mais pas seulement la vôtre, toutes les biographies possibles, tous les secrets éventés, montrés. Vous vous voyez en train de mentir et d'arranger les choses, vous vous voyez en train de *vous* mentir, vous les voyez en pleine torsion pour échapper à la terrible constatation qui s'impose. Vous allez droit à la tare, à la tache, à la nécessité de l'aveuglement, au point fou, à la douleur, au bulbe intolérable, au péché originel de chaque forme, condamnée. Vous n'oserez plus les regarder en face quand vous les rencontrerez ? Mais si, il faudra bien. Vous ne pourrez plus vous rencontrer dans un miroir ? Mais si, il faut aller plus loin. Étrange alchimie. Bizarre magie bleue et blanche. A partir de là, vous pouvez savoir ce que vous voulez sur qui vous voulez. Aucune apparence ne vous résiste. Aucun déguisement. Aucun son de voix. C'est comme si vous entriez directement dans l'intimité du sujet de votre choix. De la période ou des circonstances de votre choix. On ne peut d'ailleurs pas tenir très longtemps dans cet état-là. Sommeil.

Mais, justement, l'aventure continue pendant le sommeil. Par exemple, je sens que de l'autre côté du mur, contre mon lit, se trouve un autre mur, une autre porte bouchée depuis longtemps, et qui n'est autre qu'une voie d'accès directe à Saint-Louis-des-Français, à Rome. Mon devoir est de rétablir cette communication. J'en suis vraiment chargé, c'est drôle. Et je vais le faire. Je le fais. L'église est sombre, c'est la nuit, je cours vers les Caravage... Ou encore, je me retrouve sans un sou, en robe de chambre, celle que j'ai mise tout à l'heure pour écrire, du côté de la Madeleine. C'est malin. Il pleut. Je suis un peu gêné, mais je décide de prendre un raccourci connu de moi seul, et d'arriver, en sautant un petit mur, dans les jardins de chez nous. Combien de fois suis-je rentré comme ça, la nuit, quand je n'avais pas la clé du portail... Je connais la route, je peux marcher les yeux fermés, il n'y a évidemment aucune contradiction pour moi à me retrouver, en quelques enjambées, du centre de Paris dans la périphérie de Bordeaux, je sens déjà la présence compacte, asiatique du bois de bambous, au sud des vérandas, je passe le mur, mais, là, stupeur : il n'y a que la terre, remuée, bouleversée, des monceaux de terre, un énorme tumulus à perte de vue, et tout doit être dessous, pêle-mêle, les maisons, les salons, les massifs de fleurs, les ateliers, hangars, voitures et machines, meubles d'acajou, verres, lustres, nappes, livres, chaises, fauteuils, gravures, marteaux et couteaux, et eux, au milieu de tout ça, squelettes plus ou moins broyés et méconnaissables, enterrés vivants, comme à Pompéi, tandis que moi, je suis là comme un mort de rêve, pieds nus dans cet éboulis, dans ces fossés, ces tranchées... La terre, c'est elle qui a le dernier mot, pas les constructions les plus cimentées, la terre grasse, luisante, à l'odeur noire d'argile et de feuilles... Ils dorment là. Ils ont sombré là. C'était inutile de venir. De revenir.

Dormir donc, c'est passer de l'autre côté des lignes. Dans le déplacement et la végétation des lettres. Et puis réveil, et renversement. Partie d'échecs avec moi-même, étrange soi-même toujours déchiré, morcelé, déphasé. Avec, toujours, quelques intuitions en plus, des renseignements venant de plus loin qu'on croit, une mémoire spéciale d'organes, une audition cachée. C'est ce qu'on tente de rejoindre en utilisant le sexe. Les scènes sexuelles sont du sommeil revisité. On devrait dire : vous voulez dormir avec moi ? Vraiment dormir ? Les yeux ouverts ? Écrire, dormir, baiser : c'est la même roue. Les grands textes que nous aimons, c'est parce qu'ils sont là, dressés, vifs, découpés, et qu'ils dorment en même temps à poings fermés, de toutes leurs forces.

Je me lève à sept heures, café, j'écoute rapidement les nouvelles à la radio, je descends acheter les journaux, je remonte. A partir de là, trois moments clés : vers onze heures, où tout peut aller très vite, en trois quarts d'heure. A deux heures et demie, plage où il faudrait faire l'amour, mais qu'on peut transformer en invention. Et puis vers six heures, tombée du jour, promesse du dîner, main joyeuse. Et puis soirée. Duel avec la télévision, comme j'ai dit. « Il n'y a plus d'écrivains... » « Le roman, c'est fini... » « Le livre est terminé... » « La littérature, on n'en a rien à foutre... » Tu parles. Et puis attente de ce que va dire le profil nocturne. Et puis réveil...

Au bout de quatre ou cinq jours, si on s'arrange pour rester à peu près muet, on rentre dans une construction du silence en forme de bombe. On se traite avec respect. On rentre dans la pièce où l'on écrit avec une sorte de dévotion ironique. On est soi-même la machine et le produit, le système nerveux et l'écume, le combustible et le feu. On pourrait continuer pendant des siècles. Le moindre contact humain déclenche une souffrance physique aiguë, à crier. Les visages, tous les visages, ne sont plus que d'ignobles grimaces maniaques ; les voix sont fausses à casser du bois ; toutes les gesticulations sont malades. Vous êtes horrifié. Vous n'êtes pas loin de la vérité. Ces yeux qui tournent dans leurs orbites... Ces bouches faibles, épileptiques... Ces peaux suintantes de fausseté... Ces narines donnant directement sur le foie... Cette volonté de nuire sortant par tous les pores... Cette folie risible de soi... La plus légère réflexion vous blesse à mort. Vous tue. Vous mettez trois heures pour neutraliser une réticence. Ce qui est humain est définitivement votre ennemi le plus lourd. Vous écrivez pour qui, alors ? Pour les papillons ! Pour les fleurs ? Voilà. Pour cette fleur-*là*.

Une exception pour Sophie, donc... J'aime bien l'attendre, comme ça, en grand mystère, dans mon studio. Son avion arrive le matin de Genève, elle va à ses réunions, elle a, en général, un déjeuner dont elle s'échappe tôt, vers trois heures, il est trois heures vingt, voilà le claquement de la porte vitrée, en bas, le martèlement pressé de ses talons, c'est elle. On commence tout de suite, c'est rituel. Autant il est naturel de passer d'une séance érotique à la conversation détendue, drôle, dans laquelle les deux partenaires ont de bonnes raisons concrètes d'être contents l'un de l'autre, autant le contraire, conversation puis basculement dans les actes obscènes, est évidemment absurde, contre nature, pénible, contre-indiqué. Il faut parler, bien entendu, mais à mi-voix, à l'oreille, soit pour évoquer la lettre qu'elle vient d'écrire, soit pour broder à partir de là. Ou alors, elle a une excitation particulière à me raconter. Aujourd'hui, par exemple, elle a pensé, en mettant ses bas, à huit heures du matin, dans sa salle de bains, en Suisse, matinée brumeuse et froide, qu'elle aimerait me voir pisser devant elle. Elle veut observer le jet, avant de manipuler la bite et de la faire bander pour l'utiliser. Elle veut aussi que je la regarde remonter lentement sa jupe, baisser sa culotte de soie noire, écarter les cuisses et « faire pipi », l'expression est la chose elle-même. C'est en parlant que Sophie s'excite, sinon zéro, elle pourrait rester indifférente indéfiniment, il ne se passerait rien, on aurait une entrevue languissante, parfaitement ennuyeuse. En parlant, en entrant doucement dans le paradis acoustique, dans le relief ondulant des mots, en entendant son propre chuchotement, sa voix voilée de petite fille jouant à être vicieuse et se racontant des bribes d'histoires dans le noir, osant enfin se les raconter et les compliquer à mesure, elle peut constater, toujours avec le même étonnement, que ces mots, ces détails, si loin de sa pensée ordinaire, voire même franchement répugnants en dehors de la situation voulue, la troublent, la remuent, l'énervent, la font mouiller. Une femme ne mouille vraiment bien que contre elle-même, sans quoi c'est l'hygiène ou « l'amour ». L'amour est aveugle ? Oui. Pour la bonne raison qu'à ce moment-là l'image mange de l'image, les narcissismes se confondent, cela peut donner des torrents, nous sommes d'accord, et même des torrents spirituels comme aurait dit Madame Guyon, qui était pour l'inondation massive, celle qu'on rencontre parfois avec stupeur et qui équivaut à une miction prolongée que vous n'avez pas souhaitée, d'où l'horreur, que la partenaire, d'ailleurs en extase, ignore superbement. Elle vous pisse dessus sans réserves, niant avec enthousiasme votre éjaculation. C'est ce qui s'appelle noyer le poisson. Non, je parle, merci docteur, d'une humidité progressive et bien élevée, d'une montée mentale des tissus intéressante à déclencher et à suivre. On en est, en somme, aux débuts d'une cartographie dans cette région... Touche après touche... Relevé après relevé... Angles après angles... Nouvelle science... Il faut du temps. Prendre tout son temps. Refuser les emphases, les opérations militaires, les triomphes démagogiques, les discours enflammés à la chambre, les slogans pour manifestations, les stéréotypes publicitaires, les dérobades psychologiques, les roucoulements d'occasion. Science verbale, j'insiste. Toutes les femmes me comprendront. Ou, du moins, sentiront sourdement la nécessité de comprendre. Elles diront violemment le contraire en public, bien sûr... Elles se moqueront de cette nécessaire et courageuse exploration des sources discrètes, elles auront, comme d'habitude, pour alliés dans cette réaction hypocritement intéressée, la Cosa Nostra masculine homosexuelle... Peu importe, poursuivons. Mot après mot, intonation après intonation. Dialogue entrecoupé après dialogue, le désir monte, il était là, dessous, gêné, empêché, recouvert par toute la dissuasion profane et sociale, les mille petites fatigues, déceptions, rebuffades de l'emploi du temps quotidien. Le concert commence, donc. Quand je dis qu'il faut du temps, c'est pour suggérer que nous sommes vraiment très loin, au fond de la province, autrefois, dans une de ces interminables journées d'hiver ou d'été qui ne vont nulle part, où l'on s'ennuie tellement qu'on ne sait absolument plus quoi faire. Temps d'enfance, bien entendu. Régression ? Mais oui. Aucune raison de se toucher, de se tripoter, de se faire jouir, si ce n'est pas pour régresser au maximum et, de préférence, lucidement. Mais alors, vous aimez les petites filles ? Pas du tout. Je veux qu'une jolie femme raffinée de vingt-huit ans, là, tout de suite, se rende compte qu'elle ne cesse pas, *aussi*, d'être une monstrueuse petite fille. Et vous n'aimez pas non plus les petits garçons ? Ah, mais non. Ni les adolescents ? Ni les hommes ? Non plus. Aucun goût pour l'aphasie, ou le reflet simple. Encore une fois, il s'agit de faire déraper le langage, de l'amener à surgir là où il ne devrait pas fonctionner. En somme, vous êtes un hétérosexuel fanatique ? Mais oui ! Mais oui ! Le dernier ! Tradition oubliée ! Savoir-faire perdu ! Amener une femme à s'amuser vraiment avec un sexe d'homme, c'est l'art extrême ! Le plus difficile ! Le plus improbable ! Le plus interdit aujourd'hui ! Essayez...

Elle murmure, Sophie... Elle m'embrasse, elle reprend souffle dans mon souffle, elle me mange la langue, elle détourne un peu son visage en continuant à me toucher, et elle murmure. Du calme. On a tout le temps. Philologie et physiologie. Il n'est que quatre heures. Je prévois la conclusion pour cinq heures moins dix environ. Il faut faire rebondir cette phrase... Elle est dans une scène de laboratoire, maintenant... Elle va examiner séparément l'urine et le sperme. Dans deux éprouvettes, là... Devant la fenêtre... En transparence... Je sens que ça l'excite particulièrement, ça. Elle donne plus vivement ses fesses. Elle pourrait jouir tout de suite. Mais attendons. Reprenons. Il faut aussi que je me retienne, moi, dans le jeu, ce n'est pas toujours évident... Repassons par le salon. Elle va me faire une scène. Des reproches. De jalousie. De ce qu'elle voudra. Qu'elle n'en a pas eu pour son argent. Que je vole dans son sac. Que je la trompe sur la qualité de foutre que je lui donne. Que j'ai dû aller me faire sucer ailleurs. Que j'ai baisé en cachette. Elle s'y met avec énergie. C'est parfait. Elle me déculotte méchamment. « M'examine. » Je vérifie si elle mouille, là. Oui. Beaucoup. Excellent, la colère. Magnifique, la rage. Encore un moment d'arrêt. Revenons un peu sur la boucherie. Elle s'y plaît bien. C'est vraiment ce qui peut être aux antipodes de son apparence. A une bouchère, en revanche, il faudrait faire jouer le rôle d'une chanteuse d'opéra. Elle s'enfonce dans son magasin, elle ferme le rideau, finit de compter sa caisse, me demande de monter dans son appartement... S'occupe de mes rognons, à présent, ce mot la ravit, sans doute parce qu'on y entend simultanément grogner, rogner, cogner et rognure, et aussi oignon et pognon. Elle va les opérer, mes rognons, et pas plus tard que tout de suite, avec ses instruments, sa trousse, aiguilles et ciseaux... Insensible à mes beuglements ou mes cris, en me foutant, pour les étouffer, sa culotte de soie dans la gueule... Puis elle recoudra tout ça. Voilà. Moment de tendresse. Elle m'a raccommodé, regreffé. Espérons que ça marchera. Elle va redevenir une femme du monde en visite. Une bourgeoise d'affaires. On approche du but. Elle veut nous voir devant la glace, maintenant. Bien détailler ses mains, ses doigts, sa bouche. Et ses seins gonflés, ses fesses cambrées, son cul offert. Elle se plaît. Elle a ses yeux pénétrants et durs. Très noirs, très obliques. Très beaux. Je n'oublie pas la phrase qu'elle m'a écrite et soulignée ? Bien sûr que non. C'est elle qui décide. Elle se met la queue. S'observe de près dans le miroir. Puis m'assoit dans le fauteuil. Vient sur moi doucement. Remue un peu. Et puis, l'air de rien, tout à coup, dans un souffle : « Il faudra que vous m'accompagniez demain à la messe. » Ou bien : « Passez-moi ma trousse de couture, j'ai besoin de faire un ourlet. » Ou encore : « Vous me ferez penser à vérifier votre linge. » Et elle prend ma jouissance, là, aussitôt.

Après quoi (salle de bains et le reste), allumant une cigarette : « Hello ! — Hello. Ça va bien ? — Oui, et vous ? — Très bien. — Quoi de neuf ? — Pas grand-chose. — Un whisky ? Un Schweppes ? — Un Schweppes, merci. — Alors, ce Congrès ? — Mortel, comme d'habitude. »

Je la regarde : recoiffée, remaquillée, impeccable...

Tailleur gris-noir... Sourire... On a bien joué, une fois de plus... Joué, ou joui, c'est pareil. Cinq à sept maintenant... Bavardages et rires... « A lundi prochain ? — Bien sûr. — Soyez bien... »

Je suis certain qu'elle doit être en forme pendant la semaine, Sophie. A l'heure. Sérieuse. Irréprochable. Gaie. Aucune confusion possible. Pas plus que pour un chirurgien, dans une opération, après une séance de bordel (certains vont se calmer ainsi, c'est connu). Tout va bien, donc. Sauf quand elle est « angoissée ». Rarement. Elle me le dit. Tout se paye. Culpabilité ? Inévitable, en un sens. Loi de la pesanteur. Revers de la médaille. Oscillation du pendule. Il s'agit de ne pas en faire une histoire. Ce n'est pas son genre. Nuage éphémère, elle se reprend tout de suite. Si je pense à elle pendant son absence ? De temps en temps... Sa bouche, ses doigts, sa peau, ses yeux, sa voix excitée... Ses doigts, surtout. Elle a une bague que j'aime particulièrement, un rubis, dont j'attends le retour sur sa main droite se glissant rapidement sur moi...

— Il faudrait que je vous voie...

C'est Joan. Eh bien, qu'elle vienne.

— Voilà. Je voulais vous le dire...

Bref, elle se marie. Avec le rédacteur en chef adjoint des *Nouvelles économiques* qui, semble-t-il, est très amoureux d'elle. Bravo. Elle part pour Hong Kong en voyage de noces. Rebravo. Est-ce qu'elle est contente ? Oui... Non... Pas très contente de mon absence de réaction... De mes félicitations immédiates et sincères... Elle est très tendue... J'ai l'impression qu'elle va se mettre à crier : « Salaud ! si tu m'épouses, je veux bien m'enfermer avec toi dans n'importe quel bled ! Abandonner Hong Kong, la vie de palace et la grande

vie à Paris et dans toutes les capitales du monde !
Dis un mot, crétin ! »... Mais Joan est la bonne éducation même. Je parie qu'elle aura son enfant dans
les deux ans. Qu'elle va très bien s'occuper de tout
ça, de son mari, de son appartement, de ses relations. Elle va devenir précise, puritaine. Ce qu'elle
est déjà sans le savoir. Un amant, peut-être, dans
six ou sept ans... Après le deuxième enfant... Elle
sort tout à fait de ma longueur d'ondes... Bon
voyage... Adieu... Et peut-être à bientôt, on ne sait
jamais...

Je l'embrasse.

— Oubliez tout ce qui est derrière vous, dis-je.
Avancez carrément.

— Je crois que je pourrai, dit-elle.

— Bien sûr.

Je reprends mon emploi du temps minuté.
Patient.

— Oncle Philippe ? Je suis à Paris jusqu'à demain.
Je peux te voir ?

Bon, c'est Blandine, la deuxième fille de Laure.
Impossible de refuser. Elle aussi, elle doit être sur le
point de se marier. Je l'invite à dîner... On ne sait
pas trop quoi se dire...

— Ce sera la dernière fête à Dowland, mon
mariage. Tu viendras ?

— Pourquoi la dernière ?

— Mais parce qu'on vend... Tu ne le savais pas ?

— Ah bon, c'est réglé ? A qui on vend ?

— A la municipalité. Socialiste, en plus, tu te
rends compte... Ce sera un centre culturel, il paraît,
ou quelque chose comme ça... Déjà le croisement
s'appelle « Carrefour Paul-Éluard » et ils viennent de
baptiser la route « Boulevard René-Char ». Qui c'est
celui-là ? Il me semble avoir vu sa photo dans *Libé*.
Une tête d'assassin.

— Un poète, dis-je.

— Bon ?

— Ça dépend des goûts. Atroce, à mon avis. En tout cas, ça va faire drôle. La vigne disparaît ?

— Je crois. De toute façon, il y a l'autoroute qui doit passer au nord. Enfin, je ne sais pas.

— Tu regrettes l'endroit ?

— Pas vraiment. On est mieux au Pyla, tu sais. Avec les bateaux... Et puis Maman trouvait de plus en plus que ça revenait trop cher. On y perdait, finalement. Et toi ?

— Je regretterai la glycine.

— Tu sais, il y a des glycines partout...

— On n'aura plus de vins dans la famille ?

— Mais si, il y a ceux d'Hélène à Ambarès... C'est là qu'on enverra les chevaux...

— C'est à son mari.

— Ah oui... En tout cas, ils font un très bon blanc.

— Qu'est-ce qu'il fabrique, ton futur mari ?

— Avocat. Tu l'as vu au mariage de Lise.

— Le grand avec des lunettes ?

— Non. Le moyen blond, frisé.

— Ah oui... Sympathique... Vous allez où en voyage ?

— Au Japon. C'est bien ?

— Jamais allé.

— C'est pas vrai ? Maman dit toujours que tu as voyagé partout !

— Je suis allé en Chine.

— Quand tu étais maoïste ?

— C'est ça.

— C'était quoi, « maoïste » ?

— Tu avais quel âge en 1968 ?

— Six ans.

— C'était le truc amusant à faire à l'époque.

— Ça n'existe plus du tout ?

— Ah non.

— Mais c'était quoi ?

— Ce serait assez long à t'expliquer. Et ennuyeux. Tu sais, j'avais une amie chinoise. Elle m'apprenait le chinois. Il y a des bouquins épatants à lire, ils ont une drôle de logique, les Chinois. Tu n'as jamais entendu parler de Sun Tse, des *Treize articles sur l'art de la guerre*?

— Non.

— Il y en a un autre, merveilleux. Écoute ça : « La Voie est pour les dix mille êtres comme l'angle sud-ouest de la maison. Il est le trésor des hommes bons et le refuge de ceux qui ne sont pas bons. »

— Ce qui veut dire ?

— Aucune importance.

— Et la Chine, c'était bien ?

— Très beau. Vas-y un jour... Tu vas t'inscrire au barreau ?

— Oui. Comme Pierre.

— Pierre ?

— Mon mari.

— Ah oui, pardon.

— Mais je n'y resterai probablement pas. On verra.

— Tu veux combien d'enfants ?

— Deux. C'est bien, je trouve ?

J'ai failli lui demander si elle était enceinte. Mariage un peu vite décidé. Rien de nouveau sous le soleil...

— Et toi, dit Blandine, tu écris un roman ?

— Oui.

— Tes trucs illisibles, ou un machin comme ton dernier, là, *Femmes* ?

— Plutôt comme le dernier. Mais différent.

— Ça s'appelle *Hommes* ?

— Non.

— C'est quoi ?

— Un peu Bordeaux. Autrefois. Et puis une ou deux histoires d'amour.

— Tes souvenirs d'enfance ? Il va y avoir grand-mère ? Maman ? Papa ? Nous ? Tout le monde ?

307

— Transposé, ne t'en fais pas.

— Ce sera encore porno ?

— J'en ai peur.

— Mais pourquoi tu fais ça ?

Elle me regarde sincèrement peinée. Elle me fait du charme pour la bonne cause. Blonde aux yeux noirs... Les yeux de Laure... Les miens... La famille aimerait tellement mieux... N'est-ce pas...

— Ce serait long et compliqué à t'expliquer, chérie. En réalité, c'est fondamental. Une question d'esthétique encore mal comprise. Un dessert ?

— Un sorbet ?

— D'accord.

— Mais tout de même, quand tu écris des trucs cochons, qu'en pense tante Norma ?

— Norma est très sage et très intelligente, dis-je. Elle ne se mêle pas de ce que j'écris.

— Je ne t'ai pas fâché ?

— Pas du tout.

— Donc tu viendras ? Tu liras le texte à la messe ?

— Tu l'as choisi ?

— Oui. Un passage de l'Apocalypse. Ça te plaît ?

— Parfait.

Alors, ce suicide ? Évoqué au début ? Qui devait avoir lieu après la destruction des papiers, des documents, des lettres ? On n'en parle plus ? Monsieur se conserve ? Se ménage ? Ne joue pas toutes ses cartes ? Garde des révélations dans sa manche ? En vrai mafioso ?

— Eh, eh...

— Il y a quoi dans ces malles ? Des trucs vraiment explosifs ?

— Meuh...

308

— Des messages compromettants ? De personnalités importantes ?

— Muih...

— Des lettres inédites de Mao ? Du Pape ?

— Mouah...

— Des lettres d'amour ? Toutes nues ? D'hommes ou de femmes célèbres ?

— Miok...

— Des affaires financières ? Des comptes en Suisse ? De la drogue ? Du trafic de sperme ? Des révélations sensationnelles sur certaines cliniques spécialisées ?

— Miak...

— La vérité sur certaines morts soudaines, inexplicables ? Sur certaines fantaisies du SIDA ?

— Muk... Muk...

— Des lumières sur quelques cabinets d'avocats ? La vie privée du Président ? L'étrange crise cardiaque de Jean-Paul Ier ? Des missions diplomatiques douteuses ? Des héritages détournés ? Des chantages ? Des psychiatrisations abusives ? La Libye ? Les Émirats ? Les parapluies bulgares ? La mafia turque ? Les pourtours rentables de l'URSS ?

— Moumouk... Moumouk...

Bon. Rien du tout ? Je n'ai pas dit ça... Disons qu'en commençant ce récit, j'étais un peu inquiet... Nerveux... Et n'en parlons plus... D'ailleurs, je me suiciderai peut-être. Ou peut-être pas. En principe, je l'ai dit, je suis contre le suicide. A moins d'y être formellement obligé. Ce qui pourrait être le cas. Pourquoi ? Motus. Je le dirai à la dernière minute. Ou même pas. On peut ne pas trouver son confident ou sa confidente ultime, n'est-ce pas ? Puisque personne ne vous croirait... Tellement c'est gros... Fabuleux... Quant à vous, vous n'êtes pas obligés de tout savoir. Songez aux passages que j'ai déjà supprimés... Ils sont là, bien rangés, sur ma droite. Avec les noms très reconnaissables, les données, les preuves, la description des causes, des enchaînements, des effets... Au moins 200 pages... Que vous ne lirez pas... Pas encore... La suite au prochain roman... Ah, le roman !... Je me demande encore pourquoi on discute de sa nature, de son développement, de son existence ou de son inexistence, de sa crise ou sa survie, quand chaque journée apporte les indices de sa vitalité ténébreuse... Problème d'intellectuels... Mais je n'ai pas, je n'ai jamais eu vraiment une existence d'intellectuel. La difficulté vient de la compétition accélérée entre les personnages réels et leur possible représentation romanesque. Ils sont tellement romanesques qu'on n'a plus le temps de les crayonner en vol... Les romanciers ne se renseignent plus, voilà tout. On les a parqués dans Petite Névrose. Petite Névrose est une gentille réserve poétique pour les démangés d'écriture, de rêverie, de philosophie, d'exotisme mineur, de contes à dormir debout, d' « imaginaire », comme ils disent... Ah, un « vrai roman » ! Composé ! Musical ! Ma chère ! Rien n'y manque ! On s'y croirait ! Où ça ? Dans l'une des chambres de Petite Névrose. Bien surveillée, bien gardée... Ils sont « en maison », les écrivains. En cabane ! Gouttes tous les soirs. Dans leur bouillie. Servie par leur femme ou leur petit ami... Sous contrôle... Ou leur pion d'édition, de journal. Leur référent, comme on dit dans l'espionnage. Ils sont sous influence, ils ne s'aperçoivent de rien. Châtrés en sourdine. Dissuadés ad hoc. Il faut dire que c'est facile. Pas de grande révolte en vue, n'est-ce pas... Borborygmes... Alambiquages... Applications filtrées... Pseudomédiévales... Tropicales... Hyper-provinciales... Jamais le nu intégral d'aujourd'hui, là, tout de suite, sous le microscope, en direct ?

— Allô, allô ? Vous savez qu'Henri Michaux est mort ?

— Ah bon... C'est triste...

— Nous préparons sur lui un supplément de dix pages. Pour célébrer sa discrétion exemplaire. Sa réserve. Son authenticité. Son silence. C'est le moment de défendre les vraies valeurs comme lui, Gracq, Blanchot, Cioran, dans le tohu-bohu actuel, n'est-ce pas ?

— Sans doute...

— Vous l'avez connu ?

— Un peu... Il y a longtemps...

— Alors ? Alors ?

— Pièce obscure. Grand fauteuil. Odeur de moisi. Fond bougie. On parlait de l'infini. Il avait du coton dans les oreilles... Mescaline, champignons hallucinogènes, mantras, tout le bazar... Encres de Chine, très laides... Contresens complet sur la Chine... Il haïssait Matisse, n'est-ce pas... Noir et blanc... Couleur interdite... Il aurait dû avoir le Nobel... C'est cela qui l'a tué, non ?

— Vous êtes fou ? La discrétion exemplaire ! La morale absolue !

— Oui, il aurait dû avoir le Nobel. L'infini en noir et blanc avec du coton dans les oreilles... Qu'est-ce qui a bien pu se passer ? Ce n'était pourtant pas un auteur comique ? Exagérément sexuel ? Catholique ? Pas du tout Embarquement pour Cythère ? Plutôt hindou ?

— Écoutez, je crois que je ne vais pas retenir votre témoignage...

— Mais pourquoi ? Le coton... Le coton...

Il raccroche. Furieux. Religion magnétique. Scoutisme à l'envers. Blessé dans l'au-delà des ombres. Besoin d'idéal...

Le maître du roman moderne ? Eh, bordel, Saint-Simon, le Duc, Louis de Rouvroy lui-même, notamment gouverneur de Blaye et maître d'un régiment de cavalerie, encore lui, toujours lui, et allez vous faire foutre avec votre crise du roman au vingtième siècle, réponse d'Europe centrale ou de Manhattan, mixage ou dilution de Kafka, lequel, en ce moment, est penché par-dessus mon épaule et m'approuve. Le Duc ! Soi-même ! Mobilisé ! Conséquent ! Intransigeant ! Supérieurement drogué à la Trappe! Vissé, remonté, électrique, interminable, vraiment interminable, voyant tout, notant tout, décrivant tout, jugeant tout. Et que ça saute! Et que ça tressaute! Qu'on n'a même pas le temps de repérer les changements de décor. En voilà un qui tient son sujet! Qui n'a pas le douteux avantage de se demander ce que ça peut bien vouloir dire! C'est clair, net, catégorique. Un ventre est un ventre, un tabouret un tabouret, un crime un crime, un médiocre un médiocre, un con un con, un lâche un lâche, un menton affaissé un menton affaissé, un chat un chat, une emmerdeuse une emmerdeuse, un complot un complot, une initiative une initiative. On est enfin dans l'enfilade. Grossesses et morts. On y est. A la française! Contre-attaque! *Furia francese*! Dans le roman! Bien sûr! Évidemment! le *Too French* se rebiffe! Se fâche! Le Duc avec nous! En tête! A l'oriflamme! A l'étendard! A l'épée!... Saint-Simon maréchal... Montaigne dans la salle des cartes... Balzac, Stendhal et Proust généraux... Retz et Chateaubriand diplomates... Pascal au chiffre... Bossuet aumônier... Sade aux services secrets... Diderot à la propagande... Montesquieu à la Justice... Villon aux prisons... Sévigné en mission... La Rochefoucauld pour les tracts... Rancé chirurgien, le crâne de Madame de Montbazon sous le bras... Rabelais aux cuisines... Flaubert au Génie... Molière journaliste... Céline dans l'aviation (il n'y a plus de chevaux)... Je prends les télécommunications... Je veux bien débuter comme petit télégraphiste... Dans une équipe pareille... La guerre des étoiles!... La charge de la brigade légère!... En avant!... Couperin pour la musique (un clavecin suffira, on est en campagne)!... Watteau et Fragonard pour les dessins sur le vif!... Photographes!... Racine au cinéma!... Rodin pour les monuments!... Manet et Courbet aux fantasmes!... En avant!...

— « C'est ce qui rend nécessaire de découvrir les intérêts, les vices, les vertus, les passions, les haines, les amitiés, et tous les autres ressorts tant principaux qu'incidents des intrigues, des cabales, et des actions publiques et particulières qui ont part aux événements qu'on écrit, et toutes les divisions, les branches, les cascades qui deviennent les sources et les causes d'autres intrigues, et qui forment d'autres événements. »

— Oui, Monsieur le Maréchal.

— « C'est se montrer à soi-même, pied à pied, le néant du monde... Se convaincre du rien de tout... »

— Certainement.

— « Ne croyons pas que la charité défende de voir toutes sortes de vérités et de juger des événements qui arrivent, et de tout ce qui en est l'accompagnement. Nous nous devons pour le moins autant de charité qu'aux autres : nous devons donc nous instruire pour n'être pas des hébétés, des stupides, des dupes continuelles. »

— Je vous entends, je vous entends...

Est-ce qu'on a remarqué comment il fait intervenir le Diable, Saint-Simon ? De temps en temps, comme ça, dans un coin ?... Une histoire d'évocations... De visions et d'apparitions... De verre d'eau divinatoire... De sorcellerie... De sortilèges... Au milieu des poisons, des pensions, des pressions, des précipitations et des prétentions ?... Dans un pli de la tapisserie... En pointillés... Mots couverts... D'où ses séjours à la Trappe... En secret... L'incroyable histoire du Portrait de Rancé réalisé, comme une conjuration, par Rigaud... Et c'est reparti en ville, au château, à la cour, au cloaque : mariages, transmissions, questions de titres et de sièges, préséances, dessous de lits, confessions, quelques guerres, réceptions, sermons, livres interdits, alliances transitoires, et encore des morts, un vrai tombereau de morts passant à toute allure à travers les pages, pas un passage sans un corps qui se décompose et vous envoie la véritable odeur du convoi... Course contre la montre. La montre est la mort. Saint-Simon a mis le Diable dans sa poche. Il a pris cette décision tout seul, ébloui dans la nuit, sans en référer à la Trappe... Ni à Rome, bien sûr, qui doit donner son avis sur les dévotions et les onctuosités de surface, jansénisme, quiétisme, jésuitisme... L'essentiel est de raconter, vite. La forme du nœud, le coulissage du nœud, chaque brin de la corde où les pendus se balancent... Chevauchée fantastique, la plume à la main... Vous avez vu cette petite écriture ? Ce manuscrit faufilé à peine raturé ? Avec ses *manchettes* en marge ? Vite, vite. *Conditions de la paix de Savoie. Succès à la mer. Filles d'honneur de la princesse de Conti mangent avec le Roi. Elle conserve sa signature que les deux autres filles du Roi changent. Mort de Croissy ministre et secrétaire des affaires étrangères. Mort de Madame de Bouteville. Anthrax du Roi au col. Duc de Foix et de Choiseul otages à Turin. Maison de la future Duchesse de Bourgogne.* Voilà les gares que l'express brûle à deux cents à l'heure... On dirait que chaque nouvelle vient gifler la précédente, c'est une immense bataille de tartes à la crème, vous finissez par avoir le vertige devant cet océan de vagues contraires, on ne sait plus si c'est à pleurer ou à rire, le cinéma et la télévision sont bien lents, on se croirait plutôt au cirque de Shanghai, piles d'assiettes en train de tourner sur des joncs eux-mêmes posés sur des fronts eux-mêmes appartenant à des corps en équilibre sur un pied sur le guidon d'une bicyclette... Un mot de travers est aussi important qu'une bataille et, comme le dira un autre aristocrate brûlé dont nous parlerons plus loin, une dragée vaut l'univers. S'il s'agit de savoir ce qui se passe en tout temps et à toute heure, en tout cas, voilà. Mémoires ? Mais non, roman, absolu du roman, système nerveux dominé de tous les romans possibles...

Comme le dirait Feldmann :

— Qu'est-ce que vous lisez en ce moment ?

— Saint-Simon.

— Claude Simon ?

— Non. Saint-Simon. Le Duc.

— Qui ça ? (sic). Et vous écrivez ? Un roman ?

— Oui.

— Toujours avec des clés ? Dans le genre chronique ?

— C'est cela même. Avec votre réflexion dedans.

— Koâh ?

— Rien.

C'est l'art du bout portant, persuadé que le bout du bout est partout, n'importe où et n'importe quand, toujours le même mais pas forcément de la même façon. Quoique... Le plus surprenant, c'est comme ils ne se voient pas être en scène. Là, palpables, sécrétant, suintant, émettant, transparents, le cerveau et les organes à découvert, lisibles, affligeants, touchants, accablants. Juste avant qu'ils ne mordent... Bof, il n'y a qu'à retirer la main à temps. Pencher un peu la tête pour éviter la salive... Se taire, tout en observant... Ils n'arrivent pas à s'imaginer qu'ils sont de toute façon « dans le roman » ! Quoi qu'il arrive ! Quoi qu'ils en pensent ! Dans l'intrigue automatique... Jusqu'au cou... Toutes les pièces rapportées au Roi... Appelez ça aujourd'hui comme vous voulez : argent, beauté, jeunesse, célébrité, sex-appeal, puissance, influence... Le Roi, c'est encore plus commode. Sagesse des Échecs. Regardez ce Cavalier de Duc. C'est la narration qui compte. Sur l'autre échiquier, de l'autre côté, en face, vous avez le Pape. Autre jeu. Sans Reine. Ou disons que la reine est légèrement différente... N'est-ce pas... Amusant, d'ailleurs, de voir comment le Duc ne comprends rien à Rome... Voyons... Comment ça se distribue, de nos jours, avec la middle-class générale ? Où chacun croit être de l'humain fabriqué par l'Humain ? Ou, au mieux, sorti de la cuisse du Docteur Freud ?... Légitimation comme une autre... Ça leur permet d'éviter de douloureuses questions... Quelle histoire ? Qui ? Quoi ? D'où ? Combien ? Avec qui ? Quand ? Pourquoi ? Comment ? Pour combien ?

— Et la dragée ?
— Pardon ?
— La « dragée qui vaut l'univers » ?
— Oui ?
— De qui est-ce ?
— Du Marquis. Sade. Deuxième romancier de génie. Loin en avant. Inégalé par tous les laborieux récits allemands, espagnols, anglais, russes, américains, italiens, japonais, chinois, tchèques, hongrois et serbo-croates... « Je me suis fait un principe de mes erreurs, et de ce moment j'ai connu la félicité. » Justine ! Juliette ! « Mon con se mouille en la trahissant »... Phrase parfaite. Chef-d'œuvre d'observation.
— Vraiment...
— Écoutez-moi ça : « Prisonnier bien plus au nom de la raison et de la philosophie des lumières, parce qu'ayant voulu traduire dans les termes du sens commun ce que ce sens doit taire et abolir pour rester commun, sous peine d'en être lui-même aboli. »
— Je n'y comprends rien.
— Ah, c'est magnifique !
— Mais qu'est-ce que ça veut dire ?
— Ah, c'est inouï ! Songez que c'est *ça*, uniquement *ça*, qui vaut la prison, la réprobation générale

et perpétuelle, la lecture sous le manteau, la plus grande gloire possible !

— Mais *ça*, quoi ?

— L'abolition du sens commun dans le sens commun... La traduction nette et honnête du sexe. La seule qui ait eu vraiment lieu. En français, donc. Et pas par hasard. Ils en rêvent tous ! Ils en crèvent ! Jalousie cosmique ! Le Versailles de Saint-Simon et les *120 Journées* de Sade et, déjà, on arrête la partie, la banque a sauté, plus personne ne peut jouer. Échec et mat en deux coups ! Plus rien ! Marché bloqué ! Plus de Foire du Livre ! Bombe ! Hiroshima sur Francfort ! Après ça, vous pouvez envoyez Proust et Céline pour ramasser les cadavres. Sur fond de Sodome et Gomorrhe et de Rigodon. Ce n'est pas pour rien que les trois derniers livres de Céline se passent en Allemagne. Avec plein d'exclamations allemandes. Au-delà de la péripétie historique, c'est bien pressenti... Le futur tramé en Deutsche gramophone...

— Mais Sade n'est pas de Bordeaux !

— C'est tout comme. Il a été condamné à mort pour girondinisme. C'est dans son acte d'accusation signé Fouquier-Tinville. S'il n'avait pas été changé de tôle au dernier moment, il y passait. Comme tous les aristocrates, les libertins et les pro-curés un peu stricts. Noble, débauché et fanatique papiste : trois motifs de condamnation. Si vous étiez les trois à la fois, vous étiez trois fois guillotiné. Et Girondin par-dessus le marché ? Quatre fois. Michel Eyquem de Montaigne ? A couper en quatre ! Et même en cinq, puisque un peu juif... C'est tellement clair !

— C'est de l'interprétation délirante ! Vous êtes obsédé !

— C'est ça !

— Il faut quand même vivre avec son temps...

— Mais comment donc !

— Vous ne pouvez pas nier que le monde a changé...

Que la capitale culturelle du monde est désormais New York...

— New York ? J'en viens. L'espace n'est pas vilain. Mais littérairement ? A d'autres !

— Ils le disent, pourtant.

— Bien entendu, qu'ils le disent, et qu'ils ont bien raison de le dire. A leur place, j'en ferais autant.

— Mais à part vous, franchement, quel Français ?

— Ah, là, je suis d'accord. C'est tout le problème. Mais il faut d'abord prendre sur soi le discrédit et l'aigreur attachés à la levée du tabou... Ça viendra ! Courage ! Ils sont seulement déprimés, culpabilisés, les Français... Ça fait quarante ans au moins qu'on leur répète tous les jours qu'ils n'existent plus. Qu'ils ne peuvent plus exister, que ce serait absurde, antihistorique et immoral qu'ils existassent ! Debout Franzősen ! Le dollar suivra ! Le mark aussi ! le rouble et le yen idem ! On a raison de se révolter ! De toute façon, il n'y a pas le choix : c'est ça ou la mort.

— C'est une croisade ?

— Exactement.

— Vouée à l'échec ?

— Bien entendu. Raison de plus ! On ne se sacrifie jamais trop à une cause perdue ! En gants blancs ! A l'épée ! Avec les femmes en grande toilette, recyclées à fond ! Érotiques ! Fabuleusement vicieuses ! Dans la plaine ! Tambours ! Fleurs de lys ! Et même bleu-blanc-rouge ! Pas de détails ! Mais je garde quand même le drapeau anglais ! Par coquetterie personnelle ! En première ligne !

— Shakespeare n'est pas de Bordeaux !

— Shakespeare ? Bourré de *claret* ! Tous les soirs ! C'est connu ! Du meilleur Médoc ! Juste avant de monter en scène ! Au Globe Theater !

Un des objets auquel je tiens le plus, dans les malles ? Celui-ci : un livre. Tranches de cuir vert. Lettres d'or :

LE
MANŒUVRIER
OU
ESSAI SUR LA THÉORIE
ET LA PRATIQUE
Des Mouvements Du Navire
Et Des Évolutions Navales
Par M. Bourdé de Villehuet, Officier
des vaiffeaux de la Compagnie des Indes

Hoc opus, hic labor est
Virg. Aeneid.

A PARIS
Chez Desaint, Libraire, rue du Foin.

M. DCC. LXIX
Avec Approbation, et Privilège du Roi.

Une étiquette à l'intérieur : Se trouve chez P. Sauvat, Libraire, rue Saint-Rémi, 3. Près de la Place de la Bourse, Bordeaux.

Il y a deux pages blanches pour commencer. Deux pages sur lesquelles on a écrit des notes à l'encre noire, devenue rouge-brun avec le temps.

L'étiquette prouve que le livre, édité en 1769, a été acheté après la Révolution (la place de la Bourse était la place Royale, avec statue de Louis XV).

L'écriture est celle de Paul-Philippe Rey, le père de Louis. Mon arrière-grand-père maternel, donc. Le marin. Celui dont les parents ont acheté la maison dans l'île de Ré, rasée par les Allemands en 1942.

Il a signé de son nom, en haut, à droite, sur la première page.

Et puis, il a noté : « Nous quittons Bordeaux le 3 Mai 1864, à dix heures du matin. Le temps est splendide... »

C'est tout.

1864 est l'année de la naissance de Louis. Le 3 mai, il a juste trois mois.

Que faisait le père de Paul-Philippe ? Négociant en vins, dit-on. Les traces se perdent... Lui, il est visiblement heureux, graphie penchée, déliée, les Indes sont au bout de sa phrase interrompue. Il a cinquante ans, puisqu'il est né en 1814. Il commande son bateau dont j'ignore le nom. En 1838, à vingt-quatre ans, il a peut-être croisé Stendhal sur les allées de Tourny. Comme son père a peut-être vu passer un précepteur allemand du nom d'Hölderlin.

Le livre est une merveille. Figures géométriques, dessins des manœuvres... Il est dédié par l'auteur au Duc de Choiseul, « pair de France, chevalier des ordres du Roi et de celui de la Toison d'Or, Colonel-Général des Suisses et Grisons, Lieutenant-Général des Armées du Roi, Gouverneur de Touraine, Grand Bailli d'Haguenau, Ministre et Secrétaire d'État de la Guerre et de la Marine, Chargé de la Correspondance des Cours d'Espagne et de Portugal, Grand Maître et Surintendant Général des Postes et Relais de France, &c. &c. &c.

Monseigneur,

La France, fe fouvenant encore de ces temps mémorables où des Hommes intrépides portoient la gloire du Pavillon dans toutes les parties du Monde... »

C'est un traité militaire... De la Chasse... Chasser un vaisseau qui est au vent et le joindre par la voie la plus courte... Abordage... Du Branle-bas... De l'exercice du Canon... Exercice pour le jeu des Grenades... Louvoyer en ordre de combat... Disputer le vent à l'ennemi... Traverser les ennemis... Forcer l'entrée d'un port, avec des Vaisseaux et Frégates de guerre, Galiotes à Bombes, Chaloupes, Canots et Brûlots...

« Dans tous les temps, l'abordage a été la plus avantageuse manière de combattre pour les Français... »

Tiens donc !

« Nous quittons Bordeaux le 3 mai 1864, à dix heures du matin. Le temps est splendide... »

Je les connais ces matinées de printemps, argentées, fraîches... Toute la ville, et les kilomètres de vignes alentour, est comme dressée, impatiente, précipitée par avance vers l'embouchure, la Gironde, Blaye, le bec d'Ambès, la pointe de Grave, et de là vers l'Océan qu'on rejoint comme un son massif s'évanouissant depuis le fond de la gorge... Où allait-il ce jour-là, celui-là ? A Londres ? Amsterdam ? New York ? Valparaiso ? Montevideo ? Naples ? Venise ?... Ou carrément à Pondichéry ?... Il a pris *Le Manœuvrier* pour se distraire un peu... L'époque héroïque... Lointaine, déjà... Il reverra sa femme et son dernier fils dans trois ou quatre mois... Ou six... Il est mort en 1890... Dans un autre monde... Au fond, ils ont tous joué à saute-mouton par-dessus des transformations impensables... Voiles devenues moteurs... Voitures... Avions... Électricité... Téléphone-Cinéma-Radio... Télévision... Et maintenant cellules, computers, satellites, lasers et scanners... Des trois mousquetaires à l'exhibition en mondovision... Des outils traditionnels à la mécanique accélérée, à renouveler sans cesse... Machines... Chez nous, les Diamant, le livre le plus important était le catalogue de la Manufacture de Saint-Étienne. Chaque année, au moins, une transformation, une amélioration, un changement de fabrication, la concurrence désastreuse du Nord et de l'Est... Les Allemands, ou les Alsaciens, ou les Lorrains nous tuent... Bien sûr... Un siècle de laminage... Et puis, peu à peu, la revanche du Sud... Des zones ensoleillées, souples... Dans l'électronique...

321

Silicon Valley, pourquoi pas ? La Californie alliée objective ? L'embêtant, c'est qu'ils veulent absolument légitimer leur vin... Comme les Rothschild, finalement, qui, venant de Francfort, se sont anoblis de façon indiscutable chez nous. Le charmant baron... Celui du Mouton... Poète à ses heures...

Est-ce qu'on va faire semblant avec les Californiens ?... Un peu... Courtoisie... Rigolade... Une blague que se font les Bordelais entre eux... On avale ce gros jus de raisin sucré... On évite de prononcer le mot *vin*... Deux choses sur lesquelles je peux difficilement mentir : le vin, la littérature... Vieux style, hein ?... Dinosaure, déjà ?... La langue, l'oreille... Le palais de la langue et de l'ouïe... A partir d'un certain moment, je m'en souviens, Louis a refusé d'arbitrer, comme on le lui demandait encore, les assauts d'escrime avec appareillage électrique pour détecter les touches douteuses... Les fils qu'on accroche aux tireurs par-derrière... Le petit bouton au bout du fleuret... « Ridicule ! On n'a pas besoin de ce truc-là !... L'*aveu* de la touche, messieurs, tout est là... — Mais il peut y avoir des erreurs ? Involontaires ? — Si vous supprimez le mot *touché !* de l'assaut, il n'y a plus rien... — Mais enfin, Maître... — Et ce bouton ! A la place de la pointe ! Grotesque ! Je me rappelle avec Gualtieri, l'Italien... Il venait de tricher trois fois... Je l'avais touché, sans contestation possible, au poignet, à l'épaule, à la cuisse... Il ne disait toujours rien... A la fin, je me fends, je le laisse passer, il me manque, je le pique en pleine poitrine, j'enlève mon casque et je crie : *et celle-là* ?... Vous auriez entendu le public... L'escrime, c'est ça, messieurs. Rien d'autre. » Bref, il a passé pour gâteux. On a bien entendu installé partout les boutons et les fils. « Marionnettes ! bougonnait Louis. Regardez-les, avec leurs prépuces... Leur cordon ombilical... Poulets aux hormones... » Il n'a plus voulu voir un seul tournoi. Lena m'emmenait au spectacle. A l'entrée, elle chuchotait « Louis Rey », « Maître Rey ? Mais certainement, madame... ». On entrait sans payer, on nous donnait des places au premier rang. Et puis, un jour, un portier n'a pas réagi. « Quoi ? Comment ? La fille de qui ? » La honte. Cela aussi, c'était fini. Comme les chevaux. Comme le reste.

— Et le Diable ?

— C'est un élément important de la navigation.

— Comment ça ?

— Vous savez en quoi consistait un *diablotin* ?

— Non.

— Une voile d'étai du Perroquet de Fougue.

— Ça ne m'avance pas à grand-chose.

— Le Perroquet de Fougue était la voile du Perroquet d'Artimon qui se bordait sur une vergue ne portant pas de voile et appelée vergue sèche. Vous imaginez bien une vergue ?

— A peu près. Mais pas un Perroquet.

— Petit mât que l'on mettait à l'extrémité des autres mâts.

— Et Artimon ?

— Voyons ! Le mât d'un bateau, tout simplement. Celui qui est le plus en arrière. Vous ne confondez quand même pas Artimon et Beaupré ?

— Je n'en suis pas sûr.

— Beaupré : mât qui se prolonge obliquement par-dessus l'éperon et qui excède l'avant du vaisseau.

— Ouf ! Nous voilà fin prêts pour la dernière chasse à la dernière baleine. Donc, le Diable ?

— Ça dépend où, quand, avec qui, comment.

— Aujourd'hui, bon Dieu !

Ah, aujourd'hui... J'ai dit ça une fois à Sophie, bien que nous ayons pour règle de ne jamais rien commenter en dehors des séances : « Vous vous rendez compte que nous aurions été joyeusement brûlés ou emprisonnés, il n'y a pas si longtemps, moi comme sorcier, vous comme sorcière ? » Elle a ri... « Mais c'est délicieux, ça »... Tout cela est si loin... Mais peut-être pas, après tout... Voilà encore une chose que je pourrais demander à Haas... S'il croit encore au Diable... Et si oui, ce qu'il entend par là désormais... C'est un truc de repli gastrique, moi, je pense... De clinique... D'avortement sexuel inconscient... Misère psychique... Comme les gens qui vous parlent d' « ésotérisme », ce mot qui évoque irrésistiblement une maladie de l'intestin grêle... Ou d'autres qui, avec des airs entendus, font état de l'existence de « lucifériens supérieurs »... Misère... C'est tout... Le Diable transforme la misère en mystère... L'évidente connerie en puits de savoir et de science... La tare visible en plein visage, en signe de connaissance cachée... On peut d'autre part repérer des regroupements selon les manies... Lubricitas... Vanitas... Cupiditas... Chaque défaut a, pour ainsi dire, ses adhérents spontanés, ses critères de sélection automatiques, ses initiations et, finalement, ses légions... Alcooliques... Drogués... Obsédés sexuels... Avares... Ce n'est jamais que la ronde des sept péchés capitaux, capiteusement présentée à l'œil du voyageur... C'est vrai que le vice aime bien se donner des airs entendus... Des sous-entendus... Des perspectives cabalistiques... En réalité, tout ça se combine tout seul, par pesanteur... Par naïveté, surtout... Immense naïveté, toujours !... « Le Diable serait bon s'il était resté dans l'état où il a été fait »... On ne saurait mieux dire. Le Diable souffre d'avoir été fait *trop bon*... Il est trop pur, le Diable... Plus c'est tombé bas chez quelqu'un, plus c'est recroquevillé, possédé, brûlé, racorni, endurci, convulsif, aigri, raidi, abruti, et plus vous voyez à l'œil nu s'agiter l'immense nostalgie de pureté initiale, le jugement implacable sur soi, un auto-mépris infini...

Le Diable est un vaste et minuscule malentendu, la mauvaise digestion de Dieu. Il peut être dissipé d'un moment à l'autre. Clac ! Entre deux doigts ! Non-être ! Illusion ! Dracula fuyant au chant du coq ! Tigre de papier ! Parasite !... Parasite, surtout... Si vous saviez comme il a peur d'être deviné pour ce qu'il est, le Diable... C'est-à-dire rien... Un néant qui n'attend son sang et son souffle que de vous, bon bétail passif, toujours prêt à prendre sur soi de la sangsue, de la tique, des puces, des bactéries, des virus... Ça ne vous fait pas de mal, d'ailleurs, ça vous forme... « L'ennemi du genre humain »... Huileux, obséquieux, puritain... Le temps de s'installer... Et puis gonflant peu à peu ! Devenant énorme ! Pantin sans limites ! Prêt à prendre tous les pouvoirs ! A finir par des charniers s'il le faut ! Haineux ! Grossier ! Scatologique !... Enfin, chacun ses expériences... Il y a une description pour chaque cas...

« L'accusateur »... Chaque nuit dans vos rêves, non ?... Mais c'est vous... Vous, beaucoup trop sévère avec vous... Au moins autant que vous aurez été complaisant pendant la veille... Vases communicants... Encore une fois, ça marche tout seul. Le Diable ? Une question de proximité. Il attend... Il est à la porte... Il suffit d'ouvrir... Il est toujours plusieurs, en grappe... Sacrés bonnets... Il ne s'agit que de votre crédulité en acte. De votre propre hypnose démultipliée...

Si j'ai eu le Diable chez moi ? Mais bien sûr. Ça m'arrangeait. Je ne le regrette pas. C'est drôle. Instructif. Il ne faut pas se désabuser trop vite... Il y a un moment, ah oui, un vrai moment où c'est dangereux, très. Où les masques tombent. A vous de dégager. Comme l'éclair. Il n'est pas mauvais, au début, d'avoir l'air un peu lent, ramolli, dupe... En se gardant prêt par-dessous... J'ai une tête d'apparence gentiment trompeuse. Ça m'aide. C'est ainsi.

Un virtuose dans cette région ? Casanova... Giacomo... Comment, je n'ai pas encore parlé de lui dans ce livre ? Je le gardais pour la fin ? La presque fin ? Sur fond de Mozart ?... Si quelqu'un s'est moqué divinement de toutes les diableries en en décrivant la cause, c'est bien lui... « La nécessité, cette loi impérieuse, et ma seule excuse... » En français... A quoi il joue toute sa vie, Casanova ? Au seul jeu qui compte, celui du plaisir saisi sur le vif... Et puis au *pharaon*... Une sorte de poker d'époque, j'imagine... Et puis à se prétendre en contact, par langage chiffré, avec un ange révélant les énigmes, soignant, interprétant, ordonnant, dissuadant, conseillant... Voilà, voilà, vous mettez maintenant le vingt-sixième concerto pour piano... « Le bon vieux temps est passé, en Mozart il a fait entendre son dernier chant. Estimons-nous heureux que son rococo nous parle encore, que son bon ton, sa passion délicate, son plaisir d'enfant aux chinoiseries et aux fioritures, sa politesse qui part du cœur, son goût de la grâce, de la tendresse et de la danse, sa sensibilité proche des larmes, sa foi dans le Sud touchent encore quelque chose en nous ! Hélas, un jour ou l'autre, cela aussi prendra fin. Mais qui peut comprendre qu'auparavant nous aurons cessé de comprendre et de goûter Beethoven, qui ne fut que la dernière expression d'une rupture et d'une transition dans le style musical et non pas, comme Mozart, l'ultime expression d'un goût européen qui avait régné avec grandeur pendant des siècles... »

Mais non, mais non, Nietzsche a tort, et serait heureux d'avoir eu tort... Le bon vieux temps revient. La foi dans le Sud rayonne. Ne pas perdre le Sud, la boussole des désirs invisibles, tout est là. Le grand goût européen est plus que jamais vivant. Il suffisait de ne plus s'aveugler sur son origine : la lumière des papes... Découverte douloureuse pour certains... *La foi dans le Sud ?* Évidemment... Enfin, je vous renvoie aux *Mémoires* de Casanova... Qui, eux non plus, ne sont pas des Mémoires mais le vrai roman de son temps... Il y a une phrase de lui que j'aime particulièrement... A propos d'une de ses anciennes amies, quand il lui arrive de la rencontrer en public : « Quand je la voyais, en diamants, et qu'elle me voyait, nos âmes se saluaient... » Voilà.

Je rêve que je suis dans un casino souterrain. Galeries de miroirs, salons, tables de jeux, agitation et calme, fumée, acteurs de tous les pays, de toutes les conditions, de toutes les langues, et de toutes les cases du temps, on dirait. On me conduit à ma place. On me donne mes cartes. Elles sont couvertes de signes que je ne connais pas, que je ne sais pas lire. Hiéroglyphes, inscriptions chiffrées, caractères cunéiformes et algébriques dont je n'ai pas la moindre idée, rouges, noirs, verts, jaunes, bleu sombre. C'est le moment de garder son sang-froid. J'observe mes voisins. Ils paraissent tendus, concentrés, usés. Plusieurs font des calculs rapides, à la main, sur des blocs de papier : plumes dans les encriers pour ceux qui sont habillés à l'ancienne, feutres pour des hommes d'affaires d'aujourd'hui, petites machines japonaises à clavier. Je remarque qu'il y a des écrans partout, avec le cours des différentes monnaies par rapport au *EL*, c'est le mot que je vois écrit devant moi, et auquel même le dollar est comparé. Mais il y a de tout : pièces de monnaie dans des caisses, billets démodés et jaunis, bijoux en vrac, lettres de change, titres, carnets de chèques. Un ordinateur avale et juge tout ça, dans le fond, apparition des chiffres 1 ou 0, pour chaque valeur testée. 1 pour vrai, j'imagine, 0 pour faux. Mon deuxième voisin, sur la droite, semble être français, j'essaye d'attirer son attention. Mais il écrit tout le temps, son carnet est bourré de formules mathématiques, il est maigre, pâle, osseux, les yeux fous, il jette nerveusement sur la table ses billets de cinq cents francs de maintenant, avec la figure de Pascal, et de temps en temps quelques Montesquieus à deux cents francs. Entre nous, une Italienne, sans doute, perruque et poudre, vieille et maniaque, rire nerveux toutes les trente secondes. A ma gauche, à côté de ma voisine américaine, accompagnée d'un cocker bizarrement couvert de colliers de perles, un type hâve, barbu, un peu voûté, de taille moyenne, parle un allemand hésitant. Il est russe, cela s'entend. J'ai envie de l'appeler par son nom, Dostoïevski, cela va de soi, quand, tout à coup, il s'effondre à la renverse avec un grand cri, le hurlement typique de l'épilepsie qui va, je pense, interrompre la scène, mais non, on le laisse se débrouiller seul par terre. Je veux me lever pour lui porter secours (lequel d'ailleurs, je me le demande), mais l'un des gardes qui surveillent les tables me maintient solidement par les épaules sur mon siège, impossible de bouger. « Faites vos jeux ! » C'est donc à moi, maintenant. Tout le monde attend. J'ai cinq cartes en main, j'ai compris qu'il fallait en abattre deux, en mettant son argent ou un objet précieux sur le tapis vert. Je me baisse, je prends dans mon sac, que j'ai gardé avec moi, le manuscrit de ce livre, je le pose délicatement sur la table, je regarde longuement mes cartes, auxquelles je ne comprends toujours rien, je choisis la jaune et la blanche, je les étale avec assurance sur le tapis. Il y a un moment surpris, intéressé. L'Homme-aux-Pascals lève la tête. « Dostoïevski » s'est relevé et se penche près de ma joue gauche, je sens sa barbe me brûler la peau. Le cocker de l'Américaine aboie. Les joueurs semblent venir vers nous du fond des salons, à présent. Un des croupiers prend avec précaution le manuscrit, le porte à l'ordinateur (système qui ressemble à celui pour la fouille des bagages dans les aéroports), lequel absorbe sa marchandise.

Tous les yeux sont levés vers l'écran de contrôle où va s'afficher incessamment la réponse. Mais le temps passe. Un temps lourd, moite, pesant, meurtrier. Le Russe, à côté de moi, est secoué maintenant d'un petit rire fébrile, il sort de son portefeuille une photographie qu'il me tend : aucun doute, c'est bien Franz Kafka dans sa jeunesse, la célèbre photo avec chapeau et chien, l'élégante photo que l'on trouve désormais partout en cartes postales, image fulgurante de charme. Je lui rends la photo en faisant un geste de la main pouvant signifier : « On ne sait jamais. » L'ordinateur ne dit toujours rien. Tout le monde attend, avec gentillesse, d'ailleurs, sans nervosité ni hostilité. Il doit y avoir, de temps en temps, des cas litigieux de cet ordre, suspendant la roulette, le cours des opérations. Ma carte blanche est toute blanche. Ma carte jaune porte un dessin où on peut reconnaître, si l'on veut, du moins est-ce ma perception aiguë en plein sommeil, deux clés entrecroisées. Cette carte-là semble intriguer particulièrement l'Homme-aux-Pascals. Le Russe, lui, a l'air très réservé sur la carte jaune. Il hoche la tête plusieurs fois, d'un air sceptique, attristé. Tout à coup, l'ordinateur se met à bourdonner. Un drôle de son, plutôt mélodieux, d'ailleurs. Trois notes, ensuite, vives, joyeuses, comme une ambulance se frayant un passage au milieu des embouteillages, carillon emplissant toutes les pièces, celles que je vois comme celles que je ne distingue pas, au bout des couloirs. Le Directeur du Casino (ce ne peut être que lui : grand, smoking, barbe blanche bien taillée, décoration à la boutonnière) s'approche de l'ordinateur, vérifie les touches du clavier central, tâte les fils enchevêtrés (il y en a des milliers), regarde l'écran toujours vide, et finit par s'approcher de moi. « Vos papiers sont écrits à la main ? » me dit-il en anglais. Je fais oui, de la tête. « En quelle langue ? » demande-t-il. L'Homme-aux-Pascals et le Russe répondent tout de suite à ma place. « En français ? » dit le Directeur. Son ton est neutre. Il n'a pas l'air tellement surpris. Il s'adresse à l'un des chefs de table : « Nous avons le français ? — Naturellement », dit l'autre. Les trois notes se sont arrêtées, maintenant. Je regarde ma montre : il s'est écoulé à peu près un quart d'heure depuis que mon cahier a été soumis à la détection. Le Directeur regarde mes cartes, il a l'air légèrement soucieux, sans plus. Ah, voilà. L'écran s'allume. La réponse s'écrit. 1100. Souligné trois fois, comme font les machines dans les situations à problèmes. Je suppose qu'il faut lire : si c'est vrai, trop vrai ; si c'est faux, trop faux pour ne pas être un peu vrai. « One One, O O ? s'écrie l'Américaine, that's impossible ! ». Ça murmure de partout, à présent. J'entends le mot *suspendu* dans toutes les langues. « Je vois, me chuchote rapidement le Russe à l'oreille, je vois : vous avez glissé des *cochonneries*... » L'Homme-aux-Pascals me regarde fixement. La vieille Italienne me sourit avec courtoisie. Un des chefs de table vient me demander mon passeport. Je le lui donne, il l'ouvre, l'Homme-aux-Pascals et le Russe se bousculent pour lire le nom... « Voulez-vous me suivre, monsieur Diamant ? » fait le chef de table. Je me lève, tout se calme, les parties reprennent, le chef de table me conduit dans le bureau du Directeur. Celui-ci me rend sans un mot mon cahier intact. Et me tend les deux cartes, la blanche, la jaune. « Vous garderez bien ça en souvenir ? » dit-il en français, avec un fort accent américain. « Reconduisez monsieur », dit-il au chef de table. Je me retrouve dehors, dans un grand parc tropical. Il pleut.

En réalité, c'est assez simple : il s'agit de mettre les deux sexes dans la perspective juste. Irréconciliables.

Bien comprendre ça. Le vérifier, s'en pénétrer. Ne pas s'en désoler (romantisme), ne pas s'en arranger ni s'y résigner (nihilisme). Narration répétée de l'obstacle, comment on peut le surmonter et aller plus loin. *Never complain, never explain*... La formule est passée, comme ça, dans la famille, je l'ai entendue des centaines de fois, refrain désinvolte ou noir, ce n'est pas vraiment traduisible, il manquerait la rime qui implique un raisonnement : s'expliquer, c'est déjà se plaindre ; se plaindre, c'est croire qu'il y a quelque chose à expliquer là où l'événement est déjà passé, ne pouvait pas ne pas se produire à cause, peut-être, d'une attitude de plainte injustifiée. Ne jamais expliquer, ne jamais se plaindre... Quintessence anglaise, secret de la survie *à côté*... On prend le genre humain bien en face, là. Sa condition. Ses fonctions. Et on voit ce qu'on peut faire quand même. Homme et Femme ? Ça peut très bien se résumer. Vous prenez l'horreur du sexe masculin chez n'importe quelle femme, une horreur de fond, derrière tous les masques que vous voudrez, l'horreur de l'envie, avouée ou non, bref le signal radical de l'injustice ressentie à mort. D'un côté. De l'autre — chez n'importe quel homme — la peur de la castration, comme on dit, mais enfin appelez ça comme bon vous semble, inhibition, mégalomanie compensatrice, agitation ou prostration, peu importe. Si vous arrivez à faire *jouer* un homme et une femme au jeu des aveux là-dessus, vous avez gagné. Le lot ! Le gros lot ! Ni plus ni moins que le ressort de toute la comédie. Mais attention, hein : des preuves. Verbales. Physiques. Géométriques. J'explique ? Non, je raconte. Je me plains ? Jamais, je poursuis. Ne pas s'expliquer ne veut pas dire : ne pas avoir ses idées sur la question. Ne pas se plaindre ne signifie pas : idéaliser les choses. *Never complain, never explain*, ça doit sonner comme une déclaration de principe légère sur l'usage du corps dans le temps. Ne pas perdre son corps dans le temps.

Ne pas perdre du corps avec le temps. Ne pas perdre du temps avec son corps. Pas de psychologie, c'est-à-dire de rumination à la place du corps ! Mot d'ordre ! Ce qui ne veut pas dire qu'on n'est pas psychologue, au contraire... Mais *pas de plainte* : voie royale, porte du salut, lumière des nerfs.

C'est comme ça qu'on peut sauter l'à quoi bon de chaque jour, coup de dépression, piqûre froide. Qu'on peut, sans explication, même pas à soi-même, surtout pas à soi-même, dire oui, et encore oui, sans raisons, à la partie en cours, même la pire, la plus mal engagée. Ça m'est arrivé mille fois d'être foutu, en retard, perdu, sans le moindre espoir, discrédité, fauché, trompé, méprisé, abandonné, coincé, surveillé de près, fatigué, écrasé, malade, comateux, loin, très loin, sans réserves, à bout, presque fou. Je me rappelle, un soir, c'était décidé. J'arrêtais là, ce n'était plus possible, *je savais tout*, et il n'y aurait plus que la morne et inlassable réitération des mêmes gestes, des mêmes vérifications, le même retour de la même mystification diffuse. Il pleuvait. J'avais tout préparé. Je descends faire un dernier tour, juste un tour, comme ça, pour bien m'enfoncer dans la tête toute la négation compacte de la ville, des millions de tonnes de béton, des millions et des millions de conneries et de petitesses massées dans des millions de cerveaux hallucinés et qui ne se savent même pas en plein délire. Je bois un café, mon dernier café. Je regarde d'en bas, avec un hoquet de rire, ma fenêtre restée éclairée derrière laquelle, tout à l'heure, il y aura un trou dans l'espace, une rature de plomb. Juste à ce moment, deux voitures dérapent, se jettent l'une sur l'autre, au carrefour, avec une violence totale. Je m'approche. Un type seul qui n'a presque rien. Un autre type, dans l'autre voiture, très amoché. Et la fille, blonde, quelconque, à côté de lui, sanglante. Elle est morte pratiquement dans mes bras, là, sur le macadam, comme un pauvre petit lapin soudainement vidé, l'œil vitreux, la bouche tordue, le thorax complètement enfoncé, sous la pluie tiède, incessante. Je n'avais rien vu. Tout le monde est arrivé, peu à peu. On a embarqué la fille et son type, l'autre type aussi. Je suis remonté chez moi. Ce n'était pas la première fois que ça m'arrivait, ça, l'impression et le choc d'un accident où quelqu'un, par hasard, prenait ma place. J'ai bu. J'ai vomi. Le lendemain, au carrefour, il n'y avait plus rien. Mon pantalon et ma veste étaient couverts de taches brunes. Je me rappelais avoir caressé machinalement le front bombé de la fille. Demain est un autre jour. Autre leitmotiv de famille. Il y a un passage de Montaigne, recopié par Louis dans un de ses carnets. Je l'ai là sous les yeux, noir sur blanc. Son écriture est très différente de celle de son père. Elle est ronde, montante, agressive, alors que « le temps est splendide », de Paul-Philippe, est plutôt incurvé, plongeant. « Je ne veux ni me craindre ni me sauver à demi. Si une pleine reconnaissance acquiert la faveur divine, elle me durera jusqu'au bout ; sinon j'ai toujours assez duré pour rendre ma durée remarquable et enregistrable. »

L'avion vient de Chicago. Ils sont des centaines à débarquer à Paris, groupes agglutinés de touristes, hommes, femmes, enfants, sacs, chapeaux texans, appareils photo, vieux, jeunes, l'air tous vieux, pour finir, fatigués, contents. Je viens de quitter Sophie, j'ai pris directement un taxi pour l'aéroport. J'ai encore ses mains sur moi, sa bouche dans ma bouche, son odeur partout, la sensation de sa peau sur les doigts. J'attends l'avion pour Venise. Voilà. Ça me rappelle quand je prenais le train pour Bordeaux à Austerlitz, à Noël, à Pâques, fin juin. Versailles-Bordeaux. Paris-Venise. Les vacances, quoi. J'aime les moments de transit. Tous les détails de l'espace sont allumés, prometteurs. On est la marchandise. On n'a aucun poids, on a juste son poids. On respire exactement le mouvement qui s'efface. Pas plus. Pas moins. En une heure vingt, on est à Marco Polo. Je prends un *motoscafo*. Une demi-heure de cavalcade sur l'eau, dans la nuit, et je suis chez moi. Petite place tranquille. Clé dans la serrure. Couloir humide. Clé de nouveau. Ça va. Tout est en ordre, chaud, Agnese est passée. Cafetière en argent, pleine, sur la table de la cuisine. Je prends un bain. Je vais droit chez *Aldo*. « Buona sera ! — Buona sera. — Ben tornato ? — Si. » Gianni met mon couvert. « Solito ? — Solito, grazie. » Il sait que je vais demander automatiquement une friture de poisson et une demi-bouteille de vin rouge. *Solito*, mot magique. *Solito*, pour moi, ce n'est pas seulement *comme d'habitude*, mais aussi la bonne solitude, la solitude dansante retrouvée, la note fondamentale du concert, le soleil de toute manière, même si c'est la tempête... *Solito*... L'autre mot qui m'enchante, en italien, c'est *morbidezza*, bien sûr, qui veut dire souplesse, mais qui, nécessairement, engendre l'idée de la mort légère, de la morbidité éveillée, filante, jouisseuse, lézard luisant de la vie... Souliers, gants, ceintures, porte-documents, portefeuilles... Vous avez encore l'impression rapide des pommiers et des vergers en fleurs dans *pomeriggio*, c'est-à-dire tout simplement : l'après-midi... On va rentrer tôt, ce soir. On va se coucher très tôt. Il est là de nouveau, tiens... Qui ça ? *Il Francese*... Ici, j'ai fini par être la silhouette acceptée. Pas de nom, c'est le monsieur qui a un petit appartement, là, sur le Campo. Qu'est-ce qu'il fait ? Rien... Il vient se reposer. Souvent ? Presque tous les mois. Deux, trois jours. Parfois plus, quand il écrit... Il écrit ?... D'après Agnese, oui... Un scrittore ? Di televisione ? Forse... Voilà : vin, friture, café. Une glace quand même ? Allez, une glace. Au chocolat. Et au lit. A la Trappe... Prêt pour une nouvelle vague de rêves... Qui ne manque pas d'arriver, comme dans le sillage de tous les voyages...

Je suis avec Laure, on assiste ensemble à la fermeture de Dowland, déménagement, camions, meubles entassés, portes claquantes... On est près de la porte-fenêtre donnant sur la glycine, elle me tient le bras. Elle vient de me donner la petite table chinoise de l'entrée, incrustée de caractères de nacre. On est en même temps très vieux et très jeunes, on regarde tout de très loin, et c'est aussi comme si on était cachés tous les deux, comme autrefois, derrière les rideaux... « Tu as pris le petit tableau ? — Oui. » Je le lui montre. C'est un portrait de Louis, de la fin du siècle dernier. Pantalon noir, chemise de dentelle blanche, il est assis très droit sur une chaise, les jambes croisées, son fleuret sur les cuisses. Il a l'air incroyablement insolent. Les yeux sont brillants, mais le visage est un peu rejeté dans l'ombre. C'est la pleine époque de sa gloire : 1890, il a vingt-six ans. Le tableau est sans grande valeur, je pense, malgré son style plutôt moderne pour l'époque, « impressionniste », il n'est pas signé, sauf la date, mais il a quelque chose de magnétique, de ramassé. Il est très antipathique, Louis, comme ça. Il est merveilleusement sympathique. Laure m'entraîne dans le jardin. On est sous le magnolia, maintenant. Et, de nouveau, c'est comme si elle avait douze ans, et moi dix, elle a ses cheveux noirs flottants, sa petite robe bleu marine, on va dans les buissons, je sens les branches contre mes jambes nues, on s'accroupit, on regarde la maison de loin. Les déménageurs sont en plein travail, on entend des coups de marteau et des bruits de scie, des cris, des ronflements de moteurs, les sirènes des bombardements. Laure me prend par la main, on court à travers les vignes. Et le décor change. Ce sont les chevaux. Je les reconnais, ces amis du délire. Ils sont là, dix ou douze, pressés les uns contre les autres, avant la course, mais sauvages, non-montés, farouches sous le ciel d'orage. Et puis l'Océan. En bateau, toujours avec elle. Comme on l'a fait mille fois. C'est elle qui est à la barre, je suis penché au maximum à l'extérieur pour faire contrepoids, le bateau gîte de plus en plus, on vire de bord...

Et puis l'éternelle séquence au tableau noir. L'équation à résoudre. « Diamant, au tableau ! » Je n'ai pas suivi l'exposé du problème, bien sûr. Je vais être, une fois de plus, incapable d'enchaîner la démonstration. La craie à la main. Les acacias verts et froissés de vent par la fenêtre...

Je me réveille. Le vent s'est mis à souffler, les volets claquent. Je vais les fermer. Il est trois heures du matin. La ville est immergée dans un tourbillon de pluie, la grande pluie de Venise, où on a l'impression que l'eau et le ciel ont échangé leurs domaines, que le retournement a eu lieu. Je vais à la cuisine. Je fais chauffer une tasse de café. Pourquoi ne pas commencer tout de suite ? Tête lourde, mais tant pis. Juste une ou deux esquisses... Qui suis-je ? Qui ne suis-je pas ? Qui aurais-je pu être ? Ne pas être ? Je trace deux colonnes. Répondez. Non.

J'attends là, les yeux ouverts, immobile, paralysé, sage. Le vent continue à souffler. J'entends le silence lourd de l'église de San Trovaso, juste à côté, caravelle bien amarrée, calfeutrée. Le vent, finira bien par tomber. Le jour finira bien par venir.

J'ai le choix entre trois églises : *San Trovaso, les Gesuati* et *San Sebastiano*. Autrement dit, Tintoret, Tiepolo, Véronèse. Aux Gesuati, c'est l'époque habituelle du Rosaire. Les religieuses sont là, dès sept heures du matin, en train de réciter, sans arrêt, leur

Ave Maria. L'une d'elles se lève, dit la moitié de la prière, les autres reprennent en chœur la deuxième partie. Neuf fois. Et puis une autre y va, commence par le Sainte Marie mère de Dieu, et les autres lui répondent par le commencement. Neuf fois encore. Et puis de nouveau... Un point à l'envers, neuf points à l'endroit... On se croirait dans un monastère tibétain, timbres criards, un peu aigres, comme les mouettes qui tournent dehors sur l'eau verte, c'est très beau, une statue de la Madone est là, bien sûr, parée, fleurie, brodée, exaltée, illuminée. Je vois l'air dégoûté et soucieux de deux Américains et de trois Allemands entrés pour visiter l'endroit... C'est le moment où l'une des religieuses, une petite paysanne rousse dans son habit noir, trébuche un peu sur *il frutto del tuo seno*... On la comprend... Ça ne va pas de soi... « Le fruit de tes entrailles »... Pour une jeune vierge... Elle recommence, et, une nouvelle fois, manque de déraper entre *frutto* et *seno*... Une troisième fois, c'est vraiment la corde raide... Le démon doit être dans l'église... C'est moi... Mais non, elle se reprend, la conception a lieu, Dieu soit loué, pas d'avortement pour cette fois, on ne doit pas plaisanter sur les choses divines. Mais si, pourquoi pas. Un peu. Chacun sa dévotion. Il y a plus d'une place dans la rutilation générale... *Ave Maria piena di grazia*... Elles en ont pour des siècles, silhouettes anonymes, anonymement remplacées, une voix venant remplacer une autre voix éteinte, comme un cierge est rallumé par une autre main aussi passagère que la précédente, tous les jours, deux fois par jour, répétition chaque fois unique avec sa cargaison de morts, de souvenirs pour les morts, de prières pour les malades et les agonisants, de bébés vagissants, de femmes enceintes, de vieilles femmes, et puis trois ou quatre types perdus là-dedans, on se demande toujours pourquoi et comment. A San Sebastiano, du côté de la gare maritime, près des paquebots à l'ancre, des hangars, des grues, c'est le royaume caché de Véronèse. Son tombeau, d'ailleurs prévu par lui-même. 1588. Il est là.

PAULO CALIARI VERON.

PICTURI CELEBERR

Decessit XIIII. Calen. MA II

MDLXXXVIII

A gauche, devant l'entrée de la sacristie, juste sous l'orgue peint... Sous son buste, on ne se refuse rien, l'inscription suivante :

> Naturae Aemulo   Artis Miraculo
> Superstite Fatis   Fama Victuro

Véronèse : le vainqueur des Turcs à Lépante... Pas dans le fracas des navires, non : en images... Cadrages, montages, zooms, renversements et multiplications des points de vue, jambes, poitrails, drapeaux, sabots, cuirasses, seins, cheveux sens dessus dessous... Sur les piliers, un peu partout, il y a un S gravé traversé d'une flèche $ La signature de Sébastien. Son martyre et, en même temps, le serpent traversé au-delà de lui... Il y a un drôle de petit Tintoret, là, dans un coin de la sacristie : le serpent de la Genèse enroulé autour de son arbre... Rappel du poison... C'est vous, si vous êtes raisonnables, qui avez droit au Purgatoire ou au Paradis seulement. L'artiste, lui, doit aussi se taper l'Enfer. Dispense spéciale... Exorciste qualifié... Reporter...

DIAMANT DIT SOLLERS
VÉNITIEN DE BORDEAUX

Je veux bien qu'on écrive ça plus tard... En français... Je ne trahis pas comme Stendhal, moi, avec son *Milanese*... Non, non, en français, jusqu'au bout, et pour l'éternité ou le néant, peu importe, je suis de l'avis de Céline, le français est langue royale, il n'y a que foutus baragouins tout autour... Des exemples encore ? Très brefs ? « Sa naissance était très commune, son mérite ne la relevait pas. » Ou encore : « Haut, hardi, libre, et qui se faisait craindre et compter. » Ne cherchez pas, on n'a pas fait mieux. C'est la ligne brisée toute droite. Le plus court chemin des causes aux effets.

Je rentre dans mon quartier. Je ne mets pas les pieds dans le centre. Pas de Harry's Bar, ni de Florian, ni de Gritti, ni de Danieli. Aucun contact. Buon giorno. Buona sera. La petite Agnese vient deux fois pendant le déjeuner si je reste une semaine. Je la paye tous les trois mois. Grazie, Grazie mille.

En deux jours, j'ai tout oublié. Je pourrais m'installer ici indéfiniment, manger peu, boire très modérément, dormir, écrire dix mille pages. L'histoire de mon temps. Des considérations théologico-morales interminables. Une dizaine de romans. Une vie de Monteverdi pour remercier la ville. Des études érudites, ennuyeuses, vertigineuses. Repérer les dalles funéraires, une par une, sur le pavement des églises, et me demander quelles sont les passions qu'elles recouvrent... Mais la lumière a baissé. Tout est gris, découpé. Le moment approche de descendre chez *Aldo*... « Solito ? — Solito. » Voilà, il fait noir.

Ma seule visite a été pour le Père G., à San Marco. Je l'ai connu pendant cette réunion à Rome dont je peux bien parler maintenant... Après l'attentat place Saint-Pierre, date centrale... Je me rappelle ces jours de juillet 1981, la précipitation de chacun, la chaleur torride, le désarroi, les discussions à la fois précises et confuses... C'est Haas qui m'avait téléphoné... Une douzaine de types... Deux Américains, un Anglais, trois Italiens, un Espagnol, un Français, un Japonais, un Belge, deux Jésuites, dont G... Que faire ? Comment faire ? J'avais emporté avec moi les *Treize articles*, de Sun Tse, c'était le livre de la situation, me semblait-il, c'est toujours plus ou moins le livre de la situation... Quand on est dans un lieu de mort, dit-il notamment, le mïeux, c'est l'attaque immédiate. S'exposer au maximum. Droit sur l'ennemi, sans hésitation. Eh bien, la contre-attaque n'a pas été si mauvaise, n'est-ce pas ? La stratégie papale, toute de mobilité, de zigzags, est quand même une des grandes aventures du temps. On croit le Pape à Rome ? Il est à New York, ou en Suisse. On pense qu'il est en Suisse ou en Allemagne, il est déjà en Corée... Au Canada... Au Japon... Et puis en Afrique... Au Brésil... En Argentine... Le voilà à Lourdes ?... Non, il est à Varsovie... Dans la gueule du loup... A moins que ce soit à Londres... Pour l'instant, il est en Calabre, discours contre la Mafia. « En prononçant le mot ? Le mot *Mafia ?* — Oui. — C'est un événement. — Il semblerait. » Demain, il repart pour Saragosse... Puis Saint-Domingue... Sur les traces de Christophe Colomb... Suivant sa colombe... Puis Porto Rico... Bref, on peut dire que la « Commission » a bien travaillé. Celle-là, la moins importante, mais tout est important, et les autres... De quoi il s'occupe, G., en ce moment ? De la Chine. Encore ? Vieille histoire... Qui risque de durer longtemps... « En définitive, on travaille sur un siècle ou deux... Au moins... Ça permet de s'intéresser aux détails... »

C'est lui qui m'a signalé les séances du premier lundi de chaque mois aux Gesuati... Il y participe... Très peu de monde, une trentaine de personnes, de neuf à dix heures, le soir. Ce sont plutôt des gens pauvres, il y a deux Indiennes, un Chilien, un Polonais en exil avec sa femme et son fils, des hommes et des femmes de tous les âges, quelques enfants. Ils prient, ils chantent, et puis G., en chasuble, avec son étole, prend l'ostensoir et présente l'eucharistie. Il reste comme ça, à peu près une demi-heure immobile. Silence. Comment appelait-on ça, déjà, oui, l'adoration. L'adoration du Saint-Sacrement. Du « Santissimo », comme le dit la petite Italienne, là. L'adoration perpétuelle. Comment G. arrive à ne pas bouger, difficile à savoir, concentration ou extase, ou peut-être simplement mécanique de précision. Vu du dehors, je suppose que cela doit paraître complètement fou, cent mille fois plus fou qu'un truc zen ou bouddhiste, et pourtant c'est la même chose plus tout à fait autre chose, n'est-ce pas... Petite lampe rouge à présence... Réelle... Comment ça, la présence n'est pas forcément réelle ? Eh non, l'absence non plus... La présence réelle est ce qui a eu lieu, a lieu, aura lieu... Est venu, n'a pas été reçu, peut venir et être reçu à chaque instant, reviendra dans toute sa gloire aujourd'hui voilée sauf pour celui qui veille, ne cesse pas d'être là quand même... Mistero della fede... Parmi les pauvres, et les humbles, et les enfantins, et les affligés... Et même pour quelqu'un d'indigne... De suspect... Mais tenté par la vérité, dirait G., si on lui parlait de moi avec moquerie ou réprobation, ou en criant au scandale. Il est donc là, sur son axe, avec entre les mains son bel ostensoir d'or rayonnant, avec le cercle blanc de l'hostie, exactement comme dans le tableau de Piazzetta, juste sur la droite, on ne sait plus où est la scène vivante et où est la peinture, on est peut-être au-delà des deux à force de se taire, et ils prient à genoux, là, tous, et il n'y a que moi qui suis debout, avec G., maigre et sec, mèches noires encore, malgré son âge. Son regard est perdu dans le plafond obscur où des anges emportent saint Dominique vers la Vierge, et il doit prier lui aussi, peut-être même pour moi, pourquoi pas. Pour tout le monde. Une demi-heure dans ces conditions, c'est un siècle. Il ne regarde pas l'heure, G., bien entendu. Il sent. Ou peut-être compte-t-il intérieurement d'après son Rosaire. A la fin, donc, il dit à haute voix : « Gloria Patri et Filio, et Spiritui Sancto », il se tourne lentement sur sa gauche, revient au centre qui, à ce moment-là est vraiment le centre, puis se tourne sur la droite, un 180 degrés complet, revient au centre et pose l'ostensoir sur l'autel. Quelques prières encore. Un chant. Et c'est fini. Et ils sont tous joyeux, ils se serrent les mains, ils s'embrassent, ils se disent à la prochaine fois, et ils s'en vont. Et moi aussi, je m'en vais. Après-demain. G. me serre la main. « Et portez-vous bien, me dit-il. Écrivez ce qui vous plaît. Et quoi que vous fassiez, rappelez-vous que c'est pour la plus grande gloire de Dieu qui vous tient en miséricorde. » Et il me bénit. « Et à bientôt », dit-il. « Et priez pour moi », dit-il.

Je suis né au moins trois fois. La première, entre six et sept ans, dans le fond du jardin, à Dowland, en remarquant à voix haute, un jour de neige, que je pouvait me parler autant que je voulais à moi-même. La deuxième à quinze ans, ça se comprend tout seul. La troisième enfin, à trente-huit ans, c'est bien tard, au moment de la naissance de Julie, en me réveillant un matin avec la vision exacte de la catastrophe de mon existence. Rien fait, rien gagné, rien surmonté, rien saisi. Une quatrième révélation me semble improbable. Il me reste donc à tirer le meilleur parti de ces trois-là. C'est court une vie, c'est très long, mais le court et le long n'ont aucun rapport entre eux, c'est l'ennui, tout ce temps doré, lent, magnifique, bronzé, bercé par les saisons, les aventures plus ou moins rêvées de la peau — et puis ce tassement sec, l'addition fausse, idiote, et son bruit cassé de squelette. Non.

Aucun rapport. Rien à voir. Et la leçon est simplement qu'on n'ose pas, ou bien jamais assez, avoir le temps qu'on a, le miraculeux temps pour rien des après-midi d'autrefois. Dans mes notes, je trouve, parmi les morceaux à écrire, ceci : « beau temps avec bouquet de femmes ». Le beau temps, à Venise, sur la Giudecca, est indescriptible. C'est la flambée des miroirs. Le bouquet de femmes, c'est pour moi toujours le même : Lena, Odette, Laure, Hélène, la gorge et les bras nus, en robes d'été blanches ou roses, sous la glycine, près des palmiers, des citronniers et des orangers. Il faudrait que je redessine minutieusement chacune d'elles ; que je mette, dans le fond, les ombres d'Octave et de Lucien allant travailler ; que je fasse sentir la gratuité sans limites de chaque atome de poussière chaude, de chaque seconde. Mais je suis distrait par le trafic du canal, par le vol disputé des mouettes, par le glissement des bateaux, des canots, par la reptation et le bruit de l'eau sur elle-même et contre la pierre, par les façades déployées à vif. Plus rien n'a lieu, aucun souvenir ne compte. Chaque reflet est suffisant. Chaque détour parfait. Chaque puits, sur les places, hermétiquement scellé pour des siècles.

Je suis là, simplement, sur un banc. Moineaux, pigeons, air soyeux, silence.

Les lauriers sont encore fleuris.

Je ferme les yeux pour voir ma longueur d'onde de vie : nappe rouge orangé, molécule-cerveau du soleil.

Les anges du *Redentore* montrent bien leurs ailes, presque noires, enlevées dans le bleu-blanc éclatant. Il est toujours là, le Redentore, debout sur sa coupole, le bras droit un peu levé, bonjour, le gauche tenant son fanion. C'est le champion de l'humour, le tireur d'élite, imbattable, amour et humour, compassion, ironie.

En face de chez moi, une fille va rester allongée, avec un réflecteur pour son visage, en pleine lumière, toute la journée. Une autre, dans sa chambre, le matin, passe

343

au moins une heure à se regarder dans la glace. Essaye des chemisiers. Des robes. Se recule. S'approche d'elle-même. Virevolte. Tourne. Revient. Remonte une mèche. Fait bouffer ses cheveux. Observe ses fesses. Son nez. Sa poitrine. Se trouve trop grosse. Guette si elle a maigri. De face. De profil. Se recule encore. Revient. Une heure, vraiment. Montre en main.

Les bateaux n'arrêtent pas de passer. Passer, c'est tout ce qu'ils veulent dire.

Il y a des hurlements de chats, par moments.

Tous les rouages fonctionnent, la transformation de la terre devenue partout liquide en air, de l'air en lumière, avec la mousse humaine accrochée là, par plaisir. Dissolution, évaporation, absolution.

Hier, après la pluie, il y a eu un grand arc-en-ciel, à l'est.

Tout est sec, aujourd'hui. Mouillé, sec, le battement est d'une rapidité enchantée. On dort, tout est humide. On se réveille, tout est essoré, repassé, net.

Je revois les jours de pluie, à Bordeaux : tout le monde dehors, signal de fête. Visages des femmes, ravis. On court faire des achats, on prend l'eau sur les joues, c'est bon pour le teint, comme à Londres. Et puis la chaleur, fondant du Sud. Est-ce que ce n'est pas trop ? Est-ce que le raisin ne va pas brûler ?

Non, il dort là, tranquillement, pressé, broyé, exalté, réglé. Il a pénétré l'autre côté du temps. Il peut attendre. Ici, peinture et musique. Art des souterrains. Art de l'exposition finale. Ça se ressemble. Ça se rejoint.

Je referme les yeux, et je me vois tout à coup pousser mon attelage, là-bas, jusqu'au bout, vers l'ouest, là où les avions descendent et clignotent, des chevaux de vent et de nerfs, souples, rapides, écumants, volontaires, leurs crinières brillent dans le couchant, personne ne les remarque, ils galopent au milieu des bateaux, chevaux et bateaux, le rêve, ils se faufilent et foncent vers l'horizon rouge, sur le mercure déjà nocturne de l'eau, je les tiens à peine maintenant, ils m'échappent, ils ont leur idée, leur cri d'attraction muet, ils se sont débarrassés de moi, ils filent, ils sont ivres, je sens leurs muscles jouer sans efforts, leurs encolures impatientes, vibrantes, ils se sont réfugiés ici avec moi, en moi, ils vont se fracasser sur la ligne invisible, mais peut-être pas, comment savoir, ils frôlent à peine le canal bouillonnant du soir, je les laisse, je lâche les rênes, ils veulent passer eux aussi, et peut-être vont-ils passer, malgré tout, museaux et naseaux comme directement vaporisés dans l'envers.

DU MÊME AUTEUR

Aux Éditions Gallimard

FEMMES, *roman*
THÉORIE DES EXCEPTIONS
PARADIS II
LE CŒUR ABSOLU, *roman*

Aux Éditions du Seuil

Romans :

UNE CURIEUSE SOLITUDE
LE PARC
DRAME
NOMBRES
LOIS
H
PARADIS

Essais :

L'INTERMÉDIAIRE
LOGIQUES
L'ÉCRITURE ET L'EXPÉRIENCE DES LIMITES
SUR LE MATÉRIALISME

Aux Éditions Grasset, collection *Figures* (1981)
et aux Éditions Denoël, collection *Médiations*

VISION À NEW YORK, *entretiens*

Impression Bussière à Saint-Amand (Cher),
le 22 décembre 1986.
Dépôt légal : décembre 1986.
Numéro d'imprimeur : 2698.
ISBN 2-07-037786-5./Imprimé en France.